KB234147

문학독서 교육, 어떻게 할 것인가

문학독서 교육, 어떻게 할 것인가

구인환
우한용
양정실
김성진
김혜영
임경순
최인자
박인기
김상욱
류홍렬
한철우

The Project of Reading in Literature

문학독서 교육, 어떻게 할 것인가

푸른사상

문학독서와 문학교육 생산논리

구 인 환

(문학과문학교육연구소 소장)

　　좋은 책을 읽은 기억을 가지고 사는 것은 마음속에 믿음의 산을 지니고 사는 것만큼이나 든든하다. 그 책은 경전이라도 좋고, 고전 작품, 문학, 우리가 기억하는 산화나 전설이 될 수도 있다. 삶의 과정에서 빚어진 인류의 자산을 글로 써서 갈무리하여 전수될 수 있도록 한 것이 책이고, 문학이다. 사람들은, 이야기를 듣고 또 이야기를 만들어가는 것처럼 책을 읽고, 책에 대해 이야기하고, 책을 쓴다. 책이 책을 낳는다. 그 과정에 문학교육과 문학독서 교육이 있다.

　　사람들은 책을 읽으면서 성장한다. 책을 읽는 계기는 사람마다 다를 것이다. 책을 좋아하는 어머니가 늘 책을 읽는 것을 보고 그렇게 따라 하다 보니 책 읽는 사람이 되는 경우도 있고, 학교에서 선생님의 권유로, 혹은 친구의 선물을 받아서, 숙제를 하기 위해 읽었는데 그것이 책을 읽는 계기가 되는 경우 또한 없지 않을 것이다. 어떤 경우는 귀양을 가서, 혹은 옥살이를 하는 중에 책을 읽게 되기도 할 것이다. 그 계기야 어떠하든 책을 읽으면서 인간적 성장이 이루어졌고 자아 형성도 해 왔다.

책을 통해 자기를 길러 나가고, 세상살이를 원만하게 해 나가는 힘을 기른다면 이는 누구나 해야 하는 생애의 과업과도 같은 것이다. 그런데 이러한 일은 두 방향으로 이루어진다. 하나는 개인적으로 스스로 글자를 깨치고 책읽는 방법을 터득하여 책읽기로 접근하는 방법이다. 다른 하나는 학교 제도 속에서 선생님의 지도를 받아 이루어지는 책읽기이다. 학교에서는 교육과정을 따라 문학독서의 제재를 조직하고 읽는 방법을 제시하여 책읽기가 이루어지도록 한다. 학교라는 시공(時空)의 조건에서 의도된 기획과 방법이 전제되는 좁은 의미의 독서교육 영역이라 할 수 있다.

문학독서에 대한 담론은 문학을 어떻게 읽을 것인가 하는 과제를 둘러싼 제반 문제와 연관된다. 그 가운데 문학 읽기를 가르치는 일이 문학독서 교육이다. 이는 문학의 이해교육이 될 터인데, 문학의 이해가 문학의 생산에 환류(還流, 피드백)된다는 점에서, 생산성을 내재하고 있는 문화 행위가 문학독서 교육의 한 성격이다. 문학독서는 문학의 수용과 재창조라는 맥락에서 이해되어야 하고, 문학독서의 교육 또한 그러한 구도 안에서라야 정당한 논의가 이루어질 수 있다.

매체의 발달은 언어 운용 양상의 변화를 가져왔다. 음성언어와 문자언어로 운용되던 데에 영상이 도입되고, 언어소통이 쌍방향으로 이루어질 가능성을 열게 되었다. 전송의 속도가 거의 실시간으로 단축되었으며, 소통의 양이 폭발적으로 증폭되었다. 이러한 상황에서 문학독서는 이전의 문자언어의 소통과는 다른 양상으로 전개될 수밖에 없게 되었다. 그리고 이러한 변화를 문학독서 교육에서 적극적으로 수용해야 함은 물론이다.

문학독서 현상은, 언어현상이 그러하듯이 다면적 속성을 지니고 있다. 개인 차원의 독서는 심리현상에 속할 것이며, 집단의 독서는 사회학적 검토를 요하는 현상이다. 매체와 연관된 경우는 공학적 시각의 도입과 더불어 소통론적, 문화론적 함의를 만들어 낸다. 예술의 영역에 속한다는 점에서는 심미적 독서의 속성에 주목할 필요도 있다. 이러한 다면성이 교육과 연관되는 지점에서 그 복합성은 더욱 두드러지게 된다.

문학은 독서교육의 자료 가운데 핵심에 해당한다. 문학이라면 시, 소설, 수필 등 구체적인 장르와 작품을 떠올린다. 그러나 문학은 그보다 한결 폭이 넓다. 특히 동양에서는 문·사·철(文史哲)의 구분을 엄격히 하지 않고, 거기 종사하는 이들을 문인이라 불렀다. 그리고 이들 문인들은 독서인이면서 글쓰는 사람들이었다. 따라서 문학의 범위는 역사와 철학을 포함하는 폭넓은 것이었고, 글읽기와 글쓰기가 통합되어 있었다.

근대로 내려오면서 장르가 개념이 명료해지고 분화가 뚜렷한 양상으로 진행되면서 문학의 독자성을 강조하는 이론 또한 여러 방향으로 전개되었다. 세분화된 이론을 바탕으로 문학을 연구하고, 연구한 결과를 교육에 적용하기도 하였다. 이러한 연구와 교육은 주로 이미 만들어진 문학을 수용하는 데 중점을 두었다. 따라서 문학의 생산이라는 면을 소홀히 하게 되었다. 문학을 읽어서 의미를 생산하는 것과 읽은 문학을 자산으로 하여 다른 문학을 창조하는 생산이 문학교육에서도 중시되어야 한다. 문학을 읽는 일은 의미의 생산이라는 뜻을 지닌다. 평론가나 연구자들의 글들은 의미의 생산에 기여한다. 또한 작가들은 일차적으로 글 읽는 것을 바탕으로 새로운 문학을 창조한다.

이 책을 만드는 데 참여한 이들은 문학교육에 관심을 가진 학자들이다. 문학교육에서 독서가 차지하는 중요성을 인식하고, 문학독서에 대해 공부한 결과를 공개적으로 발표할 기회가 있었다. 발표 자리에서는 토론자들의 의견이 개진되었고, 그 의견은 이 책에 소중하게 반영되었다.

발표와 토론에 참여해 준 분들의 노고에 고마움을 표한다. 발표회 이후 원고를 손질하고 책의 체재를 갖추어 다듬어서 공간하기로 했다. 이 책이 문학의 의미 생산과 문학의 창조 및 재창조에 기여하기를 바란다.

이 책은 문학교육을 모색하는 분들, 독서이론, 독서교육에 관심이 있는 분들의 참고가 될 것으로 기대한다. 아울러 교육대학교, 사범대학, 교육대학원 등에서 문학교육과 독서교육을 연구하는 이들에게 길잡이가 되기를 바란다. 미비한 내용은 다듬어 고칠 기회를 마련하고자 한다.

2005. 1. 8.

문학독서 교육의 이론과 실천을 위한 기반 검토

우한용

(서울대 국어교육과 교수)

Ⅰ. 독서가 빚은 시 한 편

한 편의 시를 가지고 논의를 시작하기로 하자. 남원에서 가르치고 있는 복효근 시인의 「만복사저포기」라는 시인데 '― 양생의 말'이라는 부제가 달려 있다. 이 자료에서 우리는 독서행위의 결과가 어떻게 구체화되는가를 읽어낼 수 있다.

그것이 사랑이라면/ 어찌/ 이승의 것만이 사랑이겠느냐//
그것이 인연이라면/ 단 한 번의 저포놀이라 할지라도/
숙세 宿世 내세 來世 건너가는 다리가 아니겠느냐//
옷깃 스친 꽃잎 하나로도/ 영원이 아니겠느냐/ 그 단내 나는 숨결/
한 바탕 꽃꿈이라 하지만//
그것이 운명이라면/ 사랑해서는 안 되는 것까지도/
사랑하는 나의 길은/ 이승 저승 영원의 길//
혹여 네가 다시 그 길에 피어/ 옷깃에 스칠 수만 있다면/

내가 오늘 지리산에 들어/ 시방세계 꽃잎을 다 헤겠다

　이 시는 「누우떼가 강을 건너는 법」이라는 시집에 들어 있다.(30~31
쪽) 이 시집을 발간한 시인 복효근은 남원 출생이고, 남원에서 자랐고
남원에서 국어를 가르치고 있다. 김시습의 『금오신화(金鰲新話)』에 실려
있는 작품 가운데 하나가 「만복사저포기」이다. 한문 단편소설이다. 이
소설은 배경이 남원으로 되어 있다. '만복사'는 지금 남원에 그 터만, 복
도 없이, 남아 있다. 구체적인 지명이 배경으로 되어 있고, 특정 시설물
을 대상으로 하고 있다는 점, 그리고 시인이 이 시의 배경이 되는 공간
에 살면서―문화체험 속에―작품을 썼다는 점, 따라서 텍스트의 '안과
밖'이 함께 연관성을 지닌다는 점 등을 알 수 있다. 아무튼 한 시인이 소
설 「만복사저포기」를 알고, 읽고, 그리고 그 결과를 글로(시로) 쓴 것을
우리는 다시 읽는다. 시 「만복사저포기」는 소설 「만복사저포기」의 독서
결과물이다. 독자들이 문화체험으로 가지고 있는 「만복사저포기」를 읽
은 체험이, 이 시를 촉매로 하여 되살아난다. 다시 말하자면 독자는 「만
복사저포기」의 다른 판본을 한꺼번에 읽는 셈이다. 그러면서 「만복사저
포기」의 내용을 회상하거나 기억하게 된다. 두루 아는 바이지만, 독서
과정을 살피는 데 도움이 될까 하여 이 소설의 내용을 요약해 본다. 시
에 변형되어 살아나는 부분이 어디인가, 시인이 주목하는 바와 일반 독
자가 관심을 갖는 데가 어디인가를 다시 점검해 볼 필요가 있기도 하다.

　　전라도 남원에 사는 노총각 양서생은 어느날 만복사의 불당을
　　찾아가서 부처님께 저포놀이를 청했다. 그가 지면 부처님께 불공
　　을 드릴 것이요, 부처님이 지면 그에게 아름다운 배필을 중매해
　　달라고 부탁하는 내기였다. 서생은 두 번 저포를 던졌다. 그 결과

2. 문학독서는 다른 독서와 어떻게 다른가

속성이 다면적인 대상은 다양한 논의를 불러오는 게 항례이다. 문학에 대한 논의가 간단히 정리되지 않는 까닭은 문학의 속성이 다면적이기 때문이다. 문학독서가 다른 독서와 어떻게 다른가 하는 점을 명쾌히 밝히기 쉽지 않은 점 또한 문학의 다면성에서 연유하는 것으로 생각된다. 더구나 문학을 다루는 방법이 다양하고, 그 이론들이 터를 두고 있는 패러다임이 다르기 때문에 문학에 접근하는 방법이 다양할 수밖에 없다. 문학의 독서에 대한 의견도 같은 맥락으로 갈라질 수 있다.

문학의 특성 가운데 하나는 그것이 상대적이기는 하지만 '자율성'을 지닌다는 점이다. 이는 문학이 대상을 지니되 그 대상의 사실 여부가 문학의 성패를 좌우하지 않는다는 뜻이다. 김소월의 「진달래꽃」에 나오는 '영변의 약산'은 구체적인 지명이다. 따라서 거기 피는 진달래꽃이 풍성한가, 아름다운가를 따질 수도 있다. 이런 시각에서는 '약산 동대'의 진달래꽃을 근거로 들어 사실성을 확인할 수도 있을 것이다. 그러나 그것이 그 시의 문학적 가치를 높이거나 낮추지는 않는다. 이육사의 「청포도」의 '내 고장'이 어디인가를 묻지 않는 까닭은 그것이 인간의 보편적 정서에 연관되는 '고향'의 이미지를 불러오기 때문이다. 소설의 경우를 예로 들더라도 마찬가지이다. 이기영의 「고향」이 '천안'이라는 구체적인 지역을 배경으로 하고 있지만, 그것이 식민지 조선의 근대화를 향한 풍속과 삶의 양상 변화를 보장하는 것으로 기능을 하는 것이지 천안이라는 지역의 지리적, 경제적, 문화적 여건이 소설의 내용으로서 확실성을 가져야 하는 것은 아니다. 그렇기 때문에 문학의 대상은 실재 여부를 중심으로 수용할 것이 아니라 작품의 맥락과 연관된 형상적 가치를 바탕으로 수용해야 한다. 이런 지적이 참고가 된다. "문학텍스트와 다른 텍스트 사이의 구별을 짓는 것은 한편 텍스트 자체가 가진 깊이의 성노이며 다른 한편, 독사가 텍스트의 내새 의미만을 추출하려는가 아니면 그에 추가하여 그 의미공간을 의도적으로 심화하려고도 하는가의 태도와 관련이 있다."[2]

문학의 자율성과 함께 문학의 자기목적성이라는 점이 문학독서에 고려할 사항이다. 우리 교육에서 이루어지는 독서교육이나 작문교육의 폐단으로 실용적 이념이 지적될 수 있다. 이는 글쓰기에서는 실용문 쓰기를 중심으로 할 경우에 나타나는 폐단이다. 실용문이란 논설, 설명, 서사, 묘사 등 수사 영역에 따라, 글의 목적에 따라 글을 분류한 개념이다. 이러한 글을 학생들에게 쓰도록 하여 글쓰기 능력 향상을 도모하는 것을 교육목표로 하고 있다. 그러나 문제는 그러한 글들이 학생들의 '자아성취'를 위해 얼마나 도움이 되는가 하는 데 있다. 별 도움이 안 된다는 것이 현실적 반응이다. 문학을 수용하는 방식은 문학 자체를 수용하는 것이라 할 수 있다. 작품을 읽고 읽은 결과를 어디 이용해야 하는 도구성보다는 읽는 그 자체를 즐기고 그 안에서 감동을 받고 그것이 삶의 조율에 도움이 된다면, 삶의 세계를 구축하고 확충하는 데 기여한다면 문학 읽기의 구체성은 거기서 마련되는 것이다.

문학독서는 읽는 과정 자체를 놀이처럼 즐길 수 있어야 하고, 읽은 작품이 현실의 어떤 문제를 제기하고 그 해결을 위해 도움이 되는 실용성을 벗어나 거리를 유지할 수 있어야 한다. 미적인 감각은 거리를 통해 유지된다. 거리의 소거, 즉 문학을 현실적으로 직접 적용하는 것은 그

---

2) 김화영, 『문학 상상력의 연구』, 문학동네, 1998. 53면.

자체를 탓할 것은 아니지만, 정당한 의미의 문학 독서를 위해서는 다소 벗어나야 하는 미학적 요구이다. 문학은 문학이라는 점을 다시 환기할 필요가 있다. 비유컨대 사람을 사귀는 일과 문학을 읽는 일은 병렬적인 관계에 있다. 친구를 사귀는 것이 인간을 이해하고 세상을 살아가는 과정에 반려가 되는 것과 마찬가지로 문학을 읽는 것은 삶의 과정을 충실하게 하는 것이라는 의미를 지닌다. 이는 문학의 속성과 밀착되어 있는 문학독서의 특징이다.

Ⅲ. 문학독서의 과정적 성격

문학작품을 읽으면서 우리는 무엇을 기대하는가? 이는 작가는 왜 쓰는가 하는 문제와도 직결되는 질문이다. 작가는 자신의 삶을 정리하고 삶에 의미를 부여하는 과정으로 글을 쓴다. 달리 말하자면 글을 쓰는 과정이 곧 작가의 삶의 과정이다. 문학작품을 읽는 것은 작가의 작품 창작이 그러한 것처럼, 작가가 형상화한 작품에 공감하기 위한 과정이다. 공감 속에는 비판도 포함된다. 공감은 가치를 인정한다는 뜻이다.

문학에 대한 공감은 어떤 사람이 털어놓는 체험의 이야기를 듣는 과정과 닮아 있다. 우리는 남의 이야기를 들을 때, 어떻게 이야기가 전개되는가 하는 전과정을 다 들은 다음에 다시 정리하고 비판하면서 거기 공감하지 않는다. 비참을 극한 이야기를 듣는다면 이야기의 굽이굽이마다 눈시울이 뜨거워지는 체험을 하기도 하고, 이야기하는 말솜씨에 빠져 자기도 모르게 손뼉을 치기도 한다. 그러는 과정에 한숨을 쉬기도 하고 함께 깔깔대며 웃기도 하면서, 그렇게 이야기에 몰입하게 된다. 그리고 그러한 과정은 이야기가 다 끝난 다음에 나의 평가와 다른 추가적인 반응을 돌려줌으로서 이야기 문화의 한 자락을 감당하게 된다. 문학독서, 소설의 독서 또한 비슷한 과정으로 진행된다. '공감의 독서' 일반적 성격이 그렇게 전개된다. 교실 싱황의 독서나 시험장에서 이루어지는 독서는 매우 부자연스런 상황의 독서이다. 공감보다는 비판으로 일관하는 분석이 그 과정을 지배한다.

자연스런 독서는 일차적으로 '즉물적 수용'을 요한다. 그러한 점에서 우선 작품을 긍정하는 태도로 접근할 필요가 있다. 비판적 독서가 가치가 없는 바 아니나 독서 대상, 작품에 대한 긍정이 없이는 재구성도 비판도 현실과는 거리가 먼 것이 된다. 그런 뜻에서 문학작품은 '이미지 읽기−서사 읽기− 삶 읽기' 등의 순서로 진행되는 것이 자연스럽다. 철학적 독서는 그 뒤에 이어지는 자성의 과정이다. 고등학교 〈독서〉 과목에서 독서론을 펼치는 것은 문학독서를 위해서는 역기능을 할 수도 있다.[3] 더구나 '독서에 대한 독서'라 할 수 있는 독서의 기술을 독서의 원리로 내세우는 것은 그 교육적 의의가 의심이 된다. 문학독서는 작품에 대한 신뢰와 작품에 직접 접하는 즉물적 수용의 즐거움에서 출발해야 한다. 이론이 아니라 직접 수용이 문학독서의 일차적 조건이다.

1. 구체성으로 다가가는 독서

문학의 독서가 과정적이라는 것의 첫 번째 의미는, 그것이 구체성을 바탕으로 하는 독서라는 점일 것이다. 문학작품의 구체성이라는 것은, 일상적으로 우리가 상정하는 것과는 다른 구조로 이루어지는 독서의 양

---

3) 이 점에 대해서는, 반드시 그러한가 하는, 토론자의 의견 제시가 있었다.

태일 것이다. 「메밀 꽃 필 무렵」의 첫줄은 이렇게 되어 있다. "여름 장이 란 애시당초에 글러서 해는 아직 중천에 있건만, 장판은 벌써 쓸쓸하고 더운 햇발이 벌여 놓은 전 휘장 밑으로 등줄기를 훅훅 볶는다." 늦여름 시골 파장의 풍경이 떠오른다. 전칭적인 공감을 의도하는 첫머리 몇 개 의 단어에 이어 시간적 조건, 장의 분위기, 그리고 체감으로 다가오는 더위 등이 구체적으로 형상화되어 있다. 누구나 이런 상황에 민감하게 공감을 하는가 하는 문제는 별도의 문제이다.

다음 문장으로 읽어 나가면 구체성은 더욱 실감을 자아낸다. "마을 사 람들은 거의 돌아간 뒤요, 팔리지 못한 나무꾼 패가 길거리에 궁싯거리 고들 있으나 석윳병이나 받고 고깃마리나 사면 족할 이 축들을 바라고 언제까지든지 버티고 있을 법은 없다." 파장 무렵의 시장 분위기가 전달 되어 오는 것은 물론 독자를 텍스트 안으로 슬그머니 이끌어들이는 것 을 감지하게 된다. "석윳병이나 받고 고깃마리나 사면 족할 이 축들을 바라고"에서 '이 축들'은 '이 사람들' 정도의 의미인데, 그것은 독자 내 가 바라보는 것이 아니라, 작중인물의 어떤 인물이 바라보는 시각이다. 그 작중인물의 시각을 독자의 시각과 동일하게 조정함으로써 독자는 공 감의 영역으로 이끌려 들어가는 것이다. 그 시각이 주관적이라고 비판 하는 객관성의 미학을 주장하는 이들에게 거부감을 줄 수도 있다. 그러 나 독자를 이렇게 이끌어들이는 시점의 '친밀성'은 공감의 미학을 바탕 으로 할 경우, 분명 이 작품의 장점이 될 수도 있다.

소설에서 플롯이니 인물이니 하는 것은 이러한 직접적 소여성(所與性) 의 인지 뒤에 이어지는 사항들이다. 따라서 그것은 독서 과정에서 축적 되는 정보를 종합하고 재구성하는 데서 생겨나는 일종의 추상적 구성물 이다. 주제 또한 여기서 멀지 않다. 주제는 구성되는 것이다. 따라서 이

들은 독서의 과정성을 직접 반영하는 것이라기보다는 결과적 추상성을
보여주는 사항이 된다고 하는 것이 온당하다.

소설의 형상화는 이런 구체성의 장치이다. 이는 시를 읽는 데서도 유
사한 원리가 된다. 백석의 「수라(修羅)」라는 시는 이렇게 되어 있다.

> 거미새끼 하나 방바닥에 나린 것을 나는 아무 생각도 없이 문
> 밖으로 쓸어 버린다./
> 차디찬 밤이다.//
> 어니젠가 새끼 거미 쓸려나간 곳에 큰 거미가 왔다./ 나는 가슴
> 이 짜릿한다./
> 나는 또 큰 거미를 쓸어 문 밖으로 버리며/
> 찬 밖이라도 새끼 있는 데로 가라고 하며 설어워한다.//
> 이렇게 해서 이런 가슴이 싹기도 전이다./
> 어데서 좁쌀알만한 알에서 가제 깨인듯한 발이 채 서지도 못한
> 무척 적은 새끼 거미가
> 이 번엔 큰 거미 없어진 곳으로 와서 어물거린다./ 나는 가슴이
> 메이는 듯하다./
> 내 손에 오르기라도 하라고 나는 손을 내어미나 분명히 울고
> 불고할 이 작은 것은 나를 무서우이 달어나버리며 나를 서럽게 한
> 다./ 나는 이 작은 것을 고히 보드라운 종이에 받아 또 문 밖으로
> 버리며 이것이 엄마와 누나나 형이 가까이 이것의 걱정을 하여 있
> 다가 쉬이 만나기나 했으면 좋으렷만 하고 슬퍼 한다.

‘修羅’는 아수라도, 아수라계를 줄여서 하는 말이다. 시기와 욕심으로
가득한 전투적인 욕망의 괴로움이 들끓는 세계를 뜻한다. 거미 한 마리
마음대로 혹은 무심하게 치워 버리지 못하는 시인의 섬세한 마음자리를
엿볼 수 있는 작품이다. 그러한 세계는 밖에서 보면 아주 섬세한 감성의

소유자가 섬세함의 극치에 달한 행동을 묘사한 것으로 볼 수 있다. 그러나 중요한 것은 그 사나이의 행동이 하나 하나 우리들이 겪은 이전의 경험을 환기하면서 나의 행동과 너무나 닮아 있다는 생각을 하게 한다는 점이다. 이 구체적 실감을 위해 이 시는 씌어진 것이다.

이처럼 구체성으로 다가가는 독서가 문학독서의 큰 특징이다. 문학에서 세부의 묘사와 감정의 추이를 정확하게 포착하는 것, 인물의 행동을 사건의 진행에 맞게 그리고, 그것이 일반적 인물의 행동과 같은 구조를 보이도록 하는 것이 문학적 성공의 잣대가 되는 이유가 여기서 설명된다.

2. 형상성을 음미하는 독서

사물이 그럴듯하게 다가오도록 하는 것이 예술의 임무 가운데 하나이다. 그럴듯하게 다가간다는 것은 구체성을 부여하는 데서 비롯된다. 갑이라는 인물이 있다고 하자, 그는 전통에 매인 사랑과 시대의 변화에 민감한 사랑 가운데 고민한다고 하자, 그 고민을 해결하는 방법은 무엇이겠는가? 그렇게 묻는 것은 추상적이다. 이러한 문제를 이광수는 〈무정〉이라는 장편소설로 형상화하였다. 추상적인 이야기에 형상성을 부여한 것이다. 추상적인 이야기를 구체적으로, 감각 차원에서 수용할 수 있도록 한 것이다. 그러면 형상성이란 무엇인가?

형상성이라는 말은 추상적인 것을 구체적인 감각 차원으로 전환하여 수용할 수 있게 하는 수단과 그것이 구체화된 결과를 뜻한다. 국어사전에는 '형상'을 이렇게 풀이하고 있다. "감각으로 포착한 것이나 심중의 관념 등을 예술가가 어떤 표현 수단에 의하여 구상화하는 일. 또 표현되는 바탕이나 작품으로서 나타난 것. 그 표현형식도 이름." 구상화, 표현 등이 이 설명의 핵심에 해당한다. 철학으로 대표되는 학문이 논리를 중심으로 추상적 이론체계를 구축하고 원리를 발견하여 예외없이 적용되는 법칙을 추구하는 것이라면, 예술은 개별적 구체성을 바탕으로 공감을 추구한다. 결과로는 누구나 공감하는 예술품을 낳게 되는 것이 이상이지만 과정에서는 개별적인 구체성과 섬세한 자세함에 감동의 원천이 마련된다. 예술가는 감각적 공통성을 민감하게 느끼도록 해야 하고, 독자는 작가가 그렇게 해 놓은 데 공감할 줄 아는 능력이 갖추어 져야 한다.

이광수는 「무정」에서 근대화와 개화의 이념을 형상화하였다. 이를 위해서는 그러한 시대를 살아가는 인물의 구체적인 행동을 묘사해야 하고, 시대의 변화를 보여주는 삶의 방식을 그려야 했다. 만해 한용운은 〈님의 침묵〉에서 불교적 상상력으로 '님이 침묵하는 시대'의 정신적 지향을 형상화하고 있다. 이러한 형상성을 읽어내는 것이 문학독서의 한 특성이다. 사회학적 자료의 통계나 등장인물의 실존 여부를 따지는 것은 문학독서의 핵심이 아니다.

3. 상상력으로 구축하는 독서

텍스트를 보는 관점은 여러 가지일 수 있다. 일반 텍스트가 의미의 논리적 구축물이라서 독자는 의미를 찾고, 의미단위별로 분류하고 조합하는 과정에서 명백하고 일관된 의미를 발견하는 일이 독서에 해당한다. 그러나 문학 텍스트의 경우는 사정이 좀 다르다. 이는 의미의 구축물이라기보다는 종횡으로 끝없이 이어지는 의미의 시렁이나 '의미의 그물망'

에 가깝다. 독자의 능동적인 참여, 자신의 기억을 거기 투여하고 작가와 입장을 바꾸어 개입해 보고, 그리고 작가가 얽어 놓은 의미의 그물망에 자신의 기억과 기대를 함께 걸어 봄으로써 텍스트를 적극 수용하는 것이 문학텍스트의 속성이다. 문학텍스트는 주관적 수용이 필연적이다. 그리고 이것이 문학텍스트의 가능성이기도 하다.

텍스트에 자아를 개입하는, 적극적 자기투여는 상상력을 작동하면서 읽는 과정을 뜻한다. 채만식의 「태평천하(太平天下)」 첫머리는 이렇게 되어 있다. '尹直員 영감 歸宅之圖'라는 소제목 다음에 "추석을 지나 이윽고 짙어가는 가을해가 저물기 쉬운 어느날 석양. 저 계동(桂洞)의 이름난 장자(富者) 윤직원(尹直員) 영감이 마침 어디 출입을 했다가 방금 인력거를 처억 잡숫고 돌아와 마악 댁의 대문 앞에서 내리는 참입니다."[4] 추석을 지나면 날이 선선해진다, 외출하기 좋다, 석양이면 밖에 나갔던 사람이 돌아올 무렵이다, 그렇게 우리 일상의 경험과 척척 들어맞는 서술이다. 소설 텍스트가 우리의 감각과 그렇게 들어맞는다는 것 자체가 그 문장의 내용을 상상력을 동원하여 확인하고 동일시한 결과이다. 그런데 서술자는 '저 계동의 장자 윤직원 영감이' 그렇게 서술함으로써 독자 또한 작중인물을 알아야 한다는 전칭적 유인을 하고 있다는 것을 암시한다. 거기다가 '인력거를 처억 잡숫고' 하는 수수께끼 같은 말을 내놓아 추리 추론을 하게 한다. 인력거에 터억 걸터앉아 거드름을 피우면서, 그러니 인력거를 걸치고? 막걸리 한 잔 걸치고, 먹고 혹은 마시고, 영감이 마시는 것이니 잡숫고가 된다. 객담이 되는 것을 무릅쓰고 말하자면, '잡숫다'의 기본 의미는 먹다이다. 거기서 잡아먹다, 따먹다 등의 어휘가 파생된다. 그 놈팽이가 동네 처녀를 따먹었다면서? 먹어버린 모양이더라구,

---

4) 채만식, 『채만식 전집(제3권)』, 창작과 비평사, 1987. 9면.

그런 잡상스러운 말이 '잡숫다'에서 연상된다. 그렇게 생각해 나가면 이 인력거꾼이 영감한테 능욕을 당하겠다는 짐작을 할 수도 있다. '짐작=상상'의 등식이 성립하는 것이다. 사실 상상은 근거가 박약한 경우가 있기도 하다. '인력거를 처억 잡숫고' 하는 표현을 두고 위와 같은 생각을 하는 데는 다소 논리와 이전의 경험 혹은 문화체험이 없는 바 아니나, 그것이 정답인지는 확신이 있을 수 없다. 느낌 혹은 문체의미이기 때문이다.

문학텍스트는 읽는 과정에 약간의 '해찰'이 허용된다. 텍스트의 견인력이 압도적이어서 빠져 읽는 경우는 모르겠거니와, 일반적으로는 읽다가 앞으로 돌아가기도 하고, 목차를 다시 훑어보기도 한다. 그러면서 읽기를 '즐긴다'. 책을 가지고 논다고 해도 좋다. 인생사에 필요한 일을 하면서 한치의 짬도 없이 긴장하지 않는 것과 유사한 과정을 거쳐, 약간은 할랑하게 지나가듯 독서가 이루어진다. 『태평천하』의 목차를 다시 훑어보면 이렇게 되어 있다.

1. 尹直員 영감 歸宅之圖 2. 無賃乘車 奇術 3. 西洋國 名唱大會 4. 우리만 빼고 어서 亡해라 5. 마음의 貧民窟 6. 觀戰記 7. 쇠가 쇠를 낳고 8. 常平通寶 서푼과 9. 節約의 道樂精神 10. 失題錄 11. 人間滯貨와 동시에 品不足 問題, 기타 12. 世界事業 半折記 13. 도끼자루는 썩어도…… 14. 해 저무는 萬里長城 15. 亡秦者는 胡也니라

이런 소제목들이 「태평천하」라는 작품 전체의 서사를 엮어가는 데 어떤 의의를 지니는 것인지 단박에 알기 어렵다. 소제목이 논리적으로 연결되어 있지 않기 때문이다. 그러나 본문을 읽어 나가면서 그 타당성이 (의미가) 하나하나 드러난다. 독자가 맥락을 재구성하는 것이다. 이는 텍

스트의 부분과 부분을 연결하는 독자의 상상력을 통해 이루어지는 독서의 과정이 의미의 생산 과정이라는 점을 암시한다.

이상의 설명이 문학텍스트 독서에 나타나는 횡적인 상상력의 작동 구조이다. 거기다가 작품을 읽어 나가는 데는 개인의 문화체험과 역사체험이 개입하게 마련이다. 그러한 개입을 바탕으로 공감하기와 거리두기를 함께 하는 과정이 지속된다. 식민지로 이어지면서 왜곡된 한국의 근대화 과정에 대한 선지식(先知識), 그러한 환경에 만들어질 만한 성격, 성격적 결함이 시대적 모순과 결합하여 형성되는 소설의 분위기, 사건의 전개가 그 과정에서 타당성을 획득하는 절차에 대한 공감, 그러한 것이 자신의 역사이고 한 세기 전의 자아상이라는 것에 대한 반성과 회오 등이, 이 작품에 종적으로 연결되는 상상력의 양상이라 할 수 있다.

이러한 상상력은 시를 두고도 거의 유사한 양상으로 작동한다. 물론 서사보다는 이미지 중심으로 상상력이 작동하는 것이 사실이나, 시 또한 인간사를 노래하는 것이니만큼 삶의 면면을 도외시하고 이해가 되는 것은 아니다. 김소월의 「접동새」라는 작품을 예로 들기로 한다. 1923년에 발표하고 시집 「진달래꽃」에 수정하여 게재한 것으로 되어 있다.

> 접동/접동/ 아우래비 접동//
> 津頭江 가람가에 살던 누나는/
> 진두강 앞마을에/ 와서 웁니다.//
> 옛날, 우리나라/먼 뒤쪽의/
> 津頭江 가람가에 살던 누나는/
> 이붓어미 싀샘에 죽었습니다.//
> 누나라고 불러보랴/ 오오, 불설워/
> 싀새움에 몸이 죽은 우리 누나는/
> 죽어서 접동새가 되었습니다.//

아홉이나 나마되던 오랩동생을/
죽어서도 못 잊어 참아 못 잊어/
夜三更 남 다 자는 밤이 깊으면/
이 산 저 산 옮아가며 슬피 웁니다.//

　한국의 가족관계, 한국의 설화, 이러한 서러운 노래를 부를 수밖에 없었던 1920년대 중반의 역사적 상황 등을 적극적으로 맥락 안에 상상해 넣어야 이해가 된다. 이러한 독자의 개입은 텍스트의 의미를 생산하는 상상력의 역동성이다.

4. 체험을 확충하는 독서

　아주 평범한 말로, 우리는 독서 과정에서 많은 것을 배운다. 특히 소설의 경우 인간의 실제 삶을 묘사하고, 특정 지역의 특정 사건을 소재로 한다는 점에서 경험을 확충하게 하는 데 기여한다. 최인훈의 「화두」에서는 해방을 전후한 원산이라는 북한의 한 도시(작품에서는 W시라고 되어 있다.) 풍정과 분위기를 알 수 있게 된다. 역사소설에서는 사실을 그대로 수용하는 것은 아니지만, 역사적 사건의 흐름을 개관하고 역사적 사건의 의미를 이해하게 된다. 물론 역사소설의 독서 목적이 거기 한정되는 것은 아니지만.

　특히 소설의 경우 체험을 확충한다는 의미는 폭넓은 것이 된다. 작중인물의 체험 범위가 독자의 체험 범위를 넘는 작품들은 독자의 체험을 확대하는 데 직접 기여한다. 공간적으로 시간적으로 독자의 삶의 영역을 벗어나는 경우 그것은 삶의 영역 확충에 도움이 되는 것이 사실이다. 도스토예프스키의 『카라마조프 집안의 형제들』에 나오는 '대심문관' 장에선 서양 기독교사의 중요한 교리 전체를 요약적으로 이해할 수도 있다. 허만 멜빌의 『모비 딕』에서는 포경업(捕鯨業)에 나서는 뱃사람들의 생활은 물론, 바다와 연관된 많은 것, 고래의 종류며, 해류의 흐름, 배를 운영하는 제반 기구와 뱃사람들의 생리 등을 알게 된다.

이처럼 사실을 확인하고 어떤 사건의 전개를 통해 그러한 역사적 사건의 의미가 무엇인가를 알게 됨으로써 체험을 확충하는 것은 물론이다. 그러나 체험의 영역이 그렇게 한정되지는 않는다. 체험의 범위를 보다 넓게 잡아야 한다. 이는 언어가 인간사 제반 국면 전반에 관여되어 있다는 점 때문에 그러하다.

감각의 구체화, 사고의 확장, 사고방식의 전환, 사태에 대한 새로운 시각의 마련 등이 체험의 영역에 든다. 이러한 체험을 위주로 하는 것이 문학독서의 특징이다. 다만 체험의 강도와 농도가 문제가 되지 그것이 사실 여부를 따지는 것은 오히려 체험을 제한할 수도 있다. 문학적 체험은 산술적인 총량이 문제가 아니라 체험의 신선함과 그 강도가 문제가 되는 것이다.

5. 자아성취를 위한 독서

책을 읽는 것은 '문화 수행'이라는 의미를 지닌다. 간단히 말하자면, 문화란 어떤 집단 사람들이 공유하는 삶의 방식과 지향성이다. 독서문화란 어떤 집단 사람들이 시간을 내어 책을 읽는 습관을 형성하고 있다는 뜻이다. 그리고 읽는 책이 어떤 가치지향성을 지닌다는 것을 전제한다. 현재 우리나라 독서문화 가운데 특징적인 것은 역사와 현실에 대한 관심을 허구양식에 의존하여 충족한다는 점이다. 박경리의 『토지』 김주

영의『객주』황석영의『장길산』조정래의『태백산맥』이문열의 삼국지』
등 장편소설이 쓰여지고, 높은 구매력을 지닌다는 것이 그 예이다. 80년
대 90년대 초에 시가 베스트셀러 시장을 형성했던 것 또한 근래 나타난
문학문화의 한 특징이다.

사회적인 측면에서 보자면 문화는 장기적으로 형성되고 지속되는 사
회현상의 하나이다. 그러나 개인적으로 본다면 문화는 개인이 남과 더
불어 공감을 형성하면서 살아가는 자아실현의 한 양상이 된다. 자아실
현이나 자아 성취는 물질적인 성공보다는 정신적인 유대감 형성과 정신
적 만족으로 표현되는 삶의 질적 향상을 뜻한다. 그렇기 때문에 물질세
계의 법칙성, 경제원칙에서는 다소 벗어나는 측면이 강하다. '정신적 가
치'를 지향하는 독서가 문학의 독서일 것이고, 그러한 과정에서 자아 성
장을 도모하게 된다. 문학독서를 통한 자아성장이나 자아성취는 문학독
서가 현실적인 반대급부를 강조하지 않는다는 점의 이유가 된다. 일상
적인 식생활이 육신의 성장을 도모하는 일에 연관되지만, 음식을 먹는
일 자체가 삶을 즐기는 한 방법인 것과 유사한 과정이 문학독서의 과정
이다. 인간의 정서, 체험, 논리, 가치 등을 터득하고 획득하는 일련의 과
정이 문학독서이다. 이는 개인적 행동으로 구체화되지만 문화적인 배경
이 뒷받침되어야 맥락을 형성하게 된다. 문학 독서가 문화적 실천의 의
미를 지니는 것은 이러한 때문이다.

문학독서에 작용하는 문화개념 가운데 하나는 아마 장르개념일 것
이다. 작가가 작품을 쓰는 데도 장르가 전제된다. 소설가는 소설 장르
의 규칙과 요구를 반영하여 소설을 쓴다. 시인은 시 장르의 규칙을 익
혀 거기에 따라 시를 쓴다. 독서 또한 장르적 규칙을 바탕에 두고 이루
어지는 것이 문학을 문학답게 수용하는 일이 된다. 시의 경우 이미지

중심으로 읽기를 시도하는 것이 자연스럽다. 시적 상상력의 중핵은 상상력의 소산인 이미지이기 때문이다. 소설은 인물과 사건을 중심으로 읽는 것이 자연스럽다. 이런 진부하기 짝이 없는 이야기를 하는 까닭이 따로 있다. 현재 공교육에서 이루어지는 문학독서는 교육목적을 내세워 문학과는 너무나 동떨어진 방식으로 작품을 읽을 것을 강요하고 있기 때문이다. 문학을 문학답지 못하게 수용하는 것이 우리의 교육현실이다. 학력도 학력이지만 학교의 교육 과정은 자아 성취의 과정이어야 하고, 문학독서 또한 자아 성취의 과정에 기여하는 방향으로 이루어져야 한다.

Ⅳ. 문학독서 교육의 상황

개인의 취향이나 집안의 분위기 등에 촉발되어 문학을 읽는 것은 논외로 할 수 있다. 정규교육 혹은 공적교육에서 '문학'을 읽는 과정은, 대학을 제외한다고 해도, 10년 이상이 된다. 동시, 동화 등을 비롯하여, 시, 소설, 희곡, 수필 등으로 분류되는 이른바 작품을, 교과서에서, 많이도 읽게 된다. 나아가 '문학의 본질'을 설명하고 이를 독서에 적용하도록 가르친다. 교육과정에서는 "언어 활동과 언어와 문학의 본질을 총체적으로 이해"하기를 목표로 내세우고 있다. 또한 세부 항목 가운데 문학에 관한 목표는 이렇게 되어 있다. "언어 활동과 언어와 문학에 대한 기본적인 지식을 익혀"(가) "사상과 정서를 효과적으로 표현하는 능력을 기른다."(나)[5] 이렇게 본다면 문학독서를 따로 가르치는 것은 아니라, 국어 능력의 범위에서 문학독서가 이루어지도록 한 구도로 읽힌다.

언어현상이 복합적이고 더구나 내용으로서의 구조 체계와 언어 활용의 수행성(遂行性)으로 말미암아 교육과정이 복합성을 띠게 된다. 문학독서의 경우도 교육과정상의 이러한 구도 안에 자리잡기 때문에 복잡한 논의가 이루어지게 된다. 언어자료 혹은 텍스트 차원에서는 '문학'의 영역에 속한다. 그리고 언어의 운용이라는 측면에서는 '이해' 영역에 해당한다. 또한 수행의 면에서는 '읽기'에 해당한다. 따라서 교육의 장에서 연계적 통합적 방법을 모색하는 것이 바람직하기도 하다. 그러나 우리가 논의의 대상으로 하는 '문학독서'의 속성을 명백하게 하는 데는 따로 영역을 설정하는 것이 합리적일 것으로 본다.

1. 문학독서 가르치기란 무엇인가

이상적으로 말하자면, 문학독서는 문학을 문학답게 읽고 수용하여 문학적 재생산에 환원하는 일련의 과정과 결과라 할 수 있다. 독서라는 것을 다시 규정하고 의미를 부여하는 일은 번거로운 만큼 논의가 생산적으로 이루어지는 데 도움이 되지 못한다. 문학독서의 독서는 문학작품을 읽는 것이라고 평명하게 규정하는 것이 오해의 소지가 적을 것이다.[6]

그런데 문학을 문학답게 읽는다는 것은 간단히 규정되지 않는다. 불가피하게 문학이란 무엇인가 하는 원론적 논의가 필요하다. 문학은 객관적 대상이 될 수 없다. 인간, 언어, 예술 등 가치개념으로 규정되는 사항들이 문학의 문학다움을 규정하는 데 용어로 등장하기 때문이다. 그

---

5) 교육부, 『국어과 교육과정』, 1998, 29면.
6) 텍스트와 작품을 구분하는 문제 또한 좀 번거롭다. 그리고 누구나 아는 사실이다. 다만 텍스트는 독자의 독서 과정을 거쳐 의미를 획득한다는 점은 분명히 해 둘 일이다.

러나 통념적으로 '형상적 사유의 표현'으로 규정되는 문학의 속성을 교육현장으로 옮기는 작업을 문학독서라 하다면 문학을 문학답게 읽는 게 무엇인가는 비교적 자명하게 그 상을 드러낸다. 달리 표현하자면, 언어예술로서 문학을 수용한다는 것쯤이 된다.

언어예술의 수용을 가르친다는 것은, 다시, 무엇인가. 한 예를 보기로 한다.『고등학교 국어』(상)에 박완서의 단편소설「그 여자네 집」이 실려 있다. 김용택 시인의 같은 제목의 시를 소설 속에 인용하고 있다. 내용은 분단 문제를, 옛날 살던 동네의 아리따운 남녀 이야기를 통해, 세월의 변화를 따라 달라지는 삶의 곡절을 추구하고 있다. 이 책에서는 작품을 읽는 방법을 '알아두기'라는 난을 통해 제시하고 있다.

이 책에서는 문학을 읽는 보람으로 '상상의 즐거움'을 든다. 문학적 상상의 즐거움은 문학언어의 특성에서 온다는 것이 전제되어 있다. 문학언어는 간접성, 창조성, 다양성 등의 속성을 지니고 있기 때문에 독자의 상상적 개입이 가능해진다는 것이다. 또한 문학에서 '깨닫는 보람'을 얻고 '즐거움과 깨달음의 확대'를 도모한다는 점을 강조한다. 문학은 정서적 체험을 도모하는데, '공감과 연민, 인간 이해, 삶의 이해' 등을 그 내용으로 제시한 것을 볼 수 있다. 이는 결국 '삶의 고양'을 지향하는 것이 된다. '나를 깨닫기, 인간다운 삶, 공동체의 삶'을 생각하는 것이 문학독서의 과제가 되는 셈이다.

단원의 마무리에서는 읽기의 즐거움과 보람을 이렇게 제시한다. "문학작품을 읽음으로써 자기가 직접 경험해 보지 못한 세계와 사람들을 다양하게 접할 수 있고, 이를 통해 상상의 즐거움을 느끼고 인간과 삶에 대한 깨달음의 보람을 얻을 수 있다. 따라서 문학작품을 폭넓게 읽고 이해하는 것을 생활화하여 자신의 정서적 체험을 풍부히 하고 삶에 대한 가치를 고양시키는 태도를 기르도록 한다." 비교적 문학의 속성을 고려하여 잘 구성한 교재라 할 수 있다.

시의 경우, 이육사의 「광야」를 제재로 하여 구성한 단원을 참조할 수 있다. 단원의 마무리에서 시의 아름다움을 실현하는 요소로 음악성, 형상성, 함축성을 들고 있다. 이 또한 언어예술로서 시의 속성을 잘 드러낸 경우라 하겠다. 교육과정 목표라는 것을 고려하여 언어적 제재의 성격을 아울러 드러내고 있기는 하지만, 문학을 문학답게 수용할 수 있는 기반이 조성되어 있는 셈이다. 이러한 것들은 일종의 학습목표인데, 학습활동을 통해 구체적인 교육의 맥락으로 전이된다. 문제는 이러한 목표가 '문학 읽기' 혹은 '문학독서'의 본질과 어긋남이 없는가 하는 점이다. 교과서에 제시한 독서 내용이 현실적으로 국어라는 교과 속성 논의와는 낙차가 있을지 모르지만, 얼마나 구체적으로 학습자에게 전이되는가 하는 점은 심도 있는 관찰이 필요한 사항이다.

이러한 문학독서의 의의와 중요성을 충분히 알았다는 데서 멈출 수 없다는 데 문제가 있다. 학교에서, 문학교사가 학습자들과 어떻게 소통하는가 하는 데 문제의 핵심이 놓인다. 이는 수업 혹은 교수-학습이라는 기술적인 면을 도외시할 수 없는 문제이다. 문학 텍스트와 학습자, 그리고 교사 사이에 문학적 소통의 이중화가 이루어지는 구도 안에서 문학교사의 역할은 특수성을 띤다. 이는 뒤에 살피기로 한다.

2. 문학독서에서 교사의 역할은 무엇인가

학습의 과정에서 이루어지는 문학독서는 일종의 안내 독서 성격을 지닌다고 보는 것이 일반적인 설명이다. 시를 가르칠 경우는 학생들과 함께 낭송을 하면서 시어의 음악적 속성을 이해하도록 할 수도 있고, 시의 내용을 살려 낭송을 하면서 음미하는 가운데 시적 언어의 아름다움을 알 수도 있다. 그러나 소설의 경우는 낭송을 이용하는 방법도 있을 수 있을 것이지만, 기본적으로 '고독한 개인의 독서'라는 성격을 벗어나지 않는다. 장편소설의 경우는 특히 그러하다. 장르에 따라 독서 양상이 다를 것은 앞에서 예상한 바이지만, 시를 읽는 것과 소설을 읽는 것을 같은 독서현상으로 설명하기 어려운 점이 있는 게 사실이다.

소설의 경우, 문학교사가 학습자에게 할 수 있는 일은 비평가가 일반 독자에게 할 수 있는 일과 유사한 성격을 지닌다. 교실 현장에서는 학습 활동을 조직하고 그것을 학습자와 더불어 생각하고 논의하는 것이 된다. 그러나 작품을 읽으면서 느끼는 '감동'은 대개 유예되거나 제거된 채로 수업이 진행된다. 정서적인 공감을 언어화하기가 쉽지 않고, 언어화하자면 다른 글쓰기를 요한다. 그렇게 언어의 층위를 전이해 가는 과정에서 공감은 논리적인 언어로 전환되어 학습자의 부담으로 뒤바뀐다.

문학독서에서 정서적 공감을 촉발하고 유지하는 방법은 무엇인가. 잠재적 교육과정의 개념으로 태도 측면에서 문학독서의 효과를 지속하는 방안을 고려할 수 있을 것이다. 이는 뒤에 가서 구체적인 논의를 하기로 한다. 이제까지 교사와 학생 사이의 기계적인 전달과 전이를 전제하고 연구를 진행해 왔고, 그러한 수업이 이루어진 것이 사실이다. 문학독서의 경우 일차적인 의미 찾기, 즉 주제 파악을 독서의 목적으로 설정하는 구태를 벗어나지 않는 한 연구는 제자리를 맴돌 것이 명백하다. 그리고 문학독서 교육 또한 한계에 봉착할 것이다.

문학교사는 학습자보다 문학독서의 수준이 높다는 점을 전제한다. 이는 문학을 통합적으로 바라보고 수용할 줄 안다는 뜻이다. 그러면 문학

교사와 학습독자 사이에 어떻게 소통이 가능한가 하는 점이 문제로 부각된다. 여기서는 문제를 확인하는 데 그치고 논의는 다음 장에서 하기로 한다.

3. 독서 결과의 내면화와 능력의 산출

독서 결과를 말로 하거나 글로 쓰라는 것은, 교육의 장에서 대단한 강박이다. 책을 읽다가 문득 과제가 떠오르면 책읽기가 공포로 다가오는 경우도 있다. 물론 책 읽은 다음에 그 결과를 글로 쓰거나 말로 하는 일이 능숙한 경우는 다르다. 그러나 실상은 정도의 차이는 있을지언정 아무런 긴장이나 부담 없이 독서 결과를 처리하는 경우는 없다. 이따금 글읽기와 글쓰기의 전문가들인 평론가들이 어떤 작품을 읽고, 읽은 것을 다시 글로 쓰기 위해 서너 번씩이나 재독 삼독을 했다는 사실을 증언하는 경우를 볼 수 있다. 아무런 부담이 없이 작품을 읽는다는 것은 일종의 허상이다. 작품을 읽는 일 자체가 '인격적 조우'를 전제한다면 그러한 부담은 필연적인 것이다. 다만 부담을 경감하는 방향으로 학습과정을 조정할 필요는 있을 것이다. 그리고 그러한 부담이 문학적 애정으로 전환되어야 함은 강조가 필요치 않다.

앞에서 본 바와 마찬가지로 교실장면에서 이루어지는 문학독서는 말할 거리와 글을 쓸 거리를 적절히 가공하여 제공하고 있다. 발표, 토론 등으로 이루어지는 말하기와 여러 가지 형식으로 이루어지는 글쓰기를 통해 독서 결과가 내면화되기를 기대한다. 이는 작품에 접근하는 방식을 의도적으로 조정하고 반복한다는 의미를 지닌다. 이 과정에서 작품은 특수한 형식으로 내면화된다. '한번 읽고 치우는' 문학작품도 있을 수 있다. 그러나 기억을 되살려 보라. 일회적 독서는 오히려 예외에 속하는 현상이 아니던가. 철학의 화두로 등장하는 문제들, 존재, 진리, 확실성, 정의 그러한 화두들 치고 한판 승부로 마무리되는 경우는 없다. 이들은 인류의 학문사에서 두고두고 거듭 반복하여 음미하고 사색을 거듭한 화두들이다. 문학의 경우 또한 마찬가지라서, 스스로 하거나 아니면 다른 사람과 함께 논의하기 위해서든 거듭 음미하고 반복적으로 의미를 부여하는 과정 속에서 내면화가 이루어진다.

이러한 내면화를 현상학적으로만 다루는 것은 교육에서는 그 의미가 제한적이다. 사실이 어떠한가를 밝히는 일은 일차적으로 필요한 작업이다. 문학독서현상을 일차적으로 구조를 밝히고, 그리고 개인 내적으로 어떤 변화를 거치면서 그것이 가치화되었는가를 역사적으로, 즉 종단연구의 방법으로 확인할 필요가 있다. 그런 뜻에서 「그 여자네 집」 같은 작품은 검토의 대상이 될 만하다. 작가의 체험, 시의 체험, 민족의 체험이 종단적으로 이어져 있으며,[7] 그것은 이 작품을 읽는 이들의 기억에 저장될 것이고, 후에 이와 유사한 맥락이 혹은 모티프가 논의의 대상이 될 경우, 그 경험은 되살아날 것이다. 그리하여 그 상황에서 이루어지는 각종의 사색과 지향에 의미있는 영향을 행사한다면 그것이 내면화의 발현 양상이다. 그러한 점에서 내면화는 독자가 영위할 미래의 정신적 삶과 연관되는 것으로 보아야 한다.

성인이 되어 독서체험과 자아 성장을 증언하는 많은 이야기들을 하는 것은 독서 결과의 내면화를 증언하는 예들이다. 그러한 점에서 최인훈의 「화두」 같은 작품을 독서교육의 측면에서 다루어 볼 만하다. 내면화

---

7) 이러한 체험의 종단적 재구성 능력과 과정에 '역사적 상상력'이 작동한다. 역사적 상상력은 어떤 사태를 역사적으로 해석하는 것이다.

결과를 글로 산출하는 능력, 그것은 경험의 축적과 사고의 성숙과 맞물려 있는 것이다. 따라서 학교에서 이루어지는 문학독서의 경우 이러한 과업을 성공적으로 수행하기 위해서는 학습자의 성장을 고려한 프로그램 마련이 있어야 한다.

V. 공감적 소통을 위한 문학독서의 방법

1. 문학독서의 구조

교육의 장면에서 이루어지는 독서의 구조를 생각해 보자. 교실의 여건이라든지 학습자의 성장과 연관된 문제라든지 하는 등의 다른 조건은 뒤로 미뤄 두기로 한다. 학습자-작품-문학교사, 이렇게 세 가지가 문학 교실을 구성하는 요소로 두드러진다. 쉽게 생각하면 문학교사가 학습자에게 작품을 잘 읽도록 가르치는 것이 문학독서의 기본 구도이다. 그런데 학습자도 독자이고 교사도 독자이다. 작품을 꼭지점으로 하여 아래 두 꼭지점에 학습자와 교사가 놓이는 구조가 된다. 교사와 학습자 사이의 어떻게 공감이 이루어지고 소통이 가능한가 하는 점이 문제이다. "읽기 지도에서 교사의 역할은 학생들이 적절한 읽기 기회를 가질 수 있도록 해 주는 것"8)이라 한다. 또한 "자신의 방법으로 혼자서 읽을 수 있다는 자신감을 키우도록 하고, 실수의 두려움을 없애 주"는 것이 교사의 할 일이라고 강조한다.9) 이는 결국 "학생들 스스로 읽지 않고는 결코 읽

---

8) 신헌재 외, 『독서교육의 이론과 방법』, 박이정, 1993, 88면.
9) 같은 책, 88면.

기를 배울 수 없다"[10]는 점을 환기한다. 읽기의 실천적 특성으로 보면 타당한 지적이다. 스스로 의욕을 가지고 읽는 데까지 나아갔다고 하면 문학 읽기는 일단 성공적인 지도가 가능해진다.

책을 읽게 되는 계기는 다양할 것이고, 그것이 독서의 방향에 영향을 미칠 것도 예상되는 점이다. 그러나 계기의 다양함을 모두 고려하여 개별화하는 일은 이 논의의 범위를 벗어난다. 책을 읽게 된 동기가 독서과정에 미치는 영향을 사상한 자리에서 출발할 필요가 있다.

독서론의 난점 가운데 하나는 교사의 독서 구조나 학습자의 독서 구조는 동일하다는 것이다. 독서의 현상학을 설명하는 뿔레에 따르면 "문학은 나의 의식과 대상 사이의 일상적인 부조화에서 나를 해방시켜 준다."[11] 문학은 형상화된 것이고, 자율적인 구조를 지니고 있기 때문에 이러한 역할이 가능하다. 그는 문학이 작가의 존재적 결단의 결과라는 점을 이렇게 설명한다. "책은 작가의 몽상과 삶의 방식이며, 사고와 감정을 보존하는 수단이며, 죽음으로부터 자기를 구출하려는 욕구의 표출에 다름 아니다."[12] 모든 문학이, 학습자가 읽는 작품이 그렇게 대단한 존재인가를 묻는 것은 논의를 후퇴시킬 우려가 있다. 작품의 가치를 이렇게 전제해야 하는 이유는, 그저 시도해 보는, '해보는 소리'에 지나지 않는 작품(그것은 작품이 아니다)을 논의의 대상으로 삼을 수 없기 때문이다.

장르에 따라 정도의 차이를 인정한다고 해도, 작품에는 작가의 사유가 들어 있게 마련이다. 그것은 주제가 될 수도 있고, 모티프가 될 수도 있으며, 형상화의 특징으로 현현되는 감성일 수도 있다. 독서는 타자의

---

10) 같은 책, 89면.

11) Poulet, Georges, *La Conscience Critique*, 조한경 역, 『비평과 의식』, 탐구당, 1990, 278면.

12) 같은 책, 281면.

사유 내용을 독자의 내면에 수용하여 변형하는 일이다. 작가 채만식은 『태평천하』 속에서 왜곡된 근대를 사유하고 있다. 독자는 왜곡된 근대가 빚어낸 인간형을 바라보면서 작가와 더불어 근대의 문제를 고심하게 된다. 작가가 전혀 고려하지 않은 근대의 문제를 이 작품에서 독자가 읽어낸다면 그것은 잘못된 독서이다. 독자의 상상은 작가의 사유 범위와 연관된 영역 안에서라야 하기 때문이다. 서정주의 「동천(冬天)」에서 시인이 생각하는 사랑의 의미와 세계의 형성을 제쳐놓고 다른 것을, 예컨대 겨울철 땔감의 문제를 생각할 수는 없다. 독서는 결국 작가의 사유를 사유하는 일이다.

"나는 내가 독서하는 책에서 끌어낸 사고, 즉 작가의 사유를 사유의 대상으로 삼는다. 그것은 다른 사람의 사고임에 틀림이 없지만, 내가 그것의 주체인 것이다. 나는 다른 사람의 사고를 사고하는 것이다."[13] 그 사유가 주체적이라는 점은 주목을 요한다. 독자인 내가 사유의 주체이기 때문에 작품에 대한 해석과 가치 부여가 가능하게 된다. 만일 그렇지 않다면 주체의 수동적 수용만이 용납될 것이다. "어떤 문학 작품이든 문학작품은 그것을 쓴 사람의 자아의식 행위를 전제로 한다. 글을 쓴다는 것은 사고의 물결을 그대로 받아들이는 데 그치지 않는다. 작가는 사고의 물결을 받아들이되 그것들의 주체가 되어 그렇게 한다는 사실을 잊어서는 안 된다."[14] 이렇게 본다면 사유를 사이에 두고 작가와 독자는 상호주체적 관계에 놓이게 된다.

그런데 문제는 다른 사람의 사고를 사고하는 주체인 독자의 사유가 어떤 것인가 하는 데 있다. 주체의 사유가 지니는 주관성과 보편성의 문

---

13) 같은 책, 287면.
14) 같은 책, 301면.

제를 고려해야 하는 것이 이 지점이다. 뿔레가 가정하고 있는 것은 독자의 독서가 작가의 의식을 전적으로 무시하는 것이 아니라는 점이다. 이를 비평의식이라 하는데, 뿔레는 비평의식의 속성을 다음과 같이 설명한다.

"비평의식은 다른 사람이 의식에 흐르는 어떤 것을 자신의 것으로 포착하는 독자의 의식이다. 동일감을 드러내는 비평의식은 그렇다고 해서 괴리와 차이를 전적으로 배제하는 것은 아니기 때문에 대상의 전적인 소멸을 요구하지는 않는다."15)

대상을 대상으로 두면서 주체의 의식을 발동하는 방식은 무엇인가? 이는 달리 말하자면, 다른 사람의 사고를 사고하는 것이 어떻게 가능한가 하는 질문으로 전환된다. 여기서 공감의 문제가 대두된다. 공감은 학습자와 문학교사 사이의 공감으로 전이하여 생각할 수 있다. 전문가로서 문학교사가 사고하는 사고의 한계, 문학적 이해의 한계가 문학독서를 지도하는 한계가 될지 모른다. 그러나 이를 극복할 수 있는 길은 문학교사로서 문학에 대한 애정을 숨김없이 드러내 실천으로 보여주는 것이다. 이러한 태도를 바탕으로 논리적으로 보완할 수 있는 사유는 다른 사람의 자료를 이용할 수 있다. 다른 사람의 자료, 독서 결과물을 이용한다고 해도 비평가로서의 교사는 자신의 위상을 해하지 않을 수 있다. 이는 문학교사와 비평가가 공유하는 교육 가능성이다. "비평가는 작가가 창조한 심적 질서를 관찰을 통해 새로운 질서로 바꾸어 놓는다. 따라서 비평가는 작가의 거대한 혼돈의 소용돌이에 자신을 맡긴다고 해서 안표를 버리지 않는다."16)

---

15) 같은 책, 284면.
16) 같은 책, 303면.

문학교사와 학습자가 동시에 독자가 되어 독서를 행하되, 각각 자신의 주관을 투여하여 상호주체적인 독서를 하게 된다. 비평가로서 문학교사는 자신의 문학에 대한 태도를 잠재적으로 학습자에게 전이시키면서, 사유와 상상에 필요한 참조항목을 다른 데서 차용해 학습자의 상상을 촉발하는 자료로 사용할 수 있다. 매개자로서 문학교사는 남의 문학독서를 자신의 교육에 원용할 수 있는 특권을 지닌다.

2. 문학독서에서 공감의 몇 층위

문학독서의 특징 가운데 하나는 공감의 독서라는 데 있다. 공감은 대상에 대한 작가의 공감, 작가의 공감(사유)에 대한 독자의 공감, 한 독자의 공감에 대한 다른 독자의 공감 등으로 층위를 이룬다.

문학은 어떤 대상에 대한 작가의 공감을 언어적으로 형상화한 것이다. 문학이 형상적이라는 것은 경험(공감)의 구체성을 뜻한다. 대상의 언어적 형상화는 대상에 대한 작가의 사유로 바꾸어 말할 수 있다. 작가의 사유는 대상을 발견하고 발견한 대상을 의미화하는 과정을 거친다. 서정주의 『질마재 신화』 가운데 「상가수의 소리」라는 시가 있다. 이 시는 시이되 산문시 형식을 취하고 있고, 제재가 민속적인 것이라서 경험의 공감을 설명하기 좋은 작품이다. 시이면서 이야기이기 때문이다. 그렇다고 모든 산문시가 그런 것은 아닐 터이지만.

질마재 상가수의 노랫소리는 답답하면 열두 발 상무를 젓고, 따분하면 어깨에 고깔 쓴 중을 세우고, 또 상여면 상여머리에 뙤약볕 같은 놋쇠 요령 흔들며, 이승과 저승에 뻗쳤습니다.
그렇지만, 그 소리를 안 하는 어느 아침에 보니까 상가수는 뒷간 똥오줌 항아리에서 똥오줌 거름을 옮겨내고 있었는데요. 왜, 거, 있지 않아, 하늘과 별과 달도 언제나 잘 비치는 우리네 똥오줌 항아리, 비가 오나 눈이 오나 지붕도 앗세 작파해 버린 우리네 그 참 재미있는 똥오줌 항아리, 거길 명경(明鏡)으로 해 망건 밑에 염발질을 열심히 하고 서 있었습니다. 망건 밑으로 흘러내린 머리털들을 망건 속으로 보기 좋게 밀어 넣어 올리는 쇠뿔 염발질을 점잔하게 하고 있어요.
    명경도 이만큼은 특별나고 기름져서 이승 저승에 두루 무성하던 그 노랫소리는 나온 것 아닐까요?

이 시의 대상은 '질마재 상가수'이며, 그의 '노랫소리'이다. 시인은 그 상가수의 행동을 살펴 서술하고, 그 노랫소리가 '이승과 저승에 뻗쳤'다고 파악한다. 그리고는 그 연원을 따져보는데, 자신의 체험으로 연계짓고 있다. '거름을 옮겨내는' 일상 속에 가수로서 자기를 닦는 과정이 나타난다. 똥오줌 항아리를 명경으로 삼아 '쇠뿔 염발질'을 하고 있는 것을 보고, 기억하고, 서술한다. 명경의 '특별나고 기름짐'이 질마재 상가수의 노랫소리를 '이승과 저승에' 두루 무성하게 했다는 것이다. 보기 따라서는 자기 동네에 살던 어떤 인물의 간단한 이야기일 수 있다.

그러나 '이승 저승에 두루 무성하던 그 노랫소리'는 예술의 최고 경지를 뜻하는 것이라는 점을 생각하면, 이 시를 읽는 일이 간단치 않다는 것을 상기하게 된다. 어떤 영역이든 그 최고의 경지를 형상화하는 일은 시인, 작가의 최종적인 과업일 것이며 삶의 목표에 해당될 것이기 때문이다. 시인이 상가수에 대해 공감하는 것은 이러한 때문이다.

여기서 우리는 예술의 최고경지란 무엇인가 하는 문제를 생각할 수 있다. 예술은 인간 가능성을 탐구하는 특수한 방법이다. 인간 가능성이란 추상적인 용어가 구체화되는 국면은 삶의 총체성이 드러나는 어느 순간일 것이다. 삶의 총체성은 일상에서 이루어지는 일, 거름내기 같은 것과, 그러한 일상에서 자기 몸을 매만지는 존재의 양성(釀成)과정을 거쳐야 한다. 그러한 과정이 생략된 총체성은 관념상의 총체성일 뿐이다. 일상 속에서 예술적 자각이 이루어지는 가운데 행해지는 것이 예술행위라 할 수 있다. "답답하면 열두 발 상무를 젓고, 따분하면 어깨에 고깔 쓴 중을 세우고, 또 상여면 상여머리에 뙤약볕 같은 놋쇠 요령 흔들며" 노래하는 그 행위가 예술적 행위이다. 이러한 예술적 행위의 근거가 일상 삶에 있음은 물론이다. 그러나 "인간 세계는 모든 부분에서 개인적인 투기(投企)를 넘어서는 것"[17]이라는 점에서, 이러한 행위는 이중적 의미를 지닌다. 하나는 그저 농사를 짓는 농사꾼이 아니라 가수, 그 가운데서도 '상가수'라는 데서 개인을 벗어나는 것이며, 다른 하나는 상무젓기, 무동태우기, 상두가 부르기 등은 가수의 개인성을 벗어나는 것이다. 이처럼 개인을 벗어나는 데서, 이 시는 공감을 일궈내는 힘을 얻게 된다.

나아가 시인이 생각하는 예술의 근원으로 돌아가 볼 수 있다. 답답함, 따분함 그리고 거기 '폭력적'으로 연결된 상여머리 등이 시인이 예술의 근원으로 상정하는 형이상학이라 할 수 있다. 답답함, 따분함 등은 죽음의 메타퍼이다. 그것이 외적인 형식으로 문화화한 것이 상여머리로 표상되는 장례(식)이다. 답답함, 따분함은 존재의 존재 가능성을 담보해 주는 시간성의 마모를 상상하게 한다. 마모된 시간, 마모되어 가는 시간에 거슬러 존재의 존재다움을 드러내는 형식이 예술이다. 그렇기 때문에 예술은 생명을 지향하는 것이 되고 근원적으로 죽음에 대한 항거의 의미를 지닌다. 예술에서 최고의 지경이 죽음에 맞닿아 있는 것은 이렇기 때문이다. 토마스 만의 『베니스에서의 죽음』이 예술의 마지막 경지가

---

17) 곽광수, 『가스통 바슐라르』, 민음사, 1995, 141면.

한 예술가의 죽음과 맞닿아 있는 것도 이러한 설명이 가능한 점이다. 예술이 "죽음으로부터 자기를 구출하려는 욕구의 표출"[18]이라고 한 뿔레의 지적도 이에 연계된다. 상여로 표상되는 죽음은 "뙤약볕 같은 놋쇠 요령"을 흔들며 노래할 때라야 약간의 자리를 내주며 비껴난다. 이는 존재의 팽창과 도약을 위한 상상력의 개입으로 가능해지는 시의 높은 경지이다.

위 시에서 시인은 상상력을 동원하여 생에 참여하는 일을 수행한다. 이 생은 예술의 궁극적 지향점, 최고의 경지를 지향하는 생의 궁극점이다. "이승 저승에 두루 무성하던 그 노랫소리"로 표현되는 예술의 최고 경지는, 삶의 총체성의 궁극적인 양상일 것인데, 이러한 일은 세계를 구성하는 일, 새로운 세계를 상상하는 일과 같은 속성을 지닌다. 앞에 인용한 「동천」이 그러한 예에 해당하거니와, 지상의 삶을 살아가는 존재가 천상(저승)에 이르는 노래를 할 수 있다는 것은, '상상력의 적극적 참여'가 이룩해내는 세계 창조의 가능성을 실현한 탁월한 예이다. "시인이란 아는 자, 즉 초월하는 자, 그리고 그가 아는 것을 명명하는 자이다. 그리고 마침내, 절대적인 창조가 없다면, 시란 없는 것이다."[19] 이 절대적인 창조는 예술가의 특권인데, "예술가는, 그가 사는 것처럼 창조하지 않는다. 창조하는 것처럼 사는 것이다."[20] 이 삶의 과정에 문학독서가 자리잡는다.

'명경에 울리는 상가수의 노랫소리', 이승과 저승에 뻗치는 노랫소리는 예술의 최고 경지에 이른 창조의 궁극적 양상이다. 그러한 삶은 일상

---

18) Poulrt, Georges, *La Conscience Critique*, 조한경 역,『비평과 의식』, 탐구당, 1990, 281면.
19) Bachelard Gaston, *La Poétigue de L'espace*, 곽광수 역,『공간의 시학』, 민음사, 1997, 62면.
20) 같은 책, 66면.

의 삶을 모방하는 사실적 상상력으로는 도달할 수 없는 경지이다. 이러한 읽기를 통해 우리는 시인의 상상에 내가 적극적으로 참여하여, 시인의 창조를 나의 창조로 전환하는 작업에 참여하는 '자유'에, 정신적 창조와 자유에 이른 것이다. "시의 독서가 우리들에게 제공하는 그 이미지가, 다음 순간 정녕 바로 우리들 자신의 것이 되어 버리는 것이다."21) 이를 카렐 코직이 말하는 '구체적 전체성'의 한 양상으로 설명할 수 있을 듯하다.22) 다음 인용에서는 정신적 창조의 전이가 어떻게 가능한지를 볼 수 있다.

> 우리들은 그것을(시의 이미지 - 인용자) 받아들인 것인데, 그런데도 마치 우리들 자신이 그것을 창조할 수 있었으리라는, 마치 우리들 자신이 그것을 창조해야 했으리라는 인상에 눈뜨게 된다. 그것은 우리들 자신의 언어의 새로운 존재가 되고, 우리들을 그것이 표현하는 것으로 만듦으로써 우리들 자신을 표현하는 것이다. 달리 말하자면, 그것은 표현의 생성인 동시에 우리들의 존재의 생성이기도 하다. 이 경우 표현이 바로 존재를 창조하는 것이다.23)

문학교사의 상상력이 이른 곳이 여기라면, 어느 정도 문학독서의 소통 가능성을 발견한 것이라 할 수 있다. 그런데 이를 다른 존재인 학습자에게 어떻게 전이하여 문학교사의 창조적 상상을 생산적으로 만들 수 있는가 하는 점이 문제이다. 문제는 이러한 공감과 창조가 다른 독자에게 어떻게 전이되는가 하는 데 있다. 여기서 문학교사와 학습자 사이의 소통의 문제를 다시 고려하게 된다.

---

21) 같은 책, 51면.
22) 김우창, 『궁핍한 시대의 시인』, 민음사, 1977, 360면.
23) Bachelard, Gaston, 곽광수 역, 앞의 책, 51~52면.

3. 문학독서의 소통 가능성

문학교육에서 독서현상의 현상학적 설명으로는 문학교육 소기의 목적에 이르는 데에 한계가 있다. 문학교사와 학습자 사이의 소통이 이루어지고, 그 결과가 학습자의 자기형성, 자아 창조에 전이될 수 있어야 하고, 학습자는 문학교육을 통해 문학적 관습 혹은 '문학문화'에 익숙해져야 하기 때문이다.

소통은 대화이다. 전달이 아니란 뜻이다. 대화는 차원이 다른 두 존재가 언어적 교섭과 투쟁을 겪는 과정에서 존재 상승을 도모하는 일이다. 이는 인간의 가능성을 탐구하는 일이다. 대화적인 의미에서 본다면 소통은 향상과 형성, 또는 성장을 기도하는 일이 된다. 독서 또한 이러한 속성을 떠나서 논의할 수 없다. 이를 과도한 교양의 이념에 얽매인 논의라 하는 비판이 있을 수 있다. 그러나 교육이 가치 지향성을 지닌다는 점을 인정하는 한 교양의 이념을 도외시하고 어떤 논의를 할 수 있을 것인가. 교육적 안목으로 보자면, 주간지에 나오는 시시껄렁한 이야기를 독서의 대상으로 삼는 것은 생의 탕진이요 낭비이다.

문학독서가 이루어지는 문학교실의 속성은 독특한 측면을 지니고 있다. 문학교사나 학습자나 개인으로서는 독립적인 독서가 보장되는 공간과 시간이 확보되어야 독서를 할 수 있다. 교실에서 이루어지는 독서는 환경이 그렇지 않다. 그것인 일종의 '대면공동체'이다. 독자인 학습자는 개인이면서 공동체의 구성원이다. 이들은 개인적 소통과 공동체적 소통에 함께 참여한다. 대면공동체의 의사소통은 참여적이고 공감적이다. 시를 낭독하고 그 감상을 함께 이야기하는 경우가 그런 성격을 지닌다. 소설을 몇 사람을 내세워 낭독을 하게 하고, 문학교사가 낭독을 교정해 주는 경우를 생각할 수 있다. 이러한 경우 문학독서는 대면공동체의 성격을 지닌다. 학습자들 사이의 공동체에서는 이런 일이 가능하다. 그러나 실상은 문학교사가 제왕적 권위를 행사하는 장이라서 대면적 상황의 정당한 의미가 제한된다.

이러한 과정에서 작품은 정전으로 부상되고 문학교사의 권위는 압도적인 것이 된다. 문학교사의 권력이, 시험이라는 제도가 학습자들의 독서 방향을 결정한다. 그것은 주제와 기법이라는 두 항목으로 요약되는 사항인데, 이러한 단계에서 문학교사와 학습자의 독서 사이에 정상적인 소통이 이루어지기를 기대하는 것은 지극히 어렵다.

문학독서의 현실적 구조는 이렇게 표현할 수 있다. "글을 읽고 이해하는 일에 작용하는 주체성은 권력과 이성과 전통의 복잡한 관련 속에 있다."24) 학습자는 주체성 구성에 얼마나 참여할 수 있는가 하는 질문에 명확한 답을 하기 어렵다. 학습자의 주체성 구성에 스스로 참여할 기회가 거의 주어지지 않는 것이 현실이다. 문학교사의 권위가 학습자의 주체성 형성에 압도적인 영향을 행사하는 것처럼 보이지만, 문학교사의 권위는 텍스트의 권위, 그 텍스트를 만든 작가의 권위에 위임되어 있다. 이 가장된 권위가 전통이 되어 권위를 구축하고 있는 문학교실에서 문학텍스트는 경전처럼 읽힐 수밖에 없다. 이는 정상적인 의미의 대면적 상황이 아님을 뜻한다.

문학을 수행하는 방식이 해석학으로 기울어 문학독서 또한 '외로운 고립된 개인'의 내면화된 작업처럼 인식되는 것은 아닌가. 아예 소통이라는 것을 거부하는 책읽기가 되어버린 것은 아닌가. 독서의 심리학, 독

---

24) 김우창, 『궁핍한 시대의 시인』, 민음사, 1977, 447면.

서 해석학이 아니라 독서의 사회학을 구성하는 것이 바람직한 방향이 아닐까 하는 판단을 하게 하는 요인은 여기 있다.

우선 개인적 독서, 고독한 독서의 면모를 살펴보기로 한다. 이러한 독서는 논리적인 이성을 바탕으로 개인의 상상 세계를 완벽하게 펼칠 수 있다는 특징이 있는가 하면, 인간의 감각적 삶의 소실을 초래하기 쉽다. 책을 읽으면서 몸을 움직일 일도 없고, 낭독은 소멸되었으며, 독서는 소비로 전환되어 책읽는 행위가 언어의 자연스런 정황에서 멀어지고, 결과적으로 내면의 독서를 지향하게 된다. "자연스런 언어는 인간의 전인격적인 상호작용의 일부로 그러한 교환의 전면성, 자발성, 창조성을 가지고 있다."[25]는 언어의 수행 실상을 고려한다면, 문학교실에서의 문학독서는 소통의 통로가 막혀 있다고 보아야 한다. 이는 내면성이 사라진 독서라 할 수 있다. "내면성이 없는 곳에서 진정한 의미의 이해가 있다고 하기는 어렵다. 내면성이란 주어진 텍스트에 대하여 주체적으로 작용할 수 있는 능력이다."[26] 학습자의 주체성과 내면성을 고려하는 독서지도의 길을 모색해야 하는 이유가 여기 있다.

문학교사가 학습자의 독서를 제왕적 권위로 일방적으로 이끌고 갈 경우, 학습자의 전체성의 모험이 제한된다. 그와 반대로 학습자 개개인의 자기 각성을 바탕으로 수행되는 문학독서는 교육의 범위를 벗어난다. 이러한 소통이 이루어질 수 없는 난관을 타개하는 방법은 무엇인가?

학습자 개인적으로 이루어지는 문학독서를 장려하면서, 그 결과를 내면화할 수 있는 장치를 마련하도록 하는 것을 소통의 한 방안으로 제시하려고 한다. 앞에서 우리는 문학교사와 학습자가 각각 개별적인 독자

---

25) 같은 책, 449면.
26) 김우창 외, 『책, 어떻게 읽을 것인가』, 민음사, 1996, 444면.

이면서 소통을 필요로 하는 개체들이라는 점을 강조한 바 있다. 학습자의 독서를 문학교사가 이끌어간다는 것은 제한적인 의미를 지닌다. 문학교사와 학습자 사이의 상호주체적인 사회성과 역사성으로 말미암아 그 소통이 제한적이기 때문이다. 이런 지적을 참고할 만하다.

"사람은 그의 삶의 경로를 반성적으로 내면화하여 체험으로 의식하고 이를 기억화한다. 그러나 이 기억은 단순한 사실적 기억만이 아니라 감각적, 정서적 흔적을 지니며 또 현재와 미래에 있어서의 우리의 삶을 규정하는 힘으로 존재한다."[27] 이렇기 때문에 주체들은 독서를 통해 자신의 삶의 경로를 내면화할 때, 작품에 대해, 세계에 대해, 문학교사에 대해 주관적인 시각을 견지하게 된다. 따라서 주체들은 집단의 영향과 제약 속에서 주체성을 구성하지만 주체의 능동성을 그대로 유지할 수 있는 것이다. 여기서 우리는 인간 체험의 보편성을 고려하지 않으면 안 된다. 문학교사와 학습자 사이의 소통 또한 체험의 공통성과 보편성을 바탕으로 가능해진다.

"인간의 이해는 주체적 관점의 교환에서 이루어지나 이것이 가능한 것은 우리가 보다 커다란 생명충동 또는 역사적 현실 속에 있기 때문이다. 즉 주체와 주체의 일치는 이 양자를 포함하는 말하자면 초월적 주체의 매개를 통하여 가능하다."[28] 이 초월적 주체로 우리는 '이성'을 고려할 수도 있고, 인간의 '지향성'을 고려할 수도 있을 것이다. 그리고 문학독서에서는 이 초월적 주체의 존재 가능성에 대한 공감, 그 가능성에 대한 믿음을 양성하는 것이 소통의 가능성 개발의 통로가 된다. 문학교사의 가능성이 학습자의 가능성이고, 학습자의 가능성이 문학교사의 가능

---

27) 같은 책, 446면.
28) 김우창, 『궁핍한 시대의 시인』, 민음사, 1977, 355면.

성과 공유된 것이라는 점의 인식과 이에 따른 실천이 문학독서의 소통
을 가능하게 해 주는 논거가 된다.

Ⅵ. 문학독서의 사회미학 혹은 미학적 윤리학

문학독서는 새로 산 자동차 매뉴얼을 읽는다든지 관광안내서를 읽는
것과는 성격이 다르다. 문학독서는 실용성을 벗어나 있다.[29] 문학독서는
삶의 가치를 지향한다. 삶의 가치란 인간의 인식과 감수성의 확장을 통
해 존재의 정당성을 확보하고, 나아가 인간의 가능성을 탐구하는 작업
에 속한다. 그것이 사회학이나 윤리학과 다른 것은 구체적인 형상성을
바탕으로 한 문학을 내면화하면서 얻어지는 인식과 감수성의 확장이라
는 점이다. 이는 삶의 창조라 할 수 있는데, 존재의 자기긍정과 각성으
로 집약된다.

이러한 가능성의 탐구 방향은 두 방향을 설정할 수 있다. 하나는 인간
의 사회적 존재로서의 가능성에 주목하는 것이다. 다음과 같은 소통의
가능성을 주장하는 예가 거기 해당한다. 인간의 사회적 삶을 논거로 문
학독서의 가능성을 논하는 경우, 인간의 소통이 공동체적 삶을 바탕으
로 가능하다는 논지를 펴게 된다. 인간은 각자 자기의 마음을 가지고 따
로 살아가지만 하나의 세계를 공유하고 있다는 사실을 부정할 수 없고,
그러한 사실 때문에 마음과 마음이 교감할 수 있게 된다. 이렇게 구성되
는 공동의 세계는 의미의 소통 과정에서 스스로 구축된다고 할 수 있

---

29) 물론 실용성을 부각시켜 문학을 이용하는 경우의 문학독서는 달리 설명되어야
   한다.

다.[30] 세계를 공유하고 있음으로 해서 가능해지는 의미의 공통성을 바탕으로 세계를 만들어가는 것이 창조일 터인데, 그 창조는 이성에 바탕을 둘 때라야 가능성이 열린다.

> 진정한 창조는 극치에 이른 주체성에서가 아니라 그 극치에서 다시 그것이 존재에 대하여 열림으로서 가능해지는 것일 것이다. 그리하여 그것은 허무에 이르는 것이면서 동시에 존재와 실존의 심각성―개인적이고 집단적인 삶의 심각성을 깨우치는 것이기도 하다. 글읽기는 주체성의 발견에 이르며, 존재의 창조성, 또 그 두려움에 참여하는 일이다.[31]

이러한 입장에서는 문학의 기능을 사회적 존재로서, 역사적 존재로서 '초월적 가능성'[32]을 탐구하는 일로, 그리고 그 가능성의 한계를 확인하는 일로 귀속시킨다. 이렇게 해서 문학이 개인적 체험의 전달이라는 한계를 벗어난다.

이러한 논리를 교육의 장면에 전이하여 생각한다면, 문학교사와 학습자가 스스로 이해하려고 애쓰는 과정에서 공동의 세계가 구축되도록 하는 것이 문학교육의 기능이 된다. 최인훈의 「광장」을 예로 든다면, 주인공 이명준은 그의 관점에서 살아가고, 그 관점은 작가 최인훈의 사유와 분리될 수 없다. 작중인물로 전이된 작가의 관점에서 살아가는 세계가 다시 우리(문학교사, 학습자)의 관점 속에서 새롭게 구축됨으로써 학습자의 세계는 이루어진다. 문학교사가 그 작품을 읽을 경우는 문학교사의 관점에서 이해하고 수용하여 그의 세계(상상적인 세계)를 구축하게

---

30) 김우창, 『궁핍한 시대의 시인』, 민음사, 1977, 367면 참조.
31) 김우창 외, 『책, 어떻게 읽을 것인가』, 민음사, 1996, 454면.
32) 김우창, 『궁핍한 시대의 시인』, 민음사, 1977, 356면.

된다. 최인훈이라는 작가의 전기적 사실이나 작품에 나타나는 객관적인 사실이 문제가 아니라 이를 매개로 구축되는 작가와 독자의 공동의 세계가 문제인 셈이다. "문학적 전달에서 우리는 객관적인 정보를 전달해 받는 것이 아니라, 그러한 정보를 하나의 주체적인 행동자의 입장에서 재연해 보는 것이다.[33] 여기서 '재연'이라는 용어는 세계 구축과 같은 의미를 지닌다. 그런 의미에서 독서 과정에서 혹은 독서의 결과로 구축되는 세계는 상호주체적인 것이다.

"주관과 주관의 직접적인 교감(마술적인 교감)은 문학적 전달의 기본이 된다. 이것이 가능하여지는 것은 아마도 우리가 다같이 개인적인 인식의 소유자이면서도 초개인적 의식에 의하여 소유되어 있기 때문"[34]이라고 하는데, 초개인적 의식을 '사회적 초월자아'라고 명명한다. 여기서는 문학교사와 학습자가 각각 역사적 존재로서 인식의 차이가 날 수밖에 없고, 문화체험의 격차를 보이게 마련인데, 이를 어떻게 조정하는가 하는 문제가 교육적 과제로 부각될 것이다. 이는 간접전달의 방법을 모색해야 할 것인데, 여기서 명료하게 대안을 제시하는 데는 한계가 있다.

한편 문학독서를 심리적 존재로서, 개별자의 측면을 강조하는 방향에서 의미화할 수 있을 것이다. 이는 앞에서 설명한 문학독서의 현상학에 해당하는 논리일 것이다. 이들의 주장으로 이미지는 "하나의 실체이며, 의식의 현재성 속에서 항상 새로운 동력으로 출현할 수 있는 힘, 새로운 출발점으로 제시될 수 있는 능력, 인간의 심리 속에 파문을 던질 수 있는 울림" 등으로 파악된다.[35] 이미지의 본질은 바로 예술의 근원이 '자

---

33) 같은 책, 368면.
34) 같은 책, 369면.
35) 김화영, 『문학 상상력 연구』, 문학동네, 1998, 71면.

유'라는 것이다. 이들의 방법은 "자유스럽게, 또 몇 번이고 거듭하여 좋아하는 작품에 대하여 행한 독서 행위를 반성적인 방법으로 재고하고, 실제로 행한 산발적이고 부분적인 독서의 양식을 논리적으로 하나의 작업분야 속에 위치시켜 보려는 노력일 뿐"이라고 한다.36) 독서 속에 독자의 주관을 투철히 반영하는 것이 문학독서의 방법이라고 한다.

이미지는 그 역동성을 중심에 둘 때, 상상력이란 이름으로 대신할 수 있는 것인데, 그 상상력은 미를 추구하는 작업으로 전환된다. "미란 미가 아니라 미화이며, 즉 아름다움은 아름다움이 아니라 아름답게 함이며, 이 세계는 우리들 자신이 아름답게 해야 하는 것이다."37) 이러한 미의 세계에 적극적으로 관여하여 문학독서를 수행하는 것은 윤리의식을 일깨운다고 할 수 있다. "울림이 뜻하는 이미지의 존재의 가치는 바로 그것이 미적 가치이기도 하다는 사실이다. 달리 말하자면, 그것은, 한 문학작품, 한 예술작품은 아름다우면 아름다울수록 그만큼 더 향수자에게 윤리의식을 일깨워 주게 된다는 사실이다."38)

문학독서에서 상상력으로 일깨워지는 윤리의식은 미적인 것과 등치되는 것이다. 이는 세계에 대한 사랑이라는 행위로 전환된다. 이미지 만들기로서의 문학독서는 사랑이라는 실천 지표를 통해 미와 사랑과 윤리가 통합되는 세계를 구축하게 된다.

아름다움이란 사랑이라는 것이다. 이미지의 생성을 만드는 상상력의 참여, 즉 이미지가 표상하는 외계에 대한 우리들의 존재의 참여를 가능하게 하는 것이 사랑이기 때문이다. 그러므로 아름다

---

36) 같은 책, 74면.
37) 곽광수, 『가스통 바슐라르』, 민음사, 1995, 152면.
38) 같은 책, 139면.

움의 척도로서 이미지의 생성을 이끄는 원형은 기실 바로 사랑과 표리를 이루는 것, 〈세계를 믿고 세계를 사랑하고 우리들의 세계를 창조하는 데 우리들을 도와주는 저장된 열광〉이다. 세계에 대한 찬가 없이 시가 있을 수 없음을[39]

문학교사나 학습자나 존재의 충일감(充溢感)을 확보하면서, 자아의 깨달음과 마음의 울림을 일궈내야 하는 당위 속에 살아가는 존재들이다. 다만 문학교사가 사회적 존재로서의 특성이 두드러지는 것은 삶의 역정이 학습자보다 길고, 논리적 훈련을 보다 충실하게 했다는 점 때문이다. 이들 사이의 소통을 장해하는 것 또한 이것이 원인이 된다. 그러나 학습자를 현재의 상태에서 의미를 규정하고자 하는 것이 아닌 한, 학습자의 미래존재를 독서과정에서 고려하여 독서를 의미화('공간화') 하는 일을 문학교사는 수행해야 한다. 이러한 일을 통해 문학교사는 이상의 두 방법, 문학현상학과 문학사회학이 통합되고 실천될 수 있는 가능성을 발견해야 할 것이다.

우리는 논의를 복효근의 「만복사저포기」에서 시작하였다. 이제 시인 복효근이 읽은 『금오신화』의 「만복사저포기」를 쓴 작가 매월당 김시습을 소재로 읊은 시를 보기로 하자. 이성부의 「매월당」이라는 시는 이렇게 되어 있다.

다 버리고 돌아서서/ 흐르는 물에 두 발 담그고/이마의 땀 씻고/ 고인 가래 뱉어 내고/ 문득 눈 들어 바라보면 보인다./뜬구름 한 점, 그림움 한 점,/

---

39) 같은 책, 150면.

　　육신 찢겨져 무덤에 이르지 못하고/ 청천하늘 떠돌며 굽어보는/ 부릅뜬 눈 보인다./

　　거지가 되어/ 삭발 민대가리 누더기가 되어/ 더더욱 불타는 몸이 되었으니/

　　혼자가 되어 혼자가 아님을 알았으니/ 종이 위에 쓰이어진 시/ 찢어/

　　흐르는 물에 띄워 보내고/ 다시 써 보는 말씀/ 한 묶음의 고요/ 또 찢어 흘려 보낸다./

　　다 버리고 나면 이 세상 산천초목/ 안 보이는 힘/ 모두 내 것이며 우리인 것을.

　이 시를 읽는 일은 일차적으로 마음의 울림을 얻는 일이고, 개인이 개인을 넘어서는 전체성의 모험이 참여하는 일이다. 인간의 참된 자유가 '한 묶음의 고요'마저 버린 뒤에 얻어진다는 것을 깨닫게 된다. "다 버리고 나면 이 세상 산천초목/ 안 보이는 힘/모두 내 것이며 우리인 것을." 여기서 보임과 안 보임은 하나가 되고, 존재와 비존재의 경계는 허물어진다. 우리는 앞으로 돌아가 "옷깃 스친 꽃잎 하나로도/ 영원이 아니겠느냐"는 전제와, "혹여 네가 다시 그 길에 피어/ 옷깃에 스칠 수만 있다면/ 내가 오늘 지리산에 들어/ 시방세계 꽃잎을 다 헤겠다"는 생의 발현이 아스라함을 감득하게 된다. 이러한 경지에서 문학교사와 학습자의 소통이란 논리나 감성 이전의 실천의 문제, 이성을 포회하는 윤리의 문제로 제기됨을 보게 된다.

■ 참고문헌

곽광수, 『가스통 바슐라르』, 민음사, 1995.
구인환 외, 『문학교육론(제4판)』, 삼지원, 2002.
김시습, 이재호 역, 『金鰲新話』, 을유문화사, 1994.
김우창, 『궁핍한 시대의 시인』, 민음사, 1977.
김우창 외, 『책, 어떻게 읽을 것인가』, 민음사, 1996.
김화영, 『문학 상상력의 연구』, 문학동네, 1998.
신헌재 외, 『독서교육의 이론과 방법』, 박이정, 1993.
우한용, 『문학교육과 문화론』, 서울대출판부, 1997.
우한용 외, 『서사교육론』, 동아시아, 2001.
채만식, 『채만식 전집(제3권)』, 창작과 비평사, 1987.

Bachelard, Gaston, *La Poétique de L'espace*, 곽광수 역, 『공간의 시학』, 민음사, 1997.
Bleicher, Josef, *The Hermeneutic Imagination : Outline of a Positive Critique of Scientism and Sociology*, 이한우 역, 『해석학적 상상력』, 문예출판사, 1993.
Jameson, Frederic, *The Political Unconscious*, Cornell University Press, 1981.
Poulrt, Georges, *La Conscience Critique*, 조한경 역, 『비평과 의식』, 탐구당, 1990.
Ricoeur, Paul *Du, Texte à L'action*, 박병수·남기영 역, 『텍스트에서 행동으로』, 아카넷, 2002.

문학독서 교육의 제재

양 정 실

(서울대 박사과정 수료)

1. 논의의 전제

세상에 수많은 문학 작품들이 있다. 그 중에서 무엇을 골라 읽힐 것인가? 혹은 학생들이 자발적으로 골라 읽는 문학 작품 가운데서 무엇을 바람직하게 보고 무엇을 우려할 만하다고 판단할 것인가? 이러한 질문은 문학교육의 관련자들에게 다른 문제보다도 실천적으로 고민되는 사항이다. 이러한 질문에 대하여 답하고자 하는 모색의 과정에는 문학독서 교육에 관여하는 주체들의 문학관 그리고 학습자를 보는 관점들이 내재되어 있다.

여러 기관, 단체, 조직들에서 서로 다른 종류의 작품을 권장 도서로 제안하고, 출판하고, 그와 관련된 문학독서 교육 프로그램을 설계한다. 이는 문학 제재 선정이 다양한 변인의 메커니즘 속에서 다양한 주체들의 의해 이루어지는 판단 과정이며 따라서 단일한 평가 기준에 의해 그

정오(正誤)를 가릴 수 없는 것임을 짐작하게 한다.

그런데, 제재 선정에 관한 단일한 평가 기준이 마련된 것은 아니지만, 어떤 문학독서 교육 프로그램 하에서도 제재는 선정되어 왔다. 사실 문학독서 교육을 가능케 하는 구성 요소에서 '문학 텍스트' 그 자체를 제거하는 일은 거의 불가능하다.

제재를 선정하고 그것을 드러내는 행위에는 선정된 제재에 대해 정당성을 부여하는 의식이 함께하고 있다고 할 수 있다. 즉, 제재 선정에서 무엇이 중요한지에 관한 '의견'이 내포되어 있다. 필자는 다양한 의견 속에서 '독자의 흥미', '가독성', '독서 전략', '문화적 문식성', '검열'이라는 주요 용어를 발견할 수 있다고 본다. 따라서 이러한 용어들이 제재 선정의 방법으로 구체화되는 지점을 살펴보면서 그 유용성과 한계를 동시에 짚어보고자 하였다.

이 글에서 문학독서 교육의 제재란, 특정 문학독서 교육 설계의 장에 의도적으로 상관·개입되어 존재하는 것으로 교육적 대상이 비교적 명료하게 고려되면서 선정·투입되는 자료라는 의미로 사용한다.[1] 그런데 문학독서 교육의 제재 선정이란 현상적으로는 어떤 판단 준거나 기준과

---

1) 이러한 규정은 박인기(1989)에 착안하였다. 박인기는 문학교재란 '문학교육 활동이 의도적 또는 비의도적으로 이루어질 수 있는 모든 장에서, 문학현상의 온전한 이해와 이를 통해 문학적 문화를 고양하는 데 효과적으로 작용할 수 있는 모든 형태의 매재'를 칭하는 것으로 본다. 이 문학교재의 범주는 ① 자료(material)로서의 교재 층위, ② 문학 텍스트로서의 교재 층위, ③ 단원으로서의 교재 층위로 구분된다. 박인기, 「문학교과 교재론의 이론적 접근과 방향」, 『운당 구인환 선생 화갑 기념 논문집』, 한샘, 1989, 844면. 이 글은 문학교육 중 특히 문학 텍스트의 이해와 감상, 향유에 초점을 둔 문학독서 교육 활동을 염두에 두고 있으며 제재라 함은 위의 범주 중 문학 텍스트로서의 교재 층위를 염두에 둔 것이다. 따라서 박인기가 말한 '문학교재' 중에서 활동의 범위를 축소(문학교육 활동 → 문학독서 교육 활동)하고 비의도적인 장면을 제외하며 문학 텍스트로서의 교재 층위에 초점을 둔 논의라고 할 수 있다.

개별적인 문학 텍스트를 대비하는 행위[2]이지만, 그것이 제재 선정의 모든 의미를 포괄하지는 않는다. 무엇을 선정하느냐와 더불어 누가 선정하느냐를 문제삼을 때, 제재 선정이란 단순한 기준 적용의 과정이 아니라 선정자의 주체성과 이데올로기를 드러내는 사회적 행위라고 볼 수 있다. 따라서 제재 선정의 방법과 그 결과가 다양할 수밖에 없다는 사실은 인정하고 넘어가야 한다. 다만, 이러한 다양성 속에서도 문학 제재 선정의 타당성을 높이기 위해 필요한 관점 혹은 방향은 있을 것이라고 본다. 즉 이 글은 문학 제재의 선정에 대해 대안적인 방법을 제시한다기보다는 기존의 방법들을 개관하고 이에 대한 비판적 성찰을 시도하는 것에 초점을 둔다.

Ⅱ. 문학독서 교육의 제재 선정 방법

1. 독서 흥미의 발견과 적용

흥미나 자발적인 동기가 전제되지 않은 행동이란 인간 개인들에게 그리 큰 흔적을 남기지 못한다. 특히 정신 활동으로서의 독서 행위에서 문학에 대한 관심과 흥미는 그 행위 전체의 지속과 성과에 가장 큰 영향을 주는 요인의 하나라고 할 것이다. 문제는 그 흥미를 어떻게 측정할 것이며 그 측정된 결과를 제재 선정에 어떻게 반영할 것이냐이다. 왜냐하면 흥미란 지속적이고 안정적인 것이 아니어서 객관적인 측정이 어렵기 때

---

2) Purves, Alan C. & Monson, Dianne L., *Experiencing Children's Literature*, Harper Collins Publishers, 1984, 152면.

문이다. 그리고 현재의 흥미를 유지하는 것이 더 나은 선택인가, 흥미를
변화시키는 것이 교육적으로 더 의미 있는 일인가에 대해서는 또 다른
논의가 필요하기 때문이다.

학생들의 독서 흥미에 대한 정보를 획득하기 위해서는 다양한 자료
수집 방법이 사용된다. 질문 목록(예 : 어떤 책을 좋아합니까?), 인터뷰,
많이 읽히리라고 여겨지는 책 제목의 체크리스트나 가상의 책 제목의
체크리스트, 가상의 이야기 개요 대립 쌍, 내용 범주들에 관한 질문들의
대립 쌍, 학생이나 교사가 보관하고 있는 독서 기록, 도서관 반납 기록,
텍스트에서 뽑은 샘플에 대하여 학생이 매긴 순위, 자유 반응 측정, 의
미 분별 방식 등의 방법이 쓰인다. 또 흥미 목록, 도서관 목록 분석, 자
유 해답식 질문 목록, 자유롭게 토론된 화제를 흥미와 연결시키기, 비언
어적 평가 등도 사용된다.[3] 이러한 자료들의 해석을 통해 학생들의 연
령별, 성별, 지능별 흥미 정도를 파악하게 된다.

위에서 말한 독서 흥미 자료 수집 방식은 독서 흥미의 소유자인 학생
들에게서 직접 흥미 정도를 확인하는 방식과 그밖의 다른 증거들로부
터 흥미 정도를 확인하는 방식 크게 두 가지로 나누어 볼 수 있다. 그런
데 전자의 방식의 경우, 학생들이 표현한 흥미 정도를 흥미 그 자체로
보기 힘들다는 점에 난점이 있다. 한 순간의 흥미, 혹은 순간적인 노출
에 근거한 흥미, 혹은 문학의 탈맥락적 측면에 대한 흥미는 실제적인 흥
미로 파악하기에 신뢰롭거나 유효하다고 보기 힘들다.[4] 그리고 개별 작
품이나 작품의 제목, 작품의 일부분에 대해 흥미 정도를 표현한 것을 그

---

3) Monson, Dianne L. & Sebesta, Sam L., "Reading Preferences", in James Flood, Julie M.
   Jensen, Dianne Lapp & James R. Squire eds., *Handbook of Research on Teaching the English
   language Arts*, Macmillan Publishing Company, 1991, 664~674면.
4) 위의 글, 664면.

러한 내용이나 장르의 작품군에 대한 흥미로 일반화하는 것에는 방법론적인 함정이 있다. 후자의 방식처럼 다른 증거들로부터 학생이 일정한 경향의 책에 대해 지니는 흥미 정도를 확인하고자 할 때, 객관적으로 양화한 수치로 읽기 흥미를 판단하기에는 무리가 있다. 예컨대 서점의 아동 및 청소년 문학 작품 판매량이나 도서관에서의 문학 대여량을 그 작품에 대한 아동이나 청소년의 흥미도와 동일하다고 볼 수는 없다. 물론 그 양상이 지속적이고 상관도가 일정하게 객관화되는 경우에는 그 동일성에 의심을 품기 힘들다. 그러나 독서 흥미가 문제되는 대부분의 상황은 그러한 압도적인 양상으로 미루어 판단할 수 없는 경우에 발생하는 것이다.

아동들의 읽기에 대한 흥미를 연구한 초기 연구 결과 중의 하나인 테르만과 리마의 연구 결과는 다음과 같이 요약된다.[5]

5세 이전 : 동요, 짧고 간단한 옛날 이야기(동화), 의인화된 동물 이야기를 좋아한다.
6-7세 : 자연에 관한 이야기에 높은 관심을 갖는다. 동화를 즐긴다. 책들은 삽화가 많이 들어 있도록 꾸며져야 한다.
8세 : 실제 생활의 이야기에 관심을 갖는다. 소년, 소녀 모두 흥미에 변화를 보이기 시작한다. 어린이들은 그들 자신에 관한 이야기에 더 많은 관심을 갖는다.
10세 : 여행에 관한 책, 다른 나라 이야기, 신화, 전설 등을 좋아한다. 간단한 전기문에 흥미를 느끼기 시작한다.
11세 : 소년은 모험과 미스터리의 요소를 가진 이야기를 좋아하게 되고, 소녀들은 가정과 학교 생활 이야기에 관심을 가진다.

---

5) Terman, L.M & Lima, M.(1925/1926), "Children's reading", *A Guide for Parents and Teachers*, New York : Appleton, 한철우, 「문학의 교수·학습과 독자반응 연구」, 구인환 외, 『문학 교수·학습 방법론』, 삼지원, 1998, 441면 재인용.

12세 : 영웅 숭배의 연령. 소년들은 전기, 역사, 모험을 즐긴다. 소녀
들은 가정과 학교 생활의 이야기를 읽기를 좋아하지만, 성인을
위한 소설 작품에도 흥미를 갖기 시작한다.
13세 : 소년의 흥미는 변화한다기보다는 강화된다. 특히 목표를 달성
하는 위험한 모험 이야기에 관심이 높다. 소녀는 성인 소설,
고전, 시를 좋아한다.
14-16세 : 흥미는 소년과 소녀 사이에 더욱 차이가 드러난다. 소년들
은 논픽션을 좋아한다. 소녀들은 감각적인 소설을 좋아한다.
성인 독서의 성격과 태도가 이때 형성된다.

테르만과 리만의 연구 결과는 남성(소년)과 여성(소녀) 사이에 문학적
흥미에서 차이가 있음을 인정하고 있다. 그러나 독서 흥미에 관한 또 다
른 연구들에서는 이와 상이한 결과가 발표되기도 한다. 독서 흥미에 관
한 연구 결과를 개관하고 있는 다른 글을 참고해 보자.

취학 전이나 1학년의 경우에는 판타지한 인물이나 동물을 좋아
하고, 1학년이 되면 괴상한 것에 대한 열광이 발생하기도 하며 9,
10살 무렵에는 사춘기 이전(9~12세)이나 사춘기에 관한 사실주의
가 유행한다. 그림책의 경우 유아들은 매우 상세한 디테일을 지닌
삽화를 좋아하고, 그들 중 많은 아이들은 모호한 표현주의적 그림
보다는 사실주의적이거나 만화 같은 삽화를 더 좋아한다. 그리고
많은 아동들은 묘사보다는 행동을 더 좋아한다. 아동들은 리얼리
즘과 판타지를 다 좋아하며 매 연령마다 그러한 것 같다. 그리고
어떤 아동들은 이 두 가지가 혼동되면 성가셔한다. 아동들은 대부
분 중심 인물이 소년인지 소녀인지 별로 상관하지 않는 경향이 있
다. 많은 소년들이 '하이디'나 '작은 아씨들'을 즐기고, 많은 소녀
들이 '톰 소여'를 좋아한다. 아동들이 자기보다 어느 정도 나이가
많은 아동에 대해 읽기를 좋아하는 이유 중 하나는 그런 책을 자
신의 앞날을 비추어주는 방식으로 읽기 때문이다.[6]

이처럼 독서 홍미의 연구는 연구 방법이나 연구자가 전제하고 있는 가정에 따라 그 결과가 달리 나타날 수 있다. 특히 학생들이 무엇에 홍미를 느끼느냐에 대한 가정을 먼저 전제하고 범주를 정하여 연구를 수행할 경우, 연구자의 전제에 따라 연구 결과가 현실을 왜곡할 소지도 있다고 할 수 있다.

연구 방법의 난점이 있지만 다양한 방법을 이용한 독서 홍미 연구가 축적되면 연령별, 성별, 수준별(지력) 특성에 따른 홍미의 실상을 우리는 더 잘 알게 될 것이다. 그리고 독서 홍미 연구의 축적에 기대어 문학독서 교육의 제재를 선정함으로써 학습자의 자발성과 능동성에 근거한 문학독서 교육을 전개할 수 있는 가능성도 그만큼 늘어날 것이라고 기대할 수 있다. 그러나 문학독서 교육의 제재 선정이 학습자의 독서 홍미에 기반하여 이루어지는 것이 바람직하다는 것은 분명하지만, 그것이 곧 학습자가 현재 지니고 있는 홍미를 인정하고 유지시키는 제재를 선정한다는 의미와 동일하지는 않을 것이다. 예컨대 테르만과 리마에서처럼 소년과 소녀 사이의 문학적 홍미의 차이가 있다는 연구 결과가 있을 때, 이를 인정하고 그러한 홍미의 성적(性的) 차이가 유지되는 방향으로 문학 제재를 선정하는 것을 당연시하는 것은 문제가 있다고 본다. '온존(溫存)'이라는 말에는 두 가지 뜻이 있다. 하나는 '소중하게 보존함.'이고, 다른 하나는 '좋지 못한 일을 고치지 아니하고 그대로 둠.'이다. 학습자의 문학독서 홍미를 파악하는 것도 중요하지만 그 홍미의 내용이 바람직한 의미로 온존되기 위해서 어떤 문학 텍스트 읽기와 연계시킬 것인가를 결정하는 것은 또 다른 선택을 필요로 하는 과정이라고 여겨진다.

---

6) Purves & Monson, 앞의 책, 168면.

2. 가독성 연구

가독성이란 쓰여진 글이 얼마나 이해하기 쉬운가를 뜻하는 일반적인 용법에서 출발하여, 텍스트의 특정한 양화된 변수들— 특히 어휘 난이도 지수와 문장 난이도 지수— 에 기초한 읽기 등급 레벨에 의해 해당 글의 이해 정도를 객관적으로 예측하는 것을 의미한다.[7] 최근에는 텍스트의 다양한 구조적 조건들이 가독성의 요인으로 해석되고, 가독성이란 말이 텍스트와 학생의 적합성을 가리키는 보다 넓은 의미로 쓰이는 경향이 있다. 독서 자료의 내적 조건을 가독성이 높은 텍스트라고 보면서 그 요건으로 ① 경험의 보편성 ② 내용을 전달하는 언어의 구체성 ③ 구조적 완결성 ④ 사고의 명료성 ⑤ 정서의 안정성 ⑥ 문체의 평이성(어휘의 수준, 문장의 구조 유형 등이 의미전달을 장애하지 않아야 한다는 점)을 든 경우[8]는 가독성의 개념을 넓게 쓴 것으로 볼 수 있다.

가독성을 판단하는 것은 학습 독자의 읽기 능력과 과제의 가독성을 동일한 잣대로 간주하여 양자를 비교함으로써 그 조응이 양호한지 어떤지에 대한 판단을 하는 것이다. 한쪽에는 일정한 흥미와 읽기 기능을 지닌 개인들의 집합이 있고, 다른 한쪽에는 내용과 스타일과 복잡성에서 상이하게 다른 책 또는 독서 자료들이 존재한다. 여기서 책이 효과적으로 읽힐 수 있는 정도는 양자가 조응하는 방식에 의해 결정된다고 보는 것이다.[9]

---

7) Harris, Theodore L, & Hodges, Richard E., eds., *A Dictionary of Reading*, IRA, 1987, 262~263면.
8) 우한용, 「독서목록 선정의 원칙과 ‘독서교육’의 방향」, 『독서교육 활성화를 위한 공청회 자료집』, 1998.
9) Gilliland, John, *Readability*, Hodder and Stoughton, 1972, 12면.

가독성을 판단하는 방식에는 대표적으로 다음의 두 가지가 있다[10]. 첫 번째 방법은, 한편으로 학습자가 지닌 읽기 능력을 평가하고, 다른 한편으로 한 텍스트의 가독성을 평가하여 두 측정치를 비교하는 방식이다.[11] 학습자와 자료에 동일한 잣대를 사용함으로써, 양자가 적합하게 맞느냐를 판단할 수 있다는 것이 이러한 방식의 이론적인 근거이다. 이 방법의 장점은 학습자가 직접 책을 읽는 장면을 연출하지 않아도 된다는 점이다. 학습자의 읽기 수준은 표준화 검사의 결과로 추정할 수 있고, 자료의 가독성은 가독성 공식을 사용하여 추정할 수 있다고 보기 때문이다. 그러나 이러한 방식으로는 가독성 판단에 필요한 정보를 충분히 얻을 수 없다는 한계가 있다 즉, 표준화 검사 결과는 가독성 공식과 함께 사용하기 위해 고안된 것이 아니기 때문에, 조악하고 오도된 추정을 가져올 수 있다. 또 가독성 공식은 문장 길이와 어휘만 고려함으로써 텍스트의 난이도에 영향을 주는 무수한 요소들을 무시하는 경향이 있다. 그러므로 학습자들이 실지로 텍스트와 상호작용하기 전까지는 텍스트의 적합성을 확신할 수 없게 된다.

두 번째 방법은 학습자와 텍스트를 동시에 평가함으로써 이러한 문제를 해결한다. 텍스트의 내용을 중심으로 한 간단한 읽기와 쓰기 과제를 통해 과제에 대한 학습자의 성공 여부를 판단하는 것이다. 학습자가 이용할 실제 자료의 일부를 이용한 간단한 검사가 이루어지고, 그 결과를

---

10) 방법 두 가지가 상호배타적인 것은 아니다. 이 방법들에 대한 설명은 McKenna, Michael C. & Robinson, Richard D., *Teaching Through Text : a Content Literacy Approach to Content area Reading*, 2ed., Longman, 1993을 참고하였다.

11) 이때 읽기 능력을 측정하는 방법은 표준화 검사의 읽기 이해 테스트를 통해 읽기 능력을 중간, 중간 이상, 중간 이하로 "가설적으로" 분류하는 것이다. 가독성을 다각도로 파악하기 위해서는 텍스트의 무수한 구조를 문제삼을 수 있지만, 이 가독성 공식에서는 문장 길이와 어휘만 고려하는 것이 일반적이다. 위의 책.

통해 학습자와 텍스트 사이의 결합이 양호한지 아닌지에 대한 유용한 정보를 확보하려는 방법이다. 이는 빈칸 메우기 검사나 내용 문식성 목록 등을 통해 텍스트의 부분에 대하여 일련의 질문을 함으로써 텍스트 전체에 대해 있음직한 수행을 예측하는 방법이다.

우리 나라 초등학교 3학년, 6학년 학생들의 문학 감상 수준을 프로토콜 분석한 한 연구에서는 3학년 학생들이 문학 작품을 읽고 거의 대부분 주제 의식을 파악하기보다는 어휘나 개별적인 단어에서의 연상, 서사 진행의 개연성 등을 문제삼고 있음을 발견하고 있다. 이에 따라 3학년 수준에서 아동 문학을 선정할 때에는 제재의 내용에 따른 위계보다 텍스트의 길이나 어휘를 고려하여 선정하는 것이 필수적임을 추론하고 있다.[12] 이는 초등학교 중학년 시기까지의 문학독서 교육 제재 선정에서는 가독성 요인을 중시할 필요가 있음을 시사하는 연구라고 할 수 있다. 어휘의 난이도, 통사의 난이도, 단어의 길이나 친숙성, 평균적인 문장의 길이, 삽화의 이해도 등이 이 가독성 요인을 구체화하는 방법이 될 것이다.

그러나 가독성이란 독서에 대한 흥미보다는 문학 제재 선정에서 부차적이라고 보는 것이 일반적이다.[13] 학생의 독서 수준에 적절한 작품을 선정하는 것도 중요하지만, 학생들은 가독성보다는 책의 내용에 더 관심을 가지며 관심이 있는 책은 다소 어렵더라도 잘 읽어낼 수 있기 때문이다.[14] 따라서 학습자의 흥미에 적합하고 교육적 의도가 분명하게 드

---

12) 김상욱, 「초등학교 아동문학 제재의 위계화 연구」, 『국어교육학연구』 제12집, 국어교육학회, 2001, 171면.
13) 가독성에 대한 넓은 개념 하에서는 문학 작품에 대한 흥미와 관심을 가독성 요인의 하나로 다루는 경우도 있다.
14) Sewell, Elizabeth J., "Student's choice of books during self-selected reading", ERIC http://www.indiana.edu/~eric-rec/www/submit/release.shtml

러날 수 있는 제재의 경우에는 학생들이 읽기에 어렵다고 하여 제재로 선정하기를 포기하기보다는, 가독성을 높이는 방향으로 텍스트의 형식을 다소 개정하면서 학습자에게 제시하는 쪽을 택하는 경우가 많다. 어려운 낱말의 뜻을 별도로 밝혀 주어 가독성을 높이는 방식을 취하거나 고전 작품의 한자어와 고어를 현대말로 풀어 읽기 쉬운 텍스트로 가공하여 제시하는 것이 그 예라고 할 수 있다.

3. 문학독서 전략의 계열화

학습자가 문학독서 교육에서 목표한 전략을 수행하지 못했다는 결과가 나왔다고 할 때, 해당 문학 작품이 전략을 적용하여 가르치기에 부적절했다고 보고 전략을 가르치기에 용이한 다른 작품으로 교체하는 것이 타당한지, 아니면 그 작품에 대한 교육의 과정에서 전략을 충실히 가르치지 못했다고 보고 전략의 교수·학습 개선이 필요하다고 판단하는 것이 타당한지는 일률적으로 말하기 어려운 문제이다. 대체로 문학교육 평가의 개선에 초점을 둔 사람이라면 후자의 방식으로, 문학교육 제재의 선정에 관심을 갖고 있는 사람이라면 전자의 방식으로 해석하는 경향이 있을 것이다.

비슷하게, 문학독서 교육 프로그램을 기획·실천할 때에, 문학독서의 전략을 먼저 계열화하고 이에 합당한 텍스트를 선정할 것인가, 아니면 가르칠 특정한 문학들을 먼저 정하고 이에 적합한 교육내용을 채용할 것인가의 선택을 해야 하는 때가 있다. 독서 전략을 우선시하느냐 문학 작품을 우선시하느냐의 관점의 차이이다. 어느 것을 우선시하느냐에 따라서 서로 다른 프로그램이 기획·실천되고 상이한 제재 목록이 선정되게 된다. 우리 나라에서는 독서 전략의 선정이 선결되고 이 전략을 가르치기에 적절한 텍스트를 선정하는 방식이 많이 쓰이고 있는 것으로 보인다. 특히 국어 교과서 개발 과정에서 문학 텍스트를 선정하는 경우 이러한 관점이 우위를 갖는다.

> '좋은 작품 읽기'가 문학교육의 핵이기는 하지만, 교재론을 위해서는 그것만으로 충분치 않다. 교과서는 학생들의 학습을 자극하고 도와주기 위해 필요하며, 거기 실린 작품들도 그런 목적을 위해 복무하는 것이기 때문이다. 중요한 것은 작품이 아니라 문학 능력이다.15)

학습자가 1년 동안 배워야 할 교육내용으로서의 독서 전략이 교육과정 문서로 제시되어 있고, 그것을 학기, 주, 수업 시간 단위로 쪼개어 가르치도록 교과서가 구성되는 한, 독서 전략을 먼저 전제하고 이를 가르치기에 알맞은 문학 제재를 고르는 방식은 불가피한 측면이 있다. 또한 교과서에 하나의 문학 텍스트를 싣는 데에는 그 텍스트 자체의 독서도 중요하지만, 상호텍스트성을 고려함으로써 그 텍스트에 대한 독서가 다른 텍스트를 읽는 능력으로 전이되기를 기대하는 바도 있다. 이에 따라 교육내용의 계열화를 중시하게 되고, 문학 제재는 이러한 교육내용을 가르치기에 가장 적절한 매개인지 여부에 따라 그 선정 여부가 크게 좌우된다. 가르쳐야 할 내용으로서의 문학독서 전략을 잘 적용할 수 있으며 상호텍스트성에서도 전형적인 것이라 할 수 있고, 거기에 학습자가 흥미를 가질 만하고 문학성도 있는 텍스트가 선정된다면 이런 선정 방

---

15) 김창원, 「문학 교과서 개발에 대한 비판적 점검」, 『문학교육학』 제11호, 2003, 63면.

식 자체에 대해 문제를 제기하기 어렵다고 본다. 문제는 이러한 방식에 따라, 단지 독서 전략을 가르치기에 적절할 뿐 '문학'독서교육의 제재로 적절하지 않은 작품이 더 문학성 있다거나 의미 있다고 평가받는 작품을 제치고 문학독서 교육의 제재로 실릴 수 있는 가능성이 있다는 점이다.

이러한 가능성을 심화하는 것은 계열화된 문학독서의 전략이 갖는 성격 때문이다. 교육내용의 계열화는 문학독서의 과정에서 이루어지는 분석과 종합의 차원을 함께 포괄하는 것이어야 하는데, 대부분의 경우에는 분석에 치우치는 경향이 강했다.[16] 대표적인 독자반응이론가인 로젠블렛은 텍스트를 읽는 두 가지 목적이자 방법이자 태도에 해당하는 것으로 '심미적 독서'와 '환기적 독서'를 나눈 바 있다. 심미적 독서가 텍스트에 대한 생생한 체험과 주로 관련이 있다면 환기적 독서는 텍스트로부터 획득되는 정보와 주로 관련되어 있다. 지금까지의 교육과정에서는 그것이 의도했건 의도치 않았던가와 상관없이, 문학독서의 과정이나 전략을 구체화하면서 주로 환기적 독서 양상을 제시하는 경향이 주류를 이루었다. 이러한 환기적 독서 일변도의 문학독서 교육 작품에 대한 전일적, 총체적 체험을 불가능하게 하고, 하나의 작품을 감상하는 데 동원되는 수많은 전략·기능이 어떻게 결합하고 연계하는가에 대한 통찰을 주지 못하며, 작품의 구성 요소가 분리될 수 있다는, 혹은 분리되어 감상될 수 있다는 거짓된 관념을 심어줄 수 있는 가능성이 있다는 점에서 문제적이다.

---

16) 구인환 외, 『문학교육론(제3판)』, 삼지원, 1998, 240면.

4. 문화적 문식성 관점

문화적 문식성은 개인이 사회·문화적 소통에 참여할 때 기본적으로 갖추어야 하는 문화 지식이라고 할 수 있다. 이 지식은 전통에 대한 인식, 문화적 유산과 그 가치에 대한 인식, 전통으로부터 무엇인가를 배울 수 있는 능력, 어떤 문화의 장단점을 이해할 수 있는 능력 등으로 구체화된다. 고전적 관점의 문화 개념에 입각한 이러한 관점 하에서는 문화의 개념이 '전통'이라는 수직적 범주를 중심으로 형성됨으로써 전통적 가치를 지닌 문화 텍스트들이 교육의 내용으로 선정되는 과정을 중시한다.[17] 세대가 공유할 수 있는 문학 제재를 교과서에 실어야 한다는 의견[18]은 문학독서 교육의 제재 선정에서 이러한 의미의 문화적 문식성을 중시하는 입장이라고 할 수 있다. 그리고 국어교육에 적절한 문학 텍스트의 선정 기준으로 '문학사적 평가를 받은 작품'이라는 항목이 이러한 관점을 지지하는 역할을 하고 있다.

미국의 경우 문화적 문식성에 대한 관심은 그전부터 있어 왔지만, 특히 허시의 『문화적 문식성 *Cultural Literacy*』이 출간된 이후 문화적 문식성에 대한 논의가 활발하게 이루어졌다고 한다. 허시가 말하는 문화적 문식성은 미국 사회에서 요구하는 기능적 문식성과 효과적인 국가 공동체를 위해 필요한 배경 지식에 초점을 둔 것으로서 문화적 보수주의에 입각하고 있다. 그리고 그 문화적 문식성의 목록은 규범적(처방적인) 것이라기보다는 문식성 있는 미국인들이 실제로 소유하고 있는 정보의 기술

---

17) 박인기, 「문화적 문식성의 국어교육적 재개념화」, 『국어교육학연구』 제15집, 2002, 26~27면.
18) 이인제 외, 『초등학교 1종 교과용 도서 체재 개선 연구(Ⅱ)』, 한국교육과정평가원 연구보고(RRC 2000-9-1), 2000, 273, 276, 277면 참조.

적(記述的)인 목록이라고 말한다.[19]

　문화적 문식성이 강조되는 것은 지금 여기에 문화적 문식성의 위기가 도래했다고 보기 때문인데, 그러한 위기를 가져온 논리들로는 다음과 같은 것들이 지적된다.

1) 광범위한 중등 교육 체제 하에서 더 다양한 집단들이 이 체제를 이수하고 있으며, 따라서 우리는 이러한 집단들의 문화적 요구에 주의를 기울여야 한다. 지금의 정전은 이러한 소수 집단들에게 말을 걸지 않으며 확실히 여성의 관심사에 말을 걸지 않는다. 이 요구와 동반하는 것은 세계가 다중 문화적이며 학생들은 모든 문화에 대한 전반적 지식을 배워야한다는 것이다. 유산의 요소를 교육과정으로부터 제거하는 것이 보다 단순한 방법일 것이다.

2) 기능적 관점을 취하든 개인 학생의 개인적 성장에 초점을 두는 관점을 선택하든, 모국어 교육의 중심은 언어 연구와 언어 사용에 대한 적절한 지도여야 한다. 그러므로 그런 〔유산으로서만 존재하는(-역자)〕 문학을 위한 시간은 없다.

3) 모국어 교육은 학생과 일터의 기능적(functional) 요구를 충족시켜 주어야 한다. 생활 속에는 문화 유산의 자리가 거의 없다.

4) 정전에 속하는 많은 작품들은 요즘 학생들에게 너무 어렵고 그들의 경험 범위를 넘어선다. 그 작품들은 인생을 더 크고 넓게 경험한 사람들에게 적합하다. 그것들을 〔학생들이 읽기 쉽도록(-역자)〕 고쳐서 보여준다든지 영화로 제시하기보다 학생들이 읽을 수 있는 것, 특히 청소년 소설이나 대중 소설 같은 작품으로 교체해야 한다. 문학 교육과정은 …… (중략) …… 적절성을 텍스트 선정의 유일한 기준으로 삼아야 한다.[20]

---

19) Hirsh(Jr), E. D., *Cultural Literacy*, Random House, 1988, ⅹⅳ.

20) Purves, Alan C., "The school subject literature", in James Flood, Julie M. Jensen, Diane Lapp & James R. Squire eds., *Handbook of Research on Teaching the English Language Arts*, Macmillan publishing company, 1991, 676면.

문화적 문식성은 위와 같은 관점과 그로 인해 초래된 교육적 상황을 문제적인 것으로 바라보고 있지만, 위와 같은 관점을 직접적으로, 효과적으로 논박하고 있다고 보기는 힘들다는 것이 필자의 판단이다. 그래서 위의 관점을 대체하지 못하고, 그 관점으로부터 다시 도전을 받을 수밖에 없다.

문학 정전은 원래 고유한 법칙에 따라 초시대적인 문학적 질이 관철되는 문학 텍스트를 일컬었지만, 오늘날의 문학 정전 연구에서는 이러한 고답적인 관점을 벗어나, 문학 텍스트 정전은 문학 내적인 요소와 사회적 요소가 복잡한 방식으로 상호 작용하는 해석과 선택 과정의 결과로 이해된다.[21] 하나의 민족 정전이라는 관념보다는, 개별적인 독자나 전통의 계승을 수행하는 사람들이 그때마다의 문화적 상황에서 과거의 것에서 특별히 중요하다고 강조하면서 선택하는 것이 지배적인 영향력을 행사한다. 그러므로 시대를 초월하는 완전무결함이 아니라 완전성을 향한 완결될 수 없는 과정에서 그때그때마다 성공적인 것이 정전으로 작용한다고 보는 것이 더 타당할 것이라는 관점을 취한다.[22]

그런데 교육의 국면에서 정전은 가르쳐져야 할 텍스트의 공식적 실체로서 전범적이고 규범적인 진술을 한다. 이상적이고 대표적인 질서로 존재함으로써 정전은 과거와 현재 사이의 영속적이고 통일적인 연관을 자명한 것으로 만든다. 그 체계를 의심하는 문제들은 허용되지 않은 채, 그것은 텍스트, 문화, 문명의 초월적이고 보편적인 정체성을 확립하고 거기에 다시 가치를 부여하는 것이다. 아울러 그것은 역사 속에서 특화

---

21) 고규진, 「다문화 시대의 문학 정전(正典)」, 『독일언어문학』 제23집, 2004.3, 83~84면.
22) 위의 글, 87~88면.

되어 현재에 이른 특정한 관점을 이른바 과거와 현재의 대화라는 관점에서 합법화한다. 그것이 전통의 일관성 혹은 문화적 동일성으로서의 정전이 갖는 기능이다.[23]

동일 문학 작품에 대한 공통된 읽기가 한 사회의 문화적 결속력을 강화하는 데 기여할 수 있을 것이라는 기대는 충분히 가져봄직하다. 문학교육을 통해 서로 다른 세대가 동일 작품을 공통된 방식으로 읽음으로써 세대를 건너뛰어 의식을 공유하는 경우도 상정할 수 있다. 이러한 기대가 문학교육의 필요성을 지지하는 암묵적인 전제의 하나로 존재한다고 보아도 무방할 것이다. 이러한 기대는 더 나아가면, 문학교육이 문화적 전승을 위한 핵심적인 매개로서의 역할을 수행해야 한다는 주장과 맥이 닿게 된다.

그러나 문학이 한 사회의 '문제성 있는 이야깃거리'가 되기 위해서는 문학에 대한 다양한 접근이나 읽기 방식을 인정해 주어야 할 필요가 있다. 새로운 접근이 없이 그저 옛날의 읽기가 반복된다는 사실은 그 작품이 문학사의 살아 있는 구성 요소가 되기를 중지했음을 의미한다. 실제로 학교의 전통에 의해서 고정된 방식으로 평가되는 작가들이 있는데, 이것은 이 작가들이 현대 독자의 정서와 인식, 더 나아가 삶에 관련되는 측면이 더 이상 발견되지 못하고 '교양인의 문학사적 교육의 구성 요소'[24]로서 존재하게 되었기 때문이다.

국어교육에서 문학 제재를 선정하는 공식적인 기준의 하나인 '문학사

---

23) 정재찬, 「사회·문화적 맥락 중심의 문학교육과정 내용 체계」, 우한용 외, 『문학교육과정론』, 삼지원, 1997, 213면.
24) 차봉희, 『수용미학』, 문학과지성사, 1985, 123~124면. 관습적으로 교육에 포함되는 작품과 작가들 중에는 역사적 유효성을 지니고 있지만, 새로운 읽기를 통해 현대의 맥락 속에서 '재생'되지 못하고 있는 경우도 있을 수 있는 것이다.

적 평가를 받은 작품'이라는 기준은 다른 무엇보다도 강력한 기준으로 작용하지만, 국어 교과서에 문학사적 평가를 받은 작품만이 실리는 것은 아니다. 어떤 경우에는 문화적 문식성의 관점과 충돌을 일으키는 작품이 선정되기도 한다. 이는 문화적 문식성 관점의 한계를 다른 식으로 적절히 보완된 것이라고 볼 수도 있지만, 이 또한 문화적 문식성의 일환이라고 보는 관점도 가능하다. 즉 문화가 전통과만 관련되는 것이 아니라, 일상의 현재적 소통 속에서 의미를 공유하고 언어와 생활의 양식을 공유하는 과정과 현상도 일컬으며, 이때 문화적 문식성은 일상의 가치 합리성, 기호적 상징에 대한 반응, 미디어 환경에 적응하는 태도와 양식 등으로 상정할 수 있기 때문이다.[25] 이는 '문화'라는 말의 내포 자체가 그만큼 확대될 수 있다는 점에 기인한다. 따라서 문화적 문식성은 그것을 무엇이라고 규정하면서 논의를 전개하느냐에 따라 일정한 작품의 선정을 정당화할 수 있는 강력한 무기가 되어주기도 하지만, 문화적 문식성에 대한 상이한 관점에서 배태된 또 다른 작품의 선정을 막을 수 없게 되기도 한다. 결국 문제는 문화적 문식성의 개념을 재개념화하는 과정에서 발생하는 관점의 충돌이며 이때 필요한 것이 개방적인 태도일 것이다. 정전의 확대와 재구성, 정전을 읽는 방법의 변화가 수반될 때, 문화적 문식성 관점은 제재 선정 논의에서 정당한 지분을 갖게 될 것이다.

5. 검열의 관점

검열의 사전적 의미는 '사상을 통제하거나 치안을 유지하기 위해 언론, 출판, 보도, 연극, 영화, 우편물 따위의 내용을 사전에 심사하여 그

---

25) 박인기, 앞의 글, 27면.

발표를 통제하는 일'26)이라고 되어 있다. 어떤 책의 경우 특정 집단에만 읽히도록 정해져 있다는 관념은 문학 그 자체만큼이나 역사가 깊다.27) 역사적으로, 절대 권력은 대중을 문맹인으로 남길 필요가 있었다. 책 읽기 기술의 경우 한번 익혔다 하면 절대로 원위치로 돌릴 수 없기 때문에 차선책은 접할 수 있는 책의 범위를 제한하는 것이었다. 모든 독서를 공식적인 독서로 제한할 필요28)가 있었고, 따라서 대중이 접할 수 있는 책은 절대 권력이 인정하는 범위로 한정지을 필요가 있었다.

그러나 문맹을 없애고 문식력을 높이는 것이 국가의 인력 정책의 기본이 된 현대 사회에서의 검열이란, 이런 전근대적 차원의 검열과는 그 양상이 다르다고 할 수 있다. 국가 차원의 검열이 전체주의적으로 시행된다기보다는 개별 주체들에 내면화된 '자기 검열'이 더욱 큰 역할을 하고 있다고 볼 수 있다. 교사들이 가르칠 제재를 확대하는 데 주저하는 다양한 이유로서 새로운 제재와의 친밀성 부족, 제재의 문학적 질에 대한 의심, 공동체의 반응(reaction)에 대한 염려 등29)을 지적한 곳이 있다. 여기서 공동체의 반응에 대한 앞선 염려가 자기 검열의 메커니즘이 현상하는 양상의 하나라고 할 수 있다.

검열가는 그 글이 대상으로 하는 실제 독자를 대신해 판단을 내려주는 사람이라고 할 수 있다.30) 제재 선정 과정의 일부로 '심의'가 제도화

---

26) 국립국어연구원, 『표준국어대사전』

27) Manguel, Alberto, *A History of Reading*, 정명진 역, 『독서의 역사』, 세종서적, 2000, 327면.

28) 위의 책, 406면.

29) Applebee, Arthur N., "The background for reform", in Judith A. Langer ed., *Literature Instruction*, NCTE, 1992, 15면.

30) 검열가의 이미지는 일제 강점기와 군부 독재 시기를 거친 우리에게 게재 불가나 복자 처리를 결정하는 관료의 이미지로 전승되어 오기도 하고, 문학의 자율성을 형상화한 여러 문학 작품들의 허구적 상상력을 통해 재현되기도 한다. 검

될 때 검열의 관점은 제재 선정에서 큰 지분을 차지하게 된다. 제7차 초등 학교 5학년 문학 영역 교육과정 내용의 하나로 '작품에 나오는 인물의 다양한 삶을 이해한다'는 항목이 있다. 이 내용을 구현한 교과서 단원을 심의하는 과정에서 초등 학생들에게는 매우 우울한 소재(특히 가난, 죽음)가 적절하지 않다는 판단이 내려지고, 그보다는 신지식인, 벤처 등의 사례가 적절한 것으로 제안된다.[31] 인물의 다양한 삶 속에 우울한 생활이 들어 있을 수 있음을 인정하지 못해서가 아니라, 그러한 소재의 문학이 교과서에 등장하는 것, 초등 학생들에게 읽히는 것에 대해서는 부적절하다는 판단을 대신 내려주는 것이다. 그리고 외국 문학도 문학 교육의 제재로 인정하는 추세이지만 일본 문학에 대해서는 유독 더 강한 의혹과 판단 유보가 이루어지는 현실이다. '우동 한 그릇'이 일본 작품이기 때문에 국민 정서상 맞지 않고 여론의 비판적 반응이 예상되는 매우 예민한 문제[32]라는 지적 하에서 제재가 교체되었다. 김동인의 대표작 중 하나인 「감자」가 교과서에 수록되지 않는 이유 혹은 수록할 수 없는 이유로서, 복녀의 행위를 용납할 수 없다는 암묵적인 사회적 관습과 복녀의 비윤리적 행위에 대해 청소년기의 학생들이 아직 분별할 능력이 없다는 점이 거론된다.[33] 중학교 이하의 교과서에 이 작품이 수록되지 않고 있는 것도 이러한 검열의 논리로 파악할 수 있다.

열가는 검열되는 작품을 있는 그대로 읽는 유일한 독자가 됨으로써 그 작품의 우수성을 단독으로 체험할 수 있는 역설적인 위치에 서 있을 수도 있다. 이러한 역설을 형상화한 것으로 아리엘 도르프만의 「독자」라는 소설을 참고할 수 있다. 아리엘 도르프만(한기욱 역) 『우리 집에 불났어』, 창작과비평사, 1998.

31) 이인제 외, 앞의 책, 282면.

32) 위의 책, 286, 299면.

33) 김중신, 「문학교육에서의 인지의 문제」, 『문학교육학』 제11호, 한국문학교육학회, 2003, 169~177면.

검열적 관점은 때때로 과학적 방법을 근거로 들어 정당화되기도 하지만, 해석의 여지가 있는 구구한 설명으로 대치되기도 하고 아예 아무런 설명 없이도 권위적으로 이념이 행사되기도 한다. 국어 교육과정에서는 3차 교육과정에서 제재와 관련된 요건을 처음 밝히고 있다. 교과서 제재를 통한 가치관 교육을 목표하면서, 제재 선정의 기준으로 '투철한 국가관의 확립, 국토와 국어와 국민 문화 애호, 투철한 반공 민주 정신, 바른 사고력·상상력·창의력과 과학적 생활 태도, 건전한 심신, 국제적인 이해와 협조' 등을 강조하였다. 교과서에 싣는 제재에 대한 강한 검열적 관점이 문서화되어 제시된 것이라고 할 수 있다. 그 이후에는 교육과정에서 제재 선정의 요건은 다소 완화된 형식으로 제시된다. 제7차 국어과 교육과정에서는 '교과서 개발 및 심의의 기준' 항목에서 교과서에 사용할 언어 자료는 다음 사항에 유의하여 선정하도록 하고 있다.[34]

(1) 교육 과정 총론에 제시한 바람직한 인간상 구현에 최적인 자료를 선정한다.
(2) 전통적인 내용과 현대적인 내용이 잘 조화될 수 있도록 자료를 선정한다.
(3) 보편성과 특수성이 잘 조화될 수 있게 자료를 선정한다.
(4) 개인과 사회의 윤리적 관점이 조화를 이룰 수 있게 자료를 선정한다.
(5) 문학 작품은 시대와 갈래를 고려하여 선정하되, 한국 문학의 전통을 바르게 인식할 수 있도록 선정한다.
(6) 학습자의 욕구와 흥미를 고려하여 재미있고 감동적인 내용의 자료를 선정하되, 교육적으로 가치 있는 자료가 제외되지 않도록 한다.

---

34) 이인제 외, 『제7차 국어과 교육과정 개발 연구』, 한국교육개발원 연구보고 CR97-23, 한국교육개발원, 1997, 434면.

(7) 길이, 내용 구조, 사용한 어휘, 주제 등이 학습자의 학습 능력
    수준에 적합하도록 자료를 선정한다.

여기서는 바람직한 인간상, 시대적 분포, 보편성과 특수성, 개인과 사
회, 시대와 갈래, 한국 문학의 전통, 학습자의 욕구와 흥미, 교육적으로
가치 있는 자료, 학습자의 학습 능력 수준에 적합한 자료라는 조건을 내
세웠다. 그리고 그러한 조건들의 방향성으로서 '바람직함', '조화', '적합
성'을 내세웠다. 위의 요건들은 교과서의 제재를 선정하는 데 참고할 수
있는 지극히 상식적인 견해이다. 그러나 상식 선 그 이상도 그 이하도
아니기에 해석이 구구할 수 있다. 그러한 요건에 속하는 작품(군)이 어떤
것(들)인지 실물로 드러내주지 않는 한, 요건에 대한 해석은 다양할 수밖
에 없다. 따라서 어떤 작품을 싣는 것이 적절할지에 대해서, 또는 어떤
작품을 싣는 것이 문제가 될지에 대해서도 다양한 의견이 있을 수 있으
며, 이는 최종적으로 '심의'라는 과정을 통해 통제되게 마련이다.
  2종 교과서로서의 〈문학〉 교과서의 경우 교과서 집필과 사정에 가장
직접적으로 적용되는 것은 집필상의 유의점이다. 심사 기준이 검정에서
합격과 불합격을 결정하는 기준이지만, 이는 집필상의 유의점과 큰 차
이가 없다.[35] 7차 2종 교과서 집필 유의점 중 〈문학〉 과목에서 중 내용
의 선정에 관련된 집필 유의점은 다음과 같다.

  1. 내용의 선정
  (가) 문학 과목의 교육과정에 제시된 성격과 목표, 문학교육의 취
      지를 충실히 드러낼 수 있는 내용을 선정한다.

---

35) 최현섭, 「문학교육과 교과서 제도」, 『문학교육학』 제2호, 한국문학교육학회, 태
    학사, 1998, 42면.

(나) 내용은 학생의 욕구를 충족시킬 수 있도록 가능한 한 재미있
고, 감동적이며, 학생들에게 교훈적인 것을 고려하여 선정한다.
(다) 주제별, 장르별, 시대별, 한국·세계문학 등을 고려하여 어느
특정 분야에 편중되지 않도록 내용을 균형 있게 선정한다.
(라) 수록 작품은 문학사적으로 문학적, 교육적으로 공인된 평가를
받은 것을 선정하고, 전작을 원문대로 수록하는 것을 원칙으로
하되, 부득이한 경우 작품 전체의 요약이나 주석을 붙인다.
(마) 우리 문화의 정체성을 이해하고, 지식·정보 사회에 필요한
바람직한 가치관 형성과 창조력 신장에 기여할 수 있는 내용을
선정한다.
(바) 외국 문학 작품은 어느 한 지역에 편중되지 않도록 하되, 수
업 시수 기준으로 전체의 20%를 넘지 않아야 한다.

검열적 관점이 가진 문제는 그것이 단지 하나의 의견 차원을 넘어서
권력으로 작용하여 의사선택 과정에서 결정적인 요인으로 작용한다는
점이다. 특히 교과서에 대한 검열적 관점이 문제되는 것은 교과서에 수
록하기 위해 선정되는 문학 텍스트의 조건이, 또 다른 다양한 문학독서
교육 프로그램들에서 문학 제재를 선정할 때 가이드라인으로 작용하는
경향이 있기 때문이다.

Ⅲ. 문학독서 교육의 제재 선정의 관점과 방향

위에서 문학독서 교육을 위해 제재를 선정하는 몇 가지 방법이 지니
는 가능성과 한계를 살펴보았다. 문학 제재의 선정 방식에 대한 논의가
이밖에도 다양하지만,[36] 실제로 문학 텍스트 선정의 과정에서 중시되는

것은 이러한 이론적 논의와는 다를 수 있다는 판단 때문이었다. 그런데 실제로 제재를 선정하는 상황에서는 제재 선정을 위해 한 가지 방식만 고집하는 것이 아니라 몇 가지 방식을 섞어서 사용하게 된다. 그 가운데 무엇을 중요한 요소로 볼 것이며 무엇을 부차적인 요소로 볼 것이냐에 따라서 선정된 문학 작품의 목록도 상이해지고, 선정된 문학 작품 목록에 대한 평가도 차이를 나타내게 된다.

> 우리는 지금까지 수업 시간에 '느끼고 생각하는 시'가 아니라 '외우고 풀어야 할 시'를 배웠습니다. 그래서인지 잔잔한 울림으로 영혼의 양식이 되어야 할 시가 단지 성적을 올리기 위해 해독해야 할 암호가 되어 버렸습니다.
> 여기에 실린 작품들은 문학사적 평가에 구애받지 않고 학생들이 재미있게 읽고 자신의 지적·정서적 경험을 넓힐 수 있는 작품들입니다. 일일이 학생들에게 읽혀 본 후 다시 만나 밤새 토론하면서 학생들이 읽을 만하다고 생각되는 작품으로 골랐습니다.[37]

> 소설 읽기는 좋아하는데 교과서에 실린 소설은 싫다는 학생들도 많습니다. 그것은 사건 전개 위주의 글에 익숙한 독서 관습 때문일 수도 있지만, 작품이 학생들의 수준에 맞지 않기 때문인 경우가 많습니다. 소설 읽기는 읽는 사람의 지적·정서적 체험과 깊은 관련을 맺고 있는데, 이런 것을 고려하지 않은 채 문학사적으로 의미 있다고 평가되는 작품들을 학생들에게 읽도록 권하는 경우가 많기 때문입니다. 이 책에 수록된 작품들은 이런 문제를 고민하여 선생님들이 숱한 토론을 거치며 가려 뽑았고, 학생들도 읽을 만하다고 평가한 작품들입니다.[38]

---

36) 교과서에 실린 문학 제재를 평가하면서 논자 자신이 생각하는 문학 제재 선정 기준을 명시적·암묵적으로 드러낸다든지, 인접 학문의 이론(발달 이론 등)을 적용한 논의들을 주로 찾아볼 수 있다.
37) 전국국어교사모임, 『문학 시간에 시 읽기』, 나라말, 2004, 4~5면.

위의 두 글은 현장 교사들이 교과서에 수록된 문학 텍스트에 대해 의문을 품고, 대안적인 문학 텍스트를 선정하여 만든 작품집의 서문에 나온 내용이다. 교과서에 수록된 문학 텍스트가 좁은 의미의 문화적 문식성 관점에 치우쳐 있고 학생의 문학독서 흥미나 가독성 현실과 괴리되어 있다는 문제 의식 하에서, 문학 텍스트 선정에서 학생들의 문학독서 흥미를 인정하는 관점, 그리고 넓은 의미의 문화적 문식성의 관점을 중요한 선정 기준으로 삼았다고 할 수 있다. 이처럼 선정자들이 가진 문제 의식에 따라 문학 텍스트의 선정 과정과 그 결과는 다양하게 나타날 것이다.[39]

한편, 문학 텍스트를 선정하는 관점들 사이에는 충돌이 발생할 수 있다. 문학사적 평가를 받은 작품과 학생에게 독서 흥미를 주는 작품이 서로 다른 것일 터이고, 흥미를 주지만 검열의 관점에서 허용되지 않는 작품들도 있을 것이다. 이때 어떤 것을 중시하느냐는 다른 것을 부차적으로 만든다기보다는 아예 배제하는 결과를 초래할 수도 있다. 이처럼 제재 선정의 방법과 결과가 다양하다는 사실을 인정함에도 불구하고, 문학 제재 선정의 타당성을 높이기 위해서는 다음과 같은 관점 혹은 방향을 유지할 필요가 있다고 생각한다.

첫째, 제재 관련 논의는 문학독서 교육 프로그램 안에서 일관성 있게 이루어져야 한다. 문학독서 교육에서 '제재'는 흔히 독립적으로 다루어진다. 즉 학생들에게 읽히기에 적절한 책인가 그렇지 아니한가는 독립

---

38) 전국국어교사모임, 『문학 시간에 소설 읽기』, 나라말, 2004, 4면.
39) 위의 두 글을 추린 이유는, 현실 문학독서 교육에서 가장 큰 영향력을 지닌 국어(문학) 교과서를 극복해야 할 대상으로 삼으면서 문학독서 교육의 제재 선정 방법에 대한 대안적안 관점을 비교적 명백하게 드러내고 있다고 보았기 때문이다. 관점의 타당성, 관점과 실제 선정된 제재의 부합 여부 등에 대해서는 별도의 논의가 필요할 것이다.

적인 질문으로, 단지 학습자와 텍스트의 상관성에 초점을 둔 문제제기로 현상되곤 한다. 국어교육에서 다루어지는 문학 제재에 관한 기존의 논의들을 살펴보면, 주로 텍스트 구조, 텍스트 주제, 학습자의 수용 측면에서 개별 제재들의 타당성 여부를 검토하는 논의가 주종을 이루고 있다. 그리고 대안적인 문학 제재들이 소개되기도 하고 제안되기도 한다. 그러나 이런 논의가 정작 교과서에 실릴 문학 텍스트를 선정하는 주체들에게 외부적인 평가로만 인식되는 이유는, 그 대안으로 제시된 제재가 교과서의 구성과 편재, 개발 방향에 부합하지 않는 경우가 다반사이기 때문이다. 이럴 경우에는 해당 교과서 개발의 방향이 먼저 문제시되어야 한다. 그리고 해당 제재들이 교과서 개발의 방향과 얼마나 부합하는지 검토해야 한다. 전체 프로그램과의 관련성 속에서 정당화되지 못하는 제재란 부적절하기 때문이다.[40]

특히 문학독서 교육 프로그램에서 어떤 읽기 방법을 전제하는지가 가장 중요하게 고려되어야 한다고 생각한다. 어떤 문학 제재를 선택하고 배제하는 행위에는 좋은 문학 제재가 좋은 독자(학습자)를 만들 것이라는 가정이 필연적으로 전제되어 있다. 그러나 좋은 책이라고 해도 잘못 읽으면 악서가 될 수 있고, 좋은 책이라고 평가받지 못하는 책이라도 읽는 방식에 따라서 좋은 책으로 읽힐 수 있는 것이다. 그러므로 어떻게 읽히는가와 분리된 문학독서 교육 제재 논의는 실로 무의미하다고까지 말할 수 있다. 문학 작품 선정이 문학독서 교육 프로그램 속에서 적절한 읽기 방법과 결합하지 못했을 때 벌어지는 현상으로 다음의 극단적인 경우를 상정해 볼 수 있다. 아래와 같은 경우에는 그 작품 선정 이유가

---

40) 제재 선정에 대한 비평을 할 때 전체 프로그램과의 관련성 속에서 제재를 평가하지 않는 것은 생산적인 비판이 되기보다 단지 외부적인 투정에 불과한 것이 되어 버릴 수 있다.

무색해지는 교육적 결과를 초래할 수 있다.

- 문학 작품에 대한 학습자의 흥미가 높은 작품을 선정하였지만, 학습자가 도리어 문학 작품에 대한 흥미를 잃어버리는 경우
- 가독성이 높은 작품이라고 선정하여 읽혔지만, 그것이 도리어 읽기란 어려운 것이라는 관념을 심어주는 경우
- 독서 전략을 체계화하여 이에 알맞은 작품을 선정하여 가르쳤지만, 그 작품에 대한 감상이 또 다른 독서로 확대 재생산되지 않는 경우
- 문화적 정체성을 부여하기 위해 문학 정전을 가르쳤지만 그것이 문화 유산에 대한 거리감을 가지게 한 경우
- 교육적으로 바람직하지 못하다고 하여 어떤 작품군을 배제하고 어떤 작품군을 선정하여 가르쳤지만 그것이 배제된 작품군에 대한 호의와 또 다른 호기심을 가져오는 경우

위와 같은 경우는 극단적인 예이지만, 선정한 작품을 적절한 문학독서 교육 프로그램과 연계 짓지 못했을 경우 생기는 오류로서, 제재 논의에 반드시 수반되어야 하는 읽기 방법 논리의 필요성을 인식케 하는 사례라고 할 수 있다. 그러므로 문학독서 교육의 프로그램 전체 속에서, 어떻게 읽을(읽힐) 것인가의 문제와 결합하여 제재 선정의 문제를 사고하는 것이 보다 생산적인 제재 선정의 방안이 될 것이다.

둘째, 학생을 비롯한 가능한 한 많은 관련자들의 참여를 유도해야 한다. 제재 선정에 관한 장기적인 연구와 탐색이 필요하며, 제재 선정 과정에 보다 많은 사람들이 참여하는 것이 바람직하다는 것은 상식과도 같다. 특히 이러한 제재 선정의 과정에서 학생들이 소외되지 않도록 해야 할 필요가 있다. 문학독서 교육 제재 선정과 관련된 많은 문제는 선정자가 주로 문학독서 교육을 받는 대상이라기보다는 문학독서 교육을

시행하는 사람이라는 점에서 기인한다. 즉 문학 작품의 독자가 이중화 되는데, 그 한 독자인 선정자의 관점이 또 다른 독자인 학습자의 관점과 상이할 수 있기 때문이다. 그러므로 문학 텍스트 선정 과정에는 실제 작품을 읽고 배울 학습 독자의 참여가 필요하고, 그들의 관심과 요구를 즉각적으로 혹은 장기적으로 고려하는 제재 선정 체제가 필요하다.

학생을 참여시키는 장기간의 제재 선정 체제로 국제독서협회(IRA. International Reading Association)와 미국 아동도서위원회(TCBC. The Children's Book Council)가 1974년부터 매년 지속해 온 작품 선정 프로젝트를 선례로 꼽을 수 있을 듯하다. 이 프로젝트는 "아동의 선택"을 지향하는 것으로, 한 해의 출판물들 중에서 학생들이 좋아하여 고른 도서 목록을 축적하는 것이다. 그 해에 나온 500여 권 이상의 신간 서적의 복사본이 미 전역에 걸쳐 배포되며, 각각의 지역에서 팀 리더들이 이 복사본을 이용해 만 명 이상의 학생들이 이용할 수 있는 책을 만들고 그들의 투표와 의견을 구하게 된다. 책에 투표하는 아동들은 적어도 전국의 다섯 개 지역 권역을 대표하며 초등학교 전체에 걸쳐 고루 분포한다. 이 프로젝트는 많은 학생들이 참여하도록 고안되었으며 평가를 위한 기준도 안내해 준다. 각 책에 대한 투표가 집계되고, 어떤 책이 다수 독자에 의해 높은 평가를 받았는지 알 수 있는 도표가 만들어진다. 그리고 그 목록이 매년 교사들이 보는 잡지에 게재된다. 그리고 아동들이 선택한 목록들에 기초하여 학자들이 수많은 연구를 진행한다.[41] 학생, 교사, 학자가 다 함께 참여하는 제재 선정 과정이라는 점, 학생들의 참여 및 투표 행위가 제도화되어 있다는 점에서 의도와 방법 모두 높게 평가받을

---

41) Purves & Monson, 앞의 책, 167면과 Dianne L. Monson & Sam L. Sebesta, 앞의 글, 666~667면 참조. 1986년부터는 '청소년의 선택'이라는 이름으로 대상을 달리하여 비슷한 프로젝트가 시작되었다고 한다.

만하다.

셋째, 선정된 제재를 특수화, 개별화하는 방식을 함께 고려해야 한다. 누구에게나 적절한 제재라는 개념은 지나치게 일반적이고 획일적이다. 퍼브스와 몬슨은 가장 성공적인 초등 학교 프로그램은 전체 학급을 위한 책, 소집단 읽기를 위한 책, 개인적 읽기를 위한 책을 가지고 있다고 하였다. 한 명의 학생은 이 세 가지 유형 모두에 동시에 참여하고, 따라서 모든 아동은 동시에 세 개의 책을 접하게 된다.[42] 즉 학생들은 동시에 적어도 세 개의 작품을 읽는 것이다. 하나는 각자가 고른 것이고, 다른 하나는 교사가 고른 것(학급의 다른 학생들과 공통된 텍스트일 가능성이 많은 핵심 텍스트), 다른 하나는 교사와 학생들이 함께 동의하여 고른 작품이다[43]. 이러한 교실 활동의 전제는 모든 학생들이 모든 책을 읽어야 하는 것은 아니라는 점일 것이다. 선정된 문학 작품을 모두 읽도록 강요받는 것이 아니라, 각자의 처지나 선호, 학습 능력, 읽기 목적 등에 따라 자발적으로 읽기도 하고 부분적으로 발췌하여 읽기도 하고 전혀 안 읽을 수도 있는 것이다.

제재를 학습자들의 특성에 맞게 특수화, 개별화하기 위해서는 문학교육 실천의 중요한 주체로서 교사의 역할이 문화기술지 연구자에 값해야 한다. 학습자의 문학독서 활동을 참여 관찰하면서 그의 일반성과 개별성을 모두 살펴보아야 하는 것이다.[44] 그리고 그 연령, 성별, 지능별, 지

---

42) Purves & Monson, 위의 책, 190면.

43) DeLawter, Jayne, "Teaching Literature: From clerk to Explorer", in Judith A. Langer ed., *Literature Instruction*, NCTE, 1992, 114면.

44) 물론 교사만이 그러한 역할을 수행할 수 있는 것은 아니다. 흔히 부모야말로 최선의 교육자라고 말하는데, 부모가 자신의 자녀에 대해서만큼은 가장 그 생활과 습성과 특성을 잘 알고 있으며 가장 필요한 교육적 처치가 무엇인가에 대한 직관을 가질 수 있는 가능성도 많기 때문이다. 그런 바람직한 역할을 수행할

역 사회별로 또래에 제안되는 일련의 문학 제재들을 전제로 하되, 각 학생들의 개별적인 특성과 수준에 맞게 프로그램을 유연하게 운용할 수 있는 능력을 발휘해야 할 필요가 있다.

넷째, 선정자 자신의 주관성을 분명히 할 필요가 있다. 무엇이 문학독서 교육의 제재로 선정되는가보다, 누가 어떻게 선정하는가의 관점으로 문학 텍스트 선정의 과정을 살펴볼 필요가 있다. 이때, 일정한 기준이 먼저 선행된다기보다는 오히려 작품 선정의 객관적 이유는 문학 텍스트 선정 이후에 사후 정당화를 위해 필요한 경우도 많음을 알 수 있다. 선정자는 끊임없이 고민하고 결정을 유보하다가 결국 결정을 더 미루지 못할 시기에 닥쳤을 때, 그의 손에 잡힌 문학 텍스트에 의미를 부여한다.

다른 사람에게 어떤 문학 작품을 읽도록 권장하는 행위는 타인과 대화하려는 소통 의지의 소산이기도 하지만, 타인의 의식을 통제하려는 지배 욕망의 소산이기도 하다. 그러므로 객관적 기준의 모색이라는 미명하에 선정자의 주체성이 숨어 버리는 상황은 사회적으로도 교육적으로도 바람직하지 않다. 작품 선정의 객관적 이유를 찾는 것과 함께 선정을 하는 주체, 바로 우리 자신의 내면 깊숙한 곳을 들여다보는 것이 필요한 이유가 이것이다. 그리고 그 결과 자신의 텍스트 선정 기준을 명확히 드러내는 것이 작품 선정을 둘러싼 논의를 더욱 활발하게 하는 촉매가 될 것이다. 이는 선정된 텍스트에 대해 비판하는 사람에 대해서도 똑같이 적용되어야 할 것이다.

때, 부모도 역시 문화기술지 연구자로서 기능하고 있다고 할 수 있다.

Ⅳ. 요약과 전망

　문학독서 교육을 위한 제재 선정에 대해서는 사람마다 서로 다른 의견이 있을 수 있다. 문학 텍스트와 문학 텍스트를 보는 시각이 다양하다는 점이 가장 기본적인 토대가 되겠지만, 문학독서란 무엇인가, 더 나아가 문학독서 교육이 무엇인가, 문학독서 교육을 통해 어떠한 학습자를 기를 것인가에 대해서 매우 다양한 관점이 가능하기 때문에 생기는 자연스러운 현상이라고 본다. 의견의 갈등을 조정하기 위해 제재 선정에 관한 과학적 방법을 추구하는 것은 타당하지만 그것이 문제를 해결하는 전적인 방법이 되기는 힘들다는 것이 필자의 생각이다. 제재 선정이란 일종의 인간적 판단과 의사 선택 과정이기 때문이다[45].

　이러한 관점을 바탕으로 이 글에서는 독자의 흥미, 가독성, 독서 전략, 문화적 문식성, 검열 등의 관점은 각기 그 나름대로 의미를 지니고 있는 것이라고 보았다. 따라서 2장에서는 그 각각의 관점이 지니는 장점과 단점을 균형 있게 살펴보고자 하였다. 그런데 보다 중요한 것은 관점 자체라기보다 관점을 현실화하는 과정에서 벌어지는 선택과 배제의 과정 그 자체일 것이다. 따라서 3장에서는 그 각각의 관점들 역시 문학독서 교육의 제재를 선정할 때 '선택'되는 것이어서 그러한 관점들이 어떻게 관여되고 어떤 큰 방향 하에서 자리매김하는 것이 바람직한가에 대하여 논의해 보았다. 그 방향을 굳이 명명한다면, 문학독서 교육 프로그램의 전체적 구조를 중시한다는 점에서 관계성, 학습 독자의 흥미와 자발적인

---

45) 경향 문학이나 참여 문학이 문학독서 교육의 제재로 다루어지는 것, 대중문학과 외국문학이 문학독서 교육에서 제재로 인정되는 것도 과학적 연구의 성과라기보다는 인식의 전환에 의해 이루어진 것이라고 할 수 있다.

선택을 중시한다는 점에서 상향성, 학습 독자의 개인적 특수성의 인정하고자 한다는 점에서 개별성, 선정자의 선정 관점의 노출이 필요하다고 보는 점에서 주관성을 강조하는 것이라고 할 수 있다. 물론 이 각각에 이항대립적으로 대응하는 개념쌍이 있을 수 있다[46]. 즉 독립성, 하향성, 일반성, 객관성을 상정할 수 있다. 후자의 방향성이 현실적으로 작용하고 있다는 점을 무시하거나 혹은 그러한 방향성을 무조건적으로 반대하는 것은 아니다. 그러나 후자의 방향성이 현실적으로 작용하고 있다는 점, 그것도 일방적으로 작용하고 있다는 점이 문제적이라는 점에서 본 논의는 출발하고 있다.

문학독서 교육의 제재를 선정하는 일과 관련하여 이론가와 실천가들이 해야 할 일은 적지 않다. 문학독서 교육의 틀을 설정하거나 제재 선정의 방법을 구체화·정교화하는 거시적인 작업과 더불어 통합 교육적인 관점에서 제재를 선정하는 방안, 생산·출판·유통·비평 등에 관련된 다양한 주체들과 연합하는 방안 등을 모색해야 할 것이다. 이러한 각종의 작업이 이론적 영향력의 확대나 상업적인 성공과 같은 부산물보다 문학독서 교육의 바람직한 전개를 지향하는 것이어야 함은 두말할 나위가 없다. 학습자가 다양하게 갖추어진 문학 작품들 속에서 스스로 문학 제재를 선택하여 즐겨 읽고 다른 이들과 적극적으로 의사소통하는 모습은 문학독서 교육에 관련한 사람들이 그리는 행복한 장면이 아닐까. 문학독서 교육의 제재 문제와 관련하여 가장 바람직한 모습은 학습자가 주체적인 제재 선정 이유를 갖고 자발적으로 자신에게 적절한 문학독서 제재를 선정하는 모습일 것이다.

---

46) 이러한 명명은 허왕욱(연기조치원여고) 선생님이 시도해 주셨고, 필자가 이를 글의 의도를 좀더 명확히 밝히는 방향으로 다소 수정하였다. 글을 꼼꼼히 읽고 토론해 주신 허왕욱 선생님께 고마운 말씀을 전한다.

앞으로 제재 선정에 관련된 현실적인 의사소통에서 생기는 불일치와
차이에 주목하고, 그것이 합의 혹은 동의되는 과정을 미시적으로 살펴
보는 작업이 필요하다고 본다.

■ 참고문헌

고규진, 「다문화 시대의 문학 정전(正典)」, 『독일언어문학』 제23집, 2004.

구인환 외, 『문학교육론(제3판)』, 삼지원, 1998.

김상욱, 「초등학교 아동문학 제재의 위계화 연구」, 『국어교육학연구』 제12집,
    국어교육학회, 2001.

김중신, 「문학교육에서의 인지의 문제」, 『문학교육학』 제11호, 한국문학교육
    학회, 2003.

김창원, 「문학 교과서 개발에 대한 비판적 점검」, 『문학교육학』 제11호, 한국
    문학교육학회, 2003.

박인기, 「문학교과 교재론의 이론적 접근과 방향」, 『운당 구인환 선생 화갑기
    념논문집』, 한샘, 1989.

―――, 「문화적 문식성의 국어교육적 재개념화」, 『국어교육학연구』 제15집,
    국어교육학회, 2002.

송 무, 「문학교육과 정전 논의」, 『문학교육학 창간호』, 한국문학교육학회,
    1997년 가을.

우한용, 「독서목록 선정의 원칙과 '독서교육'의 방향」, 『독서교육 활성화를
    위한 공청회 자료집』, 1998.

이인제 외, 「제7차 국어과 교육과정 개발 연구」, 한국교육개발원(연구보고
    CR97-23), 1997.

이인제 외, 『초등 학교 1종 교과용 도서 체제 개선 연구(Ⅱ)』, 한국교육과정평
    가원(연구보고 RRC 2000-9-1), 2000.

정재찬, 「사회·문화적 맥락 중심의 문학교육과정 내용 체계」, 우한용 외,
    『문학교육과정론』, 삼지원, 1997.

차봉희, 『수용미학』, 문학과지성사, 1985.

최현섭, 「문학교육과 교과서 제도」, 『문학교육학』 2호, 한국문학교육학회, 1998.

한철우, 「문학의 교수・학습과 독자반응 연구」, 구인환 외, 『문학 교수・학습 방법론』, 삼지원, 1998.

Applebee, Arthur N., "The background for reform", in Judith A. Langer ed., *Literature Instruction*, NCTE, 1992.

DeLawter, Jayne, "Teaching Literature: From clerk to Explorer", in Judith A. Langer ed., *Literature Instruction*, NCTE, 1992.

Gilliland, John, *Readability*, Hodder and Stoughton, 1972.

Harris, Theodore L, & Hodges, Richard E., eds., *A Dictionary of Reading*, IRA, 1987.

Hirsh(Jr), E. D., *Cultural Literacy*, Random House, 1988.

Manguel, Alberto, *A History of Reading*, 정명진 역, 『독서의 역사』, 세종서적, 2000.

McKenna, Michael C. & Robinson, Richard D., *Teaching Through Text : a Content Literacy Approach to Content Area Reading*, Longman, 1993.

Monson, Dianne L. & Sebesta, Sam L., "Reading Preferences", in James Flood, Julie M. Jensen, Dianne Lapp & James R. Squire eds., *Handbook of Research on Teaching the English Language Arts*, Macmillan Publishing Company, 1991.

Purves, Alan C. & Monson, Dianne L., *Experiencing Children's Literature*, Harper Collins Publishers, 1984.

Purves, Alan C., "The school subject literature", in James Flood, Julie M. Jensen, Diane Lapp & James R. Squire eds., *Handbook of Research on Teaching the English Language Arts*, Macmillan publishing company, 1991.

Sewell, Elizabeth J., "Student's choice of books during self-selected reading", ERIC http://www.indiana.edu/~eric-rec/www/submit/release.shtml.

Terman, L.M & Lima, M., "Children's reading", *A Guide for Parents and Teachers*, New York: Appleton, 1925/1926.

문학독서 교육의 교수·학습 방법

김 성 진

(서울대 기초교육원 전임대우강사)

Ⅰ. 문학 교수·학습의 특수성

국어교육과 전공 강의를 하면서 가장 난처함을 느낄 때는 국어과 교수·학습 방법론을 강의 주제로 하는 시간이 아닐까 싶다. 직접 교수법, 토의 토론식 학습법 혹은 가치 탐구 학습법으로 이어지는 설명 속에서 학생들은 '또 이거야?' 하는 표정을 감추지 못하곤 한다. 사실 교육학 관련 강좌에서 이미 공부한 바 있는 교수·학습 방법론의 일반 이론이 '국어교육론' 시간에 반복된다는 것은 강의를 하는 사람이나 기대를 품고 전공 공부를 시작한 학생들에게 고통스러운 일이다. 일반적으로 직접 교수법이나 협동 학습법 혹은 토의 토론식 학습법이 국어과의 대표적인 교수·학습 모델로 제시되고 있다.1) 그런데 '국어과 교수·학습 방법론'

---

1) 예를 들어 한국교육과정평가원에서는 중학교 국어과에 활용할수 있는 교수·학습 모형으로 직접 교수법, 현시적 교수법, 탐구 학습법, 협동 학습법, 반응 중심 학습법, 가치 탐구 학습법, 창의성 계발 학습법, 과정 중심의 읽기 지도법, 과정

이라는 이름에 정녕 걸맞는 모델은 무엇일까? 교육학 일반이나 다른 교과에서 나온 모형을 참조하여 국어과에 맞게 수정·보완한 것이라는 '부가 설명'이 국어과 교수 학습 방법과 반드시 함께 제시되어야 하는가?

물론 필자 역시 현재 제시되고 있는 교수·학습 방법론이 국어교육의 여러 목표와 내용을 고려하는 가운데 나온 것이며, 수업 기법에서 활동에 이르는 국어과 교수·학습에 나름의 좌표를 제시하고 있는 긍정적 역할을 하고 있다는 점을 충분히 인정하고 있다. 그러나 모든 교과의 수업에 포괄적으로 적용될 수 있는 '만능 열쇠' 식의 모델을 넘어서, 교과 교육의 내용에 근거한 나름의 교수·학습 방법론을 제시하는 일은 국어 교육학의 학문적 성숙도를 나타내는 지표가 될 수 있다. 그런 점에서 본고는 특히 문학 영역의 활동에 적합한 것으로 제시되고 있는 반응 중심 학습법을 비판적으로 검토하는 가운데, 문학독서에서 활용될 수 있는 교수·학습 방법론을 보다 세분화하여 제시하는 것을 목표로 한다.

Ⅱ. '반응 중심 교수·학습법'에 대한 비판적 검토

국어과에서의 학습은 일반적으로 학습자의 활동을 바탕으로 지식과 원리에 도달하는 방향으로 이루어진다.[2] 그런 점에서 다음과 같은 절차

중심의 쓰기 지도법, 언어 기능의 통합 지도법, 수준별 학습법의 11가지를 제시하고 있다.

2) 출발점이 활동과 경험인가, 아니면 지식이나 원리인가에 대해서는 이견이 있을 수 있지만, 국어교육에서 지식과 활동을 배타적인 것으로 보는 논의는 이제 찾아보기 힘들다. 이에 대해서는 졸저, 『문학교육론의 쟁점과 전망』, 삼지원, 2004,

를 제시함으로써 문학에 대한 학습자의 '반응'을 강조했던 반응 중심 학
습법의 전제는 지극히 정당한 것이다.

1 단계 : 텍스트와 학생의 거래 → 반응의 형성
    * 심미적 독서 자세의 격려
    * 텍스트와의 거래 촉진
2단계 : 학생과 학생 사이의 거래 → 반응의 명료화
    * 반응의 기록
    * 반응에 대한 질문
    * 반응에 대한 토의
    * 반응의 반성적 쓰기
3단계 : 텍스트와 텍스트의 상호 관련 → 반응의 심화
    * 두 작품의 연결
    * 텍스트 상호성의 확대

그러나 '반응의 형성—반응의 명료화—반응의 심화'의 세 단계에 걸
쳐 지속적으로 나타나고 있는 '반응'이 무엇을 뜻하는지에 대해서는 보
다 엄밀한 천착이 필요하다. 반응 중심 문학 이론에 대해 본격적인 논의
를 처음으로 시작한 경규진 역시 반응 개념의 모호성을 다음과 같이 지
적한 바 있다.

> 반응의 스펙트럼은 다양성에서 압도적일 뿐만 아니라 가능한
> 조합도 무한하며, 학생들이 문학에 반응하는 방식에 영향을 미치
> 는 다양한 변인 때문에 학생들의 반응에 대한 많은 문제들이 대답
> 되지 않은 채로 남아 있다.[3]

192~193면을 참조할 수 있다.
3) 경규진, 「반응 중심 문학교육의 방법 연구」, 서울대학교 대학원 박사학위 논문,
1993, 20면.

　　그렇다면 선행 이론가들은 이 문제를 어떻게 해결하려고 했는가? 반응 중심 교수·학습법의 설계에 이론적 영감을 제공한 로젠블라트 (Rosenblatt)의 경우 '반응'과 '환기(evocation)'를 구별함으로써 반응 개념을 구체화하고자 한다.4) 로젠블라트에 따르면, 환기는 텍스트와 심미적으로 교류하는 동안 독자가 자신의 언어적 문화적 삶의 과거 경험에서 끌어온 아이디어·감각·느낌·이미지를 선택하여, 작품에 담긴 새로운 경험과 종합하는 과정이다. 그는 환기를 '텍스트에 의해 구조화된 경험'으로 정의하고, 반응은 텍스트에 대한 반응이 아니라 환기에 반응하는 것이라고 명시한다. 이러한 구별을 통해 로젠블라트가 의도하는 바는 비교적 명료하다. '반응'은 텍스트가 불러일으키는 힘과 연결되는 것으로서, 독자는 제 멋대로 반응하는 것이 아니라, 텍스트와의 '교류 (transaction)'5)를 통해 환기된 소설이나 시에 반응을 하는 것이다. 독자 반응 이론가들이 해결하지 못했던 반응의 자의성에 대한 고민은 나름대로 해결된 듯하나, 이 설명으로는 텍스트에 대한 반응의 폭과 내용을 규정하기에는 부족함이 많다.

　　쿠퍼(Cooper)는 일반적으로 사용되는 '문학 읽기'를 버리고 '문학에 대한 반응'이라는 새로운 용어를 채택해야 할 필요성을 다음과 같이 제시하고 있다. 첫째, 반응이라는 개념은 문자 해독에서부터 추론에 이르기까지 허구 문학이 요구하는 심미적이고 상황적인 독서 과정을 설명하기에 적절하다. 둘째, 독서 과정에서 텍스트의 역할을 빼앗지 않고, 그것을

---

4) Rosenblatt, "The Literary transaction: Evocation and Response", *Theory into Practice* 4, 1982, p.268.
5) 경규진은 transaction을 '거래'로 번역하고 있으나, 문맥으로 미루어 볼 때 '교류'나 '상호작용'이 보다 적절해 보인다. 한국교육과정평가원에서 소개하고 있는 '반응 중심 교수·학습법' 항목에서는 이를 '교류'로 번역하고 있다.

독자의 역할, 문화, 독서 경험, 성향과 연결시켜 설명하기에 적합하다. 셋째, 독서 중에 일어나는 작품의 환기와 작품에 대한 평가뿐만 아니라, 독서가 끝난 뒤 반응을 표현하는 과정을 모두 포괄할 수 있다.6) 과연 '읽기'보다 '반응'이 이런 의미를 더 전달하느냐에 대해서는 좀더 생각을 해 보아야 할 것이다. 그렇지만 쿠퍼의 설명은 적어도 '반응'이라는 용어의 의미가 무엇이며 의미망이 어디까지 확장될 수 있는지를 알 수 있는 실마리를 제공하고 있다.

경규진은 로젠블라트와 쿠퍼의 논의를 참조하면서 '반응'의 개념을 다음과 같이 정의함으로써 반응 개념의 모호성을 일정 부분 극복하고 있다. 첫째, 반응은 환기에 대한 것으로 '텍스트에 의해 구조화된 경험'인 환기와 구별된다. 둘째, 반응은 텍스트의 중요성을 배제하지 않으면서 독자의 위치를 부상시킨다. 셋째, 반응은 독서 과정과 독서 후의 전 과정을 포함하는 용어이다. 넷째, 반응은 개인적이면서 동시에 사회적·문화적 행위이다. 다섯째, 반응은 감정과 동일한 것이 아니며, 심리적 감정에 제한되지 않고 페이지에 있는 단어를 이해하는 과정에서 요구되는 복잡한 인식 작용을 포함한다. 다음과 같은 발언은 '반응'이 실질적으로는 독자의 능동적인 해석과 감상 전반과 관련되는 것이며, '비평 활동'으로 발전될 수 있는 고차원적인 인지적·정서적 활동임을 알려준다.7)

따라서 문학교실에서 학생들이 감정적 차원의 참여를 넘어서
비평적 사고로 옮겨가고, 문학이 어떻게 그들의 신념에 영향을 주

---

6) Cooper(ed.), C. R., *Researching response to literature and the teaching of literature: Points of departure*, Norwood, 1985.
7) '비평 활동'이라는 개념에 대해서는 졸고, 「비평 활동 교육의 내용 연구」, 서울대학교 대학원 박사학위 논문, 2004, 12~29면을 참조할 것.

<blockquote>
는가를 응시하고, 자신의 반응을 인식하도록 하기 위해서는 학생들의 작품에 대한 감각적 그리고 감정적 효과뿐만 아니라 지적인 면도 고려해야 한다.[8]
</blockquote>

그러나 이후 반응 중심 이론이 교수·학습 방법으로 일반화되는 과정에서 초기 논의의 장점은 아쉽게도 사라지고 만다. 처음에 제기된 '반응' 개념을 보다 정치하게 탐구하여 이를 발전시키기보다는, '반응의 형성—반응의 명료화—반응의 일반화'라는 도식의 제시에 만족하고 마는 것이다. '텍스트의 의미는 작자나 텍스트 자체에 있는 것이 아니라 독자 쪽에 있다는 관점'을 '반응'의 내용으로 삼고 '텍스트 해석에서 개별 독자의 입장을 강조한다'는 원론적으로 타당한 발언을 되풀이하고 있다고 말한다면 지나치게 가혹한 평가일지 모르겠다. 그러나 막연하게 학습자의 모든 '반응'을 총칭하는 것에 머무르는 것으로는 '반응 중심 교수·학습법'을 발전시킬 수 없다.

이후 논의의 진전을 위해서 '반응 중심 학습법'은 다음과 같은 사항을 해결해야 할 것이다. 첫째, '반응'이란 용어가 불러일으키기 쉬운 '수동성'을 극복해야 한다. 사실 독자의 능동적인 해석이나 문학적 소통 전반을 포괄하기에는 '반응'이라는 용어는 적합하지 않다. 굳이 '자극—반응'이라는 행동주의 심리학을 연상할 필요는 없지만, 텍스트가 주는 '자극'에 대한 독자의 '반응'이라는 일방 통행적 성격을 극복하지 않는 한, 독자의 '능동적' 반응은 한계를 갖는다.

둘째, 독자 '반응'의 폭을 심미적이고 정서적인 쪽에만 국한시켜서는 안 된다. 특히 '심미적 반응'을 문학적 반응으로 특권화할 경우, 독자 중

---

8) 경규진, 앞의 논문, 1993, 23면.

심 문학 이론이나 반응 중심 문학 이론이 벗어나고자 했던 신비평식의 문학관은 그대로 유지된다. 예를 들어 인터넷 소설 「그놈은 멋있었다」를 읽고 평범한 여학생이 '사대 천왕'이라 불리는 학교의 '짱'과 순수하면서도 짜릿한 사랑에 빠진다는 설정에서 '대리만족'을 느끼는 것도 하나의 반응이다. 정반대로 허황된 상황에 더하여 정형화된 인물 설정과 인물 묘사에 불쾌감을 표하는 것 역시 나름의 반응이라 할 수 있다. 한편 개인의 창작 사이트에서 시작되어 종이책으로 출판되고 영화로 제작되기까지 하는 '문화 산업'화 현상 전반을 문학사회학적으로 해명하려는 작업 역시 앞의 두 반응과 양상은 많이 다르지만 이 역시 '반응'이다.

셋째, 반응을 개인의 것으로 국한시킬 위험성을 극복해야 한다. 비록 반응은 개인적인 행위이자 동시에 사회적·문화적 행위이라는 점을 역설하고 있지만, 개인의 감상에 초점을 맞추고, 그것을 서로 비교·일반화하는 활동을 '반응'의 전부로 생각할 경우 그러한 전제는 실종된다. 독자의 '개인적 반응' 역시 개인이 속한 사회 문화적 맥락 속에서 형성된 것이라는 점에서 반응을 고립된 개인에게 귀속시키는 경향은 반응 중심 교수 학습법이 경계해야 할 사항이다. '반응'이 작품에 대한 '심미적 인상'과 종종 동일시되는 이유도 이러한 함정에 빠지기 때문이다.

이러한 세 가지 문제점을 극복하면서 동시에 '반응 중심 학습법'을 보다 구체적인 교수 학습의 모델로 발전시키기 위해서 무엇을 보완할 필요가 있을까? 필자는 폭넓은 스펙트럼을 가지고 있는 '독자 반응'을 보다 세분화할 것을 제안한다. 반응 중심 학습법은 상호 연관되어 있지만, 나름의 목표와 절차를 가지고 있는 다음 세 가지 반응으로 해체되어 재구성될 수 있다. 그것은 '작품에 대한 인상 중심'의 반응과 '작품에 대한 설명 중심'의 반응 그리고 '작품에 나타난 사회·문화적 가치 탐구 중심'의 반응이다.

Ⅲ. '반응 중심 교수 학습법'의 재구성

필자는 '반응 중심 교수 학습법'의 재구성을 위해 하버마스(Habermas)
가 제시한 소통 행위 이론의 도움을 받았다. 인간의 이성적 행위를 세
가지 양상으로 나누어 설명하는 그의 시도는 무엇보다도 선험적 성격이
강하며, 문학 연구나 교육학의 논의라기보다는 사회철학을 배경으로 한
다는 점에서 이 제안은 좀더 많은 검토가 필요하다. 그러나 작품에 대한
독자의 반응 역시 소통 행위의 일종이다. 정보의 교환이나 중개와 관련
된 모든 상호 행동을 '소통'이라고 정의하는데, 정보를 좁은 의미가 아
니라 정서적·인식적 가치를 담고 있는 넓은 의미의 '메시지'로 이해한
다면 문학 역시 소통의 특수한 한 양식으로 볼 수 있기 때문이다. 다만
문학의 소통은 정확한 정보의 전달을 목표로 하지 않는 소통 양식이라
는 점에서 다른 소통 방식과 구별되는 특수성을 갖는다. 그러므로 문학
소통에 있어서 중요한 것은 객관적 메시지가 아니라 그 메시지를 기초
로 하여 수신자마다 다양하게 나타나는 의미 실현이다. 문학교육을 대
화 문화의 일환으로 바라보는 시각9)이 가능했던 것도 문학을 고정된 구
조물이나 불변의 실체가 아니라, 특정한 사회적 맥락 속에 자리잡고 있
는 독자와 작가 사이의 소통 관계로 파악했기 때문이었다. 이처럼 작품
을 쓰는 행위는 물론이요 작품을 감상하는 것 역시 즉물적인 감정의 변
화가 아니며, 특수한 소통 행위의 일종으로 볼 수 있다. 그런 점에서 하

---

9) 구인환·우한용 외, 『문학교육론(제3판)』, 삼지원, 1998, 31면.

버마스의 제안은 '반응'을 재구성하는 데 나름의 도움을 줄 수 있다.

근대에 들어와 종교와 형이상학을 지배하고 있던 실체적 이성은 과학, 도덕·종교, 예술이라는 세 가지의 자율적인 영역으로 분화된다. 근대 문화 구조의 이러한 분화 현상은 칸트의 철학 체계 구성에서도 간접적으로 나타난다. 칸트는 인식 판단, 도덕 판단, 취미 판단을 나누어 각각을 세 권의 저서에서 중점적으로 다루고 있다.『순수이성비판』의 주된 목표는 인과율을 중심으로 하는 자연과학 특히 물리학을 신학으로부터 독립시키는 것이며,『실천이성비판』은 인과율에 의해 지배되지 않는 도덕적 판단의 문제를 다루고 있다. 그에 비해『판단력 비판』은 조금 복잡한데, 그것은 이 책이 취미 판단에 대한 부분과 자연에 대한 목적론적 판단을 다루는 부분으로 나뉘어지기 때문이다.[10] 하버마스는 이러한 선행 논의를 이어받아 문화의 세 가지 차원이 지니는 내재적 구조를 인식적-도구적, 윤리적-실천적, 심미적-표현적 합리성의 구조로 나누면서, 각각의 구조가 다른 사람들보다 더 논리적으로 이 특정한 분야를 다룰 수 있는 것으로 여겨지는 전문가들의 통제에 놓이게 되는 현상을 근대의 합리성이라 설명하고 있다.[11]

이러한 논의를 토대로 필자는 다양한 독자 '반응'의 스펙트럼에 '인상 중심, 설명 중심, 가치 탐구 중심'이라는 좌표를 세워 보았다. 이는 근대 이전의 사회를 지배하던 실체적 이성이 나름의 규칙을 가진 세 가지 영역으로 분화되는 논의를 바탕으로 한 것이다. 굳이 칸트의 용어를 빌어

---

10) 칸트의 철학 체계 구상에 이미 근대 이성의 분화를 포괄하고자 하는 문제 의식이 들어 있으며, 하버마스의 소통행위 이론은 이를 발전시킨 것이라고 보는 설명으로는 Roderick, R., *Habermas and the Foundation of Critical Theory*, Macmillan, 1986을 들 수 있다.

11) 위르겐 하버마스, 서규환 외 역,『소통 행위 이론 1』, 의암출판, 1995와 Habermas, J., "Modernity: Incomplete Project", *Postmodern Culture*, Pluto, 1985를 참조할 것.

오자면, 인상 중심은 심미적-표현적 합리성을 추구하는 취미 판단에, 설명 중심은 인식적—도구적 합리성을 추구하는 순수 이성에, 그리고 가치 탐구 중심은 윤리적—실천적 합리성을 추구하는 실천 이성과 연결된다. 물론 전술한 세 가지 지향이 독자 반응의 전체를 포괄한다고 보기는 어렵다. 그러나 학교 교육을 통해 길러내고자 하는 인간상이 이성의 원리를 존중하는 근대적 주체의 이념과 연결되며, 문학교육이 목표로 하는 작품 감상 능력 역시 이성의 사용 능력을 존중하고 있다는 점을 고려할 때, 여기서 상정하고 있는 반응의 세 좌표는 대표성이 있다.

1. 인상 중심 교수 · 학습법

모든 문학적 반응의 출발점은 감상 주체의 작품에 대한 인상이다. 비평문을 쓸 때도 비평 주체의 주관적 인상에 기초하지 않는 비평은 이론의 독단적 적용에 멈추고 만다. 반응 중심 교수 · 학습법에 큰 영향을 끼친 독자 반응 비평 이론은 그 구체적인 방법론의 타당성 여부를 떠나 작품에 대한 독자 개개인의 '반응'을 비평 활동의 출발점으로 상정하고 있다는 점에서 그 문제 의식을 높이 평가할 수 있다. 독자가 작품을 읽고 순간적으로 떠오르는 인상을 진술하는 활동은 반응 중심 학습법의 출발 단계에서 중요한 비중을 가지고 있었다. 작품을 읽고 떠오르는 인상은 더욱 심화된 감상과 다른 양상의 반응으로 나아가기 위한 출발점이기 때문이다.12) 블레이치(Bleich)는 작품 읽기의 1차적인 동기는 '자신을 이

---

12) 캘리포니아주의 영어과 교육과정은 총 12 Grade로 나뉜다. 문학 비평 항목은 Grade 6에서 처음으로 등장하는데, 이후 단계가 높아짐에 따라, 독자 반응에 이어 기법의 설명, 작품에 대한 정치적 · 역사적 접근 등이 활동의 내용으로 추가된다. 자세한 사항은 California State board of Education, *English-Language Arts Content Standards for California Public Schools*, 1997을 참조할 것.

해하는 것'이라 주장한다. 텍스트에 대한 독자의 '자발적인 반응'과 독자가 텍스트에 부여하는 '의미'를 구분한 뒤, 특정 텍스트에 대한 해석과 비평은 주관적 동기를 가진 인상과 반응을 반영하고 있음을 강조하는 이유도 그 때문이다.13) 이에 따라 인상 중심 교수·학습법은 작품을 읽는 중과 읽고 한 후 독자에게 떠오르는 다양한 인상에 주목하고 그 인상의 내용을 충실히 전달하고 그것을 명료화하는 것을 목표와 내용으로 한다. 작품에 대한 인상은 부정적인 느낌에서 긍정적인 느낌, 심지어는 무관심까지 다양한 방향으로 나타날 수 있다. 인상 중심 교수·학습법을 적용한 수업에서 학생은 자신이 읽고 느끼는 가운데 떠오르는 인상에 주목하고 그것을 다양한 방식으로 표현할 수 있는 활동을 주로 하게 된다.

여기서 인상과 작품에 대한 '공감'을 동일시할 수는 없다. 그렇지만 또 한편으로 '공감'이 대상에 대한 심미적 태도의 근간을 형성하고 있다는 점을 완전히 부정할 수는 없다. 대상을 심미적 태도로 바라본다는 것은 그 대상이 매력적이든, 감동적이든, 생생하든, 혹은 이 모두 다이든 간에, 대상의 개별적 특질을 음미하는 것을 목적으로 한다. 그리고 그 대상을 음미하기 위해서라면, 감상의 주체는 대상에 민감해져야만 하고 그 대상이 지각에 제공하는 것을 놓치지 않으려는 태도를 가져야 한다. 그런 이유로 대상에 대한 공감적 태도는 대상을 고립시키고 그것에만 집중하면서 읽는 방식으로 나타나기 쉽다. 심지어 대상에 대해 '공감적' 이지 않고 우리를 대상과 분리시키거나 적대적으로 만드는 반응들은 의식적으로 억제되어야 할 정도이다. 이는 감정이입을 바탕으로 한 '추체험(nachleben)'의 원리를 강조한 해석학의 한 흐름이 제시한 해석의 방법

---

13) Bleich, C., *Subjective Criticism*, The Johns Hopkins University Press, 1978, pp.227~237.

론과 연결되어 있는 논의이다. 감정이입에 대해 자세한 논의를 펼친 딜타이(Dilthey)는 감정이입을 '타자의 내적인 체험 세계를 재구성하는 추체험'으로 정의하고 있다. 그는 인간에 있어서의 내면적인 사건과 과정들이 동물의 그것과 구별될 수 있는 가장 중요한 근거로 사람이 사람을 이해할 때 진정한 전위가 일어날 수 있다는 점을 들면서 감정이입의 중요성을 역설하고 있다.14)

인상 중심 교수·학습법은 '공감'을 중시하는 읽기의 방법으로 실현되는 경향이 뚜렷하다. 작품에서 공감이 가는 요소를 찾아내어 그에 대한 자신의 인상을 표현하는 활동은 학생들의 개별적인 반응을 중시하면서도 작품 자체에 대한 집중력을 높이는 데 유의미하기 때문이다. 그러나 '공감의 읽기'는 자기 인상에 빠져 자신의 판단을 고집하면서 그것을 절대화하는 태도로 빠지기 쉽다. 이를 보완하기 위하여, 자신의 인상과 다른 사람의 인상을 비교하거나, 다른 사람의 반응에 대해 열린 태도의 중요성을 강조해야 한다. 인상 중심 교수·학습법에서 '인상의 표현'과 구별되는 '인상의 재구성' 단계를 설정하는 이유도 이 때문이다. 여기서는 작품에서 받은 인상을 단순히 기술하거나 표현하는 활동과 구별하여, 자신의 인상을 되돌아보면서 인상의 근거와 현실적 맥락을 살피는 '성찰'을 중시한다. 어떤 텍스트를 읽고 그 작품에서 얻은 인상에 그대로 머무는 것이 아니라, 자신이 어떤 이유로 그러한 인상을 받게 되었으며, 즐거움을 얻었다면 어떤 종류의 즐거움인가를 스스로 살피고 다른 사람의 경험과 비교하는 것이 '인상의 재구성'에서 해야 할 활동들이다. 사

---

14) 자세한 사항은 Dilthey, W. "Erleben, Ausdruck und Geisteswissenschaften", *Gesammelte Schriften* Bd 7, B. G. Teubner, 1979, 이한우 옮김, 『체험·표현·이해』, 책세상, 2002.

실 자신의 인상을 성찰할 수 있는 능력과 태도는 호·불호의 표시에서 머무르는 것이 아니라, 독자들의 능동적 감상으로 나아가기 위해 필수적으로 요구된다. 인상이 비록 정서적 변화에 가깝지만, 문학 작품을 읽고 일어나는 정서적 변화는 단순한 호오(好惡)의 감정이 아니라 인지적 행위를 동반한 비평적 판단이기 때문이다. 인상 중심 교수·학습법은 '인상의 재구성'을 통해 수동적인 반응 차원에 머무르고 있는 인상을 다시금 돌이켜보는 면을 강조할 수 있게 된다.

지금까지의 설명으로 보았을 때 인상의 형성 및 표현과 인상의 재구성을 주 내용으로 하는 인상중심 교수·학습법은 좁은 의미의 기존의 '반응 중심 교수·학습법'과 유사한 면이 있다. 그러나 여기서 '인상'은 다양한 영역과 폭을 가지는 반응의 일부라는 점에서 기존의 설명과는 구별된다. 이를 단계화시켜 정리하면 다음과 같다.

> (1) 인상의 형성 단계
>   * 작품 읽고 자신의 인상 정리하기
>   * 인상에 주목하기
> (2) 인상의 표현 단계
>   * 다양한 형태로 자신의 인상을 표현하기
>   * 다른 사람의 인상과 비교하기
> (3) 인상의 재구성 단계
>   * 자기 인상의 근거 밝히기
>   * 인상에 대해 성찰하기

이러한 인상중심 교수학습 방법을 구체화할 수 있는 학습 활동의 예를 이효석 「메밀꽃 필 무렵」을 텍스트로 하여 제시하면 다음과 같은 활동이 가능하다.

이효석의 「메밀꽃 필 무렵」은 토속적인 분위기를 전달하는 묘사로 호평을 받았다. 이 소설에서 특히 인상적인 묘사 부분을 찾아 옮겨 적고, 그 장면에 대한 자신의 느낌을 써 보자.

이 활동은 「메밀꽃 필 무렵」의 독특한 서정적 분위기를 창출하는 묘사에 학습자가 주목하여 작품을 읽은 뒤, 그 중에서 특히 학습자가 공감할 수 있는 부분을 찾게 하는 활동이다. 작품에서 독자의 공감을 이끌어 낼 수 있는 요소는 다양할 수 있기 때문에, 이처럼 학습자가 주목해서 읽어야 할 요소를 명시해 주는 편이 좋다.

한편 '인상의 표현'과 구별되는 '인상의 재구성'으로서 '창작 과정 추체험'을 하나의 활동으로 상정해볼 수 있다. 이는 작품에서 받은 인상을 기술하는 행위와는 구별되는 활동으로서, '재구성'을 통해 수동적인 반응 차원에 머무르고 있는 인상을 다시금 돌이켜보는 면을 강조할 수 있게 된다. '인상의 재구성'은 독서 주체가 작가의 자리에 서서 작품 창작의 경로와 의미를 스스로 기술하는 활동으로 실현된다. 이는 여타의 관심과 구별되는 '문학적 관심'을 바탕으로 텍스트를 생산한 작가의 정신적 과정을 다시 체험할 수 있다는 '추체험의 원리'를 따른 것이다. 그런데 이는 저자가 가지고 있는 개성의 완전한 재구성을 목표로 하고 있으며, 그것이 일종의 '신비적 방법'에 의해 가능하다고 파악하는 점에서 문제가 있다.[15] 이는 상대적으로 우월한 지위에 있는 작가의 정신적 과정을 독자가 고스란히 받아들이는 것으로 해석을 정식화하고 있다는 점에서 한계가 더욱 증폭된다. 더구나 그러한 정신의 재구성이 합리적으

---

15) Palmer, R., *Hermeneutics: Interpretation Theory in Shleiermacher, Dilthey, Heidegger, Gadamer*, 1969, 이한우 역, 『해석학이란 무엇인가』, 문예출판사, 1988, 132～137면.

로 설명할 수 없는 '신비한 방법'에 의해 가능하다고 할 경우, 교육 불가
능론으로 나아갈 수밖에 없다. 그러므로 '인상의 재구성'을 비평 활동의
교육내용으로 받아들일 때, 이러한 비합리적 방법에 의존하는 활동을
피할 수 있도록 지도해야 할 것이다. 다음과 같은 한 비평문은 그러한
추체험이 실현된 예를 잘 보여준다.

> 「생의 가장 진실한 느껴움」만을 적으려는 시인 김상용은 모든
> 느껴움에 오로지 자기를 내어 맡긴다. 자기의 마음을 비워놓고 그
> 속에 생의 온갖 느껴움을 조금도 흘림없이 받아들이려고 한다.
> 그리하여 생의 느껴움을 과장하거나 수식하지 않으며, 그리함으
> 로 통곡하거나 고함치거나 하지 않는다. 이에 그의 마음은 생의
> 느껴움에 대하여 언제나 공정하다. 공정하므로 그의 생의 느껴움
> 은 결코 침통하고 격렬하지 않으며, 그의 시는 심각하거나 열렬
> 하지 않다.16)

'창작 과정 추체험하기'를 구체화하는 한 방법으로 작가와의 인터뷰
방식을 제시할 수 있다. 작품을 읽으면서 작가에게 묻고 싶은 내용을 조
별로 정리한 뒤, 다른 조가 그 질문에 답하는 활동을 하는 가운데 창작
의도를 작가의 입장에서 설명, 대변함으로써 작품에 대한 이해를 높일
수 있다.

2. 설명 중심 교수 · 학습법

작품에 대한 감상은 비록 작품에 대한 주관적 평가를 바탕으로 하지

---

16) 김환태, 「시인 김상용론」, 『김환태 전집』, 1988, 133~134면.

만, 자신의 가치 평가를 다른 사람들에게 소통시키고 평가에서 설득력을 얻는 과정에서 논리와 지적 도구의 사용을 배제하지 않는다. 물론 문학에 대한 지식의 습득이 개별 작품을 읽고 그것을 감상하는 일을 대체할 수 없다. 그러나 작품 감상에서 지식과 이론은 해석 약호의 한 부분으로서, 읽기 이론에서 말하는 '구조 스키마'의 역할을 수행한다. 또 한 편으로 문학을 둘러싼 사회적이고 문화적인 소통의 구조를 분석하고 설명할 수 있는 학문적 메타언어를 통해 학생들은 자신의 '자생적인 읽기'에 은밀하게 작용하고 있는 '이론'의 정체를 파악할 수도 있다.[17]

그런 점에서 독자들의 읽기 체험과 '과학적' 개념을 연결시키는 일은 중요하다. 그러한 작업을 통해 자신의 주관적 인상에 대한 성찰 역시 심화될 수 있기 때문이다. 학적 담론이 생산해낸 '개념' 중 핵심 요소를 소개하고, 이 개념을 자신의 문학적 경험과 교차시키게 하는 일의 중요성을 부정할 수 없다. 스피로(Spiro)가 문학 학습자의 역할 모델 중의 하나로 문학 연구자를 제시한 이유도 이 때문이다.[18] 사실 문학교육을 망쳐 온 주범처럼 평가받는 '신비평'의 실상을 살펴보아도, 지식과 개념으로 작품에 대한 체험을 '대체'한 적은 없었다. 한 예로 브룩스(Brooks)와 워렌(Warren)이 제시한 소설 분석 활동은 단순한 '지식의 암기'와는 무관하다. 특히 실제 분석의 장에서 그러한 물음들은 각각의 텍스트에 맞게 보다 구체화되며, 모든 장은 이론적 설명—작품 제시—분석 활동의 구조로 구성되어 있다. 이들이 제시하고 있는 항목을 정리하면 다음과 같다.

---

17) 이글턴에 의해 본격적으로 시작된, '자생적' 이해와 '과학적' 이해를 구별하려한 논의가 도움이 된다. Eagleton, *Criticism and Ideology*, New Left Books, 1976.
18) 스피로(Spiro)는 문학 학습자의 역할 모델로 문학 비평가, 작가, 감식력 있는 독자, 인문주의자, 능력 있는 언어 사용자 등을 들고 있다. 보다 자세한 내용은 김상욱, 『문학교육의 길 찾기』, 나라말, 2003, 41면을 참조할 것.

(1) 등장 인물은 어떠한 사람들인가? (2) 등장 인물은 실제 인물일 수 있는가? (3) 그들이 바라는 것은 무엇인가? (4) 그들이 지금 하고 있는 일을 해야 하는 이유는 무엇인가? (5) 그들의 행위는 그들의 본성과 논리적으로 일치하는가? (6) 그들의 행위가 그들의 성격에 대해서 말해 주는 것은 무엇인가? (7) 각각의 행위 혹은 특수한 사건들은 서로 어떤 관계를 맺고 있는가? (8) 등장인물들의 상호관계는 어떠한가? 그들간의 갈등을 일으키는 요소는 과연 무엇인가? 어떤 요소가 더 중요하고 어떤 요소가 덜 중요한가? (9) 요점, 즉 주제는 무엇인가? (10) 인물과 사건은 주제와 어떠한 관계를 맺고 있는가?[19]

설명 중심의 교수·학습은 먼저 '기법'을 중심으로 작품을 읽고 그것의 의미와 효과를 논하는 활동을 바탕으로 해서 실현된다. 소설의 경우, 플롯, 성격, 모티프, 상황과 환경, 서술자 등이 그러한 기법의 대표적인 목록이 될 수 있다. 캘리포니아주의 영어 교육과정에서는 '문학에 대한 반응과 분석'에서 단계별로 학습해야 할 서사 기법의 항목으로 플롯(grade 4), 서술자(grade 6), 시점(grade 7), 아이러니·풍자(grade 9/10), 문체와 원형(grade 11/12) 등을 제시하고 있다.[20] 여기에 서정 장르라면 비유, 심상, 운율 등의 전통적으로 중시된 기법이 추가될 것이다.

그런데 여기서 말하는 '설명'이 반드시 개별 텍스트에 내재된 보편적 규칙과 구조를 찾아내고 그것이 개별 작품에서 어떻게 변형되는가를 확인하는 것에 국한되는 것은 아니다. 보다 도구적이고 가치 중립적 성격이 강한 '기법'이 아니라, 현대 비평 이론이 제시하고 있는 다양한 개념들 역시 문학을 설명하는 수단이다. 예를 들어 '탈식민주의 이론'이 제

---

19) Brooks, C., · Warren, R., *The Scope of Fiction*, 1960, 안동림 역, 『소설의 분석』, 현암사, 1985, 8~9면.

20) 자세한 사항은 California State Board of Education, *op.cit.*, 1997을 참조할 것.

시하고 있는 몇 가지 핵심 개념을 통해 '만세전'의 서술자에 내면화된 식민주의를 비판적으로 검토하는 독자 역시 설명적 반응을 이끌어내고 있는 것이다. 그라프(Graff)나 도정일의 경우 현대 비평의 범주, 이론적 이슈, 설명 방식, 독법에 개입하는 '이해 관계의 갈등'을 학생들에게 드러내고 보여주는 것을 목표로 하는 '갈등 교육'의 모델을 제시한다. 또한 개별 작품 내부에 머무는 비평 이론에 국한되는 것이 아니라, 문학이 생산되어 독자에 이르는 소통의 과정 전반을 점검하는 활동 역시 설명 중심 교수·학습법의 내용으로 포함될 수 있다. 예를 들어 필자는 과거 대중문화 텍스트의 소통 과정에 대한 질문의 양상으로 다음과 항목을 설정해 보았는데, 이는 문학 텍스트 전반으로도 확장 가능해 보인다.

(1) 누가, 왜 의사소통을 하고 있는가?
(2) 이 텍스트의 종류는 무엇인가?
(3) 이 텍스트는 어떤 방식으로 생산되었는가?
(4) 텍스트의 의미를 우리는 어떻게 알 수 있는가?
(5) 텍스트를 수용하는 사람은 누구이고, 그들은 텍스트에서 어떤
    의미를 만들어내고 있는가?
(6) 주제를 어떻게 재현하고 있는가? [21]

이 경우 역시 읽기와 해석에 선행하여 작품에 과학적으로 접근할 수 있는 지적 도구인 '비평 어휘와 이론'의 습득을 강조하게 된다.[22] 그런 면에서 설명 중심 교수·학습법은 직접 교수법과 연결되는 면이 있다.

---

21) 졸저, 앞의 책, 2004, 244면.
22) 다만 갈등 교육이 대학 학부 수준 이상의 문학 전공자를 대상으로 설계되었다는 점을 고려하여 중등학교 수준에 필수적인 비평 어휘 목록을 제시해야 할 것이다. 자세한 사항은 도정일, 『시인은 숲으로 가지 못한다』, 민음사, 1994, 328~330면을 참조할 것.

이를 단계화시켜 정리하면 다음과 같기 때문이다.

    (1) 주요 개념 습득 단계
        * 비평 어휘, 기법의 설명
        * 분석의 실제 보기
    (2) 주요 개념의 적용 단계
        * 작품 읽고 기법 발견하기
        * 비평 이론의 적용 가능성 타진하기
        * 기법의 의미·효과 파악하기
    (3) 개념의 조정 및 응용 단계
        * 다른 텍스트에 확장·응용하기
        * 이론을 활용한 텍스트 '다시 쓰기'

'기법 분석하기'를 활동으로 구현하기 위해서는 먼저 '기법'이나 '비평 이론'을 설명하고 있는 '자료 텍스트'를 제시하여 학생들이 기법에 대한 지식을 습득한 뒤, 활동에 임할 수 있도록 해야 한다. 예를 들어 아래의 자료를 활용하여 다음과 같은 두 가지 사항에 대해 답하게 하는 활동을 상정할 수 있다.

풍자는 대상의 부정적인 면에 대한 비판정신의 소산이다. 정면에서의 비판이 아니라 대상의 부정적인 면을 에돌아 들추어냄으로써 충격 효과를 노리는 방법이다. 기지·조롱·아이러니·비꼼·조소·냉소 등이 이를 위해 동원되는데 채만식은 이 모두에 두루 능했다. 그 중에서도 채만식 문학의 기조를 이루는 것은 아이러니이다. 그의 아이러니는 작품을 이루는 문장 하나 하나와 그 문장 사이의 행간 구석구석에 침투해 있다. 채만식 소설의 아이러니는 그가 언제나 부정적 인물을 소설의 전면에 내세우고 긍정적 인물을 후면에 내세우거나 희화화하는 데서 얻어진다. 부정적인 인물

들은 긍정적 인물보다도 더 각별한 주목을 받고 있으며, 긍정적인
인물들은 언제나 부정적 인물들의 조롱 대상이 된다. 부정적 인물
들은 작자 자신은 완전히 수락하고 용인하는 입장에서 묘사하고
있기 때문에 채만식 소설에서의 아이러니는 더욱 깊어진다. 작가
자신은 엄격한 관찰자의 입장에 선 척하면서, 부정적 인간을 전면
에 내세우기에 능청스럽고 의뭉스럽다.[23]

(1) 작가는 「치숙」에서 무엇을 풍자하고 있으며, 그리고 그것이 얼마나
효과적으로 이루어지고 있는지 생각해 보자.

(2) 「치숙」을 보다 잘 설명하기 위해서라면 위에 제시한 '풍자'에 대한 글
에 보충되어야 할 점이 무엇인지를 밝히는 글을 쓰라.

이처럼 문학 작품에 대한 논리적 설명을 중시하는 설명 중심 교수·
학습법에 대해 작품에 대한 '체험'보다는 '지식과 이론'이 앞서는 과거
로 회귀하는 것 아니냐는 걱정이 나올 수 있다. 그러나 문학 작품 역시
인간의 지적 생산물이며 그런 점에서 논리적이고 객관적인 접근을 통해
해명해야 할 여지가 적지 않다. 자연은 인간에게 완전히 종속될 수 없는
경이로운 '타자'이지만, 동시에 자연은 설명하고 해명해야 할 대상이 될
수도 있는 것이다.[24]

3. 사회·역사적 가치 탐구 중심의 교수·학습법

모든 교육의 궁극적 목표는 가치의 추구로 연결되는데, 그 중에서도

---

23) 김윤식·정호웅 공저, 『한국소설사』, 예하, 1993, 189면.
24) 앞에서 제시한 '인상 중심 교수·학습법'에서 인상의 재구성은 부분적으로 이
러한 설명의 요소를 내포하고 있다. 그런 점에서 필자가 제시하고 있는 세 가지
교수 학습법은 서로 연관된다. '중심'이란 용어를 사용한 것도 이 때문이다.

특히 어떤 사실을 설명하는 것보다는 인간과 사회가 지향하는 바람직한
가치가 무엇인가와 관련된 물음이 중요하게 부각되는 교과가 있다.[25]
문학을 바탕으로 한 자국어 교육의 목표를 (1) 글의 내용 이해를 통한 간
접 체험 (2) 인식적 기술 혹은 전략의 획득 (3) 미적 감수성 (4) 다른 문화
에 대한 이해 (5) 윤리적 감수성 (6) 실존적 성숙 여섯 가지로 설정하는
논의에서도[26] 가치의 문제가 빠지지 않는 이유를 짐작할 수 있다.

작품의 미적 성질에만 주목하면서 문학 읽기를 '심미 체험'에 국한시
키는 관점은 문학에 대한 자기화의 양상 중에서 한 가지 방식에만 특권
적 지위를 부여하는 태도이다. 이처럼 심미 체험에 특권을 부여할 경우,
목적, 기능, 내용과 같이 작품에 포함되어 있는 미의 '외적 계기'들의 중
요성을 간과하게 된다. 그러나 이러한 계기들은 작품을 낳은 세계의 일
부로, 작품 전체의 의미를 결정하는 중요한 역할을 담당한다. 사실 근대
이성의 합리화가 낳은 '순수 예술 작품'이란 미적 성질 자체만을 목표로
하여 선택하는 일종의 '추상 작용'에 의해 탄생한 개념에 지나지 않는
다.[27] 작품의 세계와 현실 세계를 구별해야 한다는 '심미성'의 논리는
나름대로 타당한 구석이 없지 않지만, 동시에 '심미적 태도'를 전면에

---

25) 자세한 사항은 Eisner, E. W., *The Educational Imagination*, 이해명 역,『교육적 상상
력』, 단국대학교출판부, 1991, 67면을 참조할 것.

26) Gregory, M., "The many-headed hydra of theory VS. The unifying mission of teaching",
College English V.59, January 1997, pp.54~58.

27) 다음과 같은 발언은 미적 태도가 특정한 시기에 탄생한 '인위적인 것'이며, 그
것도 작품의 총체적 의미망을 협소한 지평에 국한시키고 있음을 설득력 있게
지적하고 있다. "예술사의 모든 위대한 시대에는 미적 의식이나 우리가 말하는
'예술'의 개념이 없어도 사람들이 조형물에 둘러쌓여 있었으며, 이 조형물들의
종교적 또는 세속적 삶의 기능이 모두에게 이해될 수 있었고, 어느 누구에게도
오로지 미적으로만 즐거운 것은 아니었다." Gadamer, H.G., *Wahrheit und
Methode*(2. Aufgabe), J. C. B. Mohr(Paul Siebeck) Tübingen, 1965, S.77.

내세움으로써 작품의 인식적 계기나 윤리적 계기 같은 작품의 '비미적인 계기'를 배제할 필요는 없다. 정치적 혹은 도덕적 또는 종교적 입장으로 규정되어 작품에서 비본질적인 것으로 상정되는 내용에서 일상적 독자는 오히려 더 많은 것을 얻는다.

이런 맥락에서 보았을 때, 노년기에 문학교육에서 윤리 문제의 중요성을 각별히 강조한 웨인 부스(W. Booth)가 제안한 다음과 같은 활동의 의미가 새삼스럽게 느껴진다.[28]

> (1) 윤리적 결점을 담고 있는 이야기를 제시한 뒤 그것을 찾게 한다.
> (2) 대조적인 관점을 담고 있는 이야기를 비교하게 한다.
> (3) 내포 작가가 매력적인 주인공이 지지하고 있는 가치를 거부하고 있는 이야기를 꼼꼼히 읽으면서 학생이 작가의 위치에서 주인공의 가치를 검토하게 한다.
> (4) 내포 작가가 의도하지 않았던 견해의 불일치 혹은 자기 모순을 발견할 수 있게 한다.
> (5) 폭넓게 읽으면서도 비판적으로 읽으려는 태도를 기를 수 있게 한다.
> (6) 통찰력 있는 비평은 타인의 견해를 부정하는 것이 아니라 그것을 생산적으로 보완하는 것임을 깨닫고 그것을 실천하게 한다.

여기서 다섯 번째와 여섯 번째 항목을 부스가 각별히 강조한 이유는 거부나 수용 어느 한 쪽으로 귀결될 수 없는 가치 전유의 복합성을 파악했기 때문이다.[29] 그러므로 작품을 생산하는 가운데 관련된 여러 가지

---

28) 자세한 사항은 Booth, W. C., "The Ethics of teaching Literature", *College English V. 61*, September 1998, pp.50~53.
29) 필자는 비평 주체의 세계관에 비추어 부적합한 내용을 거부하는 '의심의 해석

외부 조건과 작품을 연결하는 '맥락의 복원'이 선행되어야 한다. 맥락의 복원은 모든 것들이 사회 혹은 넓은 의미의 정치 속에서 서로 밀접하게 연관되어 있으며, 따라서 모든 대상은 그 자체로는 불완전하며 항상 전체와의 관련 속에서 논의되어야 한다는 '총체성의 읽기'를 전제로 한다. 여기서 총체성은 리얼리즘론의 전통에서 '전형'을 통해 작품이 사회의 실상과 사회의 나아갈 바를 보여주는 '목표로서의 총체성'과는 구별된다. 총체성은 처음부터 작품에 주어진 것이라기보다는 작품을 해석하는 일종의 방법론에 가깝다라는 점에서 총체성은 일종의 '읽기 방법론'이라 할 수 있다.30) 대상과 그것을 둘러싸고 있는 전체 세계 사이의 관계를 무시하고 대상을 고립시킨 채 파악된 '가치'는 작품 속에 살아 있는 가치가 아니라 한 줄로 요약가능한 '주제'와 구별되지 않을 것이다.

그런데 작품에 드러난 가치는 현재 사회에서 통용되고 있는 일반적인 가치와 많은 부분에서 배치되는 경우가 적지 않다. 대다수 근대 소설의 주인공이 일종의 '사회 부적응자'로 등장하는 이유도 그러한 주인공과 사회에 유지되고 있는 통념적 가치를 충돌시켜 후자를 점검하는 것을 목표로 하기 때문이다. 그런 의미에서 자신의 가치와 작품의 가치를 직접 대면시키는 단계 이전에 좀더 거시적인 맥락에서 작품에 드러난 가치의 의미를 파악하는 것이 필요하다.

사회·역사적 가치 탐구 중심 중심의 교수·학습법을 작품에 드러난

학'으로 '비판적 읽기'를 국한시키는 경향의 문제점을 지적한 바 있다. 졸고, 앞의 논문, 2004, 134~136면.

30) 기호학의 용어를 빌어 말하자면, 총체성은 '약호 전환'에 의해 가능한 것인데, 작품의 내용과 형식을 경제학, 사회학, 역사학과 같은 다른 분과 학문의 내용으로 전이시켜 양자를 비교할 수 있게 하는 것이 총체성 추구의 내용이다. 자세한 사항은 Jameson, F., *The Political Unconscious*, Cornell University Press, 1981, 39면를 참조할 것.

세계관이나 주제를 일방적으로 수용하는 것과 동일시할 필요는 없다. 작품에 드러난 가치를 자신의 시각에서 비교·평가하면서 자신의 가치를 조정하는 활동이 정형화된 '독후감'에서 드러나곤 하는 '교훈 찾기'와는 구별되어야 할 것이다. 가치화의 내용을 '가치 수용, 가치 선호, 확신'으로 설정할 경우 작품에 나타난 가치를 일방적으로 따르거나 거부하는 양자 택일적 선택을 벗어나기 힘들다. 이러한 점을 고려하여 사회·역사적 가치 탐구 중심 교수·학습법의 단계를 정리하면 다음과 같다.

> (1) 가치의 인식 단계
>   * 작품 읽기
>   * 작품을 둘러싼 맥락을 구성하기
>   * 작품 속에 나타난 사회문화적·정치적 가치 발견하기
> (2) 가치의 비교 단계
>   * 사회에서 통용되고 있는 가치와 작품에서 발견한 가치를
>   비교하기
>   * 작품에 나타난 가치를 비판적으로 살피기
>   * 작품에서 의문시하는 사회적 가치의 타당성 생각하기
> (3) 가치의 자기화 단계
>   * 작품에 나타난 가치에 대한 의견 밝히기
>   * 자신의 가치 체계와 비교하며 작품의 가치 평가하기
>   * 독자 자신의 가치와 비교하면서 자신의 가치를 조정하기

캘리포니아주의 교육과정은 Grade 6 이후의 '문학에 대한 반응과 분석'의 총괄적인 목표로 '역사와 사회과학에 관한 학습을 성찰하고 강화할 수 있는 문학 작품을 읽고 그에 대한 반응을 남긴다.'는 구절을 명시하고 있는데 이러한 교수·학습 방법은 이러한 연관성을 파악하는데 도

움을 줄 수 있을 것이다.[31] 이를 정희성의 「저문 강에 삽을 씻고」를 대
상으로 적용할 수 있는 '맥락 복원하기' 활동은 다음과 같다.

정희성의 「저문 강에 삽을 씻고」는 1970년대에 창작된 작품이
다. 이 시에 등장하는 시적 화자의 현실을 다루고 있다고 생각하는
과거의 신문 기사를 참조하여, 시적 화자와 가상 인터뷰 기사를 작
성하라.

채만식의 소설 「태평천하」를 대상으로 가치의 자기화에 초점을 맞춘
활동은 다음과 같은 것이 가능하다.

「태평천하」에서 다루고 있는 세계는 지금 우리가 살고 있는 세계
와는 시대적으로 많이 다르다. 그렇지만 소설에 그려진 세상과 인
간의 모습을 현재 우리가 살고 있는 시대에도 발견할 수 있다면 어
떤 면에서 그러한지를 설명하라.

이러한 활동을 통해 학습자는 작품이 쓰여진 시기와 작품을 읽고 있
는 현재 사이의 역사적 변화를 고려하면서 독자 당대의 시각에서 작품
에 나타난 가치를 비판적으로 자기화할 수 있다.

---

31) California State board of Education, *op.cit.*, 1997, p.43.

Ⅳ. 교과 내용과 교수 · 학습 논의의 상관성

원론적으로 말하자면, 교수 · 학습 모형은 교육내용을 조직하고 제시하는 데 있어서 교사의 교수 행동을 이끌기 위한 방침으로서[32], 다양한 실제 학습 활동과는 구별되면서 이들 활동의 궁극적인 목표가 무엇인가를 점검할 수 있는 일종의 좌표 역할을 한다. 이 글에서 필자가 제시한 교수 · 학습 방법은 가르치고자 하는 목표 및 내용을 중심으로 설정한 교수 · 학습 모형이다. 그러므로 '도입—전개—정리'의 예처럼 학습의 절차를 중시하는 절차 모형이나, 특정한 전략이나 활동을 강조하는 전략 모형과는 구별되는 보다 거시적인 목표를 강조한다. 교수 학습의 과정 또는 모형을 전혀 고려하지 않은 채 수업을 할 경우, 수업의 내용과 절차가 산만하게 이루어질 수 있다는 점을 고려할 때, '반응'을 다시금 세 가지 좌표로 나누어 재구성하자는 본고의 제안은 지나치게 넓거나 좁은 의미로 해석될 수 있는 '반응'을 보다 구체화하여 제시했다는 장점을 가진다. 이러한 제안은 반응의 단계보다는 반응의 내용 분석을 통해 반응을 분류하는 기준으로 '몰입, 지각, 해석, 평가'를 내세운 퍼브스(Purves)의 문제 의식과도 맥을 같이 한다.[33]

교과교육학의 발전은 교과 교육의 고유한 내용을 기반으로 할 때 가능하며, 이를 바탕으로 서로 피드백이 가능할 때, 교육학과 교과교육학은 서로의 발전에 도움을 주는 '상생'의 관계를 형성할 수 있다. 여기서

---

32) 이홍우, 『교육과정탐구』, 배영사, 1992, 266면.

33) Purves, *Elements of writing about literary work*, Urbana, 1968, pp.6~8, 경규진, 앞의 논문, 1993, 47면에서 재인용.

피력한 견해는 문학 교수·학습 방법론에 국한되어 있지만, 국어 교과
의 내용에 근거한 보다 구체화된 교수·학습 방법론을 제시하기 위한
시도가 보다 활발히 모색되어야 할 것이다.

■ 참고문헌

경규진, 「반응 중심 문학교육의 방법 연구」, 서울대학교 대학원 박사학위 논문, 1993.

구인환 외, 『문학 교수·학습 방법론』, 삼지원, 1998.

구인환 외, 『문학교육론(제3판)』, 삼지원, 1998.

김상욱, 『문학교육의 길 찾기』, 나라말, 2003.

김성진, 『문학교육론의 쟁점과 전망』, 삼지원, 2004.

―――, 『비평 활동 교육의 내용 연구』, 서울대학교 대학원 박사학위 논문, 2004.

김윤식·정호웅 공저, 『한국소설사』, 예하, 1993.

김환태, 「시인 김상용론」, 『김환태 전집』, 1988.

도정일, 『시인은 숲으로 가지 못한다』, 민음사, 1994.

이홍우, 『교육과정탐구』, 배영사, 1992.

Bleich, D., *Subjective Criticism*, The Johns Hopkins University Press, 1978.

Booth, W., "The Ethics of Teaching Literature", *College English* V. 61, September 1998.

Brooks, C., Warren, R., *The Scope of Fiction*, 안동림 역, 『소설의 분석』, 현암사, 1985.

Dilthey, W., "Erleben, Ausdruck und Geisteswissenschaften", *Gesammelte Schriften* Bd 7, B. G. Teubner, 이한우 역, 『체험·표현·이해』, 책세상, 2002.

Eagleton, T., *Criticism and Ideology*, New Left Books, 1976.

Eisner, E., *The Educational Imagination*, 이해명 역, 『교육적 상상력』, 단국대학교출판부, 1991.

Gadamer, H.G., *Wahrheit und Methode*(2. Aufgabe), J. C. B. Mohr(Paul Siebeck) Tübingen, 1965.

Gregory, M., "The many-headed hydra of theory VS. The unifying mission of teaching", *College English* V.59, January 1997.

Habermas, J., "Modernity: Incomplete Project", *Postmodern Culture*, Pluto, 1985.

Habermas, J., 서규환 외 역, 『소통 행위 이론 1』, 의암출판, 1995.

Jameson, F., *The Political Unconscious*, Cornell University Press, 1981.

Palmer, R., *Hermeneutics: Interpretation Theory in Shleiermacher, Dilthey, Heidegger, Gadamer*, 이한우 역, 『해석학이란 무엇인가』, 문예출판사, 1988.

Roderick, R., *Habermas and the Foundation of Critical Theory*, Macmillan, 1986.

Rosenblatt, L., "The Literary Transaction: Evocation and Response", *Theory into Practice* 4, 1982.

문학독서 교육의 평가

김 혜 영

(조선대학교 국어교육과 교수)

Ⅰ. 교육 평가의 방향

교육이란 의도적이며 계획적으로 인간의 변화를 추구하는 과정이라고 할 때, 그러한 과정에서 전제되는 교육의 목적이나 내용, 방법 등이 제대로 이루어졌는가를 평가하는 행위는 교육의 본질을 실현하는 데 있어서 가장 핵심적인 부분이라고 할 수 있다. 의도적이고 계획적인 인간 변화를 목표로 하는 교육에서 변화의 성취도를 검증하는 활동이야말로 학습자의 성장 가능성을 점검하고, 성장의 바람직한 방향을 모색하는 과정이 되기 때문이다. 그러나 현재 한국의 교육 현실에서 평가란 학생의 서열화 내지 등급화를 용이하게 하기 위한 수단으로 작용하는 측면을 부인할 수 없다.

평가가 학생의 능력을 객관적으로 판단하는 지표로 작용함으로써, 평가하고자 하는 대상의 가치를 판단하고, 그에 따른 처방과 조치를 수반해야 하는 교육적인 역할을 제대로 수행하지 못하고 있다. 평가가 교육의 본질을 추구하고 올바른 방향으로 교육을 유도하는 역할을 해야 한다는 관점에서 본다면, 교육 담당자들의 다양한 의사 결정을 위한 정보를 제공해 주어 교육의 주체는 물론, 교육활동, 교육여건에 긍정적인 영향을 미칠 수 있도록 평가를 계획되고 실천하는 일이 필요하다. 곧 평가는 교수―학습의 전과정을 점검하는 역할을 함과 동시에 평가로부터 출발하여 새롭게 교수―학습의 방향을 재구성할 수 있는 활성화 지점으로서의 역할을 해야 한다.1)

지금까지 교육 평가에 대한 관심은 주로 학업 성취도를 평가하기 위한 방법의 개발에 집중되어 왔다. 이처럼 교육 평가가 어떻게 평가할 것인가의 기술적인 문제 중심으로 발전하게 된 데에는 19세기 과학의 발달과 함께, 계량적 연구와 양적 접근 중심으로 한 교육 평가 분야의 발전이 그 원인으로 작용하고 있다.2) 이에 따라 교육의 목표는 해당 교과의 내적 속성에서 찾는 반면, 그러한 목표를 진단하고 점검하는 평가에 있어서는 교육공학적인 기준, 예를 들면 표준화와 신뢰도를 통한 객관적 지표가 중심이 되는 경향이 일반적인 현상으로 자리잡게 되었다. 흔히 목표와 평가의 괴리라고 부르는 이러한 현상에서 문학교육의 경우도 크게 벗어나지 못하고 있다. 곧 문학교육의 평가에서 교육 평가에 대한 일반 논의를 문학교육에 적용하는 방식이 아니고, 문학적 경험이 갖는 고유의 영역적 속성으로부터 평가의 기준과 방법을 도출하는 방향의 평가가 아직 이루어지지 못하고 있다는 말이다.

---

1) 이와 함께 교육평가는 학교 및 기관의 평가, 교육과정의 평가, 교육프로그램의 평가, 교사 평가 등으로 평가의 영역을 확장해 가고 있다.
2) 채선희, 「교육평가의 새로운 이론체계 확립을 위한 시도: 교육평가의 구성요소와 구조적 관계」, 『교육학연구』, 한국교육학회, 1999, 211면.

평가하고자 하는 현상의 본질에 적합한 질문을 제기하고 그 현상에 부합하는 적절한 평가 범주를 마련할 때 평가 대상의 구조에 맞는 체계적인 평가 모형을 산출할 수 있다. 따라서 서로 다른 현상에 대해서는 서로 다른 구조를 가진 평가 체계가 만들어지게 된다. 평가를 바라보는 이러한 시각은 기존의 평가가 도구성을 높이기 위해 어떻게 평가할 것인가의 기술적 문제에만 치중해 온 것을 반성하고 왜, 무엇을 평가할 것인가의 문제로부터 평가의 위상을 세우려는 시도와 맞물려 있다. 다시 말해 교육 평가의 방향을 현실적으로 활용 가능한 평가의 방법에 의해 평가의 대상을 결정하기보다는 구체적인 교육의 목적 혹은 평가 목적에 따라 평가 대상이 결정될 수 있도록 조정할 때 평가의 본질을 실현할 수 있을 것이다.

평가의 방법에 대한 모색은 기본적으로 각 교과에서 추출한 지식의 구조나 형식, 경험을 통해 실현할 수 있는 교육적 가치가 무엇인가의 문제로부터 출발해야 한다. 그런 의미에서 문학교육의 평가 방향은 다른 영역과는 달리 문학교육을 통해서만 도달할 수 있는 지식과 경험의 본질이 무엇인가를 파악하는 일에서 찾아야 할 것이다. 또한 그렇게 파악된 지식과 경험이 평가의 대상이 되었을 때, 이를 평가하기 위한 평가의 방향은 학습자가 의도한 목표에 도달했는지 여부와 함께 학습자가 무엇을 어떻게 생각하고 있는가의 문제에도 맞추어져야 한다고 본다. 왜냐하면 학습자가 무엇을 어떻게 생각하고 있는가의 문제로부터 학습자가 교섭하고 있는 다양한 소통의 맥락은 물론, 학습자와 교사의 소통 가능성을 열어둘 수 있기 때문이다.

이 글에서는 문학독서 교육에 초점을 맞추어 그 평가의 방향을 논의해 보고자 한다. 문학독서 교육 평가의 쟁점을 중심으로 하여 그러한 논의가 타당한 것인가를 검증하는 과정에서 바람직한 문학독서 교육 평가의 방향을 모색해 본다. 먼저 문학독서의 방향을 점검해 나가는 과정에서 문학독서 교육 평가의 가능성을 추적해 가는 절차를 취하려고 하는데, 이 과정에서 대표적인 문학독서 교육 평가 방식인 선택형 지필평가와 수행평가의 한계와 가능성을 진단해 보겠다. 그런 다음 문학독서 교육와 성격에 적합한 평가의 방법으로 이해의 논리에 의한 평가를 제안하고 그 적용 가능성을 논의해 보고자 한다.

Ⅱ. 문학독서 교육의 위상

문학도 교육의 패러다임 속에 들어오게 될 경우, 평가의 문제에서 자유로울 수 없다. 문학독서 교육 관련 논의에서는 평가가 문학독서 교육의 질을 담보하지 못한다는 비판이 지속적으로 제기되어 왔다. 문학적 경험은 평가할 수 없으며, 오히려 평가가 바람직한 문학독서 교육의 방향을 억압하고 있다는 원론적인 입장[3])에서부터 지필검사나 인지적 영역 중심의 평가로는 문학독서 교육에서 지향하는 목표를 평가할 수 없다는 점, 질적 평가방식으로 제안된 수행평가 역시 학습자의 문학적 경험을 평가할 수 있는 적절한 평가 준거를 마련하지 못하고 있다는 논의에 이르기까지 문학독서 교육의 평가에 대해서는 대체로 비판적인 입장을 유지해 온 것으로 보인다. 이러한 문제 제기는 문학독서 교육의 평가가 당면하고 있는 현실을 그대로 보여주고 있다.

---

3) J. 그리블(나병철 역), 『문학교육론』, 문예출판사, 1988, 9면.

곧 문학독서 교육에서 평가가 직면하고 있는 문제는 문학독서 교육을 평가하는 가장 일반화된 평가 방식인 선택형 지필평가로는 학습자의 반응이나 정서를 평가할 수 없다는 점을 고려하여, 개별 학습자의 반응, 정서와 같은 문학적 경험을 평가할 수 있는 수행평가 방식이 동원되었지만 수행평가가 그러한 역할을 제대로 담당하고 있는지에 대해서 회의적이라는 점에 있다. 이는 문학독서 교육의 평가가 문학독서가 갖는 특성을 제대로 구현하지 못했다는 반성에서 나온 것이어서 이러한 문제 제기의 타당성 여부에 대한 고찰이 필요하다. 문학독서 교육에 대한 선택형의 평가가 가능한가의 여부, 그 질적 평가 방식은 어떠해야 하는가, 그리고 수행평가는 문학적 경험을 평가하고 있는가의 문제는 문학텍스트를 이해하고 감상하는 일, 즉 문학독서를 어떻게 바라보는가에 따라 달라질 수 있다.

20세기 이후, 문학독서를 바라보는 관점은 큰 변화를 겪게 된다. 작가의 의도를 텍스트의 절대적인 의미 조건으로 생각해 오던 관점에서 학습자의 의미 구성 능력을 중시하여 해석의 다양성, 창의성을 강조하는 관점으로의 변화가 그것이다. 인식론 전반에 걸친 이러한 대전환은 진리, 합리성, 가치의 절대적이고 보편적인 기초에 대한 회의에서 비롯된다. 이는 진리나 인간의 이성에 대한 절대적인 신념으로부터 우연성과 불확실성을 인정하는 상대주의적 관점의 대두를 가져온다. 진리의 다원성과 상대성을 인정할 때 세계나 사물은 초월적인 존재로 드러나는 것이 아니고, 인간이 구성해 가는 존재가 된다. 진리가 역사적 사회적 산물이 되면서 세계를 파악하는 인간의 주체적이고 능동적인 역할이 강조되고, 인간은 주어진 세계를 어떤 고정적인 틀과 기준에 의해 수동적으로 파악해 가는 것이 아니라 자신의 관심과 선택, 동기와 목적, 신념과 가치관, 지식과 경험, 해석과 판단에 따라 세계에 대한 이해를 형성해 나가는 능동적인 존재로 인식된다.[4]

이러한 인식론적 전환은 교육이나 문학현상 전반에 영향을 미치게 된다. 교육이론에서는 학습자가 이 현실을 살아가고 이해하는 데 본인에게 의미 있고 적합하고, 타당한 것이면 그것이 진리요, 지식이라고 보며, 이런 지식과 진리를 구성해 나가는 것과 그 과정을 중시[5]해야 한다는 구성주의의 대두에서 이러한 현상을 읽어낼 수 있다. 7차 교육과정에서 학습자의 창의성 신장을 목표로 하면서 자기 주도적 능력, 학습자 중심의 교육 실천을 강조하게 된 것도 이러한 문제의식과 연결된다. 문학에서는 수용이론이나 포스트모더니즘이론을 중심으로 수용자의 다의적인 해석 혹은 해체, 유희적 독서를 강조하면서 관심의 초점을 생산, 저자의 문제로부터 수용 과정, 수용자의 문제로 전환하고 있다.

7차 교육과정 문학과목에서도 변화하는 문학과 교육의 패러다임을 받아들여 문학에 대해서는 작품과 작가 중심의 접근을 지양하고 문학성과 독자 중심의 접근 방식을 취하고 있으며, 교육에 관해서도 교사, 결과, 제재 중심의 접근 대신 학생, 과정 활동 중심의 접근을 하도록 하고 있다.[6] 이러한 상황에서 문학독서 교육 평가는 학습자의 다의적인 해석을

---

4) 조화태, 「포스트모던 철학과 교육의 새로운 비전」, 『현대사회와 교육의 이해-교육철학의 최근 동향』, 교육과학사, 1996.
5) 강인애, 『왜 구성주의인가? - 정보화시대와 학습자중심의 교육환경-』, 문음사, 1998, 17면.
6) 독일의 경우, 60년대 이후 수용미학이론이 독자의 역할에 지대한 관심을 표명하면서 독서는 작가 내지 작품과 학생 독자 사이의 의사소통 과정으로 간주되었고 학생 독자의 능동적인 참여를 권장하게 되었다고 한다. 1980년대 문학교수법의 중심이 커뮤니케이션에서 행위로 옮겨지고, 문학수업도 문화적 능력의 습득과 신장이라는 목표를 지향하게 된다. 이 경우 독서란 텍스트에 무엇인가를 보태거나 무엇인가를 떼어낼 뿐만 아니라 텍스트에서 떼어낸 것에 무엇인가를 첨가하는 행위이다. 90년대부터 포스트모더니즘적 교수법이 자리를 잡아가게 되면서

허용하고 창의적인 독서의 가능성을 열어주는 평가를 지향하게 된다. 그런데 학습자가 자율적이면서 독자적으로 의미를 구성해 나간다고 할 때 텍스트적 조건의 구속성이 어느 정도까지 영향을 미칠 수 있는가를 생각해 볼 필요가 있다. 이는 오독과 창의적 해석 사이의 거리를 평가해 줄 기준은 또 어디에서 구해야 하는가의 문제와도 연관된다.

　문학독서 교육의 평가와 관련하여, 문학독서의 동향이나 문학독서 교육 평가의 방향이 전제하고 있는 것과 같이 학습자 중심의 다의적인 해석에 대한 지향이 문학독서 교육의 방향이 될 수 있는가, 선택형 지필평가로는 문학독서 교육의 성과를 평가할 수 없는가의 의문으로 이어진다. 이러한 문제를 해결하기 위해 문학독서란 무엇인가로부터 논의를 전개해 볼 필요가 있다. 문학독서 교육에서 가장 핵심이 되는 능력은 문학독서 능력, 다시 말해 문학텍스트를 이해하고 감상하는 능력이라고 할 수 있다. 문학독서 교육에서 지향하는 언어 능력의 신장, 상상력의 세련, 전인적 인간성의 함양, 문학적 문화의 고양 등도 문학텍스트를 이해하고 해석하는 기본적인 활동을 통해 도달 가능하기 때문이다. 실제 문학독서가 이루어지는 현상으로부터 출발하여 문학독서 교육을 평가하기 위한 방안을 모색해 본다.

독서를 통한 최종적 의미해석이 불가능함을 전제하고 텍스트를 여러 담론이 만나고 충돌하는 장소로 바라보게 되며, 이와 함께 하나의 텍스트와 다른 텍스트들 간의 상호관계를 규명하려는 의도에서 출발한 상호텍스트성도 문학텍스트의 생산과 수용을 역동적으로 바라보게 하여 새로운 문학교수법의 가능성을 열어 두게 되었다고 진단한다.
이광복, 「독일문학 교육을 위한 새로운 문학교수법적 개념들」, 『독일언어문학』, 제 13집, 2000.

Ⅲ. 문학독서의 성격과 문학독서 교육 평가의 방향

1. 문학독서의 성격

문학텍스트는 현실 세계와의 지시적 관계가 단절되면서 독특한 허구적 세계를 만들어낸다. 현실 세계와의 지시적 관계가 단절되었다고 하더라도 문학텍스트는 현실을 반영하거나 현실을 변형하는 방식으로 현실과 조응관계를 형성하고 있다. 문학독서는 장르/주제/활동, 지식/기능/태도, 반영론/객관적 존재론/표현론/수용론 등 무엇을 기준으로 삼느냐에 따라 다양한 구분이 가능하다. 이 글에서는 문학텍스트를 소통적 차원에서 고려할 때 나올 수 있는 범주인 작가 -문학텍스트- 독자의 관계에서 문학독서의 성격을 살펴보려고 한다.

문학텍스트의 소통 과정에서 문학텍스트가 지닌 미적 자율성, 현실 속에 존재하고, 현실을 반영하면서도 현실과 독립적인 이러한 속성을 어떻게 받아들이느냐에 따라 문학독서의 성격이 달라질 수 있다. 문학텍스트를 그 자체로 자율적인 유기체로 놓고 보편적이고 객관적인 해석을 이끌어내는 독서의 방향이 있는가 하면, 문학텍스트 외적 현실과의 교섭 요인을 고려하여 문학텍스트가 놓인 맥락에 따라 문학텍스트가 다양한 의미를 가질 수 있다는 점을 중시하는 독서의 방향이 있다. 특히 후자에서는 문학텍스트와 소통하는 과정에서 독자의 변인이 미칠 수 있는 영향을 강조하게 된다.

전자의 경우 문학텍스트는 보편적인 특징을 갖고 있으며, 동질적인 독자들에 의하여 유사한 방식으로 읽힐 수 있다고 전제한다. 전제에서는 언어의 문법, 장르의 문법 등 텍스트를 이루는 구조적 관계에 주목하게 되는데 이처럼 문학텍스트의 구조를 통해 해석 가능한 의미를 찾아 낸다는 점에서 이를 해석적 독서라고 부르고자 한다. 해석적 독서에서는 문학텍스트의 의미가 많은 부분, 텍스트의 구조로 인해 제한될 수 있다고 본다. 또한 경험의 상호주관적인 속성에 기초하여 문학텍스트의 의미를 중립화시킴으로써 문학텍스트 안에 담긴 경험의 공유와 해석 가능성을 열어둔다.

해석적 독서에서 독자는 문학텍스트가 전달하는 메시지의 의미를 수용하고 소비하는 주체로 작용하며, 문학텍스트와의 관계에 있어서도 상호작용에 의해 형성되는 의미의 보편성을 추구하게 된다. 문학텍스트를 수용하는 과정에서도 독자의 감정, 경험, 삶 등은 문학 소비의 특성과는 별개로, 매우 추상적인 방식으로 작용한다. 해석적 독서는 R. 바르트가 문학텍스트를 두 가지 범주 "읽혀지는 텍스트", 곧 독자 지향의 텍스트와 "씌어지는 텍스트", 작가 지향의 텍스트로 구분[7]한 것에서 독자 지향의 텍스트와 연관된다. 독자 지향의 텍스트에서 핵심이 되는 것은 문학텍스트를 읽어가는 동안 언어를 소비해 버리는 수동적인 위치로 남게되는 독자의 위상이다.

이와는 달리 작가 지향의 텍스트에서는 텍스트를 읽어가면서 기존의 텍스트를 독자 자신의 텍스트로 재생산할 수 있다. 독서의 과정에서 독자의 위치가 텍스트의 의미를 수용하는 수동적인 입장에서 벗어나 다시 쓰는 작가로서 자리매김하는 작가 지향의 텍스트와 관련된 독서를 생성적 독서라 부른다.[8] 생성적 독서는 문학텍스트와 교섭하는 학습자의 경

---

7) Barthes, R., *S/Z*, México: Siglo XXI, 1980, 2면.
8) 해석적 독서와 생성적 독서의 분류는 독서교육과 관련하여 기존에 논의된 해석

험에 관심을 두며, 독서 과정 중 학습자의 주관적 경험이 갖는 가치 지향적이고 정의적인 반응을 이끌어내는 데 초점을 맞춘다.

생성적 독서에서는 문학텍스트가 읽히는 맥락에 따라 서로 다른 의미가 생성될 수 있다고 본다는 점에서 문학텍스트 소통 과정에서의 대화적 관계를 강조한다. 문학텍스트는 텍스트를 수용하는 학습자의 사회적, 문화적, 이데올로기적, 제도적 경험 속에서 지속적으로 다시 씌어질 수 있기 때문이다. 생성적 독서에서는 그때그때 학습자가 처한 역동적인 상황과의 만남을 통해 의미를 생성해 나간다. 학습자는 문학텍스트에 대한 반응 및 정서, 예를 들면 공감, 반감, 감정이입, 추체험 등을 자신의 경험 속에서 재구성한다. 이 때 문학텍스트는 그 자체로 완결된 구조물이 아니고 다른 텍스트들과의 관계를 통해 존재하는 역동적인 구조물이 되며, 학습자는 문학독서를 통해 자신의 경험 세계를 문학 세계와 자연스럽게 연결시키게 된다.

문학독서를 해석적 독서와 생성적 독서로 나누는 방식은 문학독서의 다양한 층위를 단선화시켰다는 비난에 노출되어 있다. 그러나 문학독서 과정이 평가로 이어질 수 있는 방향을 모색하기 위해서는 단선화의 위험에도 불구하고, 문학독서 교육이 갖고 있는 특성상 객관적으로 평가 가능한 부분과 그렇지 못한 부분을 구분할 필요가 있다고 본다. 문학독서 교육의 평가에서 관심을 두어야 할 부분은 객관적인 평가가 불가능한 부분을 어떻게 평가할 것인가에 관한 것이다. 문학독서 교육에서 객

적 읽기, 비평적 읽기, 구성적 읽기와 크게 다르지는 않다. 그런데 문학독서란 허구적 텍스트를 대상으로 하는 독서라는 점에서 생성적 독서에서 전제하고 있는 수용자의 미적 자율성 확대라는 측면을 고려해야 한다고 본다. 비평적 독서란 해석적 독서와 생성적 독서의 토대 위에서 이루어지는 메타적인 단계로 보고 본 논의에서는 제외하였다.

관적인 평가가 불가능한 부분이 있다는 것을 받아들인다면, 이를 위해 새로운 평가의 방법을 모색할 것인가, 아니면 문학독서 교육 평가의 패러다임을 전환할 것인가의 문제가 해결해야 할 과제로 남는다.

2. 문학독서 교육 평가의 방향

해석적 독서와 생성적 독서의 구분은 문학독서가 서로 다른 지향점을 가질 수 있음을 시사하고 있다. 이와 함께 문학독서의 성격은 그 자체로 문학독서 교육 평가의 방향을 드러낸다. 문학독서의 방향이 해석적 독서와 생성적 독서로 나뉠 수 있다면, 문학독서 교육을 평가하는 상황에서 해석적 독서와 생성적 독서는 동일한 평가 방식에 의해 평가되기보다는 각각의 독서 특성을 드러내는 평가방식을 활용할 필요가 있다고 본다. 문학독서 교육 평가와 관련하여 논의된 선택형 지필평가와 문학적 경험 평가에 대한 모색 역시 해석적 독서와 생성적 독서라는 두 가지 문학독서 방식으로부터 그 가능성과 한계를 점검해 볼 수 있다.

지금까지 문학독서 교육의 평가는 주로 선택형의 평가 방식 중심으로 이루어져 왔다. 평가의 신뢰도와 객관도 확보 차원에서 선택형 지필평가 방식이 갖는 장점을 인정하고 있음에도 불구하고 선택형 지필평가 방식은 문학독서 교육에 대한 제대로 된 평가일 수 없다는 문제 제기 역시 지속적으로 제기된 바 있다. 이는 평가의 객관도, 신뢰도는 다소 떨어지더라도 문학독서 교육의 과정에서 학습자로부터 평가해야 할 보다 진정한 것이 존재한다는 것을 보여주는 현상이라고 하겠다. 중요한 것은 보다 진정한 것의 실체가 무엇인가를 규명하는 일일 것이다. 그런데 이러한 실체를 규명하기 위해서는 선택형 지필평가를 지양하고 수행평가와 같은 질적 평가방식을 지향해야 한다는 원론 차원의 문제 제기에서 벗어나 선택형 평가나 수행평가가 전제하고 있는 텍스트적 조건과 학습자의 경험이 무엇인가를 통해 그 장점과 한계를 짚어내는 작업이 요구된다.

문학독서 교육에서 선택형 지필평가로는 평가할 수 없는 진정한 것이란 학습자와 관련된 부분이다. 먼저 선택형 지필평가는 학습자의 경험을 평가하기 어렵다고 알려져 있다. 선택형 지필평가에서는 객관적인 지식이나 텍스트 내적 조건을 활용하여 해결할 수 있는 인지적 영역의 문항을 중심으로 하여 오답의 가능성을 제한한다. 이를 위해 선택형 지필평가에서는 평가에 작용할 수 있는 외적 변인을 최소화하게 되는데, 이 경우 문학텍스트의 이해와 해석에 학습자의 경험이 개별적으로 작용하는 것을 허용하지 않게 된다. 그러나 선택형 지필평가는 문학텍스트를 이해하고 해석하는 데 필요한 경험 그 자체를 배제하는 것은 아니고 보편성이라는 기준 하에 학습자의 사전적 경험을 활용하고 있다.

경험에는 선이해로 존재하는 경험, 텍스트를 이해하기 위해 동원되는 경험이 있고, 텍스트를 통해 반성된 개별적인 경험이 있다. 모든 경험은 상호주관성을 갖지만 텍스트를 이해하기 위해 동원되는 상호주관성에서 보다 경험의 보편성을 강조한다. 텍스트의 구조가 문학텍스트와 소통하는 학습자의 경험을 제약하게 될 때, 경험은 문학텍스트의 구조를 이해하기 위한 방향으로 작용하게 된다. 이와는 달리 텍스트를 통해 성찰된 개별적 경험의 경우, 경험이 텍스트의 구조를 결정하게 된다. 이 경우, 실재는 객관적으로 존재하는 중립적인 것이 아니고 학습자의 관심이나 정신적 태도에 따라 형성된다.

선택형 지필평가에 동원되는 경험은 문학텍스트의 구조를 이해하고 해석하는 데 필요한 경험이지, 문학텍스트를 매개로 하여 조율하고 확장해 나가야 할 것으로서의 경험은 아니다. 문학텍스트를 매개로 개별적인 학습자가 경험하는 영역은 다양할 수 있지만 문학텍스트의 유기적 구조 안에서 가능한 경험은 제한적이다. 그런 의미에서 텍스트의 조건에 제한된 이해와 해석을 평가하는 선택형 지필평가로 학습자가 문학텍스트를 통해 성찰하고 확장하는 경험을 평가하기는 어렵다. 문학독서를 통해 학습자가 누릴 수 있는 다양한 문학 경험을 텍스트 내적 구조 안에서만 허용될 수 있는 문학 경험으로 제한함으로써 선택형 지필평가는 해석적 독서교육의 가능성을 평가할 수 있는 평가방식의 하나로 자리잡게 된다.

해석적 독서에서 문학텍스트의 구조에 관심을 두는 이유는 문학텍스트의 구조로부터 나오는 의미에 주목하는 것이 문학텍스트와 수용자 사이의 의사소통방식이라고 보기 때문이다. 문학텍스트가 소통되는 상황이 일상적인 의사소통방식과 같지는 않더라도, 일차적으로 문학텍스트라는 발화자의 말에 귀기울임으로써 문학텍스트가 수용자를 향해 말하고 있는 무엇인가를 들을 수 있어야 한다고 보는 것이다. 물론 문학텍스트가 말하고 있는 것이 곧장 저자의 의도로 이어지는 것은 아니다. 문학텍스트의 구조를 통해 해석 가능한 것으로서의 의미가 문학텍스트가 말하고자 하는 것이 된다. 따라서 선택형 지필평가에서는 학습자의 문학적 경험을 텍스트 내적 조건에 국한된 것으로 제한하여 다양성, 다의성의 확보에 실패하지만, 텍스트의 내적 조건 안에서 해석의 타당성을 확보하려는 시도를 보여준다.

선택형 평가는 학습자의 다양한 문학적 경험을 평가하는 데에는 한계를 가진다. 그러나 선택형 평가 방식은 텍스트 내적 구조가 만들어내는 다양한 관계를 통해 지식에 대한 평가, 지식과 기능을 결합할 수 있는 능력인 사고력을 평가할 수 있다.9) 선택형에서 답을 찾아가는 일은 판단의 과정에서 작용하는 상대성을 승인하고, 그로부터 가능성의 최적 조건을 선택하는 것이다. 이러한 능력은 문학텍스트로부터 학습자 중심으로 관심의 초점이 옮겨왔다는 시대적인 상황을 고려하더라도, 결코 간과할 수 있는 문제는 아니다.

문학독서 교육에서 수행평가 방식에 가치를 두는 이유는 수행평가에서는 학습자들이 어떠한 활동을 수행하는 과정이나 실제 수행으로서의 행동 결과를 통해 문학독서 교육에서 추구하는 문학적 경험을 평가할 수 있다는 점 때문이다. 학습자가 문학텍스트와의 만남을 통해 체득하는 문학적 경험이 구체적으로 어떠한 것인가를 명확하게 규정하기는 어렵다. 문학적 경험이란 가시적으로 평가할 수 있는 부분이 아니고 잠재적인 영역에 해당하기 때문이다.10) 그럼에도 불구하고 문학텍스트와의 소통에서 생성되는 문학적 경험이 인간의 성장에 유의미한 것11)이어야 할 뿐만 아니라, 문학적 경험이 평가의 대상으로 중요한 부분이라고 한

---

9) 최지현은 선택형 지필평가에서 부여하는 조건이 반드시 학습자의 사고 패턴을 제한하는 작용을 하는가에 대해 의문을 제기한다. 그 이유로는 우선 인간의 사고 자체가 기본적으로 일정한 패턴을 가지고 있기 때문에 조건을 부여하는 것과 무관하게 학습자 자신이 일정한 조건을 부여하여 사고하며, 조건을 부여하는 것이 반드시 편향된 조건을 부여하는 것은 아니고, 조건을 부여하지 않았을 때에는 평가 자체가 불가능할 수 있기 때문이라고 한다.
최지현, 「선택형 지필평가의 한계와 가능성」, 『국어교육』 103, 한국어교육학회, 2000.
10) 문학적 경험을 잠재적인 것으로 규정하는 이유는 학교 교육에서 의도하지 않았던 문학적 경험을 고려하지 않을 수 없다는 점, 정의적 영역에 속하는 것이어서 가시화될 수 없는 측면이 있을 뿐만 아니라 단기적으로 드러나는 것이 아니고 지속적으로 축적되는 측면을 갖고 있다는 점 등을 들 수 있다.
11) 김대행, 「문학교육 성과 측정」, 『국어교육연구』 7, 서울대학교 국어교육연구소, 2000, 287면.

다면 이를 평가하기 위한 방법을 모색해야 할 것이다.

수행평가 방식은 학습자의 문학적 경험을 평가할 수 있다는 장점에도 불구하고 결과의 해석이나 관리가 수월하지 않다는 점이 한계로 지적되고 있다. 그런데 실제 수행평가의 대상이 학습자의 문학적 경험일까. 수행평가란 학생 스스로 자신이 알고 있거나 생각하고 있는 것을 나타낼 수 있도록 답을 작성하거나 발표하거나 산출물을 만들거나 행동으로 나타내도록 요구하는 평가12)를 의미한다. 국어교육에서 수행평가의 원리로 언어 수행을 통한 비판적 반응의 평가, 수행 과정 중심의 평가, 언어 활동의 통합적 수행 평가13)가 제안되기도 하였다. 수행평가가 활동, 과정, 통합을 지향하는 평가방식을 추구하고 있다는 점에서 보면, 수행평가에서 평가하고자 하는 문학적 경험이란 역시 학습자의 문학 활동이나 문학적 과제 수행의 과정, 그러한 가운데 실현되는 언어 활동의 통합 속에서 드러나는 경험임을 알 수 있다.

이러한 수행평가의 평가 원리는 학습자의 활동이나 기능에 초점을 맞춤으로써 문학독서 교육에서 평가하고자 하는 학습자의 문학적 경험이 갖는 질적 측면을 간과하게 된다. 곧 수행평가에서 다루는 경험은 어떠한 것을 수행할 수 있는 능력으로서의 경험이지 학습자가 그것을 수행하기 위해 전제된 것으로서의 경험, 수행하는 과정에서 드러난 경험, 수행한 결과로서의 경험이 아니다. 어떤 것을 수행할 수 있는 능력으로서의 경험이란 그것을 수행할 수 있는가, 아닌가의 여부로 결정될 수 있는 것이어서 학습자가 문학텍스트와 소통하면서 무엇을 어떻게 느끼고 생

---

12) 백순근, 「수행평가에 대한 이론적 기초」, 『수행평가의 이론과 실제』, 원미사, 1998.
13) 최미숙, 「국어교육에서의 평가 – '수행평가'를 중심으로」, 『국어교육연구』 5, 서울대학교 국어교육연구소, 1998.

각했는가로서의 경험을 평가의 대상으로 삼지 않는다.14)

경험이란 기대와 현실의 차이로 존재하기 때문에 경험의 질적인 측면이란 그러한 차이를 자신이나 삶에 대한 성찰의 계기로 삼거나 새로운 대상을 생성하는 계기로 삼는 정신을 읽어낼 수 있을 때 만날 수 있다. 문학적 경험이 학습자의 주체 형성이나 삶에 대한 이해를 평가할 수 있는 매개로 작용할 수 있는 것은 경험의 질적 측면을 평가의 대상으로 삼았을 때 가능한 일이다. 경험의 구조를 외부에서 관찰해 보면 과거에 일어났고 현재에 지속되고 있으며 미래에도 계속될 여러 가지 기대들에 대한 경험의 관계가 지닌 시간적인 성격을 드러낸다. 경험이란 부정성, 아님에 대한 경험으로, 경험 대상은 우리가 가정했던 것이 아니라는 차원에서 경험된다. 경험은 삶에서 기대해서는 안 되는 것이 무엇이며 새로운 경험에 대해 어떻게 개방적인 태도를 취할 것인가를 가르쳐준다. 경험이란 우리가 기대한 바를 말해주기보다는 그러한 기대를 넘어서서 부정하는 경향이 있기 때문에 경험은 체계를 벗어나는 수단이 되기도 한다. 그런 의미에서 경험한다는 것은 잘 이해한다는 것이 아니고 다르게 이해한다는 말이 된다.15)

----

14) 현행 수행평가의 문제점을 보완함과 동시에 수행평가의 의의를 살릴 수 있는 방법으로 문화기술지를 활용한 방법이 있다. 교사가 학습자의 문학적 경험을 이해하기 위해 학습자가 어떠한 활동을 수행하는 전반적인 상황을 기술해 나가는 것이다. 학습자의 활동 과정을 관찰하여 기술하기, 학습자들이 특정 활동을 수행하는 과정 중에 학습자들이 봉착하는 문제가 무엇인가를 질문하여 어떠한 문제를 제기하고 있는가를 기술하기, 그러한 과정을 통해 산출된 결과물 분석하기 등으로 학습자가 문학텍스트를 읽고 수행하는 활동의 전반을 구조화하는 방법은 학습자의 문학적 경험을 분석의 대상으로 삼는 또 다른 방법이 될 수 있다.
이용숙, 「수행평가에서의 문화기술적 연구방법 적용의 필요성과 적용사례」, 『교육평가연구』 13권 제1호, 2000.
15) Palmer, R.E., *Hermeneutics : Interpretation Theory in Schleiermacher, Dilthey*, 이한우 역, 『해

문학적 경험 역시 학습자의 이해를 변형시키고, 자신이나 세계를 바라보는 새로운 방식을 열어준다. 문학적 경험은 학습자가 텍스트를 읽기 전 혹은 텍스트를 읽어가면서 갖게 되는 기대의 지평과 문학텍스트와의 독서 경험이 만나 이루어지는 지평의 융합에 의해 만들어진다고 말할 수 있다. 문학적 경험이란 지평을 만들어 가는 과정이고, 지평 속에서 기대와 현실의 차이를 조정해 나가는 과정이다. 이러한 차이를 조정하는 부분이야말로 자신의 경험을 수정해 가는 과정이 되며, 지평을 확장해 나가는 과정이 된다고 하겠다. 이러한 지평을 통해 기대의 차이를 조정해 나가며, 자신이나 세계에 대한 인식을 새롭게 구성해 나가게 된다. 차이에 의해 자신의 경험을 반영해 보는 것을 성찰이라고 한다면, 지평 속에서 차이를 만들어가는 것을 창조라고 할 수 있다.

문학적 경험은 그 자체로는 객관화될 수 없지만 그 경험으로 인해 다른 대상과 관계를 맺어갈 수 있다. 문학적 경험은 문학텍스트에 대한 해석과 학습자의 삶에 대한 이해를 매개한다. 이처럼 문학적 경험이 텍스트에 대한 해석을 자신에 대한 이해나 세계 이해로 나아갈 수 있는 것은 문학적 경험이 가진 성찰적 성격 때문이다. 문학적 경험은 다른 경험에 비해 학습자의 내면이 직접 관여한다는 성격을 지닌다. 이는 학습자가 관여하는 외부적 조건에 비교적 영향과 단절된 채 문학텍스트와 소통 체계를 만들어갈 수 있다는 말이다. 이로 인해 독립적이면서 단절된 문학텍스트와 소통 체계가 구성되고 이러한 소통 체계 속에서 학습자는 다른 것을 의식하지 않고 자신의 내면을 성찰하는 계기를 마련하게 된다.

석학이란 무엇인가』, 문예출판사, 1993.

  Hoy, D., *The Critical Circle : Literature and History in Contemporary Hermeneutics*, 이경순 역, 『해석학과 문학 비평』, 문학과지성사, 1992.

또한 문학적 경험은 텍스트 내적 의미 규제에서 벗어난 상태의 경험을 강조하기 때문에 학습자에 의한 역동적인 의미 생성이 가능하다. 의미의 다양성에 대한 승인이 창조적인 의미 생성의 조건으로 작용하며, 이 때문에 학습자의 능동적인 역할이 보다 강조된다. 텍스트의 지평과 자신의 지평을 자유롭게 연관시키거나 여기에 내재한 법칙을 탐구함으로써 대상을 유연하게 바라보거나 새로운 방향을 찾는 창조성이 실현될 수 있다.

이와 함께 문학적 경험 자체는 평가 대상이 될 수 없다고 전제라고 문학적 경험을 평가하기 위해서는 학습자가 문학적 경험을 어떻게 '표현'하고 있는가의 문제로 평가의 대상을 제한해야 한다는 논의가 있다. 문학적 경험을 평가의 대상으로 삼는다고 할 때 학습자가 문학텍스트를 읽고 경험한 것은 어떠한 형식으로든 표현되지 않을 수 없다는 점에서, 문학독서 평가의 대상으로서의 문학적 경험은 무엇을 어떻게 생각하고 있는가와 그것을 어떠한 방식으로 표현하고 있는가를 아우르는 것이어야 한다고 본다. 이를 위해 표현된 것으로는 포착할 수 없는 문학적 경험의 모습을 찾는 일이 필요하다. 다시 말해 내용, 형식, 표현의 층위를 고려하여 문학독서를 위한 평가 항목을 구안하는 과정에서 무엇을 문학적 경험이라는 내용 항목으로 삼고 있는가를 중심으로 하여, 그것에 형식을 부여하고 표현하는 활동의 의미를 읽어낼 수 있기 때문이다.

평가의 대상이 되는 문학적 경험의 내용 층위는 경험 자체가 가진 속성에 따라 분석할 필요가 있다. 경험이란 특정 사건, 상황을 경험하기 전과 후의 차이에 의해 드러난다. 이렇게 본다면, 문학적 경험은 문학텍스트를 읽기 전의 상황과 이후 상황의 대비에 의해 가장 분명하게 제시될 수 있다. 감상문이나 반응일지 쓰기와 같은 활동은 그것이 일회적인 활동일 때에는 직접적으로 글에 나타난 학습자들의 감상 혹은 반응이 어떤 부분에서 이전과 다른 경험의 현장을 포착하고 있는가에 주목해야 한다. 나아가 이러한 활동이 반복되어 학기 혹은 연 단위로 수집되었을 경우에는 개별 감상문 혹은 반응일지에 나타난 감상, 반응을 분석해 보는 것은 물론이고, 시간적 흐름에 따른 특정 대상 혹은 상황에 대한 경험이 어떠한 변화의 양상을 보이는가를 읽어낼 수도 있다.

인간 이해의 교육을 강조하는 문학독서 교육에서의 평가란 인간에 대한 이해를 어떻게 구체화해 나가야 할 것인가에 중점을 두어야 한다고 본다. 평가가 인간의 정신 행동의 증거를 수집하고 거기에서 얻은 결과를 다시 그 다음의 형성적 목적에 이바지하도록 하는 것이라면, 문학독서 교육에서의 평가로 한 개인에게 내재한 문학성과 관련된 정신적 행동 준거를 잘 발굴해내어 그 사람의 문학 향유를 더욱 높은 수준으로 끌어올릴 수 있어야 한다.[16] 이를 위해서는 한 개인에게 내재된 문학적 경험을 가능성의 영역으로 조회할 수 있는 평가의 방향, 곧 이해의 논리에 의한 평가를 생각해 볼 수 있다.

Ⅳ. 문학독서 교육 평가의 가능성 : 이해의 논리

1. 이해 논리의 성격

전통적으로 평가에 대한 관점은 평가를 설명의 논리로 바라보는 관점 중심이었다. 설명의 논리에서 평가란 교육적 결과를 설명하고 통제하기

---

16) 구인환 외, 『문학교육론』, 삼지원, 2002, 347면.

위해 필요한 사실이나 정보 또는 자료를 수집하고 이용하는 방법이나 절차가 된다. 설명의 논리에 의한 평가에서는 교육의 과정을 교육의 목표를 달성하기 위한 교육적 경험의 선정과 조직 과정으로 바라보거나 교육의 과정을 투입과 산출의 체계적인 관계로 파악하여 양자 사이의 관계를 파악하는 일에 관심을 둔다. 교육의 과정을 구조화된 일련의 의도된 학습 결과로 보는 이러한 관점에서는 평가의 원리 역시 교육의 과정에 대한 설명으로서의 기술공학적인 입장을 취하게 된다. 이러한 관점에서는 학생의 선발이나 배치를 목적으로 하는 학생의 학습 결과에 대한 점수 매기기나 등수 정하기 식의 양적인 평가에 치중하게 된다.

객관주의 평가가 핵심 덕목으로 삼는 계량화는 물리적 현상에는 적합할지 모르나 심리적 현상에 내재한 암묵적 실재를 인지하는 수단으로는 한계를 갖는다. 평가는 직접 학습자를 이해하는 수단으로, 이를 통해 학습자의 자아 실현을 도와주는 조력자로 기능해야 한다. 이를 위해서는 평가에서 계량화 못지않게 평가에 내재한 내면적 가치를 찾아내어 자리매김의 준거로 삼을 수 있다. 객관주의 평가방식에서는 잡음으로 처리해 왔던 개별 학습자의 개체적인 변산이나 객관성을 훼손시키는 것으로 간주되어 온 내재적 가치야말로 학습자의 자리매김에 효과적으로 이용 가능하다.[17]

내재적 가치를 평가의 대상으로 삼기 위해 평가의 패러다임을 설명의 논리에서 이해의 논리로 전환할 필요가 있다. 이해의 논리란 교육의 결과를 측정하고 수치화하는 기존의 실증적 평가틀에서 벗어나 평가를 교사와 학습자의 대화, 상호이해의 과정으로 바라보는 관점이다. 이러한

---

17) 이기종, 「교육평가의 또 다른 틀:주관주의 접근의 가능성 모색」, 『한국 교육평가의 쟁점과 대안』, 교육과학사, 2000, 58~59면.

시각의 전환은 교육의 평가에서도 수치화되고 드러난 것만을 평가하는
방식에서 벗어나 학습자 내부에서 일어나는 역동적인 변화를 심층적으
로 이해하는 자세가 필요하다는 인식에서 비롯된다. 이해의 논리에서
평가는 학생들의 세계를 질적으로 이해하고 도와줄 수 있도록 한다.[18]
곧 이해의 논리 핵심에는 인간, 다시 말해 학습자가 놓여 있다.

　이해의 논리에서는 개체를 그 자체로 보지 않고 전체성 속에서 자리
매김할 뿐만 아니라 전체 역시 개체와의 관계 속에서 바라본다.[19] 이러
한 입장에서 개체는 전체 속에 포함된 일부로서, 전체의 통제 하에 있지
만 전체 역시 개체를 떠나서는 존재할 수 없다. 개체를 전체와의 관계에
서, 그리고 전체를 개체와의 관계에서 바라보는 이해의 논리에서는 개
체와 전체의 순환적인 상호 작용을 강조함으로써 개체를 전체에 종속된
위치에서 벗어날 수 있도록 한다. 이해의 논리가 교육적 의미를 갖는 것
은 문학독서 교육의 구성체인 문학텍스트, 학습자, 교사의 관계항을 독
립적인 개체로 보지 않고 서로가 서로를 이해할 수 있도록 하는 매개체
로 본다는 점에 있다. 곧 이해의 논리에서는 개체를 전체와의 관계 속에
서 이해함으로써 개체의 수동성과 능동성을 전체와의 대화적 관계로 풀
어낸다. 이러한 이해의 대화적 성격은 인간이 자신의 세계를 매개 없이
이해한다는 것이 불가능함을 말해 주며, 이러한 상호 소통의 원리야말
로 인간 중심의 교육이 나가야 할 방향을 암시해 준다.

　인간 중심 교육에서 학습자의 경험은 유의미한 교육의 지표를 안내해
준다. 교육의 과정에서 학습자의 경험은 학습자로 하여금 진정한 자아

---

18) 허숙, 「해석학의 관점에서 교육평가의 논리」, 『교육현상의 재개념화-현상학, 해
　　석학, 탈현대주의적 이해 - 』, 교육과학사, 1997.
19) Coreth, E., *Grundfragen der Hermeneutik : ein Philosphischer Beitrag*, 신귀현 역, 『해석학』,
　　종로서적, 1993, 79~91면.

를 찾도록 하는 데 매개적인 역할을 할 뿐만 아니라 학습자와 학습자는 물론 교사와 학습자의 대화적 관계를 이끌어내는 매개이기 때문이다. 또한 이러한 이해의 매개적 속성에 대한 인식으로부터 갈등을 야기하는 현상을 그 매개된 전제(선이해)와 맥락적 조건의 관계로 읽어낼 수 있는 통찰이 가능하다. 이해의 논리에서는 교육적 평가를 교육적 만남 속에서 이루어지는 상호 이해의 과정으로 바라본다. 그런 의미에서 평가는 특정 척도로 인간의 행위를 규정짓는 것이 아니고 상호 이해의 지평을 보다 넓혀주는 일이 된다. 상호 이해의 대화적 관계는 타자와의 관계는 물론 자기 자신에 대한 사고가 내재되어 있다는 점에서 성찰적인 속성을 갖는다.

2. 이해 논리에 의한 평가의 가능성

문학독서 교육의 평가에서도 학습자가 자신의 세계를 이해하는 것은 물론 교사가 학습자의 세계를 질적으로 이해하고 도와 줄 수 있는 이해의 논리에 토대를 둔 평가 방식이 필요하다. 감상문 쓰기는 해석적 독서 능력은 물론 생성적 독서능력까지 평가할 수 있는 가장 보편적인 평가 방식이다. 여기에서는 감상문 쓰기를 생성적 독서능력을 평가하기 위한 수행평가의 한 방식으로 보고, 생성적 독서 결과를 자료로 하여 이해의 논리로 평가를 바라보는 방식에 대해 생각해 본다. 이해의 논리로 평가에 접근하기 위해서는 학습자가 쓴 감상문을 학습자의 문학적 경험을 판단하기 위한 대상으로 바라보는 관점이 필요하다. 아래의 글은 조세희의 「난장이가 쏘아올린 작은 공」을 대상으로 하여 고등학교 학생들이 쓴 감상문 가운데 일부이다.

1) 눈물겹지만 다소 행복스러운 결말은 진한 가정애를 보여주면서 눈물을 자극한다. 가정 형편이 어려우면 가족의 사이도 나빠질 수밖에 없지만 서로를 의지하고 살아가면서 가족의 소중함을 깨닫게 된다. 나는 영호의 이야기가 가장 인상적이다. 같은 또래의 아이지만 나보다 훨씬 더 어른스럽고 또 의식이 깨어 있다. 나는 어쩌면 의지 박약의 인물로 자라고 있는지도 모르겠다. 만약에 내가 이런 상황에 놓여 있었다면 어떻게 했을까? 평소에 "하나님을 의지하자." 하면서도 어려운 상황이 부딪히면 이런 작은 것마저 실천하지 못하지 않을까? 나는 미쳐버리지 않을 자신이 있는가? 어떤 상황에서도 포기하지 않을 자신이 있는가? 나는 내 이웃에게 무관심함으로써 그들에게 폭력을 행사하고 있지 않은가? 나는 점점 더 인간성을 상실해 가는 시대를 맞춰가고 있지 않은가? 이 글은 한 번쯤 꼭 생각해볼 문제들을 우리에게 제시해주고 있지만 그와 동시에 가슴 한 구석을 씁쓸하고 아프게 한다.

2) 난장이…… 작가가 의미한 난장이는 내 생각으론 아버지를 비롯한 빈민 및 어려운 상황의 사람들이 아닐까 한다. 온갖 어려움 속에서 살아가는 이들의 모습을 읽으며 나는 반성한다. 내 호화롭고 방탕하고 건방진 나의 생활과 생각을 반성한다. 난 언제나 불평만 하고 짜증만 내고 사는 것 같다. 내 생활에 만족하지 못하고 말이다. 물론 인간에게 욕심이란 것이 없을 수는 없다고 본다. 하지만 난 이제부터는 내 분수를 알고 나보다 어려운 상황의 사람들을 생각해야겠다. 아니 생각보다는 실천에 옮기고 싶다. 이 글 속의 처절한 삶과 그들의 몸부림, 내게는 없었던 일이라 이해하기가 쉽지는 않다. 하지만 가슴 아프다. 언제나 약자가 쉽게 당하고 좌절한다는 이 현실이 너무 안타깝다. 좀 바뀌었으면 한다. 난 커서 그런 변화를 일으키고 싶고, 또 그러기 위해 늦었지만 지금부터라도 그것을 위해 준비할 것이다.

3) 기억나니? 옛날의 우리 집이. 내가 지금 여기 이 환경 속에

사치를 누리며 살기 이전의 동네. 그곳에서 우리 가족은 난쟁이와 같은 생활을 하고 살았지. 물론 이 책만큼은 아니었지만 뭐든지 보이는 것은 다 아껴 쓰고 재활용하고 저축하고 힘들었던 시절에, 군것질이나 장난감 안 사준다고 떼쓰던 내 모습이 눈앞에 생생하구나. 부모님 두 분 다 일하러 나가시고 사촌 집에 같이 자랄 때, 처음엔 엄마 아빠 옷 붙들고 그저 울어만 댔던 나. 그런 생활의 연속에 적응이 되어 버려 태연히 하루를 보낼 수 있는 나를 보시며 안타까워하시던 부모님 모습. 나 자신 이런 경험들을 가졌었기에 이런 삶 속의 사람들을 진실된 마음으로 느낄 수 있게 해주는 것 같아. 사실 그 때만 해도 이런 지금의 내 모습을 상상도 하지 못했을 텐데…… 우리 부모님께서 공이 아닌 로켓을 날리셨지. 아버지께서는 로켓을 위해 '유학포기'란 대가를 치르시고 두 분께서 피나는 투쟁으로 지금의 우리 가족이 이런 정원에 있을 수 있는 거야. <u>그런 커다란 대가와 부모님의 피와도 같은 노력의 대가를 내게 쏟아주시는 지금, 내가 '사치'라는 유혹에서 헤어 나오질 못하다가 이제서야 깨우침을 얻어 뉘우친다는 것은 그 어떤 사치보다도 더한 사치요, 부모님의 노력에 대한 배반이 아니겠어?</u>

4) 난쟁이는 그의 아들에게 공을 쏘아올린다는 말을 여러 번 했었다. 그의 꿈? 영수에게 말했던 그의 아버지의 꿈은 달나라에 가는 것, 그리고 그 천문대를 지키는 일을 하는 것이었다. 어떻게 보면 단순하고 또 소박하고, 하지만 아름답고 조용한 소원인 것 같다. 글자 그대로 그런 일은 이뤄질 수 없을 지도 모른다. 결국 아버지는 달나라에 가지 못했다. 하지만 <u>내 꿈, 너무나도 현실적인 그 소망들, 난쟁이 가족에 비해서 너무나도 편하게 살면서, 주어진 것만 잘 하면 되는 그런 삶을 살면서도 조금 더 아름다운 꿈을 갖지 못했던 나를 반성하게 되었다.</u>

5) 그러나 못 가진 자들은 이처럼 핍박받으면서도 사랑과 꿈을 잃지 않았다. 어머니는 난쟁이 아버지를 위해 약을 사오고 그것을

말없이 입에 넣는 아버지를 통해, 아버지로부터 노를 받아들어 조심스럽게 젓는 맏아들을 통해 소박한 사랑을 느낄 수 있었다. 영수와 영애의 수줍은 사랑 또한 부동산 투기꾼과 영희가 맺는 육체적인 사랑과는 대비되는 것이다. <u>최저 생계비마저 가지지 못한 그들도 이토록 아름다운 사랑을 하는데 나는 왜 이웃을 보듬어 줄 손길 하나 뻗지 못하는 것일까? 책장에서 잠시 손을 떼었다.</u>[20]

　1)은 영호가 어른스럽고 의식이 깨어있는 인물인 것과 대조적으로 자신을 의지 박약한 인물로 규정하고 있으며, 2)와 3)은 난장이 일가의 가난한 삶에 주목하여 자신들의 사치스러운 삶을 조명하고 있다. 4)는 난장이가 가진 이상적인 꿈을 매개로 하여 자신의 꿈이 지나치게 현실적인 꿈은 아닌가 하는 점을 반성한다. 5)에서는 이 텍스트에 나오는 인물들의 사랑을 아름다운 사랑이라고 표현하면서 이웃조차 보듬지 못하는 자신의 삶을 돌아보고 있다. 이 부분을 발췌한 이유는 이 부분이야말로 학습자가 「난장이가 쏘아 올린 작은 공」에서 판독해 낸 의미와 반응, 정서를 자신의 경험 속에서 질서화하고 재구성하고 있기 때문이다.

　그런데 각자 문학적인 경험을 형성하는 부분이 다소의 차이는 있지만 어느 정도 도식화되어 있다. 우선 이처럼 질서화된 문학적 경험을 통해 읽어낼 수 있는 것은 문학텍스트와 관련하여 새롭게 재구성된 자신에 대한 서사이다. '나는 지금까지 (어떻게: 현실적으로, 사치스럽게, 사랑을 실천하지 못하고) 살아왔는데 이 작품에 나타난 (성찰 도구: 꿈, 가난, 사랑 등)을 보고 자신의 삶을 반성하면서(어떻게: 어려운 사람들을 위해, 이웃을 포용하면서) 살아야 한다고 느꼈다.'가 위의 감상문에서 기술하고 있는 자기 성찰의 기본적인 서사이다. 이러한 자신에 대한 서사는 자

---

20) 강기룡의 정선국어자료실, http://korstudy.com

기 이해의 기본적인 도식이 될 수 있다. 이 뿐만 아니라 성찰의 도식, 그러니까 문학텍스트를 통해 읽어낸 성찰 도구-예를 들어 꿈, 가난, 사랑 등-가 상당 부분 제한되어 있으며 이러한 성찰 도구에 자신을 비추는 활동 역시 이원적인 대립 구조에 기초해 있다는 것도 읽어낼 수 있다.

이는 학습자들의 세계 인식 방식이 한정된 도식 안에서 작용하고 있음을 말해 주는 부분이다. 정호웅은 독자들의 소설 읽기란 대부분 부분 읽기를 넘어서지 못한다고 본다. 독서 과정에서 독자의 의식을 사로잡는 것으로 소설의 어느 한 부분, 예컨대 작중 인물의 말 한마디나 인상적인 행동 또는 아름다운 풍경 한 폭 등이거나 대부분의 사람들이 가치 있는 것으로 받아들이는 정신으로서 순수한 사랑, 절대의 의리, 헌신적 이타애 등을 들고 있다.[21] 학습자들의 감상문에 나타나는 특정 도식이나 독특한 사유 방식, 자기 서사의 전개 방식은 학습자가 갖고 있는 세상에 대한 이해 방식으로서 의미가 있을 뿐만 아니라 교사가 학습자를 이해할 수 있는 자료로서의 의의도 갖는다.

문학독서능력의 평가에서 중요한 것은 학생들이 어떠한 관점에서 텍스트를 읽고 그 경험을 의미 있는 것으로 자기 삶 속에 자리매김하는가에 있다고 한다면 구체적인 경험이 제시되는 방식을 읽어내는 일이야말로 중요한 작업이 된다. 문학텍스트에 대해 무엇을 기술했는가의 진술

---

21) 정호웅은 이 글에서 부분 읽기로부터 전체 읽기로 나아가기를 제안하고 있다. 전체 읽기란 문학텍스트의 중층서을 고려하여 작품의 부분에 갇히지 않고 열린 시각으로 문학텍스트를 바라보는 태도를 말한다. 이 글에서 논의하고 있는 해석적 독서와 생성적 독서의 관점에서 본다면, 부분 읽기야말로 생성적인 독서를 가능하게 해 준다고 본다. 생성적 독서는 부분적 감상이 지닌 자율성, 독자성으로부터 출발한다고 보기 때문이다.
정호웅, 「현대문학 교육과 삶의 질-부분 읽기에서 전체 읽기로」, 『국어교육』 113, 한국어교육학회, 2004, 131면.

의 문제가 아닌, 문학텍스트와 대면하여 무엇을 어떻게 경험했는가를 담고 있는[22] 이 부분을 매개로 하여 학습자와 문학텍스트 사이의 대화를 읽어낼 수 있으며, 교사와 학습자 사이의 상호 이해를 위한 대화가 가능해지기 때문이다.

학습자가 무엇을 경험했는가를 읽어내고 문학적 경험에 방향성을 부여하기 위해서는 평가의 대상물, 곧 학습자가 기술한 감상문을 문학적인 능력의 성취도를 읽어내기 위한 대상이 아니고, 이를 통해 문학텍스트와 학습자의 대화적 관계를 파악하기 위한 매개, 학습자와 학습자, 학습자와 교사의 대화를 이끌어내기 위한 성찰적 매개체[23]로 바라보아야 한다. 우한용은 문학교사는 학습자에 대해서 한 차원 높은 데서 바라보고 이를 다시 근거 짓고 평가한다는 점에서 문학교사가 수행하는 문학교육의 메타비평적인 성격을 지적한다.[24] 이해의 논리에 의한 평가 방식은 교사와 학습자의 상호 이해와 소통을 강조한다는 점에서 메타비평의 소통적 한계를 보완할 수 있다.

---

22) 양정실, 「반응일지 쓰기의 문학교육적 함의」, 『국어교육』 102, 한국어교육학회, 2000.
23) W. 벤야민은 성찰 매개체의 기능을 예술 작품을 절대화시키고 그 속에서 예술의 이념 내지는 인간의 절대적 정신을 찾으려는 것으로 이해한다. 그러나 이 글에서 성찰 매개체는 대상과 대상의 소통을 매개하면서 학습자 혹은 교사로 하여금 그들의 활동이나 사고의 과정을 되돌아 사고하도록 하는 기능을 한다고 본다.
    W. 벤야민(박설호 편역), 『베를린의 유년시절』, 솔, 1993, 171~193면.
24) 우한용, 「문학교육의 평가 - 메타비평의 글쓰기 평가를 중심으로」, 『국어교육』 100, 한국어교육학회, 1999.

Ⅴ. 결 론 : 이해와 실천

　문학독서 교육에서 평가가 어떠한 모습을 지녀야 하는가를 그려보기 위해 논의를 전개해 보았지만, 여전히 구체적인 평가의 모습은 드러나지 않은 듯하다. 교과교육을 중심으로 하여 평가에 대해 구체적으로 접근한 논문의 수는 그리 많지 않다. 이는 교과교육에서 평가가 중요하지 않다는 것을 말해주는 것이 아니고, 교과교육 차원에서 평가의 방향을 모색하려는 노력이 상대적으로 부족했음을 말해주는 결과라고 생각한다.

　문학을 실체, 속성, 활동으로 나누고, 그러한 특성에 따라 문학교육의 방향을 실체중심, 속성중심, 활동중심 문학교육으로 자리매김하는 경향은 어느 정도 일반화되어 있다. 문학과 문화의 경계가 불분명해지면서 속성이나 활동 중심의 문학교육이 활성화되고, 이와 함께 실체 중심의 문학교육은 실제 교육현장에서는 행해지고 있으면서도 그 교육적 타당성을 입증하지 못하는 상태에 처해 있다. 이러한 경향은 문학교육을 평가하는 부분에서도 그대로 드러난다. 중·고등학교 현장에서 실시하고 있는 중간고사나 기말고사는 거의 선택형 지필평가 방식을 택하고 있으며 대학수학능력시험 역시 선택형 지필평가 방식이다. 교육현장에서 실시하고 있는 평가의 대부분이 선택형 지필평가이지만, 여전히 선택형 지필평가는 국어교육, 특히 문학교육에서는 지양해야 할 평가 방식으로 자리잡고 있다.

　이러한 현상을 지금 있는 것으로서의 현실과 그렇게 되어야 할 것으로서의 이상의 괴리에서 빚어지는 것으로 이해한다고 하더라도 이상적인 평가방식으로 자리잡고 있는 수행평가 역시 학습자의 문학적 경험을 평가할 수 있는 기준이 모호한 상황이다. 이러한 문제 의식으로부터 출발하여 문학독서 교육 평가의 방향성을 모색해 보려는 것이 이 글의 출발점이었다. 우선 문학독서가 서로 다른 지향점을 가지는 두 가지 방식으로 이루어진다는 것을 전제하고, 이러한 지향점의 차이로 인해 평가 방식도 달라져야 한다고 보았다. 해석적 독서와 생성적 독서의 두 방향은 선택형 지필평가와 수행평가의 방식과 그 지향점을 공유하고 있음을 확인하였다.

선택형 지필평가를 해석적 독서를 평가하는 하나의 방식으로 자리매김함과 아울러, 생성적 독서를 평가하는 수행평가 방식이 활동이나 기능 중심으로 이루어지는 현상을 보완하기 위해 이해의 논리에 의한 평가 방식을 제안하였다. 이해의 논리에 의한 평가 방식은 교육의 목표 혹은 평가의 목표에 도달했는가의 여부보다는 학습자가 무엇을 어떻게 생각하고 있는가의 문제, 곧 학습자의 경험에 주목한다. 이해의 논리에서 추구하는 유의미한 문학적 경험은 학습자의 이전 경험과 문학텍스트와의 소통에서 얻은 경험의 차이, 그리고 그러한 차이가 만들어가는 지평을 통해 드러난다.

이해의 논리에서는 문학에 대한 이해를 자신이나 세상에 대한 이해로 전환시키는 문학적 경험에 관심을 둔다. 이 부분이야말로 학습자의 경험을 교육적으로 매개할 수 있다고 보기 때문이다. 이해의 논리에서 출발한다면, 학습자의 질적 변화를 지향하는 수행평가 역시 학습자가 무엇을 어떻게 기술(표현)했는가보다는 무엇을 어떻게 경험했는가에 초점을 맞추어야 한다. 이 글에서는 이해의 논리가 학습자의 문학적 경험은 물론 학습자의 자기 이해와 세계 이해로 나아가는 지표가 될 수 있다는 가능성만 제시해 보았다.

■ 참고문헌

강인애, 『왜 구성주의인가? - 정보화시대와 학습자중심의 교육환경 -』, 문음
　　사, 1998.

구인환 외, 『문학교육론(제4판)』, 삼지원, 2002.

김대행, 「문학교육 성과 측정」, 『국어교육연구』 제7집, 서울대학교 국어교육
　　연구소, 2000.

백순근, 「수행평가에 대한 이론적 기초」, 『수행평가의 이론과 실제』, 원미사,
　　1998.

이기종, 「교육평가의 또 다른 틀:주관주의 접근의 가능성 모색」, 『한국 교육
　　평가의 쟁점과 대안』, 교육과학사, 2000.

이광복, 「독일문학 교육을 위한 새로운 문학교수법적 개념들」, 『독일언어문
　　학』 제13집, 2000.

이용숙, 「수행평가에서의 문화기술적 연구방법 적용의 필요성과 적용사례」,
　　『교육평가연구』 제13권 제1호, 2000.

정호웅, 「현대문학 교육과 삶의 질-부분 읽기에서 전체 읽기로」, 『국어교육』
　　제113집, 한국어교육학회, 2004.

조화태, 「포스트모던 철학과 교육의 새로운 비전」, 『현대사회와 교육의 이
　　해-교육철학의 최근동향』, 교육과학사, 1996.

채선희, 「교육평가의 새로운 이론체계 확립을 위한 시도: 교육평가의 구성요
　　소와 구조적 관계」, 『교육학연구』 제37집, 1999.

최미숙, 「국어교육에서의 평가-‘수행평가’를 중심으로」, 『국어교육연구』 제5
　　집, 서울대학교 국어교육연구소, 1998.

최지현, 「선택형 지필평가의 한계와 가능성」, 『국어교육』 제103호, 한국어교
　　육학회, 2000.

양정실, 「반응일지 쓰기의 문학교육적 함의」, 『국어교육』 제102호, 한국어교

육학회, 2000.

우한용, 「문학교육의 평가-메타비평의 글쓰기 평가를 중심으로」, 『국어교육』 제100호, 한국어교육학회, 1999.

허 숙, 「해석학의 관점과 교육평가의 논리」, 『교육현상의 재개념화 - 현상학, 해석학, 탈현대주의적 이해』, 교육과학사, 1997.

Barthes, R., S/Z, México: Siglo X XI, 1980.

Benjamin, W., *Berliner Kindheit un Neunzehundert und Der Begriff der Kunstkrik in der Deutschen Romantik*, 박설호 편역, 『베를린의 유년시절』, 솔, 1993.

Gribble, J., *Literary Education : a revaluation*, 나병철 역, 『문학교육론』, 문예출판사, 1988.

Hoy, D., *The Critical Circle : Literature and History in Contemporary Hermeneutics*, 이경순 역, 『해석학과 문학 비평』, 문학과지성사, 1992.

Coreth, E., *Grundfragen der Hermeneutik : ein Philosphischer Beitrag*, 신귀현 역, 『해석학』, 종로서적, 1993.

Palmer, R.E., *Hermeneutics : Interpretation Theory in Schleiermacher, Dilthey*, 이한우 역, 『해석학이란 무엇인가』, 문예출판사, 1993.

문학독서 교육과 글쓰기

임 경 순

(한국외국어대 교육대학원 교수)

I. 문학독서와 글쓰기 교육에 대한 새로운 인식

일반적으로 독서교육의 대상은 문학과 비문학으로 나뉜다. 전자에는
시, 소설, 희곡, 수필, 자서전, 전기, 일기 등이 해당되고, 후자에는 설명
문, 논증문 등이 해당된다.[1] 후자가 정보나 논리가 중심이 된다면, 전자
는 형상이나 정서가 중심이 된다. 물론 이들은 다른 쪽이 지닌 특성을
완전히 배제하는 것이 아니며, 각기 고유한 특성을 지니면서 서로 보완
관계에 놓인다. 양자는 인간의 정신적 행위의 과정과 그 산물로서 인류
가 오랜 시간 동안 축적해온 문화적 유산이다. 따라서 어느 한쪽에 지나
치게 치우친 독서는 정신적인 편식증에 걸릴 수밖에 없고, 이는 결국 바

---

1) 설명문과 논증문은 상위 개념인 설명적 담론(expository discourse)으로 포괄되기도
   한다. 이로 보면 독서교육의 대상 자료는 크게 문학적 담론과 설명적 담론이 된
   다. 독서심리학에서는 설명 텍스트와 서사 텍스트로 나누지만 이 분류는 포괄
   적이지 못한 것 같다. 여기에서 문학적 담론은 설명적 담론을 제외한 나머지를
   포괄하는 넓은 의미로 쓴다.

람직한 인격 형성에 장애로 작용할 수도 있다.

이러한 균형 잡힌 독서의 당위성과는 달리 오늘날의 인간들은 특정한 자기 취향의 독서에 빠지고, 나아가 독서로부터 차츰 멀어져가고 있는 듯하다. 디지털 시대로 명명되는 오늘날, 인쇄술에 기반한 문자문화는 타격을 받을 수밖에 없으며, 전문 영역과 관련된 지식의 생산성을 강조하는 후기 산업 사회의 지식문화는 독자들이 거시적인 조망 능력을 갖기 어렵게 한다. 따라서 오늘날 사회문화적 현상에 대한 비판력의 약화는 이러한 현상을 더욱 심화시키고 있다. 더군다나 현실에 대한 대응력을 갖추어야 할 최후 보루로서의 학교 교육은 여기에 적극적으로 대처하지 못하고 있는 실정이다.

이러한 현실 속에서 독서와 글쓰기[2] 교육의 의의와 당위성을 다시금 확인하고 그 실천적 방안을 마련하는 일은 매우 의미 있는 일이다. 특히 문학이 지닌 독특한 특성과 기능에 비추어볼 때 문학독서/글쓰기 교육과 관련된 전반적인 논의는 매우 절실한 문제이다. 이는 그동안 문학독

---

[2] 논자에 따라서는 '독서'와 '읽기'를 구별하여 사용하기도 한다. 책 읽는 행위의 인문정신을 강조하는 입장에서는 독서라는 용어를 선호하고, 읽는 행위의 기능이나 심리를 강조하는 입장에서는 '읽기'라는 용어를 선호한다. 여기에서는 이 둘을 포괄하는 입장에서 이 두 용어를 넘나들어 사용하고자 한다. 또한 '글쓰기', '창작', '쓰기', '작문' 역시 논자에 따라 다른 맥락에서 사용된다. '쓰기'나 '작문'이라는 용어는 쓰는 행위를 기능적 시각에서 보거나, 예술로서의 문학과는 다른 비문학 중심에서 보는 입장이라면, '창작'은 문학의 창의적인 속성을 강조하는 입장에서 쓰는 용어이고, '글쓰기'는 '창작', '글짓기', '쓰기', '작문'과는 달리 글 읽기와 글쓰기를 연관시킬 수 있는 역동적인 개념이자, 이들이 갖는 장단점을 통합할 수 있다는 의미에서 널리 쓰이고 있다. 용어를 굳이 통일해야 한다면, 기존 용어의 장단점을 포괄한 확장된 개념이라는 전제 하에 '쓰기'로 하는 것이 좋을 듯하나 굳이 그렇지 않다면 맥락에 따라 넘나들면서 쓰기로 한다. '창작'에 대해서는 우한용, 「창작교육을 돌아보고 내다보는 가상 정담」, 『선청어문』 제28집(서울대 국어교육과, 2000)을 참조하고, '글쓰기, 글짓기, 창작'에 대해서는 이지호, 『글쓰기와 글쓰기교육』(서울대 출판부, 2001)을 참조할 것.

서 혹은 문학독서 교육에 대하여 여러 논자들이 다양하게 견해를 제시해 왔지만, 그것이 하나의 이론으로 정립되는 데는 한계가 있는 것과 관련되며, 무엇보다 문학독서/글쓰기교육의 정당한 위치를 정립하고 구체적인 실천 방안을 마련하는 것과도 연관된다.

그런데 문학독서 교육을 글쓰기교육과 연관시켜 살펴보고자 하는 본 연구는 여러 가지 논점들을 안고 있다. 우선 문학 텍스트를 읽고서 글을 쓴다고 할 때, 그 둘의 관계와 범위를 어떻게 설정할 것인가 하는 문제가 생긴다. 우리는 범박하게 넓은 의미의 문학 텍스트 즉 설명과 논증적 텍스트를 제외한 나머지를 문학이라 한다면 이를 대상으로 한 읽기를 문학독서라 명명할 수 있으며, 문학독서의 교육적 차원을 문학독서 교육이라 할 수 있다. 이는 문학을 '형상적 사유'의 양식으로 봄으로써 문학의 예술성을 강조하는 관점에 입각한 것이다. 이렇게 보면 문학교육은 논증적, 설명적 담론과는 관계가 없는 것으로 오해받을 수 있다. 그렇기 때문에 여전히 문학의 범주를 어디까지 잡을 것인지는 문제로 남아 있다. '문예 비평'만 하더라도 논증의 성격이 중심이 되고, 설명적 담론의 특성도 지니기 때문이다. 따라서 언어문화교육의 거시적인 차원에서 문학의 개념과 위상을 새롭게 정립할 필요가 있는 것이다.

또한 문학독서를 전제로 한 글쓰기는 여러 관점에서 접근할 수 있다. 이때 넓은 의미의 글쓰기는 문학 텍스트를 읽는 과정에서 새롭게 읽히는 심리적 행위뿐 아니라 독서 전, 중, 후에 이루어지는 모든 문자 행위와 그 결과를 일컬을 수 있다. 또한 좁게는 글쓰기를 하나의 완결된 의미를 지닌 형식을 갖춘 양식적 의미의 텍스트를 생산하는 과정과 결과라 할 수 있다. 그런데 여기에서 주목해야 할 것은 언어문화교육이라는 큰 패러다임 속에서 글쓰기를 바라보는 시각이다. 교육적인 관점에서는 학습 목표와 학습자들의 발달 특성, 그리고 교육적인 효용성 등 여러 가지 변인들을 고려하지 않을 수 없다.

따라서 독서가 글쓰기로 이어지는 과정과 결과를 아울러 포괄할 수 있어야 한다. 이는 언어문화교육이 사고뿐 아니라 사고를 언어로 표현하는 행위를 동시에 고려해야 하기 때문이다. 그러므로 글쓰기를 독서 행위 과정에서 이루어지는 심리적인 행위에 국한한다거나, 특정 문학 장르를 생산하는 일에만 한정시킬 필요는 없다. 왜냐하면 머리 속에서 이루어지는 언어의 심리적 행위는 그것이 언어적인 글쓰기 행위로 이어지지 못할 때 온전한 의미의 글쓰기라 할 수 없으며, 또한 글쓰기를 특정 문학 양식의 완결된 작품 생산에만 국한 할 때 글쓰기교육은 지나치게 좁아질 수밖에 없기 때문이다. 그리고 학습자의 발달 수준에 따라 독서와 글쓰기 능력은 차이가 나기 때문에 교사와 학생, 학생과 학생의 상호 관계가 학습자들의 독서/글쓰기 능력에 영향을 준다. 이때 입말과 글말 학습 활동이 학습자들의 언어 능력에도 영향을 주는 것은 당연할 터이다. 따라서 언어 활동의 관계 설정이 문제시 되겠는데, 여기에서는 언어 활동이 단독적으로 이루어지기보다는 다른 언어 활동들과 복합적으로 이루어질 때, 그리고 개인적인 행위보다는 교수학습에 참여하는 주체들이 상호 작용을 거칠 때 더욱 효과적이라는 입장을 견지한다.

이 장에서는 언어문화교육이라는 큰 틀에서 문학독서/글쓰기 교육의 방향을 모색해 보고, 이에 입각하여 문학교실에서 다루어야 할 글쓰기 교육의 범위와 방법을 살펴보고자 한다.

Ⅱ. 문학독서와 글쓰기 교육의 방향

문학교실에서 이루어지는 독서/글쓰기는 대상, 내용, 방법 등에 따라 살펴볼 수 있다. 대상은 학교급별 즉 유아, 초등, 중등, 고등교육 등 제도교육적 대상과 사회교육, 일반교양교육 등 비제도교육적 대상으로 나누어볼 수 있다. 문학교실에서 이루어지는 독서와 글쓰기는 학교라는 제도 교육에서 뿐 아니라 정규교육 외의 체계적인 교육활동이 이루어지는 사회교육과 단기적으로 실시되는 각종 문예창작교실 등의 일반교양교육을 통해서도 이루어진다. 따라서 발달 단계나 학습자의 성향, 계층, 흥미 등을 고려한 문학독서와 글쓰기 교육이 되어야 하는 것이 이상태일 것이다. 그러나 여기에서는 문학교실에서 이루어지는 이러한 독서와 글쓰기교육과 관련된 변인들을 고려하기보다는 일반적으로 문제시되고 있는 문학독서와 글쓰기 교육과 관련된 방향과 방법을 살펴보고자 한다.

1. 독서와 글쓰기/말하기와 듣기의 통합

문학독서와 글쓰기 교육은 일차적으로 문학적 문식성의 신장에 목표가 놓여 있다. 문식성이 읽고 쓰는 능력이라 할 때 문학교실에서 이루어지는 문학적 문식성은 문학적 텍스트를 읽고 쓰는 능력을 말하고, 이는 모든 텍스트를 읽고 쓰는 능력인 문식성의 중요한 구성 요소가 된다.

그런데 문학적 문식성은 문학독서나 글쓰기 가운데 어느 한 영역이 탁월하다고 해서 성취될 수 있는 것이 아니다. 취향과 교육 목적에 따라 때로는 한 영역 활동에 집중할 수 있고, 그럼으로써 사람에 따라 다른 영역보다 한 영역에서 능력을 발휘할 수도 있다. 그러나 이는 문학(언어

문화)교육이 특정 분야에 능력을 발휘하는 전문가를 기르는 것이 아닌 이상 바람직한 일이 못된다. 읽고 쓰는 능력뿐 아니라 듣고 말하는 능력을 총체적으로 길러주어야 한다는 교육 목적에 따르면, 그것은 부분적인 능력에 한정되는 것이다.

사회교육 혹은 교양교육 차원에서 문학독서 교육과 창작교육이 이루어져 온 것은 사실이다. 그러나 제도권 교육에서는 문학독서(이해)와 글쓰기(표현) 능력이 균형 있게 발전할 수 있도록 가르쳐야 한다는 이념이 확고하게 자리잡은 것은 최근에 이르러서이다.[3] 즉 현행 문학 교육과정은 문학의 이해와 감상만이 아니라 문학의 창작까지도 교육과정의 내용에 반영함으로써 총체적인 문학 능력을 길러주기 위한 기반을 마련했다고 볼 수 있다.[4] 그런데 문학 영역이 '작품의 수용과 창작의 실제'를 동시에 고려하고 있음에 비해 읽기(듣기)와 쓰기(말하기) 영역은 각각 독자적인 '실제' 영역을 설정하고 있다. 물론 교수-학습 방법이나 평가 영역에서 이들 영역이 통합적으로 이루어지도록 안내를 하고 있지만, 내용 항목은 각 영역이 독자적으로 기술되어 있다. 이는 언어의 발달은 특정 영역에 편중되어 신장시키기가 어려운 것이며, 그렇기 때문에 서로 유기적인 관계에 있는 각 영역들을 통합하여 지도할 때 보다 효율적이라는 견해들과 배치된다.[5] 또한 대개의 문식력 지도는 말하기/듣기, 읽기,

---

3) 물론 교육과정과는 달리 대부분의 교사들은 교실에서 문학 읽기와 쓰기를 가르쳐 왔다.

4) 현행 교육과정이 문학 작품의 수용과 창작을 동시에 고려하고 있음은 매우 고무적인 일이다. 그러나 언어 활동의 총체적인 국면에서 볼 때 문학의 말하기·듣기 영역이 빠져 있다는 것은 문제로 지적된다. 구술문학이라 통칭할 수 있는 문학과 일상 생활에서 이루어지는 모든 구술 문학적 행위들은 문학적인 말하기·듣기의 대상이 된다.

5) 이렇듯 언어의 통합 학습을 강조하고 있는 대표적인 움직임을 총체언어(whole language) 교육 운동에 찾아 볼 수 있다.

쓰기와 같이 분리적, 선형적으로 이루어진다. 이와 같은 지도는 바람직하지 않는데, 언어가 분리되어 있고 서로 다른 것이라고 가정하기 때문이다. 그러나 모든 언어 활동은 상호 관련 속에서 행위된다는 점에서 본질적으로 유사한 것이다. 이러한 관점은 한 영역의 발전이 다른 영역의 발전에 영향을 끼친다는 입장을 취한다. 즉 좋은 구어 능력을 가진 학생은 좋은 독자이자 필자가 되는 성향이 높다는 것이다.

최근 문학교육 연구자들은 문학독서와 글쓰기 교육의 통합 방안을 구체적으로 모색해 왔다.6) 이들의 공통적인 견해는 문학적 글쓰기는 문학독서를 전제로 할 때 그리고 문학 독서는 문학적 글쓰기와 연계될 때 효과적으로 그 능력이 신장될 수 있다는 것이다. 이러한 주장은 통합적 문학교육의 견해에 기반한 것으로 글쓰기의 관습성과 창조성을 고려한 것이다. 가령 이야기의 읽기와 쓰기의 관련성을 검토한 바 있는 피츠제랄드(J. Fitzgerald)는 이야기 읽기가 이야기 쓰기에 영향을 줄 수 있기 때문에, 좋은 문학 작품에 대한 폭넓은 독서는 유익한 것이며, 이야기를 읽고서 그 반응을 표현할 수 있는 다양한 글쓰기 경험을 갖는 것은 학생들의 글 해석 능력을 풍부하게 한다고 주장한 바 있다.7) 또한 크라셴(S. Krashen)은 쓰기 능력은 읽기를 통해 습득된다고 주장한다. 즉 텍스트를 구성하는 관습적인 장치들을 통해 문어를 이해하고 내면화함으로써 글쓰기 능력을 습득한다는 것이다. 그는 쓰기 능력의 발달은 제2언어 습득

---

6) 최미숙, 「한국 모더니즘시의 글쓰기 방식에 관한 연구 – 이상과 김수영을 중심으로」, 서울대 박사학위논문, 1997 ; 최인자, 「현대소설의 담론 생산 방법 연구 – 반담론과 문학교육의 연관성을 중심으로」, 서울대 박사학위논문, 1997 ; 임경순, 「경험의 서사화 방법과 그 문학교육적 의의 연구」, 서울대 박사학위논문, 2003.

7) Jill, Fitzgerald, "Reading and Writing Stories", *Reading/Writing Connections:Learning from Research*, International Reading Association, 1992, p.90.

과 같은 방식으로 습득된다고 보면서, 독자의 초점이 메시지에 놓여 있는 즉 흥미나 즐거움을 주는 광범위한 독서를 강조한다. 이렇게 보면 유능한 필자는 청소년기에 집중적인 독서를 한 자기 동기화된 능동적인 독자로부터 생성된다. 그의 주장은 독서가 다양한 문어 관습을 내면화하는데 중요한 요인이며, 쓰기 능력의 차이를 설명해주는 타당한 방법을 제시해준다. 무엇보다 학습자들이 흥미나 즐거움을 갖는 문학 텍스트의 독서가 글쓰기 능력을 신장시켜주는 데 커다란 기여를 한다고 본 점은 문학독서와 글쓰기에 시사해주는 바가 크다 하겠다. 그러나 독서가 글쓰기에 필요 충분 조건은 되지 못한다는 지적에 유념할 필요가 있다.8) 따라서 독서/글쓰기의 통합적 관점에서 교수학습에 접근하고 실천하는 일이 전제되어야 할 것이다.9) 그리고 교수-학습 상황을 고려할 때 독자의 독서 행위가 곧바로 글쓰기로 이어지는 경우는 드물다. 어느 정도 수준에 도달한 학습자들은 독서와 글쓰기를 곧바로 연결지을 수 있지만, 그렇지 못한 학습자들은 독서에서 글쓰기에 이르기까지 여러 학습 활동을 거치게 된다. 즉 교사와 학생, 학생과 학생들 사이에 상호작용이 이루어질 뿐 아니라, 글쓰는 과정에서 쓴 글에 대하여 말하고 듣는 행위가 글을 쓰는데 매우 중요하게 영향을 끼치기 마련이다. 따라서 글쓰기는 독서뿐 아니라 말하기, 듣기와 밀접한 관련 속에서 이루어져야 한다.

---

8) James D., Williams, *Preparing to Teach Writing-Research, Theory, and Practice*, Lawrence Erlbaum Associates, Inc., 1998, p.112.

9) 그런데 영역 통합 교육과 문학(언어)능력과의 상관성을 보다 엄밀하게 연구해야 할 과제를 안고 있다. 예컨대 학생들이 잘 구성된 글을 쓰는데 필요한 지식을 갖고 있는 것과 글쓰기의 관련성, 읽기를 통해 습득한 텍스트 장치들과 글쓰기와의 상관성, 그리고 읽고 쓰는 행위의 차이점 등을 밝히는 일이 과제이다.

2. 담론의 다양한 목적과 양식의 포괄

　문학교실에서 이루어지는 독서와 글쓰기가 구체적으로 구현되는 범주를 설정하는 문제는 중요한 문제이다. 왜냐 하면 가르치고 배워야 할 내용 범주는 교육의 이념이나 관점에 따라 달라질 수 있으며, 교수-학습의 핵심이기도 하기 때문이다. 이때 문학독서와 글쓰기의 범주는 문학(언어문화)교육이라는 거시적인 차원과의 관계 속에서 설정되어야 한다. 그래야 문학독서와 글쓰기 교육의 위상이 분명해지고 문학(언어문화)교육의 지형도 확연해지기 때문이다.

　제도권 교육의 실상을 알기 위해서는 현행 교육과정을 살펴볼 필요가 있다. 현행 교육과정은 읽기와 글쓰기 교육의 구체적인 범주를 내용 체계 가운데 '실제' 항목에서 다루고 있다. 이 실제 영역은 "국어 사용의 '실제(언어 자료/텍스트)'와 관련된 교육내용을 독립 범주로 설정"하고 있다는 점에서 독서와 글쓰기 교육의 구체적인 활동과 그 범위를 결정해준다. 언어 기능 영역의 실제에서는 '정보를 전달하는 글(말) · 설득하는 글(말) · 정서표현의 글(말) · 친교의 글(말) 읽기(쓰기/듣기/말하기)'로 설정되어 있으며, 문학 영역에서는 '시(동시), 소설(동화, 이야기), 희곡(극본), 수필'로 설정되어 있다. 읽고 쓰거나 수용하고 창작하는 대상을 두고 볼 때 읽기와 쓰기 영역에서는 '정보 · 설득 · 정서 표현 · 친교의 글'이 대상이 되어 있고, 문학 영역에서는 '시, 소설, 희곡, 수필'이 대상으로 되어 있다. 현상적인 특징을 살펴볼 때, 전자는 다양한 글을 대상으로 하고 있으며, 후자는 그 가운데 주로 정서 표현의 글과 관련되어 있음을 알 수 있다. 따라서 교육과정에서는 읽기와 쓰기에서는 다양한 글의 범주를 포괄적으로 다루고 있으며, 문학은 이 가운데 특정한 범주에 한정되어 있다고 판단할 수 있다.

그러나 이러한 범주 설정을 그대로 따르기에는 여러 문제를 안고 있기도 하다. 우선 문학 영역의 실제 범주와 관련해 볼 때, 오늘날 문학 양식의 분류 방식에서 보면 타당할 수도 있지만, 이는 자칫 스스로 문학교육의 한계를 설정하는 꼴이 되기 쉽다. 교육과정에서 말하는 문학의 수용과 창작이 구어로서의 문학적 언어 사용을 배제한 다분히 문어 중심의 문학적 언어 사용에 치중되어 있다는 한계는 차치하더라도, 문학교육이 이들 특정의 문학 양식들을 수용하고 창작하는 것으로 간주됨으로써 마치 여타의 언어적인 국면들은 문학교육에서 소홀히 다루는 것으로 보일 수도 있는 문제점이 있다. 또한 읽기와 쓰기(작문) 영역에 설정된 실제의 범주들을 구분하는 기준이 분명치 않다는 문제점을 지적할 수 있다. 이는 작문 교과의 실제 영역을 보면 더욱 확연해지는데, 작문의 실제 영역에 정보 전달, 설득, 정서 표현, 친교를 위한 글쓰기와 함께 정보화 사회에서의 글 쓰기가 나란히 설정되어 있음을 통해 확인할 수 있다. 따라서 이러한 문제점을 해결할 수 있는 방안을 모색하는 일이 시급한 과제이다.

문학(언어문화)교육에서 다루어야 할 글쓰기의 영역은 여러 기준에 따라 다양하게 제시될 수 있지만,10) 담론(discourse) 사용의 목적에 따라 분류하는 것이 좋을 듯하다. 1960년대까지만 해도 담론 유형 이론 가운데 널리 사용된 이론은 1800년대 중반에 베인(Alexander Bain)이 쓴 저작 『영어 작문과 수사학』11)에 토대를 둔 것이었다. 여기에서 그는 서술

---

10) 이는 글쓰기에만 한정되는 것이 아니라 읽고 쓰고 말하고 듣는 담론 행위의 전반에 적용된다.

11) Bain, Alexander, *English Composition and Rhetoric*, London, 1877.

(narration), 설명(exposition), 묘사(description), 논변(argumentation), 설득 (persuation)이라는 담론의 '형식들(forms, 오늘날의 양식(modes)에 해당)'을 제안한 바 있다. 그의 제안은 설득이 빠지기도 하고, '정의, 과정 분석, 비교/대조'와 같은 형식들이 첨가되기도 하면서 널리 사용되어 왔다. 그 러나 그의 제안은 설명이 서술이나 묘사와는 달리 왜 하위 형식들로 세 분되어야만 하는지 설명하기 어렵고, 논변과 설득이 확연히 구분되지 않는다는 문제점을 안고 있다.12)

설득과 설명은 양식이나 형식이 아니라 담론의 '목적(aimes)'이라 할 수 있다. 즉 목적은 특정한 형식들을 통해 수행될 수 있으며, 마찬가지 로 같은 담론 속에 여러 형식들을 통해서도 수행될 수 있는 것이다. 예 컨대 서술하기, 기술하기, 주장하기, 비교하기/대조하기를 통해서 설득 할 수 있으며, 같은 설득 담론 속에 이러한 양식들을 모두 사용할 수도 있는 것이다.13) 이러한 문제들을 고려하여 키니비(J. L. Kinneavy)는 사용 의 목적에 따라 담론을 표출적 담론(expressive discourse), 설득적 담론 (persuasive discourse), 문학적 담론(literary discourse)(이글에서는 '문학적'이 라는 말이 주는 한계를 넘어서기 위해 언어의 형상적 메시지 자체에 초 점을 둔 담론이라는 의미에서 '시적 담론(poetic discourse)'이라는 용어를 쓴다), 지시적 담론(referential discourse)으로 나눌 것을 제안한 바 있다.14) 이는 의사 소통 모델의 송신자(encoder), 수신자(decoder), 기호(signal), 실제 (reality)에 각각 대응하는 것이다. 크루시우스(Crusius)가 가장 완전하다고

---

12) 이에 대하여 James Briton, James Moffet, Frank J. D'Angelo, James L. Kinneavy 등 여러 학자들은 대안을 제시한 바 있다.

13) 여기에 대한 자세한 논의는 다음 참조. Kennedy M. L., (ed), *Theoring Composition*, Westport, Connecticut · London, Greenwood Press, 1998, pp.91~100.

14) Kinneavy, J., *A Theory of Discourse*, Englewood Cliffs, 1971.

평가한 바 있는 키니비의 제안이 갖는 장점은 첫째 독서와 글쓰기 과제의 목적을 분명하게 해 준다는 점, 둘째 이러한 과제를 평가하기 위해 특정한 담론의 목적에 기반을 둔 분명한 범주를 수립하는 데 도움을 준다는 점, 셋째 그의 담론 분류가 위계적이지 않기 때문에 모든 담론 목적에 걸친 글쓰기의 중요성을 강화할 수 있다는 점. 특별히 그것은 "분석적, 설명적, 이론적" 언어 생산물들이 더 중요한 담론의 형식이라는 생각을 제거해버리며, '작문'의 목표들과 '문학'의 목표들 사이의 불필요한 대립을 해소할 수 있다. 이로써 문학에 대한 모든 기술적인 반응이 담론의 모든 목적과 양식을 포괄하게 된다. 다섯째 그가 사용한 의사소통 삼각형은 에이브람스(M. H. Abrams)가 비평이론을 구성하는 요소들을 분류하는 데 사용한 분류 체계와 유사하다는 점이다. 나아가 문학적 반응의 글쓰기를 위한 근거에 관심 있는 교사들에게, 그의 도식은 담론의 이론과 문학 비평 이론의 가교 역할을 한다는 점이다.[15] 결국 그의 견해는 문학과 작문에서의 글쓰기를 넘어서서 글쓰기 과제의 목적을 분명히 하고 보다 넓고 다양한 문학적 글쓰기를 위한 방법을 수립하는데 기여할 수 있다는 점이다. 따라서 문학교실에서 수행되는 담론은 관례적으로 인식되어 온 '문학적 글쓰기(읽기)=문학 작품 쓰기(읽기)'라는 등식을 넘어서서 표출적 담론, 설득적 담론, 시적 담론, 지시적 담론 등 목적과 양식에 따른 다양한 글 읽기(듣기)와 쓰기(말하기)가 포함되는 총체적인 언어 수행이 될 것이다.

---

15) O'Connor, K., 'Writing Across the Aims of Discourse', *A Very Good Place to Start : Approaches to Teaching Writing and Literature in Secondary School*, Boynton/Cook Publishers, 1991, p.96.

3. 과정과 결과, 개인과 사회의 통합

읽기와 쓰기의 목적은 일차적으로 읽고 쓰는 능력을 신장시켜주는 데에 있다. 이를 문식성이라 한다면 이는 다분히 개인적인 차원과 관련되어 있다. 따라서 궁극적으로 읽기와 쓰기의 교육적인 목적은 바람직한 읽기/쓰기 문화 공동체 구축에 있다고 볼 수 있다. 이때 바람직하다는 것은 창의성, 인간의 자아실현, 인격적 성장, 인간 사회의 화목, 진리 탐구와 실현 등과 관련된 개념이다. 결국 인간의 언어 행위라는 것도 바람직한 인간 사회를 만드는 일에 기여해야 한다는 의미를 내포한다. 따라서 문학교육에서의 읽기와 쓰기도 예외일 수 없으며, 오히려 인문 정신을 강조하는 문학교육의 효용성이 이런 점에서 강조될 필요가 있다.

이와 같은 관점에서 보면, 지금까지의 읽기와 관련된 이론과 실천들은 그것이 이루어지는 특정한 요소들에 대한 강조점에 따라 다르게 진행되어 왔다. 읽기와 쓰기가 이루어지는 소통 상황은 읽고 쓰는 주체와 텍스트, 그리고 그것을 읽는 독자와 상황 맥락이라는 요소들의 관계 속에 놓인다.

읽기의 경우 텍스트에 주안점을 둔 관점은 텍스트의 어휘, 구조 등 언어적인 국면들을 강조하였고, 독자에 주안점을 둔 관점은 독자의 심리적인 능력을 강조하였다. 물론 텍스트와 독자의 상호 관계를 강조할 수도 있다.[16]

쓰기의 경우 텍스트에 주안점을 둘 경우, 텍스트의 문법이나 수사적인 요인들이 강조된다. 여기에서는 텍스트의 관습적 장치들과 장르, 그리고 활동의 결과물이 중시된다. 쓰는 주체 즉 작가에 주안점을 둘 경우,

---

16) 읽기에서 하향식 모형(top-down model), 상향식 모형(bottom-up model), 상호 보완 모형(interactive compensatory model) 등이 각각 이와 관련된 읽기 모형이다.

작가의 심리적인 행위와 과정이 중시된다. 의미의 창출은 주체의 심리에 놓이고, 쓰기 능력을 신장시켜주기 위해서는 일련의 쓰기 과정에서 부딪히는 문제들을 해결하는 전략을 습득시키는 것이다. 그리고 쓰기 행위에 관여하는 주체들의 대화적 혹은 사회적 관계에 주목할 경우 이들 간의 상호작용 속에서 이루어지는 쓰기 활동이 강조된다.[17]

이러한 다양한 접근들은 특정한 시각에 입각해 있는데, 여러 논자들에 의해 그 이론이 지닌 장단점이 논의되어 왔다. 그러나 이러한 논의들은 특히 읽기와 작문이라는 영역에 한정하여 논의되어 왔다. 그러나 읽기, 작문 영역뿐 아니라 국어교육 전반으로 확대해 볼 때 독서(읽기)교육과 관련하여 수용이론, 반응중심이론, 독자반응비평 등을 비롯한 다양한 비평이론과 표현교육과 관련하여 인지론적 접근, 가치론적 접근, 소통론적 접근, 사회·문화적 접근, 심미적·정서적 접근 등으로 다양하게 접근할 수 있다.[18] 이러한 접근들 역시 특정한 관점에 입각해 있는데, 이는 과정과 결과, 개인과 사회·문화적인 맥락 가운데 어느 한 영역을 강조한 것들이다. 따라서 각각의 관점이 지닌 단점보다는 장점을 살려 통합적이고 다각적인 교육이 될 수 있도록 하는 일이 과제가 된다. 이로써 읽고 쓰는 행위의 과정과 그 결과를 아울러 주목하고, 주체의 인지적·심미적·정서적 측면뿐 아니라 사회·문화적인 소통 맥락을 고려하고, 행위의 의미와 목표로서의 가치론적인 차원도 반영해야 할 것이다.

---

17) 이는 각각 '형식주의, 인지주의, 사회구성주의'라는 틀로 분류되는 이론들에 해당한다. 여기에 대한 자세한 요약은 다음 참조. 한철우 외,『사고와 표현』, 교학사, 2003.
18) 국어교육에서 표현교육 연구 경향과 과제에 대한 전반적인 검토는 다음 참조. 최인자,「표현교육 연구의 동향과 과제」,『선청어문』제31집, 서울대 국어교육과, 2003.

Ⅲ. 문학 교실에서의 글쓰기 활동의 유형과 방법

여기에서는 키니비(J. Kinneavy)가 제안한 목적에 따른 담화의 분류를 참조하여 문학독서를 통해 글쓰기에 접근할 수 있는 활동의 유형과 방법을 예시하고자 한다. 문학교실에서 이루어질 수 있는 이러한 활동들은 전통적인 문학적인 글쓰기로서의 문학 '작품' 쓰기뿐 아니라 문학 능력, 나아가 언어문화 능력 신장과 관련된 다양한 활동 유형과 방법에 방향을 제시할 것으로 기대한다.19)

1. 담론에 따른 글쓰기 유형

1) 표출적 담론 글쓰기

언어의 생산물이 정서, 개성 그리고 개인적·집단적인 염원을 구현하기 위해 발신자(작가 혹은 발화자)에 초점이 놓여질 때, 담론은 표출적인(expressive) 경향을 갖는다. 따라서 이러한 목적의 글쓰기는 개인적인 차원과 사회적인 차원에 관련된 글쓰기를 할 수 있다. 개인적인 차원과 관련된 글쓰기는 학생들이 문학 텍스트에 대하여 개성적인 반응들을 글로써 나타내는 문학적 일지(literary journal) 쓰기나 일기(diary) 쓰기를 들 수 있다. 사회적인 차원과 관련된 글쓰기는 자신과 집단의 감정과 염원을 구현하기 위한 시도로서, 학습자들은 문학적인 예들을 사용하여 성명서나 선언문을 쓸 수 있다.

---

19) 여기에 제시된 글쓰기의 유형과 방법은 Kevin O'Connor가 제안한 것을 참조하였다. Kevin O'Connor, 앞의 글, 97~98면. 이 글에서 제안한 방안은 읽기, 쓰기 뿐 아니라 듣기/말하기 등 국어교육 전반에 적용할 수 있을 것이다.

〈표출적 담론 글쓰기〉

· 개인적인 문학 반응을 담은 문학 일지 쓰기, 일기 쓰기
· 문학적인 예를 사용하여 성명서, 선언문, 강령 쓰기
· 자서전 쓰기 등

2) 지시적 담론 글쓰기

지시적 담론은 이야기되는 실제(reality)에 초점이 놓이는 성향을 갖는 담론을 말한다. 이러한 성향을 갖는 글쓰기로 탐구적(exploratory), 제보적(informative), 과학적(scientific) 담론의 글쓰기가 속한다. 탐구적 담론의 글쓰기에서 학생들은 문학적 문제에 대하여 임시적 해답이나 정의 혹은 해결책을 제시하도록 과제를 부여받을 수 있다. 제보적 담론 글쓰기에서는 요약, 발췌, 저자나 역사적 시기에 대한 배경 지식을 담은 글쓰기가 과제로 부과될 수 있다. 과학적 담론 글쓰기에는 논거와 논리에 기반을 둔 설명(explication)과 문학 논문 등이 이 범주에 포함된다.

〈지시적 담론 글쓰기〉

· 탐구적 글쓰기 - 문학적 문제에 대한 문제 해결 글쓰기
· 제보적 글쓰기 - 요약, 발췌, 그리고 뉴스, 논평 등 배경지식을 활용한 글쓰기
· 과학적 글쓰기 - 논리적 설명, 판결문, 논문 쓰기 등

3) 시적 담론 글쓰기

시적 담론은 담론 그 자체에 초점이 놓이는 성향을 갖는 담론을 말한다. 과제의 목적에 따라, 읽기 텍스트에 대한 반응으로 자기 자신의 문

학적 텍스트를 쓰도록 과제를 부여할 수 있다. 그러한 글쓰기에는 읽은 문학 텍스트에 대한 모방하기, 패러디하기, 덧붙이기, 확장하기, 개작하기 등을 들 수 있다. 이러한 유형의 글쓰기 활동들은 전통적으로 문학 교실에서 주된 문학적 글쓰기 활동으로 시행되어 왔다. 또한 읽은 문학 텍스트와 연루된 글쓰기와는 달리 독창적인 작품 쓰기도 가능함은 물론이다.

〈시적 담론 글쓰기〉

·문학 작품을 모방하기, 패러디하기, 덧붙이기, 확장하기, 개작하기, 창작하기 등

4) 설득적 담론 글쓰기

설득적 담론은 수신자로부터 특정한 반응을 이끌어내는데 초점이 놓이는 담론을 말한다. 이러한 담론의 글쓰기 활동으로써 학생들에게 법적, 도덕적, 정치적 시각으로부터 인물의 행위나 태도를 옹호하거나 비판하도록 과제를 부여할 수 있다. 또한 책이나 저자가 제시한 논쟁적인 문제에 대해 옹호하거나 비판하게 할 수 있다.

〈설득적 담론 글쓰기〉

· 특정한 시각에서 인물의 행위, 태도 등을 옹호하거나 비판하는 글쓰기
· 작품에 제시된 논쟁적인 문제에 대해 옹호하거나 비판하는 글쓰기
· 비평적 에세이 쓰기, 문학 논술, 광고, 설교, 편집자에게 편지 쓰기 등

2. 문학을 통한 글쓰기 활동 방법

문학 교실에서 문학 텍스트를 가지고 글쓰기를 할 때 말하기·듣기 활동도 함께 하기 마련이다. 여기에서는 문학 텍스트의 읽기와 관련한 다양한 글쓰기 활동 방법 가운데 한 예를 제시하고자 한다.

그간 많은 교사나 연구자들은 문학교실에서 이루어지는 읽기와 연관된 소위 비문학적인 영역의 활동에 대하여 경계해 왔다. 그러나 문학을 문학답게 교육하는 것과 함께 소위 비문학적인 영역과 관련된 활동들을 강화하는 것은 같은 맥락에 놓여 있다. 왜냐하면 그것은 문학능력을 향상시키고 나아가 언어문화능력을 신장시키는 일과 직결되기 때문이다. 이런 점에서 문학 읽기를 통해 다양한 영역의 글쓰기를 지도한다는 것은 의미 있는 일이다. 그러므로 학습자들로 하여금 다양한 글쓰기가 지닌 가치론적인 중요성을 인식하게 하고 그것을 실천을 통해 터득하도록 해야 할 것이다.

문학독서와 연관된 글쓰기 지도는 앞에서 논의한 독서와 글쓰기의 방향을 참조하여 다음과 같은 과정 및 활동을 설정할 수 있다. 문학 텍스트 감상하기, 담론의 목적 정하기, 과제 확정 및 확인하기, 과제 해결을 위해 사전 지식 쌓기 및 작품 이해하기, 과제 해결을 위해 개별 및 모둠 활동하기, 과제 구체화하기, 쓰기, 평가 및 수정하기, 완성 및 시현하기. 이 과정에서는 학습자 개인의 자기 주도 학습과 교사와 학생, 학생과 학생의 상호작용을 통한 협동 활동이 중시되고, 아울러 글쓰기의 과정 및 그 결과도 중시된다.

문학독서/글쓰기 교실에서는 무엇보다 우선적으로 학습자들로 하여금 작품에 대면하게 해야 한다. 이 말은 학습자들이 작품을 대하면서 그 작품이 주는 감동을 맛보도록 해야 한다는 것이다. 그런 다음에 독서와 연관된 글쓰기를 하고자 할 때 어떤 목적으로 어떤 과제로 글쓰기를 할 것인지 결정하고 이에 따라 활동을 해야 한다. 소설 읽기가 단지 설득적 담론의 글쓰기로만 이어지는 것은 아니다. 그것 이외에도 앞에서 제시한 표출적, 시적, 지시적 담론의 글쓰기 등 다양한 글쓰기가 있다. 즉 인물에게 편지를 쓸 수도 있고, 독서 일지나 일기, 작품 패러디, 개작, 덧붙여 쓰기, 창작을 할 수도 있고, 작품의 구성 요소나 특정한 대상에 대하여 설명적인 글을 쓸 수도 있다.[20] 따라서 목적과 과제를 고려하여 어떤 유형의 글쓰기를 할 것인지를 구체적으로 결정해야 한다. 예컨대 설득을 목적으로 작품을 읽고 작품에 나타난 인물의 행위나 태도에 대하여 긍정하거나 비판하는 자신의 입장을 밝히도록 하는 과제가 주어질 수 있다. 흔히 김동인의 〈감자〉에 등장하는 '복녀'라는 인물을 두고 자신의 입장을 밝혀보라는 문제를 제시하곤 한다. 굳이 이 작품을 들지 않더라도 작품의 등장인물을 두고 그 행위나 삶이 논쟁거리가 되는 경우는 매우 흔하다. 그럴 수밖에 없는 것이 소설(이야기)이란 갈등 관계로 얽혀 있는 인간들의 삶의 모습을 담고 있기 때문이다.

글쓰기 과제를 해결하기 위해서는 과제와 관련된 배경 지식과 작품에 대한 이해가 필요하다. 작품을 이해한다는 말이 지닌 함의가 무엇인지는 많은 논의가 필요하지만, 일반적으로 작품의 특성과 관련하여 볼 때, 작품의 구성적 자질, 형상적 자질, 비평적 자질 등이 작품 이해와 관련된 내용으로 설정될 수 있다. 구성적 자질은 소설의 경우 인물, 사건, 배경 등을, 형상적 자질은 시점, 문체, 서술 기법 등을, 비평적 자질은 문학

---

20) 시에 있어서 창작교육과 관련한 다양한 활동은 다음 참조. 김상욱, 『문학교육의 길찾기』, 나라말, 2003, 3부 2장.

사적 의의나 사회문화적 접근을 통한 이해 등이 여기에 속한다. 이러한 자질들은 어느 정도 발달 수준에 따른 위계적인 교육내용으로 설정할 수 있다.21) 어쨌든 소설의 경우 인물에 대한 이해는 소설을 이해하는 데 있어 핵심이 된다는 것은 주지하는 바이다. 따라서 소설의 인물을 이해하고 그 인물에 대한 자신의 견해를 밝힘으로써 소설에 대한 이해뿐 아니라 글쓰기 능력의 신장에도 기여하게 하는 일은 매우 중요하다고 판단된다.

소설에 있어서 작중 인물은 일관성, 보편성, 개연성, 신뢰성을 갖추어야 한다.22) 작중인물은 구체적으로 언어나 묘사, 행동, 대화 또는 장면과 타 인물과의 상호작용 등의 결합에 의해서 형상화된다.23) 즉 등장인물은 자신의 행동, 인물의 개인적인 혹은 주위와 관련된 작가의 묘사, 등장인물이 말하는 것 즉 그의 진술이나 생각, 다른 사람들이 등장인물에 관하여 하는 내용, 이야기의 화자로서 혹은 목격자로서의 인물에 대한 서술자의 말 등이 인물을 나타내는 데 쓰이는 방법이다.24)

따라서 인물에 대한 자신의 입장을 설득적인 글로 표현하기 위해서는 문학 텍스트에 형상화된 인물을 꼼꼼하게 이해할 필요가 있다. 먼저 개괄적으로 작품을 읽은 후, 기록, 정리하는 활동을 한다. 될 수 있는 한 많은 등장인물의 특성들을 기록하도록 해야 하는데 특히 글쓰기에서 요구하는 인물이 있다면, 그 인물을 집중적으로 살펴보도록 한다. 다시 말

---

21) 김중신, 『한국문학교육론의 방법과 실천』, 한국문화사, 2003, 65~70면. 김중신은 이 책의 여러 곳에서 문학교육의 내용과 위계화에 대해 논의하고 있다. 물론 교육내용과 그 위계화에 대해서는 보다 깊이 있게 논의되어야 할 것이다.
22) 우한용 외, 『현대소설의 이해』, 새문사, 1999, 107면.
23) 구인환, 『소설론』, 삼지원, 2000, 255면.
24) 여기에 대한 자세한 내용은 다음 참조. Roberts, E. V., *Writing about Literature*, 강자모·이동춘·임성균 역, 『영문학의 이해와 글쓰기』, 한울아카데미, 2002, 70~71면.

해 인물의 행동, 외모, 표현, 다른 등장인물이나 서술자에 의한 표현 등
을 통하여 학습자가 쓰고자 하는 등장인물에 관한 세부 내용들을 작가
가 어떻게 제시하고 있는지를 파악하도록 한다. 가령 학습자가 인물을
이해하는 데 도움을 줄 수 있도록 다음과 같은 질문과 학습지를 활용할
수 있다.[25)]

인물의 이해

  *지시 사항 : 작품을 분석하거나 인물을 이해하고자 할 때 다음의 질
문들을 참조하시오.

  1. 작품에 등장하는 인물은 누구인가?
  2. 이들 인물은 어떠한 성격인가?
  3. 모든 인물들이 부딪히게 되는 공통적인 문제 상황은 무엇인가?
  4. 인물은 어떠한 그룹에 속해 있는가? 이들 그룹은 다른 그룹에 대
     립되는가?
  5. 주된 인물은 단일 인물인가, 아니면 복수 인물인가?
  6. 인물은 제각기 변하거나 성장하는가, 아니면 점점 작품 전개와
     더불어 유사해지는가?
  7. 만일 인물들이 변한다면 변화에 대한 합당한 이유가 존재하는가?
     만일 그렇다면 그것은 무엇인가?
  8. 주변 인물이 존재한다면 작품 속 그들의 존재 목적은 무엇인가?
     플롯의 진행을 함께 돕기 위함인가? 작품 속에서 변화의 국면을
     제공하기 위함인가?

---

25) Rodrigues, R. J., & D. Badaczewski, *A Guide for Teaching Literature*, 박인기 · 최병우 ·
    김창원 역, 『문학 작품을 어떻게 가르칠 것인가』, 박이정, 2001, 356~357면. 문
    학 텍스트의 인물 이해를 위한 다양한 방법은 이 책의 105~114면에 소개된 '성
    격화로 이끌기'와 '인물로 이끌기'를 참조할 것.

9. 등장인물들은 실제적인가? 전형적인가? 신빙성이 있는가? 낭만적
   인가?
10. 저자는 작품을 통해 독자로 하여금 인물들에 대해서 많은 양의
   정보를 제공하는가? 아니면, 오직 단 하나의 주요 인물에 대해서
   언급함에 그치는가?
11. 인물들에 대해서 아는 것이 얼마나 중요한가, 아니면 인물에 대
   한 정보 없이도 그 작품을 감상할 수 있는가? 이러한 요인이 저
   자의 저술 동기를 이해하는 데 얼마나 유용한가?

인물에 대하여 어느 정도 파악을 하고 나면, 쓰고자 하는 글의 아이디
어를 찾기 위해 등장인물에 대한 다양한 질문 전략을 활용할 수 있다.
다음과 같은 것이 인물을 판단하는 데 활용할 수 있는 전략들이다.

- 행동, 표현, 생각 등을 통해 등장인물 정보 파악하기 :
  어떠한 행동이나 표현, 생각들을 통하여 작품의 등장인물은 중요
  한 자신의 특성을 나타내 보이는가? 다른 등장인물들의 행동, 표
  현, 생각은 인물에 대하여 무엇을 말해주고 있는가? 서술자나 작
  가는 등장인물에 대하여 어떤 정보를 주는가?
- 사건을 통해 등장인물의 정보 파악하기 :
  등장인물은 어떤 사건에 연루되어 있고, 그 사건을 통해 인물에
  대하여 알 수 있는 바는 무엇인가?
- 묘사를 통해 등장인물의 정보 파악하기 :
  이야기 안에서 등장인물은 어떻게 묘사되고 있는가? 외면에 관한
  묘사는 등장인물에 관하여 무엇을 말해주고 있는가?
- 상황을 통해 등장인물의 정보 파악하기 :
  등장인물은 어떻게 상황을 인식하고, 상황에 따라 변화하며, 혹은
  상황에 적응하는가?
- 등장인물의 특성 기술하고 설명하기 :
  앞에서 파악한 정보를 토대로 논하고자 하는 등장인물의 특성을

기술하고 설명하라. 그러한 특성이 인물을 판단하는데 어느 정도
도움을 주는가?
· 등장인물에 대하여 판단하기 :
  등장인물에 대하여 어떻게 판단하는가? 그 결과는 무엇이며 그
  근거는 무엇인가?
· 판단 결과의 신뢰성 확인하기 :
  등장인물에 대한 판단 결과는 신뢰할 만한가? 신뢰성이 있다고
  판단하는 이유는 무엇인가?

이상은 텍스트를 이해하고 글쓰기 과제를 수행하기 위한 질문 전략들
이다. 이를 매개로 해서 과제 해결을 위한 개별 및 모둠 활동이 진행된
다. 앞에서 제시한 과제 즉 문학 텍스트를 읽고 한 인물에 대하여 긍정
하거나 비판하여 자신의 입장을 밝히는 행위는 글을 읽고 쓰는 이의 인
지적·정의적·가치적·심미적 측면이 반영되기 마련이다. 나아가 그러
한 입장을 밝히기 위해서는 기존 견해들 뿐 아니라 타자들과의 대화를
통한 의미 공유와 조정 과정이 따른다. 따라서 주어진 글쓰기 과제를 해
결하기 위해서는 개별 및 집단 활동을 병행하는 것이 바람직하다. 자기
주도적인 학습 활동과 교실 구성원 즉 교사와 학생, 학생과 학생들의 상
호작용 활동이 활발히 이루어져야 하는 것은 이 때문이다.

이와 같은 활동을 통해 쓰고자 하는 글에 대한 아이디어를 얻고 자신
의 관점을 조정해 가도록 한다. 그런 다음 글을 읽을 독자를 상정하고
글의 구조를 구체화해야 한다.

글을 읽거나 쓴다는 것은 글을 쓴 저자나 자신의 글을 읽는(을) 독자
와의 대화적 관계 속에 놓인다는 것을 의미한다. 이러한 대화적 관계는
특히 문학적인 글을 읽거나 쓸 때 더욱 복잡한 양상을 갖는다. 가령 소
설의 경우 실제 작가, 내포작가, 화자, 피화자, 내포독자, 실제 작가 등이

소통 과정에 복합적으로 작용하게 된다. 이와 관련하여 바흐친(M. M. Bakhtin)은 소통 과정의 기호론적 역동성과 담론과 담론의 상호작용, 담론에 참여하는 주체, 담론 대상과의 관계, 담론이 행해지는 실천의 외적 상황 등을 깊이 있게 논의한바 있다.[26] 그러나 논리적이고 설명적인 글은 문학적인 글과는 달리 실제 글을 쓰는 사람과 글을 읽는 사람과의 텍스트 외부적인 대화적 관계가 두드러진다. 이런 점에서 설득적인 글을 쓸 때는 글을 읽는 독자와의 구체적인 대화적 관계가 글의 구조를 결정하는 중요한 요인으로 작용한다. 그러므로 과제를 구체화하는 단계에서는 독자를 구체적으로 설정할 필요가 있다. 또한 글의 구조는 글의 긴밀성, 통일성 등과 글쓴이의 의도나 정보 전달력, 설득력 등과 매우 밀접하게 관련되어 있다. 따라서 글의 구조를 구체화하는 활동을 하도록 한다.

이제 상호 작용을 통해 얻게 된 여러 정보들을 바탕으로 구체적으로 글을 써야 한다. 글로 나타내기에 앞서 앞에서 살핀 글의 구조, 독자, 목적 등을 고려하여 입말로 구술하는 활동을 할 수 있다. 이는 아직 원숙하지 못한 글쓰기 단계에 있는 학습자들에게 글쓰기에 대한 두려움을 완화시켜주고 글쓰기 능력을 신장시켜줄 뿐 아니라 구어와 문어의 연관 활동을 강화할 수도 있다.

교사의 요구와 학습자 능력에 따라 글의 내용과 종류는 달라질 수 있지만, 독자들로부터 설득력을 얻기 위해서는 상황 맥락, 글의 구조 등이 복합적으로 작용하게 된다. 가령 여기에서는 논술 양식을 참조할 수 있

---

26) 여기에 대해서는 다음 참조. Bakhtin, M. M., *Problems of Dostoevsky's Poetics*, 김근식 역, 『도스또예프스키의 시학』, 정음사, 1988 ; Todorov, T., *Mikhail Bakhtin, The Dialogical Principle*, 최현무 역, 『바흐친 : 문학사회학과 대화이론』, 까치, 1987 ; 우한용, 『한국현대소설담론연구』, 삼지원, 1996.

다. 논술은 논리적인 구성을 통해 설득력을 얻을 수 있는 유용한 글쓰기 방식을 제공하기 때문이다.[27] 상황 맥락, 글의 구조, 글쓰기 과정에서 구성원의 상호 활동에서 얻은 내용, 인물과 작품에 대한 기억, 인물과 작품에 대한 여러 자료, 그리고 그것에 대한 해석을 토대로 자신의 의견을 조정해 나갈 수 있는 여러 자료를 활용하도록 한다.[28] 글쓰기 과정에서 부딪히는 여러 문제들은 교사와 동료들의 도움을 받도록 하고, 그 결과물 역시 교사와 동료들의 평가를 거쳐 보다 완성된 글이 되게 수정되어야 한다. 수정된 글은 시화전, 컴퓨터, 인쇄물, 낭독, 투고 등 여러 양식과 매체를 통해 시연(presentation)되도록 한다.

Ⅳ. 문학적 문식성 문화의 고양

　문학독서/글쓰기 교육을 논함에 있어서, 우선 문학의 범위를 어디까지 잡을 것인지가 문제될 수 있다. 독서의 대상을 문학과 비문학으로 양분할 경우, 즉 설명적 담론을 제외한 나머지를 문학독서의 대상으로 삼

---

27) 문학 텍스트와 관련한 논술을 두고 '문학논술'이라 명명할 수 있다. 프랑스의 경우 문학논술은 매우 중요한 글쓰기 활동으로 자리 잡았다. 물론 논술은 문학 텍스트뿐 아니라 다양한 주제를 대상으로 쓰여질 수 있다. 문학논술에 대해서는 다음 참조. Pappe, J., & D. Roche, *La Dissertation Littéraire*, 권종분 역, 『문학논술』, 동문선, 2001 ; 논술문 쓰기에서 여러 영역에 대한 주제는 다음 참조. 한철우 외, 앞의 책.

28) 가령 김동인의 감자에 등장하는 복녀의 행위를 두고 자신의 긍정적 혹은 부정적 의견을 제시할 수 있는데, 이에 대하여 자신의 의견을 구성원들과 나누어보고, 자신의 의견을 조정해 나갈 수 있을 것이다. 문학 텍스트에 대한 대립적인 관점을 통해 문학 텍스트 이해를 확장해 나갈 수 있는 예를 보인 논저는 다음 참조. 김중신, 『문학과 삶의 만남』, 소명출판, 2003.

을 경우 소위 '예술'로서의 문학에만 한정되지 않는다. 물론 시, 소설 등이 문학독서의 주된 대상이기는 하지만 일기, 자서전, 전기, 편지, 수필, 희곡 등도 독서 대상으로 망라할 수 있다. 여기에다가 문학비평 역시 독서의 대상이 될 수 있다. 이렇게 보면 문학독서의 대상은 매우 광범하다고 볼 수 있다.

마찬가지로 문학 교실에서의 글쓰기 역시 매우 다양하게 이루어진다. 관례적으로 문학 교실에서 이루어지는 글쓰기는 문예 창작과 관련된 것들이었다. 즉 시, 소설 등을 창작하고 덧붙이고, 고치고, 모방하는 일이 그것이다. 그러나 문학 교실에서 이루어지는 글쓰기는 그 같은 시적 담론의 글쓰기뿐 아니라 표출적 담론 글쓰기, 지시적 담론 글쓰기, 설득적 담론 글쓰기 등이 다양하게 이루어진다. 그러므로 문학 교실의 읽기/쓰기는 모든 담론 양식을 포괄하면서, 국어능력이라는 목적에 기여하는 것이다.

문학 교실에서 수행되는 독서/글쓰기는 담론의 목적에 따라 구체적인 내용이 달라진다. 그러나 언어 활동의 통합성뿐 아니라 과정과 결과, 개인적 차원과 사회적 차원의 통합성을 고려한다면 '읽기-이야기하기·토론하기·토의하기-쓰기'의 과정으로 진행되어야 한다고 볼 수 있다. 이를 구체화한다면 다음과 같다. 문학 텍스트 감상하기, 담론의 목적 정하기, 과제 확정 및 확인하기, 과제 해결을 위해 사전 지식 쌓기 및 작품 이해하기, 과제 해결을 위해 개별 및 모둠 활동하기, 과제 구체화하기, 쓰기, 평가 및 수정하기, 완성 및 시연하기.

이러한 과정을 거쳐 한 편의 글이 완성되고 그것이 세상에 알려진다. 그렇지만 그러한 행위는 무엇 때문에 하는 것인지를 물을 필요가 있다.

문식성을 읽고 쓰는 능력을 일컫는 개념이라 할 때, 문학적 문식성은 문학적 담론을 읽고 쓰는 능력을 말하는 개념이다. 그러나 문식성을 개인 차원뿐 아니라 사회문화적인 차원까지 확장시킬 필요가 있다. 즉 읽고 쓰는 주체의 개인적인 능력은 결국 바람직한 읽기/쓰기 문화공동체 구축 능력으로까지 이어지는 것이다. 그러므로 문식성 혹은 문학적 문식성은 개인의 자아실현, 인격형성, 바람직한 소통 문화, 사회정의 실현과 무관할 수 없다. 이를 이해하기 위해서는 읽고 쓰는 능력이 읽고 쓰는 것과 관련된 기능 혹은 전략의 학습과 수행만으로 잘 이루어진다고 보기 어렵다는 사실을 상기하는 것으로 충분하다. 사람과 사회의 됨됨이가 언어의 이해·표현 능력과 직결되는 문제이기 때문이다. 그러므로 독서와 글쓰기 교육이 이런 점을 전제로 해야 한다는 것은 당연한 이치이다.

결국 문학적 담론을 인간 삶의 총체적인 모습과 인간이 살아가면서 제기될 수 있는 문제를 가장 생생하게 담아낼 수 있는 양식이라 본다면, 문학적 담론을 대상으로 하는 읽기와 쓰기는 개인과 사회문화적인 차원에서 매우 의미 있는 역할을 하는 셈이다.

■ 참고문헌

구인환, 『소설론』, 삼지원, 2000.

김상욱, 『문학교육의 길찾기』, 나라말, 2003.

김성진, 『문학교육론의 쟁점과 전망』, 삼지원, 2004.

김중신, 『한국 문학교육론의 방법과 실천』, 한국문화사, 2003.

문영진, 『한국 근대산문의 읽기와 글쓰기』, 소명, 2000.

우한용, 『한국현대소설담론연구』, 삼지원, 1996.

우한용 외, 『현대소설의 이해』, 새문사, 1999.

우한용, 「창작교육을 돌아보고 내다보는 가상 정담」, 『선청어문』 제28집, 서
　　　울대 국어교육과, 2000.

유영희, 『이미지로 보는 시 창작 교육론』, 역락, 2003.

이지호, 『글쓰기와 글쓰기교육』, 서울대 출판부, 2001.

임경순, 『국어교육학과 서사교육론』, 한국문화사, 2003.

———, 『문학의 해석과 문학교육』, 역락, 2003.

———, 『서사표현교육론연구』, 역락, 2003.

최미숙, 『한국 모더니즘시의 글쓰기 방식과 시해석』, 소명, 2000.

최인자, 「표현교육 연구의 동향과 과제」, 『선청어문』 제31집, 서울대 국어교
　　　육과, 2003.

한철우 외, 『사고와 표현』, 교학사, 2003.

한철우 외, 『과정중심 독서지도』, 교학사, 2001.

Bakhtin, M. M., *Problems of Dostoevsky's Poetics*, 김근식 역, 『도스토예프스키의 시
　　　학』, 정음사, 1988.

Fitzgerald, J., "Reading and Writing Stories", *Reading/Writing Connections:Learning from*

Research, International Reading Association, 1992.

Kennedy, M. L. (ed.), *Theoring Composition*, Westport, Connecticut · London, Greenwood Press, 1998.

Kinneavy, J., *A Theory of Discourse*, Englewood Cliffs, 1971.

O'Connor, K., "Writing Across the Aims of Discourse", *A Very Good Place to Start : Approaches to Teaching Writing and Literature in Secondary School*, Boynton/Cook Publishers, 1991.

Pappe, J. & Roche, D., *La Dissertation littéraire*, 권종분 역, 『문학논술』, 동문선, 2001

Roberts, E. V., *Writing About Literature*, 강자모 · 이동춘 · 임성균 역, 『영문학의 이해와 글쓰기』, 한울아카데미, 2002.

Rodrigues, R. J. & Badaczewski, D., *A Guide for Teaching Literature*, 박인기 · 최병우 · 김창원 역, 『문학 작품을 어떻게 가르칠 것인가』, 박이정, 2001.

Todorov, T., *Mikhail Bakhtin, The Dialogical Principle*, 최현무 역, 『바흐친 : 문학사회학과 대화이론』, 까치, 1987.

Williams, J. D., *Preparing to Teach Writing-Research, Theory, and Practice*, Lawrence Erlbaum Associates, Inc., 1998.

다매체 시대의 문학독서 교육 방향

최 인 자

(신라대 국어교육과 교수)

Ⅰ. 다매체 시대 문학교육과 다양성

본격적인 디지털 시대를 맞이하면서 사회 전 영역에 걸쳐 새로운 변화들이 몰아치고 있다. 물론 문학도 예외는 아니다. 영상문학, 하이퍼 문학, 게임 서사 등 전통적인 문학과는 다른 새로운 장르들이 일상화되었고, 또 예전의 문학청년은 이제는 영화청년으로 그리고 다시 컴퓨터 게이머들로 자리를 옮기고 있다. 전통적인 문학교육의 입장에서 보면 이런 현상은 당혹스러운 측면이 없지 않다.

90년대 중반 이후 문학교육에서는 '매체교육', 혹은 '문화교육'이라는 개념으로 이런 변화된 상황에 적극 대응하고자 노력해 왔다.[1] 현장에서도 컴퓨터, 프리젠테이션 등의 멀티미디어 교육 환경이 제공되면서 매

---

1) 국어교육연구학회에서는 2002년과 2003년에 걸쳐 제반 매체를 국어교육과 연관 짓는 논의를 진행하였다. '매체'가 현 국어교육의 주요 의제임을 확인할 수 있다.

체교육은 진보적이고 실험적인 교육의 대명사처럼 인식되었고, 그 양적인 면에서도 대단한 성장세를 보여 왔다. 하지만 새로운 매체가 새로운 교육과 직결되는 것은 아니다. 교실에 영상과 멀티미디어가 등장하였다고 하여 이것이 곧 문학교육의 질적 향상으로 이어지지는 않고 있기 때문이다. 논의가 시작된 지 10년을 훌쩍 넘긴 지금, 우리는 보다 성숙한 시각으로 다음 단계로의 비약을 모색해야 하는 상황이 되었다.

기존의 매체 관련 모색을 정리한다면, 다음 네 가지의 접근 방식이 있었다. 첫째, 미디어 텍스트를 '문학의 확장'으로 보고 매체 변용 문제를 중심으로 논의한 시각이다.[2] 이 논의는 문학의 존재 방식이 역사적이라는 점을 강조하여 문학을 문자로 한정짓는 편견에 도전하고자 하였으며, 다양한 매체에서도 문학적 상상력의 품격을 잃지 않는다는 점을 논증하고자 하였다. 문학의 영화화, 만화화 등 다양한 매체가 논의되었으며 이 과정에서 '소설교육'은 '서사교육'이란 개념으로 확장되기도 하였다. 이 접근은 문학 경험의 다양한 매체적 변주를 고려하였다는 장점에도 불구하고, 다매체 문제를 텍스트와 관련된 '다소' 외연적인 확장에 그쳤다는 아쉬움도 있다.

둘째, 대중문화의 관점에서 접근한 연구들[3]이 있다. 이 연구는 '매체 언어'보다는 대중매체로 양산되는 '문화'에 초점을 두고, 청소년 학습자들의 생활 문학, 일상 문화에 관심을 두었다. 정전에서 벗어나 다양한 문화, 예술 양식과 오락성, 즐거움의 체험에 대한 교육적 관심을 불러 일으켰고, 청소년의 문학 문화를 새롭게 인식하게 되면서 학습자의 취

---

2) 최인자(1994), 박인기(2001), 김경욱(2003) 등의 논의가 있었다.
3) 김동환(2002), 최지현(2002), 류수열(2003), 문영진(2003), 최병우(2003), 황혜진(2003)이 있다.

향문화에 대해 자각하게 되었다. 하지만 대중문화의 경험에 대해 어떻게 교육적으로 개입해야 하는가의 문제는 아직 해결되고 있지 않다.

셋째, 새로운 매체의 사고 경험, 독서 혹은 미적 경험에 관심을 보인 연구들이 있다.[4] 영상, 멀티미디어 텍스트 읽기가 전통적인 문자 읽기와 구별되는 독서 경험, 사고 경험의 차이를 밝히고, 교육적 가능성을 논의한 것이다. 디지털 매체의 사고를 적극적으로 활용하는 '인터넷 기반' 문학독서 교육의 가능성도 제시하고 있다.

넷째, 매체의 변화가 문식력의 성격과 유형을 변화시킨다고 보고, 문식력의 기본 문제를 연구한 작업들이 있다.[5] 문화적 문식성, 디지털 리터러시, 다중문식력 등의 개념으로, 다양한 매체 환경에서의 언어활동의 성격을 재규정하고자 하였다. 이 경우 개별 매체 언어보다는 의미작용이라는 '문화'의 포괄적인 영역을 문제 삼으며 맥락적 접근을 강조하고 있으나 전통 매체와 새로운 매체와의 통합성 문제가 해결되지 않았고, 아직은 시론적인 성격이 강하여 보다 구체적인 논의가 요구된다.

이런 접근들은 문학교육에서 '매체'의 문제가 얼마나 복잡하고 다양한 층위와 연관되고 있는가를 잘 보여주고 있다. 하지만 이제, 매체교육은 문학교육 기본 틀의 문제로 육박해 나갈 시점이 되었다고 본다. 사실, 기존의 매체교육 논의는 개별적인 매체나 장르들을 중심으로 하였고, 그 과정에서 문학교육의 '기본 층위'보다는 '확장과 보완'이라는 다소 주변적인 차원에 머물러 있는 것도 사실이다. 물론 문학교육에서 중심을 잡는 일은 정체성 확보와 관련된 매우 중요한 문제이다. 하지만 그렇다고 문학의 본질을 특정 매체와의 필연적인 연관으로만 바라보는 것도

---

4) 박인기(1996), 서유경(2002), 최병우(2003). 등의 논의가 있다.
5) 박인기(2002), 최인자(2003), 정현선(2004) 등의 논의가 있다.

재고할 필요가 있다. 매체의 변화는 문학적 본질 자체의 변화라기보다는 문학이 존재하는 역사적 방식의 변화와 연관되기 때문이다.6)

사랑방에 둘러 앉아 두런두런 나누었던 이야기가 필사되고 인쇄되어 책으로 만들어졌고 그것이 다시 거실에 놓인 텔레비전과 컴퓨터라는 전자 매체를 타고 향유되고 있지만 서사를 향유하는 과정에서 누리는 즐거움과 삶을 성찰하는 기쁨은 크게 변화하지 않았다. 그런 점에서 음성, 문자, 영상, 멀티 모드는 매체 '언어'상으로는 다르지만 '매체성'이라는 공통점을 지니고 있으며 각기 다른 표현 방식과 수용 경험을 제공하지만 그럼에도 문학 본연의 특성을 내장하고 있다.

이렇게 보면, 문학교육에서는 매체별 차이와 매체성이라는 공통점, 이 양자를 모두 포괄하여 다룰 필요가 있다. 특히 지금은 문자 중심의 전통적인 문학독서 교육과 새롭게 제기되고 있는 다매체의 문학교육을 '따로'가 아니라, '함께', 특히 생산적 시너지를 고려하는 통합적 시각이 필요하다. 각론을 넘어 총론의 시각에서 고민해야 하는 상황이 된 것이다. 그런 점에서 이제는 문화교육이라는 포괄적이고 전체적인 틀 속에서, 전통적인 문자 중심 문학교육과 다양한 매체 기반 문학교육의 통합을 모색할 필요가 있다고 본다.7) 이를 매체 통합적 문학교육이라 명명하도록 하겠다. 이 개념으로 우리는 다매체 상황에 따른 문화 환경의 변화에 주목할 수 있으며, 이를 바탕으로 다중 문식력(multi-literacy) 개념8)을 문

---

6) 물론 매체의 변화에 따라, 문학의 본질에도 변화가 있을 수 있다는 점은 인정한다. 가령, 최유찬(2004) 교수는 기존 문자 중심 문학이 '아름다움'을 중심으로 하였다면, 디지털 상황에서는 문학도 '흥미로움'의 범주를 중심으로 전개한다는 점을 밝힌 바 있다. 문제는 이와 같은 문학적 본질의 확대, 혹은 이동을 '문학적 본질'의 훼손이나 변질로 볼 경우이다.
7) 매체별 차이에 대한 섬세한 고려는 다음 논의로 미룬다.
8) 자세한 내용은 3장에서 상술한다.

학독서 교육에 적극적으로 고려할 수 있다. 아울러 급변하는 매체 환경에서 문학교육은, 창의적인 문학－문화 컨텐츠를 만들어 낼 수 있는 능력을 계발하는 몫을 담당해야 한다는 점에도 주목해야 할 것이다.

Ⅱ. 다매체 시대, '문학'의 생산과 수용 방식의 변화

전통적인 문학의 과정에서 본다면 다매체 시대는 '기회의 담론'이기보다는 '위기의 담론'으로 여겨지는 경우가 더 많다.[9] 하지만 전자 매체의 등장은 이전 활자 매체를 부정하고 대체하고 있다기보다는 다른 매체들 간의 통합을 통해 새로운 변형을 만들고 있다고 보는 것이 더 타당하다. 종이는 컴퓨터의 등장으로 사라지는 것이 아니라, 영상, 동영상, 소리, 촉각의 복합적인 상호작용, 그리고 하이퍼텍스트라는 독특한 존재 방식 속에서 대거 '기능 전환'하고 있다.[10] 문학 역시 마찬가지다. 영상이나 디지털에 의해 문학이 사라지고 있는 것이 아니라, 시청각의 정보 체계들의 내장 부속품으로 변화됨으로써 다른 방식으로 존재하고 있다. 컴퓨터 게임, 영화, 광고 등에서 문학은 상상적 자원으로 훨씬 다양하게 활용되며, 과장해서 말한다. 디지털의 상황이 오히려 문학적 상상력의 수요를 가중시키는 측면도 있다. 문학적 '서사'는 다양한 매체, 다양한 문화적 공간에 광범하게 활용되기 때문이다.

---

9) 최신에 발간된 문학 전문잡지의 기획 담론에도 이를 확인할 수 있었다. 김형중·심진경·천정환, 「뉴미디어 시대 문학의 새로운 지형을 말한다」, 『문학동네』 가을호, 2004년.
10) 이런 인식은 최혜실(2001), 강내희(2003), 최유찬(2004)에 잘 나타나 있다.

　　그런 점에서 문학의 위기는 문학 자체의 위기라기보다는, 근대 인쇄 문자에 의해 형성된 문학의 특성들, 작가와 원전, 그리고 정전의 권위와 가치, 또 이를 감식하여 일반 독자에게 중개하는 존재들-비평가, 교사-의 권위의 위기인 측면이 강하다. 사정이 이러하다면, 다매체 시대의 문학 독서 문제를 다루기 위해서는, 문학이 위기냐 그렇지 않으냐 하는 진단보다는 변화된 문학 텍스트의 문학 생산과 수용 경험의 특성이 무엇인지를 교육적 관점에서 고려하는 작업이 우선적으로 이루어져야 할 것이다.

　　먼저, 다매체 시대는 문학은 생산과 소비의 연관성이 강화되어, 읽기가 곧 쓰기로 전화되는 기회가 많아진다는 특징을 지닌다. 곧, 작가의 권위에 복속되기보다는 독자의 다양한 방식의 재생산이 이루어지는 모습이 일상화된다. 특히 전자매체는 기원의 흔적을 지워나가면서 무한한 자기 증식을 확대하기 때문에 이러한 생산, 소비 과정에서는 원래의 작품이 무엇이었는지에 대한 원작에 대한 질문을 생략한 채 즉각적인 반응과 변형 과정만이 꼬리에 꼬리를 물면서 이어지게 된다. 이 과정은 어떤 원작이나 장르가 다른 매체나 장르로 변형되는 장르 혼합, 매체 혼합, 혼성 모방으로 나타나고 있다. 이런 상황에서 문학독서는 다소 즉각적인 양상을 띠게 된다. 전통적인 문학독서가 작품에 드러난 삶에 대한 성찰과 가치를 꼼꼼히 씹고 되새기는 성찰과 사색의 과정을 지녔다면, 디지털 시대에는 주어진 작품들에 즉각적으로 반응하거나 이를 다른 매체나 장르와 결합하여 표현하는 일이 중시된다. 이 즉각성은 기존 문학독서의 핵심적인 범주였던 진정성과 성찰성과 대립되는 디지털 시대의 독특한 특성이다.[11]

---

11) 이에 대한 논의는 박인기(1996), 최병우(2003)를 참조할 수 있다.

또한 다매체 시대의 문학 생산과 소비는 '다감각적'이라는 특성을 지닌다. 기존의 문학이 활자 내 문자를 이미지로 환기시키는 상상의 작업으로 읽혀졌다면, 다매체 시대는 시각, 청각, 촉각이 통합된 감각들로 몰입하여 체험되는 특성이 강하다. 아울러 수용자는 자신의 취향이나 개성, 문화적 정체성에 따라 다양한 매체 중의 하나를 선택할 수 있다. 가령, 동일한 〈삼국지〉라도 소설책으로, 만화로, 영화로, 하이퍼텍스트로, 컴퓨터 게임서사로 접할 수 있는 매체 선택의 상황에 있다. 이는 동일한 메시지라도 이메일, 편지, 핸도폰 문자, 블로그, 전화, 대면적 소통 등의 다채로운 '매체 스위치'(media switch)의 경로를 거치는 것과 유사하다. 중요한 것은 이들 다양한 매체의 서사 경험이 서로에 영향을 미치며, 서사 스키마에 개입한다는 것이다. 드라마 보기와 소설 읽기는 분명 다른 즐거움과 해독 방식으로 체험됨에도 불구하고, 양자의 서사 경험은 서로 간섭하며 상호 영향 관계에 놓여있다. 예를 들어 어린이들은 바비 인형의 옷을 갈아 입히며 놀면서 로맨스 이야기들을 자연스럽고도 재미있게 받아들이며, 또, 만화 영화와 컴퓨터 게임의 이야기의 도식이 교과서 속의 동화와 소설 작품 이해에 관여하기도 하는 것이다.

또한 전자 매체가 제 2의 구술문화 시대라고 할 때, 문학독서는 집단성, 상호 작용성, 상황성이라는 특성을 고스란히 부여받는다. 이는 개인적 독서가 사회, 문화적 담론에 영향을 받거나 영향을 주면서 적극적으로 상호 작용하는 현상이라 할 수 있다. 사이버 공간에서는 특정 소설 작품이나 텔레비전 드라마를 중심으로 한 수용자들의 모임이 만들어지고, 독특한 문화적 유대와 공동체를 만들어 가는 모습을 쉽게 발견할 수 있다. 이런 상황에서는 텔레비전 드라마도 더 이상 수동적인 시청 형태가 아니라, 전통적인 구어 서사와 같은 이야기판을 만든다. 이 경우, 작품 그 자체보다도 작품에 대한 비평적 담론, 다른 수용자들의 수용 담론이 더욱 강력한 영향을 미친다. 김훈의 〈칼의 노래〉가 언론에서 고위 공직자의 개인적인 독서 경험과 함께 소개되면서 많은 독자층을 확보하여 특정의 맥락에서 읽히게 되었으며, 아울러 이순신 장군의 이야기가 연극이나 텔레비전 드라마에서 다양하게 변형되는 사례도 이를 보여준다.

물론 이와 같은 다매체 상황에 대한 문학교육적 판단은 다양할 수 있다. '위기'의 입장에서 보는 시각도 있겠고, '기회'의 시각으로 접근하는 사람도 있을 것이다. '위기'로 보면, '문학적 문맹'이라고 하여 읽고 생각하지 않고 보기만 하는 영상매체의 '문화죽'에 매몰되는 상황[12], 가상적 현실에 몰입하는 '시뮬라시옹'의 상황을 강조하게 될 것이고 문학의 종말이라는 배경에서 문학을 살리기 위한 전통적인 인문적인 독서교육을 강조할 수 있겠다. 또, 기회로 보는 사람은 문학 독자가 문화 생산에 참여할 수 있는 민주적인 기회가 늘었고 학교교육의 경우, 청소년들이 자신의 문화를 창조의 에너지로 적극 활용할 수 있다는 점을 중시할 수 있다. 하지만 어떤 입장이든 문학의 운명과는 별도로 학습자들은 다매체의 상황에서 살아가야 하고 그에 걸맞는 문식력을 요구받는다는 점을 부인하기란 힘들 것이다.

디지털 매체를 낙관적으로 보는 입장에서는 다매체 활동으로 학생들의 사고와 표현, 창의력의 잠재력을 최대한 가동할 수 있다는 것, 그리고 미래 문화의 생산자로 교육할 수 있다는 점을 강조한다. '다중문식력'(multi-literacy) 을 논의한, 뉴런던 그룹의 군터 크레스는 다매체 상황으로 인간의 소통과 표현의 잠재력이 최대한 실현될 수 있으며, 또 창조의 가능성 역시 극대화할 수 있다고 극찬한다.[13] 이들은 굳이 멀티 텍스

---

12) 김성재 외, 『매체미학』, 나남출판, 1998.

트가 아니더라도 원래부터 인간의 모든 표현과 소통은 다중의 모드로 되어 있음에 주목한다. 실제로 우리의 대화상황을 살펴보면, 언어적 전 언 뿐 아니라 몸짓, 표정, 대화자의 공간적 위치, 소리의 음색, 크기, 어 조 등 '몸짓' 이나 '음성'의 요소 역시 매우 중요한 '매체'로 참여하고 있 으며, 또 언어처럼 이들도 모두 문화적 코드에 따라 나름의 의미들을 지 니고 있음을 알 수 있다.14) 문학독서도 마찬가지다. 책을 읽는다고 하지 만, 우리가 문자만 읽는 것은 아니다. 책에도 디자인 개념이 중시되면서 문자의 폰트나 디자인, 여백, 그림 등의 시각적 효과도 독자의 반응에 적극 개입하게 된다. 그리고 이미지는 문자의 내용을 단순 보완하는 것 이 아니라 정서적 반응을 포함한 제 3의 의미를 만들어 낸다고 한다. 이 런 이유로 학생들에게 독서 후 활동에 다양한 매체를 선택할 수 있는 권 리를 준다면 쓰기만 강조했을 때보다는 독서 경험이나, 의미들의 폭을 넓힐 수 있을 것이다.15)

---

13) Gunther Kress, 2000. pp.153~155.

14) 성광수 외,『몸과 몸짓 문하의 리얼리티』, 소명출판, 2003.

15) 필자의 사례 연구(최인자, 2004)에 따른다면, 학년별, 성별로 발달적 특성에 따라, 관심 있는 매체, 그리고 창의적 능력을 발휘할 수 있는 매체가 달랐다. 초등학교 저학년의 경우, 독서는 '보기'와 밀접한 연관을 맺고 있고, 독서 반응도 글과 그림을 동시에 표현하고자 하였다. 그림이 없는 글, 그림 없이 글만 쓰는 작업을 낯설고 어려워했다. 표현에서도 '글'보다는 '말'이나 '그리기'에서 훨씬 높은 성취도를 나타냈다. 이러한 사정은 이들의 사회생활이 주로, 부모나 교사, 친구들과의 '대화를 통한 상호작용'으로 이루어져 있고, 또 일상 문화에서 많이 접하는 매체도 '에니메이션', '글', '사이버'의 순이었다는 점과 관련된다. 하지만 중학생이나 고등학생에 이르면 상대적으로 문자 중심으로 전환된다. 이는 학교 '리터러시' 교육의 영향이기도 하지만 사적이고 은밀한 것을 좋아하는 취향, 또 '또래 집단' 단위로 이루어지는 개인주의적인 취향이 '문자', '사이버 매체' 에 강력한 흡인력을 갖고 있음을 확인할 수 있었다. 비록 작은 단위의 사례 연구였지만, 발달 과정에 따라 매체를 다양하게 활용함으로써 학습자들의 다양한 지각 방식과 문화, 경험을 활성화 있음을 시사 받았을 수 있었다.

특히, 주목할 것은 멀티미디어의 상황에서는 의미 및 문화 생성의 원리가 기존과는 다른 양상을 띤다는 점이다. 그 원리는 이질적인 매체와 모드를 하나로 통합시키고, 다양한 매체, 의미 자원을 활용하여 '변용, 재구성'16)의 원리, 혹은 이른바 '모자이크'17) 방법이라 할 수 있다. 이는 언어 매체를 기반으로 한 '재현' 혹은 '사용'(혹은 소통)의 원리와 구별된다. 언어는 사회적 규범과 관습에 기초하여 사용되고 여기서 개인은 아무리 창의적인 변형을 거친다고 하더라도 기성의 체계에 구속되어 있다. 반면, 멀티미디어의 상황에서는 현실과의 지시적 연관관계에 연연하지 않고 음성, 이미지, 동영상, 문자의 다양한 모드들의 새로운 결합으로 자족적인 가상현실의 세계를 창조한다. 여기에서 '의미 구성(meaning making)'은 언어 규범, 지시 대상과의 연관보다는 기호적, 의미론적 유산들과의 다양한 변용, 재구성이 핵심 원리가 된다.18) 우리는 흔히 디지털과 아날로그를 구분하고 대립시킨다. 하지만 멀티 모드의 텍스트에서 이런 구분은 큰 의미가 없다. 모든 매체와 의미 자원들이 통합되며, 기호 읽기(소비)와 기호 쓰기(생산)이 동시에 일어나기 때문이다.

요약한다면, 다매체의 상황은 문학의 생산과 수용 방식에서 생산과

---

16) Bill, Cope & Mary, Kalantzs, *Multiliteracies*, Routledge, 2000, pp.155∼160.

17) 최유찬, 「매체의 변화와 국문학 교육과정의 개편, 국문학과 교육과정 개편방향」, 숙명여대 인문과학연구소 학술발표대회, 2004.

18) 물론 이 '변용'과 '재구성'이, 재현과 전혀 무관하지는 않을 것이다. 가령, 최유찬 교수는 '게임 서사'를 변용/재구성이란 말보다는 '이중 재현'이란 개념을 쓰고 있다. 데이터베이스의 자료 뭉치가 일차 재현이라면, 게이머의 선택에 의해 반복되면서도 생성되는 측면이다. 아무리 게임 서사 속의 '가상 현실'이라도, 그 설정된 데이터의 목록들은 기존의 스토리 구조나 그 문화권 내의 행위 도식에 기반하고 있다는 점에서 디지털 공간에서도 '재현'의 요소가 사라진다고는 보지 않는다. 하지만 인터페이스 공간에서, 이질적인 모드와 자료를 통합 활용하여 구성하는 세계는 단일 언어의 세계와는 다르다.

수용의 통합, 다감각, 집단성, 상호작용성, 즉각성 등과 같은 변화를 가져왔다. 하지만 매체가 소통의 도구이자, 문화의 양식이라고 한다면, 매체의 다변화는 단순히 매체의 가짓수가 늘어난 것이 아니라 표현과 사고, 지각의 다양성[19], 문화적 다양성이 보다 통합적이고 입체적 시각에서 문학독서 교육은 접근해야 할 것이다.

Ⅲ. 문학독서 개념의 확장과 문학독서 교육의 방향

1. 문학독서 개념의 확장

앞장에서 서술한 변화를 고려한다면 '문학독서' 개념 자체를 확장할 필요가 있다. 이는 '문학'과 '독서'라는 범주 자체가 어떤 고정된 형태로 정해져 있는 것이 아니라 역사적인 조건에 따라 끊임없이 변화된다는 특성[20]을 인정한다면, 쉽게 동의할 수 있는 부분이다. 일단, 외연적 확장을 고려할 수 있다. 활자 문학 텍스트를 대상으로 한 읽기 뿐 아니라, 음성, 영상, 동영상, 인터넷 텍스트를 대상으로 한 보고, 듣고, 체험하기[21]가 모두 독서 활동에 포함될 수 있다. 하지만 이렇게 되면, '읽기' 개념은 활자 매체 중심의 이해를 의미하는 '독서(reading)'의 의미를 넘어설 것을 요구받는다.

---

19) 정현선, 「동화와 에니메이션 '보기'를 중심으로 한 멀티리터러시의 국어교육적 고찰」, 『국어교육』 114호, 2004.
20) Manguel, Alberto, *A History of Reading,* 정명진 역, 『독서의 역사』, 박성선 외 역, 세종서적; 2000.
21) 하이퍼 텍스트나 컴퓨터 게임에서의 수용을 포괄하기 위해 이 용어를 사용한다.

이런 문제의식을 담아 내기 위해서는 '의미화 실천'(signifying practice)이라는 용어가 적당할 것 같다. 이 개념은 바르트의 논의를 빌리자면, "주체와 타자의 논쟁, 그리고 사회적 문맥에서 동일한 움직임으로 투자되는 노동으로 생산되는 의미"[22]와 관련되는 언어활동이라 할 수 있다. 특히, 언어의 활동적 에너지와 언어 주체의 정체성을 중시하여 독서가 사회 문화적 협상 과정으로 이루어지는 측면을 잘 살리고 있다. '문학독서'를 '의미화 실천'의 일종으로 접근할 때 독서 활동은 문학 작품 그 자체만이 지니는 항존적 가치의 이해에서 나아가 특정 사회 역사적 조건 속에서 그리고 다른 매체들의 교류 속에서 사회 문화적 의미가 생성, 변형되는 과정을 이해하고 나아가 이를 둘러싼 다양한 담론에 실천적으로, 창조적으로 참여하는 과정 전체를 아우르게 된다. 이 경우, 읽기의 사회, 문화적 실천의 성격, 문학과 다양한 매체의 통합적 가로지르기, 대중문화와 정전, 인쇄 매체와 전자 매체를 통합적이고 역동적으로 고려할 수 있다는 장점[23]이 있다.

2. 문학독서 교육의 설계 방향

그렇다면, 문학독서 교육은 어떤 방향으로 설계될 수 있겠는가. 사실, 다매체 시대는 '문학'의 변화뿐 아니라 '교육'의 위상에 커다란 변화를 가져오고 있다. 대중매체가 간접적으로 수행하는 사회 교육이 학교 교육을 위협하고 있기 때문이다. '사회화'에 기반한 근대 학교교육은 자칫

---

22) Barthes, Roland, *Theory of text, McLeod, Ian* (trand), p. 31~47, 제레미 M. 호손, 정정호 역 『현대문학이론 용어사전』, 동인, 2003, 630면 재인용
23) 이스트호프(1997)는 이 개념의 장점이 문학과 다양한 매체간의 가로지르기와 변형의 과정을 다룰 수 있고, 또 텍스트에서 기표, 이데올로기, 주체의 중층 결정을 포착하기 용이하다는 점을 내세운바 있다.

학습자들의 이탈을 가져올 수 있다. 이런 이유로 학교 독서교육도 현실적 경험을 추수하는 차원을 넘어서 문화적 폭과 깊이를 다질 수 있는 성찰 능력을 함양하는 방향으로 나아가야 한다고 주장[24]이 제기되기도 한다. 이를 고려한다면, 다음의 방향을 고려할 수 있다.

첫째, 문학과 매체 텍스트의 상호작용을 고려하되, 상호매체성에 주목하여 차이와 상호연관성을 포괄적으로 교육한다. 이 경우 개별 매체, 개별 장르들의 차이를 강조하는 개별적 접근보다는 상호연관을 중시하는 통합적인 접근이 더 유의미하다. 이런 판단은 뉴런던 그룹[25]에서 제출한 '다중 문식성(multi-literacies)'의 개념에서도 그 타당성을 인정받을 수 있다. 이들은 정보사회에서는 다양한 언어문화, 소통 모드에 따른 다양한 매체 언어와 소통, 협상하며 나아가 새로운 의미를 기획, 설계할 수 있는 능력이 중요하다고 지적하면서 이를 위해서는 개별적인 단위보다는 다양한 언어문화들과의 교섭, 소통할 수 있는 능력이 중요하다고 지적하고 있다. 이런 논의들을 참조한다면, 문학교육은 다양한 매체들이 통합적으로 운용되도록 하되 이러한 매체 통합이 기존의 '재현', '소통' 혹은 '사용'을 넘어서 '변용과 재창조'에 적극적으로 기능할 수 있도록 구성해야 한다는 점, 또 다양한 문화와 협상하고 창안할 수 있도록 해야 한다는 시사점을 얻을 수 있다.

둘째, 문학독서의 미적 성격과 사회 문화적 성격을 균형감 있게 고려하여 '문화로서의 독서'를 추구해야 한다. 다매체 시대의 독서는 사회적 상호작용이나 집단적 협동 속에서 수행되는 경우가 많다. 가령, 문학 작

---

24) Guisekkei, Herman, *Das ende der Erziehung*, 조상식 역, 『근대교육의 종말』, 내일을여는책, 2002.

25) Bill, Cope & Mary, Kalantzs, *Multiliteracies*, Rotledge, 2000.

품을 읽더라도 사이버 공간의 동호회 활동으로 함께 하면서 사회적 유대를 형성하고 특정 권력 구도에 나름의 위치를 설정하게 된다. 특히 사이버공동체 속에서는 공동체 구성원으로서의 각별한 의식과 연대를 도모한다.26) 또, 텔레비전이나 영화 보기는 가족들이나 또래집단과 대화와 함께 하며 가족 문화 형성과 관련지어 이해될 수 있다.27) 이 경우 독서는 인지적 활동의 차원을 넘어서 즐거움을 만들고 함께 삶을 공유하는, 이른바 사고로서의 읽기'를 넘어서 '문화로서의 독서'로 구체화되는 모습을 띤다. 문학독서 교육도 개인의 영혼을 고양하는 일을 넘어서 사회적 유대와 협상을 도모하는 방향을 함께 모색해야 한다.

셋째, 다매체의 문제는 다문화와 함께 결합되어 있다. 특히, 아동과 청소년 문화를 비롯한 다양한 문화를 문학독서 교육의 주요 자원(resource)로 활용하는 방향이 되어야한다. 새로운 매체가 '청소년'이란 문화의 범주를 강화하고 있음은 여러 논자가 밝힌 바 있다.28) 현 문학교육에서도 사이버 공간의 문학을 중심으로 많은 관심을 나타내고 있다. 청소년의 문화를 문학독서 교육에 적극 활용할 경우, 가장 큰 이득은 학습 독자에 대한 '결핍된 존재'에서 벗어날 수 있다는 점이다. 학습자를 문화 생산자가 아니라, 어른에 비해 부족한 존재로 인정할 때, 문학교육은 '보호주의적 매체교육'의 시각에서 기획될 수밖에 없다. 나쁜 매체로부터 보호하고, 대신 좋은 문학 작품을 읽도록 한다는 전제가 그것이다. 하지만 아동과 청소년을 '결핍된 존재'로 보는 것은 학교에서의 시각에 불과하

---

26) 최지현, 「인터넷에서의 청소년 문학 생활화 방안」, 『문학교육』 9호, 2003.
27) Buckinhum, D., *After the Death of Childhood: Growing Up in the Age of Eletronic Media*, 정현선 역, 『전자 매체 시대의 아이들: 미디어교육과 문화 정책에 대한 전망』, 우리교육, 2004.
28) Buckinhum, D. 정현선 역, 앞의 책, 2004.

다. 사회에서의 이들은 능동적이고 권리를 가지고 있는 주체로, 소비문화를 주도하기 때문이다. 청소년에 대한 교육과 사회의 인식의 차이만큼, 학생들에게 '학교 안 문학독서'와 '학교 밖 독서'의 괴리와 갭은 커진다. 학교 문학독서는 '학교 교실 환경'의 맥락 속에서만 이루어지며 그저 시험과 더불어 그 효용도 끝난다. 이런 점에서 '보호로서의 매체교육'에서 '준비로서의 매체교육'이라는 방향의 전환은 타당하고, 또 우리 문학독서 교육 논의에 중요한 참조사항이 된다. 이 경우, 학습자는 '미래 문화' 생성자라는 시각에서 이해되며 문학교육은 정치적, 교육적, 사회적 시각에 걸러져 보호되는 측면보다는 현실적인 매체 환경과 창의적으로 교섭하면서, 다양한 사회문화와 교류하고 자기 자신을 표현하는 방향으로 나갈 수 있겠다.

IV. 매체 통합적 문학독서 교육의 활동 층위

이와 같이 확장된 문학독서의 특성을 활성화할 수 있기 위해서는 어떤 하위 요소로 설계되어야 할 것인가. 이 문제는 다양한 방식으로 접근할 수 있겠지만, '의미'의 다양한 층위를 구조화함으로써 해결할 수 있다고 본다. 곧, 의미의 다양한 층위에 따라 '의미화 실천'의 양상을 구조화하여 교육내용의 요소로 삼을 수 있다는 것이다. 이와 관련된 기존의 논의를 잠깐 살펴보도록 하겠다. 박인기 교수(2002)는 '문화적 문식성'을 국어교육적으로 재맥락화하면서, 문화의 존재태로는 '공시적 문화'와 '통시적 문화'를 모두 포괄하고, 기능태로 '기능적(의미)' (문화적 맥락에 적합하게) '비판적(의미) (문화적 맥락을 비판, 실천)'으로 논의한 바 있다. 각 영역의 하위 요소들이 구체화되어야겠지만, 국어교육적 관점에서 문화교육을 재개념하는 의미있는 연구라 할 수 있다. 또, 외국의 경우, 호주 교육과정을 참고할 수 있다. 호주의 자국어 교육과정은 1) 문화적(cultural): 문화적 맥락에 적합하게 2) 조작적(operational): 언어구조의 활용 3) 비판적(critical): 평가와 재구성으로 되어 있다. 이들의 장점을 언어사용을 통합적으로 보고 다매체의 자료를 활용할 수 있다는 장점이 있음에도 불구하고 비판 활동을 최상위로 제시하여, 창조적 사용의 측면을 적극적 수용하고 있지 못한다. 코프와 칼탄티스(Bill Cope & Mary Kalantzis (2000))는 다중문식력 교육을 통해, 개인의 흥미와 관심이 다양한 문화 유산의 이해와 재창조로 확장되어야한다고 취지하에 1) 맥락적 실천(Situated practice) 2) 명시적 교수(Overt Instruction) 3) 비판적 틀짜기(Critical framing) 4) 변형적 실천(Transformed Practices)을 교육내용으로 제시하고 있다. 이 틀은 의미 생성의 창의적 변형을 일관된 흐름으로 놓고, 그 절차적 과정으로 설계되어 있다는 장점이 있다.

이 글에서는 다중문식성의 기본 틀을 원용하되, 문학독서의 특수성, 곧 미적 경험이나 미적 상호작용의 측면을 보완하여 1) 미적 상호작용 2) 사회·문화적 맥락과의 대화 3) 미적 변형과 생산의 세 틀로 제시하고자 한다. 이 구조는 개인의 직접적인 미적 경험에서 출발하여, 사회문화적 맥락의 매개성을 비판적으로 성찰하고 이를 통해 새로운 창안과 변형에 도달하는 과정으로 기획되어 있다. 사실, 이들의 각 영역은 현 문학독서 교육에 반영되어 있다.[29] 하지만 각 영역이 평면적으로 병렬

---

[29] 하지만 현 문학교육의 구조가 미디어교육가 동일하다는 견해(심상민, 2003)에 대해서는 다르게 생각한다. 구조적 동일성은 존재하겠지만, 현 문학교육은 작품 읽기의 여러 방법론을 포괄한 것이고, 미디어교육의 경우에는 매체성에 대한 비판이 강조되기 때문이다.

되어 있고, '매체성'에 대한 고려가 다소 약한 측면이 있다. 이에 본고에서는 '문화 생산'의 측면을 최종 지향점으로 놓고 각각의 단계들을 유기적인 구조로 배치하고자 노력하였다.[30]

문학독서 층위	개인 맥락적 읽기	사회, 문화적 맥락과의 대화			미적 변형과 실천
의미구성의 유형	미적 상호작용에 의한 의미 구성	사회적 의미구성	조작적 의미 구성	비판적 의미 구성	실천적/ 변형적 의미 재구성
문학/담론 지식	- 일상적, 상식적 지식	- 담론의 사회, 문화적 구성을 메타적으로 이해할 수 있는 명시적 지식 - 장르에 대한지식	- 개별 매체 언어에 대한 지식 - 담론관습에 대한 지식	- 이데올로기 분석에 관련된 명시적 지식 - 사회적 담론에 대한 지식	- 변형의 유형에 대한 지식
문학독서활동	- 개인의 일상 경험 맥락에서, 정서와 직관에 기초하여 의미 구성하기.	- 작가와 독자의 상호작용 분석하기. - 사회적 제도, 담론적 맥락 고려하여 분석, 해석하기.	- 담론 효과 고려하여 매체 언어, 소통모드, 담론 관습 분석.	- 설득적 담론 167텍스트에 선택/ 배제된 시각 해석. - 자신의 사회적 위치와 경험에 비추어 판단하기.	- 텍스트가 변형, 혹은 생산하는 의미와 스타일 읽기. - 자신의 시각에서 재창조하기.
문화적 다양성	- 당대적 텍스트와 고전 텍스트 입체적 구성 - 다양한 매체, 장르간 입체적 구성				
매체적 다양성	- 문자 기반 문학(읽기) - 음성 기반 문학(듣기) - 디지털 기반 문학(연행) - 영상 기반 문학(보기)				

1. 개인 맥락적 읽기

이 글에서는 개인의 독서 경험, 특히 '미적 경험' 자체를 충분히 활성

---

30) 김성진(2004)도, 비평 행위를 미적, 논리적, 윤리적 행위라는 중층적 구조에서 파악하고자 하였다.

화한다. 분석이나 해석을 위한 '개념'보다는 작품에 의미 패턴을 발견하고 구성하는 미적 즐거움을 강조하는[31] 일종의 '미적 상호작용' 단계라할 수 있다. 미적 상호작용은 분명히 결정되어 있지 않고, 다의성과 과잉의미를 지니고 있는 미학적 의미들을 상호작용적으로 구성하고 빈 공간들을 채우면서 사전에 만들어진 미학적 표현양식들의 메시지를 변경하는 활동이다. 이는 관례화거나 유형화된 집단성에 기반한 미학적 커뮤니케이션과는 대조된다.[32]

이 글은 매체 언어나 생산 맥락에 대한 지식을 강요하지 않고, 칸트의 '무목적적 목적성'과 같이 정서적 반응에 의해 촉발된 나름의 의미 구성을 강조할 필요가 있다. 그래야 이 과정에서 개인의 취향, 사회 문화적 정체성 등이 자연스럽게 나타날 수 있어 사회문화적 협상을 능동적으로 진행해 나갈 수 있다. 교사는 '결핍된 존재'로서의 독자가아니라 '정체성과 취향'을 가진 학습자로서 그들의 관심과 취향을 존중해야 한다.

그런데 여기서 고려해야 할 점이 있다. 학교 교실 독서의 평면성을 극복하는 일이다. 읽기를 '사회적 실천의 맥락' 속에 위치시키는 연구들은, 읽기를 일종의 실천(reading as doing)으로 규정짓고 공식적 버전의 읽기와 실제적인 읽기와의 차이에 주목한다. 실제적 읽기는 사회적 맥락, 읽기에 대한 개념, 읽기의 의도, 맥락, 텍스트에 따라 매우 다양하다. 교사와 학생의 사회적 상호작용을 넘어서, 다양한 읽기 실천을 시뮬레이션화하여 독서 활동 모델로 삼을 필요가 있다. 가령, 디지털시대에 점차

---

31) Nodelman, Perry, *The Pleasures of Children's Literature*(2ed.), 김서정 역, 『어린이문학의 즐거움1』, 시공주니어, 2001.
32) 김성재 외, 『매체 미학』, 나남출판, 1998.

강화되고 있는 놀이성, 게임성, 즐거움의 다양한 양상을 독서교육의 효율성 차원에서 수용하는 일이 과제로 남는다.

2. 사회·문화적 맥락과의 대화

1) 사회적 의미 구성

이 글에서는 작품 의미를 문화적 맥락과 사회적 상황을 고려하여 이해함으로써 앞 단계의 개인적 독서 경험을 확대시킨다. 낭만적 이해에서 벗어난다면, 문학은 광의의 사회, 문화적 현상에 속한다. 문학의 생산은 출판을 비롯한 물질적 조건과 밀접한 관련을 지니며, 사회·문화적 맥락에 효과적이고 적절한 의미 구성을 하기 위하여, 전형적 장르, 텍스트 유형, 독자와의 상호작용을 고려한다. 따라서 사회적 의미는 독자와의 상호작용, 거시적 미시적 문화 맥락과의 관계에서 해독할 수 있다.[33] 빌 코우프와 메리 칼란치스(Bill Cope & Mary Kalantzis)[34]에 따른다면, '사회적 의미'는 작가가 독자를 끌어당기기 위해 사용하는 전략과 관습, 작가와 독자 중 상호작용의 변화를 주도하고 방향을 결정하는 존재가 누구인지의 문제, 또 작가가 의미를 재현하는 행위의 유형은 어떤 것인지

---

33) 미디어 교육에서는 이와 관련된 항목으로 1) 소통의 주체는 누구이며 어떠한 목적으로 소통하고 있는가?(media agencies), 2) 주어진 미디어 텍스트는 어떤 종류의 것인가 (media categories), 3) 주어진 미디어 텍스트는 어떻게 생산되었는가? (media technologies) 4) 그것이 무엇을 의미하는지 어떻게 알 수 있는가 (media audience) 5) 누가 그 텍스트를 수용하며 그 의미를 이해하는가? (media audience) 6)주어진 미디어 텍스트는 그것이 다루는 대상을 어떻게 제시하고 있는가? (media representation)이다. (정현선, 2004. 144면)

34) Bill, Cope & Mary, Kalantzs, *Multiliteracies*, Routledge, 2000. 그는 다중문식력과 관련하여 사회적 의미, 재현적 의미, 사회적 의미, 조직적 의미, 맥락적 의미, 이데올로기적 의미를 제시한 바 있다. 이 이론은 포괄적이긴 한데, 너무 다양하여 선택, 통합하여 활용하도록 한다.

등이 포함되어 있다.

　이러한 읽기는 반영론이나 소통론에 의해 현 교육과정에서도 수용되어 있고, 또 다소 지식적인 분석으로만 흐를 염려도 있다. 하지만 우리에게 익숙하고 자연화된 의미와 표현 형식들을 특정한 맥락에 위치시켜 깨달음과 성찰을 얻는다면 이는 학습자의 미적 반응으로 이어질 수 있다. 이를 위해서는 단일 텍스트를 사회, 문화적 맥락에서 해석하는 작업 그 자체가 초점이 아니라, 특정 주제와 형식이 특정의 맥락에서 적절하게 소통하기 위해 어떤 텍스트 유형, 혹은 장르들을 선택하고 있는가, 그리고 이것이 독자들과의 상호작용 방식에 어떤 방식으로 개입하고 있는가를 확인함으로써 의미가 전달되는 사회적 과정 전체를 포괄할 수 있어야 한다.

　가령, '낭만적 사랑'이라는 모티프는 근대 소설과 대중 서사물에 많이 나온다. 맥락적 읽기를 통해 이 모티프가 '근대적 가족' 제도, 사랑에 대한 근대적 인식에 기반한 역사적 존재라는 것, 또 동일한 근대라고 하더라도 동아시아적인 맥락에서는 여성 희생적인 사랑의 모티프가 많이 더 많다는 사실, 그리고 주로 여성 독자들을 감동시키기 위한 형식으로 되어 있다는 점을 이해함으로써, 우리는 소설 텍스트에서 개인적인 감동을 넘어서 사랑에 대한 근대 문화나 여성을 독자층으로 하는 서사 형식의 특징을 이해할 수 있게 된다. 이 경우, 문학독서는 개별 작품 읽기를 넘어서 다양한 시대, 문화, 매체를 가로질러 비교, 분석, 대조하는 방식으로 구성된다.35) 이러한 통합적 구성을 통해 읽기는 문화를 이해하고 수용하는 차원을 넘어서 독자의 주체적 판단을 전제로 하는 '사회적 협

---

35) 문학생산과 수용의 사회, 문화적 성격에 대해서는 우한용 교수(1997)의 「문학교
　　육의 문화론적 기초」에 잘 설명되어 있다.

상’의 자원이 된다.

아울러 사회적 의미 구성에는 제도적 변인도 중시되어야 한다. 문학은 예술작품이기도 하지만, 상품이기도 하다. 특히나 디지털 시대에는 예술과 산업의 경계가 무너지고 있다. 출판 매체의 경우, 잡지, 출판사, 서점, 도서관, 광고가 대중매체의 경우 스타 시스템, 프로그램 포맷(가령, 뉴스 스토리 포맷, 토크쇼 포맷, 퀴즈쇼 포맷), 다국적 미디어 산업의 유통 시스템이 작품의 사회적 의미를 만들어낸다. 가령, 디즈니 영화나 미야자키 하야오의 영화들이 우리에게 친근한 이유를, 다국적 미디어 산업의 ‘친근하면서도 낯설게’의 전략과 관련지어 해석할 수 있다.

또, 작가와 독자의 상호작용에 대해서는 실제 수용자들의 수용 텍스트를 교재로 삼아 분석할 수 있다. 온라인 문학 동호회나 오프라인 상의 개인적인 수용 텍스트를 통해, 어떤 집단의 독자들이 어떤 반응을 보였고, 그것이 어떤 문화 흐름을 만들었는가 하는 점, 또, 수용자의 반응이 작품의 개작에 어떤 영향을 미치고 있으며, 매체 변용에 관여하는 당대의 문화 상황이나 수용자의 요구를 분석한다. 특히, 대중매체에서의 독자와의 상호작용은 지적 측면 외에도 즐거움의 ‘쾌락원칙’을 적극적으로 고려할 필요가 있다. 가령, 텔레비전 뉴스의 의미는 제시된 정보 뿐 아니라, 시민들에게 제공하는 위안과 정서적 안정감 자체가 중요한 의미라는 점을 읽을 필요가 있다.

2) 조작적 의미 구성

다음은 텍스트 분석이다. 앞 단계에서의 맥락적 분석을 전제하면서도, 텍스트의 효율성을 위한 형식적 장치들을 세밀히 검토하여 효과적인 표현 전략을 분석하는 단계이다. 문자 텍스트는 장르 유형, 절이나 구,

형상적 언어, 평가적 단어와 구절이, 영상 텍스트(visual text)는, 쇼트와 편집 유형, 카메라 각도와 앵글, 화면 구도, 미장센, 음향 등, 음성 텍스트의 경우, 목소리 톤과 볼륨, 제스츄어, 대화 교체 등, 그리고 멀티 모드의 텍스트는 다양한 모드가 통합되는 방식, 하이퍼 링크를 고려할 수 있겠다.

하지만 이 텍스트 형식을 형식 그 자체만으로 분석해서는 곤란하다. 소통과 재현, 변형과의 다양한 연관 속에서 그 효과와 함께 고려되어야 한다. 여기에는 1)소통 형식의 특징은 무엇인가? 이 소통 형식과 관련되는 관습이나 실천은 무엇인가? 2) 소통의 매체는 무엇이며, 이는 재현의 형식이나 형상을 어떻게 규정짓고 있는가? 3) 이 매체가 어떻게 사용되는가? 3) 작은 정보 단위가 어떻게 결합되어 있는가? (응집성) 4) 의미 만들기의 전체적인 조직은 무엇인가?[36] (구성) 등이 포함될 수 있다. 특히, 서사물의 경우, 장르적 관습의 영향이 크다는 점을 고려하여, 동일 장르의 매체별 차이나 동일 장르 관습이 시대, 개인, 문화권에 따라 어떻게 변화하는가를 중심으로 살필 수 있다. 가령 '자전적 서사물'의 경우, 인터뷰나 토크쇼와 같은 대화적 서사물, 논픽션 다큐멘타리, 만화나 그림의 영상 서사물, 웹진, 블로그 등의 자기 소개 서사물을 통해, 자기 이야기의 매체별 언어적 차이와 그 효과를 분석할 수 있다.

3) 비평적 의미 구성

여기서는 텍스트의 의미가 누구의 시각과 관심, 이해를 반영하고 있는가를 해석하고 있다. 모든 텍스트의 의미는 선택과 배제의 결과이다. 재현되는 인물, 공간, 장소, 사건들을 어떤 가치가 선택적으로 드러나고,

---

36) Bill, Cope & Mary, Kalantzs, *Multiliteracies*, Routledge, 2000 참조.

어떤 것을 배제되는지 살핀다. 텍스트가 전제하고 있는 특정의 시각과 주체 위치에 대해 재구성하고, 평가하는 것은 대안적 의미를 구성함에 주요 발판이 될 수 있다. 여기에는 1) 의미 제작자들은 자신의 관심을 어떻게 드러내고 있는가? 2) 메시지에 나타난 의미 제작자들의 사회적 위치는 무엇인가? 3) 상정하고 있는 독자의 역할은 무엇인가? 4) 배제하고 있는 의미, 무의식적으로 한 방향에 대해서만 말하고 있는 것은? 5) 유산의 의미들을 새롭게 창안하는 유형은 어떤 것인가?[37] 등이다. 지시적 의미보다는 함축이나 은유에 따른 이차적 의미와 정서적으로 환기하는 내용을 분석할 필요가 있다. 이분법의 상징적 약호와 같이 비교적 명확하게 드러나는 경우도 있지만, 모호함이나 부재로 표현되기도 한다.

이 경우, '비판' 활동은 미디어 교육론에서 강조하듯이, 교사가 장악하는 특정의 시각을 학습자에게 강요하는 식의 '정치적 보호주의'가 아니라 자신의 사회적 위치와 문화적 정체성을 협상하고 드러낼 수 있는 '일종의 비판적 자율성'이 되도록 할 필요가 있다. 이는 학습자 자신의 역동적인 사회적 협상 과정을 인정하는 것이다. 이러한 '자율성'을 위해서는 되도록 다양한 이데올로기적 위치를 종합적으로 비교, 대조하는 방식이 학습자의 성찰 활동을 강화할 수 있다. 동일 모티프나 사건, 행위의 시대별, 매체별, 문화별 비교를 통해, 개별 텍스트의 형식이 이데올로기적 위치에 따라 어떻게 달라지는지를 살피는 것도 가능하다. 이 경우, 매체나 장르에 따라 이데올로기가 드러나는 방식의 차이를 고려할 수 있다.

또, 한 걸음 더 나아가 텍스트 뿐 아니라, 수용자 자신들의 수용 경험이 어떤 주체 위치와 사회적 담론 속에서 이루어지는지에 대한 메타적

---

37) Bill, Cope & Mary, Kalantzs, *Multiliteracies*, Routledge, 2000 참조.

성찰도 중요하다. 무의식적으로 전제하고 있는 주체 위치가, 자신의 경험을 충분히 반영하고 있는지에 대한 성찰을 통하여 자신의 일상 경험에 체계적인 비판을 가할 수 있다. 주변 상황의 리서치나 사례 연구를 통해 실제적 수용 경험을 교육에 수용하는 것은, 상황 학습에 적절하다.

3. 미적 변용과 실천

이 단계에서는 개별 텍스트가 전통적 유산들을 창의적으로 변용, 재구성한 부분을 해석, 평가한다. 앞의 단계가 주로 '적절함, 효과성'의 차원에서의 독서라면, 이 단계는 '생산성'의 차원이다. 런던 그룹에서는 변용의 원리로 '혼성', '재맥락화', '결합'(synaesthesia)를 제시한 바 있다.[38] 서사물의 경우 주제 차원에서의 '의미론적 혁신'을 살피거나 장르 혼합(hybrid), 장르 변형의 사례를 살필 수 있다. 의미론적 혁신은 모티프의 결합이나 모티프의 재창조로 나타난다. 장르 혼합은 서사물의 생명력이라고 할만큼 다채롭게 나타나며 의미와 문체 해석에서 매우 중요하다. 소설은 일상 언어의 수용을 통해 당대 사회 언어를 시학적으로 반영하며 추리서사 도식을 뉴스 스토리에 수용한다. 멀티모드의 텍스트 경우, '결합'의 원리를 음성, 영상, 문자 등의 새로운 방식의 상호작용에 주목한다. 게임서사나 대중매체는 고전적인 서사물을 다양한 방식으로 재맥락화하고 있는바, 전통적인 '정전'이 당대적인 맥락에서 재창조되는 예를 살필 수 있겠다. 읽기의 반응이 비평이나 수용 텍스트일 필요는 없다. '의미 변형의 패턴'과 '사례'에 대한 프로젝트, '문화 비평적 글쓰기' 형

---

38) Bill, Cope & Mary, Kalantzs, *Multiliteracies*, Routledge, 2000 참조. 특히 '결합'은 멀티모드 텍스트에서 찾아 볼 수 있다.

태의 포괄적인 형태로 나아갈 수 있다.

V. 결론 : 대화적 교육과정을 생각하며

이제까지 매체 통합적인 문학독서의 필요성, 방향, 그리고 핵심적인 교육내용 항목을 살펴보았다. 국어과에서도 영역별 '통합'의 문제가 논의되었지만, 매체 통합적인 문학독서 교육을 위해서는 통합의 원리와 방법이 규정되어야 할 것이다. 기존 문학교육이나 국어교육에서는 교육과정의 '효율성'이나 '언어 사용의 실제성'을 꾀하려는 의도에서, 기능이나 전략 중심, 장르 중심, 텍스트 중심, 언어적 상황 중심, 주제 중심 등의 원리를 중심으로 통합 논리가 진행된 바 있다.

매체 통합도 '효율성'이나 '실제성'을 중시해야겠지만, 특히, 매체나 문화간의 역동적 대화에 학습자가 참여할 수 있는 교육과정 구조가 필요하다는 점을 지적하고자 한다. 대화란 차이와 연관(유대)를 동시에 실현하는 언어적 사건이다. 매체나 문화가 차이와 연관성을 동시에 지니고 있다는 점에 주목한다면, 장르나 주제적 접근을 중심으로 하여 '대화적 구성'을 할 수 있으리라 생각한다. 가령, 서사는 초국가적 초문화적 가로지르기라는 보편의 측면과 개별 매체와 문화권, 사회 문화적 맥락에 따라 달라지는 측면을 동시에 지니고 있다. 물론 컴퓨터 서사와 소설, 신문기사와 텔레비전 다큐멘타리에는 공통점보다는 차이점이 더 많을 수도 있다. 하지만 학습자는 '서사 장'이라는 광의의 개념을 매개로 하여, 매체간, 문화간, 시대간 대화에 개입할 수 있으며 이를 통해 새로운 서사문화를 모색할 수 있다.

애플비(Applebee)[39]는 다문화 교육을 위하여, 단일화된 문화유산을 선택하고 이를 고정된 것으로 교육하는 이른바 '전이 모델'(transition model)을 비판하면서, 학습자가 이질적 영역들간의 접촉을 통해 대화적 참여에 도달할 수 있는 교육과정을 제안한 바 있다. 이 모델의 장점은 기성의 유산들을 학습자의 활동 속에서 맥락화시키고, 특히 이 과정에서 학교 밖의 다양한 문화를 학교 안으로 끌어들일 수 있다는 데에 있다. 또한 비교문학론에서도 작품들(매체들) 간의 관계적 이해가, 영향 관계에 대한 실증을 넘어서 창의적 독해를 이끌어 낼 수 있다는 점을 지적한다. 이러한 논의들은 매체 통합적인 독서의 관건은, 문학과 매체를 역동적이고 창의적인 관계망 속에서 구성하는 데 있음을 시사하고 있다. 하지만 이런 논의가 구체화되기 위해서는, 실제 현실에서의 학습자들의 매체 경험과 취향, 수용 및 제작 능력 등에 대한 실질적 발달 연구들이 보완되어한다고 본다.

문학독서 교육은 국어교육 영역 중에서도 가장 전통적인 분야이다. 그 동안 축적된 전통은 문학독서의 깊이를 더해주고 있지만, 급속한 문화 변동 속에서는 문학독서 교육 역시 새로운 변화를 요구받고 있다. 이제 학교 현장에서도 대중매체 수용에 대한 거부감은 거의 없으며, 다양한 매체의 활용 역시 일상화되고 있다. 하지만 개방이나 확장만이 능사는 아닐 것이다. 변화의 방향을 모색하고 정당화할 수 있는 이론 모색이 시급하다.

---

39) Applebee, Arthur N., *Curriculum as Conversation*, The University Of Chicago Press, 1996.

■ 참고문헌

김대행, 「매체언어 교육론 서설」, 『국어교육』 97, 한국국어교육연구회, 1998.

강내희, 『문학의 힘, 문학의 가치』, 문화과학사, 2003.

김동환, 「문화교육으로서의 국어교육」, 『국어교육학연구』 15, 한국국어교육학
　　　　연구, 2002.

김문환, 『문화교육론』, 서울대 출판부, 1999.

김성재 외, 『매체 미학』, 나남출판, 1998.

김성진, 「국어교육의 대중문화 수용을 위한 시론」, 『국어교육연구』 5집, 서울
　　　　대 교육연구소, 1998.

―――, 「비평 활동 교육의 내용 연구」, 서울대 박사학위 논문, 2004.

김외곤, 「사이버 문학과 국어교육」, 『국어교육학연구』 17집, 국어교육학회,
　　　　2003.

김창원, 「국어교육과 문화론」, 『한국초등국어교육』 20집, 한국초등국어교육학
　　　　회, 2002.

구인환 외, 『문학교육론(3판)』, 삼지원, 1998.

권순희, 「하이퍼텍스트를 통한 읽기 교육 개념의 재설정」, 『국어교육학 연구』
　　　　16집, 국어교육학회, 2003.

노은희, 「대중문화의 국어교육적 의의」, 『국어교육학 연구』 15집, 국어교육학
　　　　회, 2002.

류수열, 「문학교육의 외연과 텔레비전 오락 프로그램의 가능성」, 『국어교육
　　　　학연구』 17, 2003.

문영진, 「서사교육의 방향 설정에 관한 일 연구」, 『국어교육학연구』 13집,
　　　　2001.

박기범, 「영화의 문학교육적 수용 연구」, 한국교원대 석사논문, 2001.

박선영, 「대중문화교육연구 - 영화의 문학교육적 접목을 중심으로」, 전북대

석사논문, 2002.

박인기, 「독서와 매체 환경」, 『독서연구』 1집, 1996, 1996.

———, 「문화적 문식성의 국어교육적 재개념화」, 『국어교육학연구』 15집, 국
　　어교육학회, 2002.

서유경, 『인터넷 매체와 국어교육』, 역락, 2002.

성광수, 조광제, 류분순 외, 『몸과 몸짓 문화의 리얼리티』, 소명출판, 2003.

심상민, 「국어 교과 내 미디어 교육 수용 현황 및 수용 방안 연구」, 서강대 언
　　론대학원 석사학위 논문, 2003.

우한용, 『문학교육과 문화론』, 서울대 출판부, 1997.

안정임·전경란, 『미디어교육의 이해』, 한나래, 1999.

정현선, 「디지털 리터러시의 국어교육적 고찰」, 국어교육학회 여름 정기 학술
　　대회, 2004.

———, 『다매체 시대의 국어교육과 문화교육』, 역락, 2004.

———, 「동화와 에니메이션 '보기'를 중심으로 한 멀티리터러시의 국어교육
　　적 고찰」, 『국어교육』 114호, 2004.

현실문화연구편, 「삐라에서 사이버 문화까지 문화 읽기」, 『현실문화 연구』,
　　2000.

최병우, 「다매체와 독서 개념의 변화」, 『다매체 시대의 한국문학연구』, 푸른
　　사상, 2003.

———, 「문학교육과 대중문화」, 『다매체 시대의 한국문학연구』, 푸른사상,
　　2003.

———, 「사이버 소설의 플롯 특성」, 『다매체 시대의 한국문학연구』, 푸른사
　　상, 2003.

최인자, 『국어교육의 문화론적 지평』, 소명출판, 2001.

———, 「다문화 시대, 비교문학에 기반한 서사교육」, 『한국어문교육학』 25,
　　한국어문학교육학회, 2002.

———, 「아동기와 청소년기, 문학 창작 경험의 발달적 특성과 문학교육」,
　　『한국문학교육학회』 제 35회 학술발표대회, 한국문학교육학회, 2004.

최지현, 「인터넷에서의 청소년 문학 생활화 방안」, 『문학교육』 9호, 2003.

최유찬, 『컴퓨터 게임과 문학』, 연세대출판부, 2004.

ㅡㅡㅡ, 「매체의 변화와 국문학 교육과정의 개편, 국문학과 교육과정 개편방향」, 숙명여대 인문과학연구소 학술발표대회, 2004.

최혜실, 『디지털 시대의 문화 읽기』, 소명출판, 2001.

Applebee, Arthur N., *Curriculum as Conversation*, The University Of Chicago Press, 1996.

Bill, Cope & Mary, Kalantzs, *Multiliteracies*, Routledge, 2000.

Buckinhum, D. & Julian Sefton-Green, "Making Sense of the Media: From Reading to Culture" *Cultural Studies Goes to School: Reading and Teaching Popular Media*, Taylor & Francis, 1994.

Buckinhum, D., *After the Death of Childhood: Growing Up in the Age of Eletronic Media*, 정현선 역, 『전자 매체 시대의 아이들: 미디어교육과 문화 정책에 대한 전망』, 우리교육, 2004.

Buckinhum, D., *Media Education*, 기선정 · 김아미 역, 『미디어 교육: 학습』, 러티러시, 그리고 현대문화, JNBook, 2004.

Chevreul, Eve, 박성창 역, 『비교 문학, 어떻게 할 것인가』, 민음사.

David, Brton, Hamilton Mary & Ivanic Roz, *Situated Literacies,* Routledge, 2000.

Easthope, Anthony, *Literary into Cultural Studies*, 임구상 역, 『문학에서 문화연구로』, 현대미학사, 1994.

Guisekkei, Herman, *Das ende der Erziehung*, 조상식 역, 『근대교육의 종말』, 내일을 여는책, 2002.

Jean, Lave & Etienne, Wenger, *Situated Learning*, 『상황학습』, 교우사, 1998.

Manguel, Alberto, *A History of Reading*, 정명진 역, 『독서의 역사』, 박성선 외 역, 세종서적, 2000.

Nodelman, Perry, *The Pleasures of Children's Lterature*(2ed.), 김서정 역, 『어린이문학의 즐거움1』, 시공주니어, 2001.

Raymond, Willam, *Marxism and Literature*, 박만준 역, 『문학과 문화이론』, 경문사, 2003.

서사양식의 문학독서 교육과 그 내용

박 인 기

(경인교육대학교 국어교육과 교수)

Ⅰ. 문학독서 교육 '내용'의 논의 위상

문학(서사)교육[1]을 독서교육의 범주로 제한하여 논하게 될 때 얻는 이점과 한계는 무엇일까. 독서교육을 문학의 영역으로 특정화하여 논하게 될 때 얻는 이점과 한계는 무엇일까. 논의의 위상에 따른 상호 조응이 있다면 독서교육에 대한 담론 현상, 소통의 확장에 의해 추상화될 때 그 담론은 이미 일종의 '의미현상'을 지칭하는 양태로 나타나기 때문에 의미의 방향을 짚어 보아야 한다.

문학독서 교육의 내용을 논하면서 이 문제를 우선적으로 짚어보는 것은 논의가 유연함에서 오는 생산적 요소를 잘 확보해야 하겠다는 생각에서이다. 특히 문학독서 교육은 그 연구 담론이 어떤 형식적 범주에 갇

---

1) 이하 이 글에서 '문학교육'이라고 표기된 것은 '문학(서사)교육'의 의미로 사용된 것으로 간주한다.

히게 되면 문학독서의 본질을 놓치게 될 가능성이 있기 때문이다. 그런 점에서 문학독서 교육내용에 관한 논의를 할 때는, 담론이 문학교육의 어떤 인식론과 연결되며, 교육과정의 어떤 레벨과 연동되며, 독서 행위의 어떤 국면을 문제 삼는 것이라는, 이른바 '위상적(位相的) 인식'을 분명하게 가지어야 한다. 이러한 기조 위에서 논의의 유연함, 아이디어 간의 상호성이 살아날 수 있는 것이다.

문학독서 교육의 내용에 대한 연구·개발 담론들이 자기 위상에 대한 점검과 상위 인지가 의외로 취약하다는 인상을 받는다. 오늘날 교과교육에서 일어나는 소위 개발성 담론 또는 기능성 담론들이 그 자체의 완결성(개발 도구로서의 기능적 완결성)에 치중하는 나머지 자기 담론의 본질 위상을 돌아보지 못하는 경우가 적지 않기 때문이다. 일반 담론에서 어떤 지향을 표명한 담론 주체가 막상 구체적 프로그램을 개발할 때는 그 지향과 무관한 결과물을 생산하게 되는 경우는 없는지 되돌아 볼 일이다.

이런 인식을 토대로, 문학(서사)교육을 독서교육의 범주로 제한하여 교육내용을 논하게 될 때 얻는 이점과 한계는 무엇일까? 또 그것을 다시 '교육내용'의 범주로 제한하여 논하게 될 때 얻는 이점과 한계는 무엇일까?

이점이라면 문학독서 교육의 구체적 국면에 호응될 수 있는 원리나 관점을 제공해 줄 수 있다는 점일 것이다. 문학교재나 문학수업의 구체적 내용들을 ①문학의 원리에 비추어, ②독서의 원리에 비추어, ③교육의 원리에 비추어, 정밀하게 짚어 볼 수 있다는 점이다. 이 경우, ①②③의 공통 자질을 수렴하는 방향으로 논의의 가닥이 잡혀야 하므로, 당연히 귀결되는 논의의 핵심은 문학독서 교육을 위한 구체적 정보를 생성하거나, 원리를 재개념화 하거나, 새로운 원리를 만들거나, 이들을 기능적 명제로 변환시키거나 하는 것이 된다. 그리고 이런 노력의 요체는 구체화, 실용화에 집중될 가능성이 많다.

한계 또한 있다. 문학 경험의 총체성을 놓칠 수 있다는 점이다. '경험의 총체성'을 문학독서 교육의 이상적 내용으로 보지 않고, 문학독서 교육의 내용이 어딘가에서 주어지는 것이라고 생각하는 체제에서는 교육의 내용이 경직된다. 문학교육의 내용을 텍스트 차원으로 환원하여 항목화하는 것이 우리의 교육과정 내용 조직에서 보여준 전통이었기 때문이다. 교육의 내용이 기획될 때, 학생들의 '경험 총체성'을 일차적인 참조의 틀(frame of reference)로 삼아야 하고, 그것을 바탕으로 문학독서 교육내용의 여러 범주들을 접근해 보고, 그러한 교육의 결과가 송환되는 것도 '경험의 총체성'을 종착지로 하는 것이 되어야 한다. '문학'이기 때문에 더욱 그러하다.

그런데 독서와 문학과 교육의 공통 자질 안에서 문학독서 교육의 내용을 설계하려면 경험의 총체성이 분리되는 것을 피할 수 있을 것인가 하는 의문이 든다. 문학독서 교육의 내용은 학생들의 문학 경험이 '유기적 총체'로 형성 발전해 나가도록 돕는 것이어야 하고, 경험의 유기적 총체 속에는 텍스트에 관한 항목적 이해만으로는 감당하지 못하는 것들이 있다.

그런 점에서 본 논의는 몇가지 전제를 강조한다. 첫째 서사 공간을 중심으로(서사 공간의 내포와 외연을 통하여) 인식의 주체로서 또는 인식의 객체로서 인간을 이해하고 실천하는 마당이 곧 문학(서사)교육이라는 생각을 기저로 한다. 그리고 그 인간으로 이루어진 세계를 상상력으로 이해하는 또는 그 상상력을 번역하는 과정에서 경험하는 언어적, 미학적, 이념적 요소들을 문학독서 교육의 내용 범주로 삼아야 한다는 다소 개방적이고 유연한 내용관의 위상에서 논의를 전개하려 한다. 이를 압축하건대 앞에서 언급한, '세계'에 대응되는 '경험의 총체성'이 된다.[2]

둘째, 본 논의는, 교육과정 철학 면에서 다소 절충적인 위상에서 문학독서 교육의 내용 문제를 다루려고 한다. 즉 지적 전통성을 바탕으로 하면서 지적 도야를 강조하는 본질주의 교육과정 이론 패러다임과, '지금 여기'의 역동적 요구를 실제의 경험 차원에서 추구하려는 실제적 교육과정 패러다임(practical paradigm of curriculum theory)을 반성적으로 절충하려 한다. 이는 문학독서 교육 논의가 순수한 이론논의와 병행하여 실천에 대한 기여를 어느 정도 목표로 하고 있기 때문이다.

셋째, 본 논의는 교육과정의 내용을 다루는 데 중점을 두면서도 '내용론'이 고립적으로 구축되지 않도록 하려 한다. 즉 내용과 방법의 내적 상호성을 염두에 둘 것이다. 경우에 따라서는 〈철학－목표－내용－방법－평가〉라는 교육과정의 항존(恒存) 프레임 전체에 연동되는 '내용' 논의를 해나가는 것이 바람직할지도 모른다. 그러니까 교육을 이념태 차원과 더불어 작용태 차원을 함께 연계짓는 논의 위상을 견지하려 할 것이다.

넷째, 본 논의는 독서 행위의 '궁극적 의미화' 국면을 문제삼는 데에 중점을 두고 내용론를 펼쳐 볼 것이다. 바람직하기로는 문학독서 행위의 '문화적 화용(話用)'에 목표를 둔 문학독서 교육론으로 나아가기를 기

---

2) 공교육에서의 교육내용 논의는 보편의 공리적 인식에서 출발하는 것이 바람직하다. 소설 문학의 인문성을 가치적 명제로 바꾸어 드러낸 한 작가의 진술에서 소설 교육내용이 기획하는 '경험의 총체성'이 어떤 형성 기제를 가지게 하는지를 비교적 잘 엿볼 수 있다, "소설은 사람의 이야기다. 사람의 안목과 인식으로 번역되지 않고는 어떤 세계도 드러낼 수 없듯, 사람에 대한 사랑과 믿음 없이는 어떤 문학도 우리를 감동시킬 수 없다."(이문열, 「나는 왜 문학을 하는가.」)

대한다. 이렇게 논의 위상을 설정함으로써 '경험의 총체성 형성'이라는 문학교육 인식과 호응되는 레벨을 마련할 수 있을 것이다. 이러한 기조를 유지함으로써 논의의 유연함, 아이디어 간의 상호성이 살아날 수 있는 것이다.

Ⅱ. 문학독서 교육 '내용'의 중층성―'내용'의 하위 범주들

'교육의 내용'은 그 정체(正體)가 다소 모호하다. 가령 '소설의 내용', 또는 '역사의 내용'이라고 했을 때, 그 의미를 받아들일 수 있는 것보다 훨씬 더 모호하다. 복잡하게 생각하지 말고 통념적인 수준에서 생각해 보아도 역시 그러하다. '교육의 내용'이 단순해 보이지 않는 것은 그 안에 여러 요소가 중층(重層)을 이루어 개입되어 있기 때문이다. 바로 이 점 때문에 문학독서 교육의 내용을 하위 범주화 하는 데에는 합리적 접근이 필요하다.

주지하다시피 교육의 '내용'은 해당 교육의 '철학', '목표', '방법', '평가' 등과 유기적 체제를 유지하여 마련되고 운영된다. 이런 유기적 체제에서 해방된 '교육내용'은 교육의 실제 운영에서는 별 의미가 없다. 아니 내용화되지 못한다. 이는 교육의 '내용'이 일종의 체제 접근(systematic approach)의 성격을 띤 구성물이라는 것을 의미한다. 내용에 가해 오는 목표나 방법이나 평가 등이 조화를 이루지 못하거나 온당하지 못하다면, 내용에 대한 논의는 비판적 관점을 불러들일 수밖에 없다.

따라서 '내용'은 교육과정의 다른 범주들(목표/방법/평가 등)에 대해서 일정한 상관관계를 가진다. '내용'은 상대적으로 독립변수가 되기도 하고, 종속변수가 되기도 한다. 요컨대 내용과 방법이 내용의 중층성 속에서 쉽사리 분리될 수 없도록 연계되어 있는 것이다. 이런 관점(방식)으로, '내용'을 구성하는 동네, '내용'을 범주화 하는 동네가 교육의 동네이다.[3]

이렇게 보면 문학독서 교육의 내용은 교육과정이 개발되고 운영되는 기제와 관련해서도 중층성의 기제를 가지고 있음을 알 수 있다. 이러한 중층성의 맥락을 살피지 않고, 텍스트 차원의 문학독서 교육의 내용을 논하는 것은 논의 그 자체의 가치[4]와 상관없이 파편성을 면할 수 없다고 해야 할 것이다.

교육의 '내용'이 어떤 하위 범주로 구체화 될 수 있는가. 이 문제는 내용을 선정하는 기본 준거가 된다는 점에서 중요하다. 일반적으로 어떤 특정 분야의 '내용'은 주로 지식 요소(정보 요소)로 이루어져 있지만, 우리가 논하고자 하는 교육의 '내용'은 그렇지 않다. 지식, 기능, 태도, 가치, 활동, 경험 등이 모두 교육의 내용이 된다.

독자에 대한 문학의 주된 작용이 이해와 감상을 거친 가치와 인식의 형성에 있다고 해서, 문학독서 교육의 내용이 '가치'나 '인식'으로 쉽사리 범주화되기를 기대하는 것은 어렵다. 가치나 인식의 형성에 관여하

---

3) 여기서 '동네'는 방식을 공유하는 학문 공동체를 일컫는 은유적 표현이다. 한 학문 분야가 내적 속성으로 가지고 있는 자기규정의 방식이 '동네'라는 모습으로 자연스럽게 범주화 되는 것이다. 이 방식에 의해서 그 학문은 자신의 고유한 체계와 질서를 구축한다.
4) 위대한 문학 텍스트는 그 자체로서 하나의 소우주를 구현한다. 그래서 모든 문학 텍스트는 그 나름의 교육적 작용을 할 수 있는 내적 동인을 갖추고 있다. 그런 면에서 개별 텍스트를 문학독서 교육의 내용으로 논하는 것은 그 나름의 가치를 가진다. 그러나 이런 방식으로 '내용론'의 체계를 세울 수는 없다.

는 지식, 기능 등도 문학교육의 내용이 되고, 내용의 기본 질료에 해당하는 '활동'이나 '경험'은 현대교육에서는 어떤 이념태(가치나 인식)를 직접 강조하는 것보다 더 중하게 여긴다. 더구나 지식, 기능, 활동, 경험 등의 내용 단계마다 주체가 어떤 지향을 가지도록 하는 데 관련되는 '태도'는 내용의 범주에 넣기에는 모순이 전혀 없는 것은 아니다. 불편한 점 또한 없지 않다. 내용을 지식의 항목으로 이해해 왔던 통념으로는 수긍이 잘 안 간다. 그러나 교육이란 것이 원래 그런 것을 길러내는 것이기 때문에 응당 내용의 범주에 든다는 것이다.

이렇게 보면 문학독서 교육의 내용은 다음과 같은 잠정적인 층위(범주) 구분이 가능하다.

① 질료적 층위: 문학적 경험, 문학적 활동

② 대상적 층위: 지식(텍스트 포함), 기능(이해 및 감상 전략)

③ 인식적(내면화) 층위: 가치, 인식, 태도

이렇게 볼 경우에는 문학독서 교육의 내용이 내포하는 중층성의 모습은 더욱 확연해 진다. 그리고 이러한 중층성의 범주들을 문학독서 교육의 내용으로 고려하는 지점이야말로 보편적 문학 교양주의자의 '문학독서 내용론'과 문학교육론자의 '문학독서 교육 내용론'이 차별화 되는 지점이라 할 수 있다.

문학독서 교육의 내용이 중층성에 의한 하위 범주들을 가지게 된다는 것은 교육과정 이론 패러다임의 측면에서도 확인할 수 있다. 문학독서 교육이 '경험의 총체성'을 통하여 얻고자 하는 것이 '가치'나 '인식'의 요소라 할지라도, 가치와 인식으로 수렴되는 교육과정 내용관, 즉 지적 도야주의 패러다임에 맹목적으로 종속되지 않는다.(이는 지적 도야주의가 중요하지 않다는 말은 아니다. 문학독서 교육에서는 일정 부분 지적 도야라는 인문학적 본질 가치를 중시해야 하는 국면도 있다.) 그러나 '지적 도야'의 경험적 적합성에 대해서는 '지금 여기'를 준거로 한 재개념화의 노력이 있어야 한다. 재개념화 논자들은 지적도야가 실제적 경험으로 변환되지 않고, 영원히 닿을 수 없는 추상적 명제로만 존재함으로써, 일종의 '교육적 허구'로 치달을 수 있다고 주장한다. 그런 면에서 디지털 서사의 '경험적 영향력'을 어떻게 평가하고, 질료적 층위의 문학독서 교육내용으로 삼아야 할지를 고민하게 된다.

요컨대, 문학독서 교육에서 '교육의 내용'이라고 했을 때 좀 유연한 경계역(scope)을 지향할 필요가 있다. 그러기 위해서는 최소한 두 가지 원칙이 고려되어야 한다. 하나는 문학독서 교육의 내용을 텍스트 차원으로 고정시키지 않는다는 점이다. 여기에는 텍스트 자체의 내용을 포함하여 텍스트의 구조를 설명하는 원리들까지 포함된다. 그리고 다른 하나는 내용 개념 속에 텍스트가 작용하는 외연을 주목할 필요가 있다는 점이다. 텍스트가 작용하는 외연을 문학독서 교육의 내용으로 인정함으로써 '내용'의 역동성이 의미를 지니게 된다. '내용'의 역동성이 살아난다는 것은 무엇을 뜻하는가. 내용이 폐쇄 회로 속에 갇히지 않고, 내용과 독자가 적극적 교섭을 할 수 있도록 되어간다는 것을 의미한다.

문학독서 교육도 궁극으로는 인간(또는 인간 세계)의 온전한 발달에 귀결된다. 그러한 교육의 내용으로서 '서사', '서사적 경험', '서사의 작용' 등이 설정되고, 이들이 다시 교육, 독서, 문학 등의 변인에 의해서 중층화 되는 것을 확인하였다. 불투명한 듯한 중층성의 개념을 끌어들이는 것은 문학독서 교육의 내용이 실제로 인간 발달의 기제를 대단히 역동적으로 실현할 수 있어야 한다는 기대 때문이다. 중층성의 개념으로 '내용'을 접근함으로써, 문학독서 교육은 내용 자체의 완전성뿐 아니라,

문학독서 교육의 방법과 메타적 활용에 이르기까지 선순환(善循環)을 기
대할 수 있는 것이다.

Ⅲ. 중층성(重層性) 속에서의 텍스트와 독자

중층성의 개념으로 문학독서 교육의 '내용'을 이해하게 되면, 내용은
잡된 종류가 섞이지 않을 수 없다. 다시 말해서 순정한 지식으로 환원되
지 않는다. 즉 순정한 텍스트 읽기 체험으로만 제한되지도 않는다. 이를
테면 상당히. 잡종의 요소들이 내용에 관여하는 양상으로 나타난다. 그
이유는 문학독서 교육의 내용이 일종의 '현상'으로 승인되어야 하기 때
문이다. 그러니까 문학독서 교육의 내용은 일종의 교육현상이고, 독서체
험 현상이고, 인간 발달현상의 한 위상을 가지게 되는 것이다.
　이렇듯 중층성의 개념으로 '내용'을 보게 되면, 문학(서사) 독서교육의
내용과 방법은 상호 침투의 성질을 가지며, 상호 구속의 속성을 지닐 수
밖에 없다. 일반 독서의 경우도 물론 내용과 방법은 상호성에 따른 각기
의 정체성을 구축한다. 그러나 문학독서 교육의 경우 두 가지 측면에서
차이를 가진다.
　첫째는 텍스트의 작용을 중심으로 살펴보자. 문학독서 교육의 내용
이 텍스트 경험이면서 동시에 텍스트(또는 텍스트 경험)의 외연적 작용
을 교육(학습)하게 하는 것이라면, 텍스트의 외연적 작용(또는 텍스트
경험의 외연적 작용)을 교육(학습)하는 것은 일반 독서교육 방법에서 사
용하는 공학적 독서지도 모형(engineering teaching model, 예컨대 SQ3R,
직접교수법, 현시적 교수·학습 모형 등)의 수준으로 포착하기로는 한

계가 있다.

단순화해서 말하면, '문학텍스트의 외연적 작용'이란 일종의 문학 텍스트의 사회·문화적 작용에 가 닿는 것이고, 그것을 '교육내용'으로 삼는다는 것은, 문학 텍스트의 사회·문화적 작용을 의미 있게 경험해 보라는 것을 뜻한다. 이는 학생의 문학독서 경험이 문화적 존재로서의 자아를 현실 세계 속에서 형성하고 실천하게 하는 경지로 나아가는 것을 의미한다. 이는 물론 문학 텍스트 경험의 상위인지적 경험 확장이며, 문학 텍스트 경험이 부단히 학생의 생(生)체험 과정에서 조회되는 것을 전제로 한다. 이러한 과정 속에는 상호텍스트성의 작용이 다양하게 이루어질 것이다.

따라서 문학독서 교육의 내용이 이러한 확산적 역동성을 가지는 것이라면, 문학독서 교육의 방법은 무수히 많은 개별화 방법들이 상정되어야 함이 마땅하다. 그런데 그 무수히 많다는 점 때문에, 방법이 내용 속에 숨어 있는 형국을 보인다. 즉 내용과 방법의 분화 지점이 명료하게 드러나지 않는 것이다. 그래서 내용과 방법의 '상호침투' 또는 '상호구속'이라는 개념을 사용하게 되는 것이다.

요컨대 중층성으로 인하여 텍스트는 끊임없이 '내용'과 '방법'의 영역을 넘나들게 되는 운명을 가진다. 마찬가지로 텍스트는 끊임없이 '질료'와 '인식'의 영역을 넘나들게 되는 운명을 가진다. 또 텍스트는 '지적도야'의 레벨과 '재개념화되는 실제'의 레벨을 넘나들게 되는 것이다. 그래서 '텍스트가 곧 내용이다.'라는 통념적 명제에 극단적으로 대비되는 '텍스트가 곧 전략(방법)이다.'라는 명제가 대두될 수 있다. 결국 '내용'의 중층성 속에서 텍스트는 이 두 명제 사이의 스펙트럼을 내어 보이는 것이다. 문학독서 교육의 내용 특성이 여기에 있다.

둘째는 독자의 읽기 과정의 역동성을 중심으로 살펴보자. 문학독서는 독서의 구체화 과정 자체가 독자로 하여금 자기 스스로 어떤 환타지를 행사하는 과정이라는 점에서 독특한 차별성을 가진다. 여기에서 환타지란 텍스트 해석 과정에서 '세계를 독자 나름대로 구성해 보는 것', 또는 '텍스트를 매개로 독자가 구성해 보는 세계'라 할 수 있다. 물론 이 세계는 완성형의 세계는 아니다. 독자의 상상 및 해석 공간에서 불연속적으로 미완성 양태로 구축되는 세계이다. 이는 물론 문학독서 교육에서 길러 주어야 할 교육내용으로서의 중핵 요소이다. 바로 이 지점에서 설명 텍스트나 논증 텍스트를 읽을 때와는 다른 점이 드러난다. 문학독서의 내용이 일종의 작용태로서 존재하며, 그것은 그림자처럼 방법의 요소를 수반하게 하는 그 무엇이다. 이 또한 문학독서의 고유성이라 할 수 있다.

로만 잉가르덴은 문학독서의 과정을 '구체화(Concretization)'의 과정으로 설명한다. 그는 독서경험들 간에 자율적 상호성을 발휘함으로써 텍스트 속에 나타나는 미확정성(未確定性)을 채우는 것을 '구체화'의 개념으로 설명한다. 물론 이 속에는 기성의 도식화된 의미를 제거하는 일도 포함된다. 그는 구체화를, 미결정성을 채우기 위한 독자의 주도적 행위로 본다.5) 이는 문학독서 교육이 최소한 어딘가에는 독서 주체인 학습자들의 독서 자율성을 보장할 수 있는 교육적 공간을 기획해 두어야 한다는 시사를 준다. 이렇게 보아도 문학독서의 내용과 방법은 상호침투의 성질을 가진다고 할 수 있다.

그렇다면 이렇듯 중층적인 문학독서 교육의 내용과 관련하여 독자는 어디쯤에 있는가. 독자가 가 있는 소통의 지점이 바로 문학독서 교육의 내용이 되어야 하는 것이기 때문에, 텍스트 경험 과정에서, 텍스트의 외

---

5) R. Ingarden, 이동승 역, 『文學藝術作品』, 민음사, 1985. 368~373면.

연적 경험 과정에서 독자가 머무는 곳을 유의해야 한다. 독자는 텍스트에도 가 있을 수 있고, 독자는 텍스트의 외연 영역에 가 있을 수도 있다. 또한 독자는 다른 독자에게 가 있을 수도 있고, 심지어는 자기 자신의 내면에 가 있을 수도 있다. 그래서, 독자 자체가 문학독서 교육의 내용이 된다는 점을 인정하는 것이 매우 중요하다. 이러한 관점을 반영하여 문학독서 교육내용의 소통론적 준거로 삼을 수 있을 것이다.

내용의 중층성 속에서 독자의 소통적 위상을 중시하는 것은 교육과정 이론 패러다임에 비추어 말한다면 실체적 패러다임 또는 해석학적 패러다임에 영향을 입은 것이라 할 수 있다. 경험적 적합성에 대해서 '지금 여기'를 준거로 한 재개념화를 시도하고, 실제 사상(事象)과의 상호작용과 생생한 경험으로의 몰입과 탐구를 교육과정의 내용으로 추구한다. 경험의 구체성과 문학 향유 활동의 역동성이 교육과정 내용이어야 한다는 것이다.6) '경험의 총체성'을 실제적으로 도모하는 문학교육과정의 관점에 선 것이라 할 수 있다.

문학독서 교육의 내용을 중층성의 구도로 이해하려는 노력은 문학독서 교육이 학습자 개인의 발달은 물론이고 독서 사회(reading society)의 잠재력 개발과 정신문화의 발흥 소통 등, 그 교육적 자장(磁場)을 제대로 파악하고, 확장하기 위해서이다. 그런 점에서 문학독서 교육을 '문학'이라는 '교과의 울타리'로만 접근하려고 했던 시각은 수정될 필요가 있다.

교과는 지식의 구조이면서 그 지식 체계의 정합성 위에 존재한다. 이런 교과의 속성에 종속시켜 문학을 경직되게 얽매어 두기에는 문학은 적어도 그 작용에 있어서는 탈교과적인 성질을 너무 많이 지니고 있다.

---

6) 박인기, 『문학교육과정의 구조와 이론 – 개정판』, 서울대학교 출판부, 2001. 63면.

현재의 교과 지형도 및 풍토 속에서는 더욱 그러하다. 따라서 문학을 기존 '교과'의 경직된 틀 속에서만 읽고 해석하고 적용하려는 우리의 문학교육내용과 교수·학습 관행들은 문학의 교육적 작용을 축소시킬 우려가 있다.

Ⅳ. 문학독서 교육내용의 선정 준거

문학독서 교육의 내용 선정 준거는 어떤 의미에서 보면 무의미하다고 보는 입지가 있을 수 있다. 경험 자체를 교육의 내용으로 우선시 하는 입장들, 또는 문학독서의 현상을 '지금 여기'의 현상 위주로 접근하려는 입장들이 바로 그것이다. 현실적으로 책 중심의 문학독서 이외에 학생들의 관심과 몰입을 불러들이는 디지털 문화 생태에서는 이러한 현상 위주의 독서 지도관이 설득을 얻기도 한다. 문학독서경험 자체의 부단한 확장이 있으면 그것으로 내용의 문제는 끝났다고 보는 것이다. 경험의 실제성이 교육내용으로 우선되어야 한다는 주장이다.

이러한 성향은 문학독서 교육 프로그램의 다양화, 수요자 중심의 문학독서지도, 문학 및 문학교육 활동의 자율성, 소통으로서의 문학독서를 중시하기 등의 측면에서 볼 때는 미래지향적인 요소를 가진다. 그리고 문학독서 교육의 역동성을 전제로 한다는 점에서 바람직하다고 할 수 있다. 이를 위해서는 문학독서 교육 프로그램들 간의 상호주관성이 대단히 활발하게 작동하는 풍토가 있어야 한다.

이런 입장에서 보면 문학독서의 교육내용을 누가 정하는가에 주목하던 시대는 갔다. 오히려 교육내용을 누가 요구하는가에 주목하는 시대이다. 또한 내용 선정 주체들은 내용을 어떻게 정하는지를 독서교육 수요자에게 알려주는 것이 더 필요하다고 본다. 문학독서 교육을 행하려는 다양한 주체들은 각기 자기들이 파악한 독서교육 수요 해석에 대한 통찰과 연구를 사회 일반에 공시하고 선택받으려는 노력을 하는 것이 바람직하다는 것이다.

그러나 이는 수요 부응적 차원(on demand level)에 머무는 것이 아닌지 되물어 볼 필요가 있다. 문학독서 가운데는 수용 부응적인 몫을 감당해야 하는 것도 있지만, 그것을 넘어서야 하는 것도 있는 것이다. 당장의 구체적 수요에 부응하는 수준에서는, 달리 문학독서 교육에 대한 거시적 인식의 지평이 없어도 무방할지 모른다. 그러나 이는 문학독서 교육의 특정한 상황을 해결하기 위한 기술적인 차원에 머물기 쉽다.

예컨대 문학독서 경험 자체가 부실할 때이거나, 흥미를 중심으로 특정의 문학독서 경험만을 우선적 필요로 할 때 등이다. 이런 경우라면 문학독서 교육의 내용 선정에 대한 본질적 준거를 그다지 필요로 하지 않을 수도 있다. 또 다양한 문학독서 교육 프로그램들이 이미 개발되어 있는 상태에서도 새삼스럽게 내용 선정 준거를 만들 필요가 없을 지도 모른다. 그런데 '교육'이라는 것이 일종의 체제이며 유기 순환적 작용이라는 것을 이해한다면, 이들 프로그램을 평가하는 체제를 확립해 가기 위해서도 보다 상위의 그리고 보다 본질적인 내용 선정 준거는 필요하다는 점을 쉽사리 이해할 수 있을 것이다.

교육의 기획과 운용에는 교육의 현상과 지향에 대한 일정한 표준화 수준(일종의 대상 범위)이라는 것이 반드시 있어야 하고 또 있게 마련이다. 국가 수준이든, 지역 사회 수준이든, 또는 학교 수준이든, 각 수준에서 요구하는 교육의 목표와 내용이란 것이 있어야 하는 것이다. 이를 우리는 교육과정이라고 한다. 굳이 공시된 문서의 형식으로 존재하는 교육과정이 아니라하더라도, 교육과정은 보이지 아니하는 현상으로도 존재한다. 그 현상 속에서 내용 선정의 준거는 항상 살아서 작동한다. 다만 그것이 얼마나 공식적(formal/informal)이고, 전략적(strategic/natural)이고, 합목적적이고, 공유적인가의 차이가 있을 뿐이다.

최소한의 문학독서 경험이 일차적으로 이루어지고, 문학독서 교육의 질적 발전으로 이어져야 하는 필요성을 가지게 되면, 문학독서 교육의 내용에 대한 전략적 모색을 하게 된다. 그런 모색의 단계 단계마다 문학독서 교육의 내용을 상위 인지적으로 조응할 수 있는 해석적 틀을 요청받게 되는 것은 당연하고도 필수적인 것이다.

문학독서 교육의 '내용 준거'라는 것을 독서 교육의 기능적 도구로만 생각하는 것은 단견이다. 문학독서 교육의 '내용 준거'는 우리 사회의 문화적 지표를 형성해 가는 것에 해당한다. 다시 말해서 우리 사회가 가지는 정신문화의 한 양상(또는 기준)으로 이해해야 할 것이다. 문학독서 교육의 내용에 대한 준거에는, 우리의 문학 문화와 교육 문화가 내적으로 추구하고 지향하는 인식론적 가치론적 지표들이 반영되어 있는 것이라 할 수 있기 때문이다. 바람직한 문학독서 교육내용 준거를 생성해 내기 위해서는 문학과 교육과 문화의 관여 주체들로부터 생성된 문학독서에 대한 인식론적 가치론적 담론들이 있어야 하는 것이다.

이와 관련하여 우선 두 가지 국면에서 내용 준거를 상정해 보았다. 하나는 문학의 본질에 근거한 내용 준거이고, 다른 하나는 교육 패러다임(교육과정 이론)에 준거한 내용 준거이다. 이 가운데 다시 교육 패러다임에 의한 내용 준거는 다시 두 가지 국면에서 논해 보았다. 하나는 '지적 도야(知的陶冶)'를 중시하는 전통적 패러다임에 따른 내용 준거이고, 다른 하나는 '실제적 역동성'을 중시하는 실제적 패러다임에 따른 내용 준거이다.

본고에서는 이들 내용 준거 범주를 각각 1) 본질 준거, 2) 도야론적 준거 3) 소통론적 준거 등의 명칭으로 제시하였다.

1. 본질 준거

여기서 본질이라 함은 문학(서사)과 교육의 본질을 뜻한다. 문학독서 교육은 문학독서를 통하여 유토피아 지향의 인식을 확장시켜 가는 데 초점을 두어야 한다. 이는 물론 반성적 경험을 반드시 수반하는 것으로서, 교육적으로 대단히 유용한 경험이다. 이 때의 반성적 경험이란 단순한 도덕률의 수준에 머무는 것이 아니라, 내성적 통찰의 일종이다. 현실을 일차적으로 모방하는 데서 넘어서서, 현실을 재구성하는 지적 능력을 요청한다. 문학독서 교육에서 '유토피아'라는 개념은 다음 세 가지 측면에서 대단히 유익한 교육적 요소를 지닌다.

(1) 문학독서는 현실과 이상의 구경(究竟)을 변증법적으로 지양하여 모색하게 하는 지적 훈련의 과정을 제공한다. 사회학이나 심리학이 실증 과학의 방식을 취한다면 문학은 그 내부의 회로에서 변증법적 지양의 과정을 울림(감동)의 방식으로 추구하는 데 있다.

(2) 유토피아의 코드로 서사를 접근하면, 서사는 상상력, 창의력의 심리적 과정과 면밀하게 연계되어 있음을 알 수 있다. 유토피아에 대한 모색은 원래는 인간 본능에 가닿아 있는 것이다. 서사의 발생 기저 가운데 하나로 이를 거론하기도 한다. 즉 서사 경험은 자기 구성 및 사회적 구성의 제반 단계를 적절히 경험하도록 하는 기제를 가지고 있다. 그렇기

때문에 유토피아적 모색이 서사를 낳게 하는 근원이라는 점을 유의할 필요가 있다.

서사 문학이 지니는 환타지 본질 또한 '유토피아 모색'이라는 본능적 에너지와 무관하지 않다. 따라서 현대교육의 강조 포인트로 환원해 본다면 서사는 상상력, 창의력의 한 심리적 과정과 면밀하게 연계되어 있다. 그리고 그 과정은 교육학적 용어로 말하면 자기 구성 및 사회적 구성의 제반 단계를 적절히 경험하도록 하는 기제를 가지고 있다.

(3) 서사 문학 읽기에서 '유토피아' 찾기는 종합적 인식력을 기르는 기제이다. 그런데 그 기제는 문학 속에서 늘 숨어 있는 양상으로 작용한다. 이 점이 중요하다. 드러나지 않고 숨어 있다는 것. 소설적 상상력이 유토피아 찾기의 음모이며, 그 음모가 들키지 않는 데서 서사의 서사다움이 발현되는 것이다. 들키지 않는 음모란 현실의 질곡에서 유토피아를 꿈꾸는 사람들의 내적 형상화 능력이기도 하다. 이쯤 되면 문학독서에서 길러주고자 하는 '종합적 인식력'이란 단순히 여행지 정보를 모두 검색하여 올려놓은 정보 항목의 총합 같은 것이 아니라, 존재와 세계를 끊임없이 상호 대입시키는 거대한 동화와 조절의 메커니즘임을 알 수 있다. 그래서 유토피아 찾기는 개체의 정신적 이니시에이션이 부단히 전개되는 마당이다. 이보다 더 교육적 의의가 강조될 수 있는 것은 그리 많지 않다.

2. 도야론적(陶冶論的) 준거

문학독서 교육의 내용선정 준거를 전통적 교육에서 일관되게 강조해 왔던 '지적 도야(知的陶冶)', 또는 '종합적 교양력' 등에서 찾아야 한다고 주장하는 관점이다. 전통적 준거를 강조할 경우, 문학(서사) 독서교육은 문학독서를 통하여 '지적으로 도야되는 경험'을 확장시켜 가는 데 초점을 두어야 한다.

지적 도야란 무엇인가. 앎이 삶의 철학에 의미 있게 지속적으로 관여하는 경지, 또는 그런 경지를 향해서 나아가는 것을 말한다. 이 때의 앎이란 물론 기능적 지식을 일컫는 것이 아니다. 개인 존재는 말할 것도 없고, 역사·사회적 공통체에 이르기까지 그들의 행위 합당성을 지탱해 주는 인식력 또는 가치 판단력으로서의 앎을 말하는 것이다.

이런 능력은 하루아침에 갖추어질 수 없다. 한 사람의 절대적 현인(賢人)이 제공할 성질의 것이 아니다. 이는 고전 독서의 경험에 의존하지 않을 수 없다. 행위와 가치의 준거, 그것이 개인 차원이든 역사 사회 차원이든, 그 준거를 모색하고 발견하는 데는 고전 독서의 경험만큼 확실한 도움을 주는 것은 없다. 그리고 그 도움은 지적 훈련에 의한 체계성과 지속성을 바탕으로 한다는 점에서 단순한 '독서'보다는 '독서교육'이 필요한 것이다. 다음과 같은 입론이 그 예이다.

고등학교 3학년 때의 담임선생님은 국어를 가르치셨는데 수업 시간에 옛날이야기만 해 주셨다. 옛날이야기라고 했지만, 실은 김내성의 '청춘극장'에서 시작해 차츰 난이도를 높여서 졸업할 때쯤에는 사르트르의 '실존주의는 휴머니즘이다'와 난해한 구조주의까지 소개해 주셨다. 내가 대학에 들어가자마자 산 책은 '실존주의는 휴머니즘이다'였다. 중학생 때 읽었어야 할 책을 대학생이 되고서야 겨우 읽었다.

제대와 더불어 공부를 좀 해 보겠다고 전공 서적을 뚫어지게 들여다보던 나는 외국 학자들이 고전의 금언들을 능숙하게 원용하는 것을 보고 기가 팍 죽고 만다. 그렇게 고전을 요귀의 팔다리처

럼 굴신자재하게 놀리려면 어렸을 때 읽었어야 했기 때문이다. 프
랑스의 초등학생들이 발자크를 읽고 중등학생들이 스피노자를 읽
을 때 나는 무얼 하고 있었나. … (중략) …

　미국의 명문대학들에 동시다발로 합격한 어떤 여학생은 자연과
학을 전공할 거면서 왜 그 어려운 조이스의 문장들을 외웠을까.
그게 어떻게 좋은 대학에 들어 갈 자격이 있다는 증빙자료로 쓰일
수 있었을까.

　고전은 지식의 보고가 아니라 지식의 장수 유전자가 잘 모여
있는 곳이기 때문이다. 지식은 한 분야에만 쓰이지만 지식의 유전
자는 모든 분야에 두루 응용될 수 있는 융통성이 '빵빵'하다. 이탈
로 칼비노(Italo Calvino)는 고전에 대한 열네 가지 정의 속에 "고전
은 끊임없이 생각의 구름을 일으키는데 그러면서도 항상 그 구름
으로부터 빠져 나온다."라는 구절을 집어넣었다. 고전은 생각의 촉
매들이다. 인간 두뇌의 용적은 참으로 작아서 세상의 모든 지식을
그 안에 우겨 넣으려 하면 터져 버린다. 그러니 지식을 넣을 게
아니라 생각의 촉매들을 양질의 것들로 골라 넣어 두어야 한다.
고전이 고전성, 그것을 유종호 교수는 "탕진되는 법 없는 통찰과
지혜"라고 말한다.

　왜 어렸을 때 읽어야 하는가. 어린 시절에 읽은 것을 나이가 든
후에 다시 읽으면 고전은 낡았다는 느낌을 주지 않고 오히려 새로
운 느낌과 깨달음을 새록새록 솟게 한다. 어린 시절에 읽지 않았
다면 금세 증발해 버릴 게 십중팔구인 것들이 말이다.

　(정과리, 「고전을 읽어야 할 절박한 이유」, 조선일보 Books
2004.9.11)

　현대사회의 기준에서 수도사의 수련 과정 같은 지적 도야는 문제가
있다는 지적을 받을 수 있다. 빠른 속도로 기능성 정보나 지식을 흡수해
야 하는 삶의 환경에서 살아가고 있기 때문이다. 이런 풍토 속에서는 문
학독서는 단순히 시간을 훔쳐가는 무용한 것이라는 생각이 일반화 될

수밖에 없다. 그러다 보니 인간 개개인이 기능적 소도구로 존재할 뿐, '인간 그 자체가 하나의 소우주'라는 인간관을 진정으로 마음에 품어 보지 못한다.

그러나 문제는 진정한 의미의 지적인 도야를 해 볼 수 있는 기회를 가지지 못한다는 데서 찾아야 할 것이다. 모든 곳에, 심지어는 교양의 이름으로 행해지는 문화 공간에서조차도 게임의 법칙이 지배하는 요즘의 풍토 하에서는 진득하게 오래 대상을 응시하는 문화 자체가 사라져 버렸다. 고전성에 대한 요즘 학생들의 경험은 그저 도서 목록 접하기로만 경험한다는 인상을 지울 수 없다. '사고의 촉매'가 되는 '지식의 유전자'를 제대로 경험하지 못하는 학생들이 상당수이다.

문학이 존재하되 항목화된 지식으로 존재할 뿐, 지식의 유전자로 또는 사고의 촉매제로 존재하지 못한다. 디지털 하이퍼텍스트 체제는 '도야'의 시공을 제공하려 하지만, 텍스트를 자꾸만 인스턴트화 함으로써 오히려 문학독서 자체를 정보검색의 차원으로 떨어뜨린다. 문학독서에 실제로 '도야'가 끼어 들 틈을 허용하지 않는 것이다.

가벼운 해방주의 일변도의 가치관이 소비적 물신주의와 결합하여 '인간'에 대해 깊이 생각하는 것을 용납하려 하지 않는다. 소비적 물신주의는 인간의 '진정성'을 훼손한다. 그런 의미에서 문학독서 교육은 자신이 수행할 수 있는 여러 가지 교육적 가능태 중의 하나로 '지적(知的) 도야(陶冶)'의 본령을 지키는 역할을 할 수 있도록 그 내용을 기획하는 것이 마땅하다. 다만 모든 문학(서사) 독서교육 프로그램이 '지적 도야'용 프로그램으로 기획되고 운용되어야 한다는 것은 아니다.

3. 소통론적(疏通論的) 준거

문학(서사) 독서교육은 문학독서를 통하여 소통론적 경험을 확장시켜 가는 데 초점을 두어야 한다. 소통은 현대사회에서의 주체다움을 기르는 인문교육의 본령이고, 소통이 존재의 정체성(생물학적인 차원에서 문화인지적인 차원에 이르기까지)을 보장하고 구성하는 중요한 공간이기 때문이다.

소통론적 준거는 수용자가 부딪치고 있는 '지금 여기'를 우선적 요구로 하여 문학독서 교육의 내용 선정을 시도하려 할 때 고려되는 것이다. 따라서 소통론적 준거는 교육과정 이론 패러다임으로 보면 '실제적 해석적 패러다임'과 호응된다. 그리고 이는 수용자를 중심으로 문학독서 교육의 내용을 설전하려는 발달론적 관점과 호응한다. 다만 소통의 사회·문화적 레벨을 고려하는 단계에 이르면 '도야론적 준거'와 만나게 된다. 다음과 같은 입론이 그 예이다.

> 이런 고전(필자 주: 통념상 꼭 읽어야 할 정전(canon)으로 인식되는 책)들은 다른 책들을 그저 그런 책들로 전락시킨다. 고전은 다른 책들을 배제하는 일종의 장벽 역할도 분명히 한다. 더욱 큰 문제는 좋은 책만을 강조하다 보면 독서의 다른 측면들이 일방적으로 무시된다는 것이다. 이를테면 책을 읽는 독자마저도 배제된다. 책을 읽고 별다른 반응이 생기지 않는 경우 특히 그러하다. 아는 것이 없어서, 감수성이 부족해서, 읽기 능력이 떨어져서… 등등 모든 것이 독자의 책임으로 귀결된다. … (중략) …
> 좋은 책에 대해 논의할 때, 책과 독자, 독서 행위, 독서 방법 등도 함께 고려해야 한다. 즉 좋은 책 여부를 따질 때 책 그 자체의 물질성과 가치성을 따질 뿐만 아니라, 읽는 주체로서의 독자, 소통 과정으로서의 독서 행위, 소통 지도로서의 독서 방법을 아우르며

역동적으로 제기해야 하는 것이다. 기존의 청소년 권장 도서 목록은 거의 책 중심의 사고에서 좋은 책들만 나열하는 경우가 대부분이었다.

청소년기는 삶의 가장 미묘하고 결정적인 시기이다. 좋은 책이랍시고 그냥 던져 준다면 크나큰 충격과 실패로 이어질 수 있다. 책읽기의 즐거움을 느끼지 못한다면, 그 이로움을 깨닫지 못한다면, 평생 책읽기와 멀어질 수 있기 때문이다. 좋은 책 고르기가 그리 어려운 것은 아니다. 당장 가볍게 시작해 보라. "30년 후에 자기 2세에게 권해줄 만한 책을 찾아 와라." 청소년들은 웬만한 권장 도서 목록보다 훨씬 더 좋은 책을 찾아오리라.

(허병두, '독서교실', 조선일보 Books 2004.9.25)

서사적 소통의 기본 원형은 불변이다. 서사 텍스트를 경험하는 동안 독자가 시도하는 일련의 대화적 작용에 의해서 서사를 중심으로 몇 가지 소통 작용이 일어난다는 것이다. 이 소통 작용의 성패에 따라 인간의 발달의 계열성이 설명될 수 있다는 것이다. 이를 서사적 소통 능력 면에서의 '발달'이라 부를 수 있다. 이러한 소통성에는 문학독서의 여러 가지 맥락들이 함께 고려되어야 한다. 바로 이러한 관점을 바탕으로 내용 준거를 모색하는 것이 소통론적 준거이다. 부연해 보기로 한다.[7]

먼저 독자와 작가의 대화에서 기대할 수 있는 서사적 소통이 있다. 형식적 조작기 이후의 독자는 내포 작가와의 대화를 시도한다. 작가와 독자와의 소통은 독자의 '세계 총체성 파악 능력'을 돕는다. 이 경우 텍스트 내적 총체를 파악하느냐 텍스트 내·외적 총체를 파악하느냐에 따라 문학독서 교육의 내용 준거들이 달라진다.

서사 경험 과정에서 독자는 작중 인물과의 대화를 통해서 소통에 참

---

7) 박인기, 「발달로서의 내러티브」, 『내러티브』, 한국서사학회, 2003. 8. 참조.

여한다. 이는 대부분의 독자들이 기본적으로 향유하는 감정이입적 소통이다. 서사 경험 중에서 보다 내밀한 대화는 현실 독자와 텍스트에 이입된 또 다른 자아와의 대화이다. 이는 '텍스트에 이입된 또 다른 자아'가 형성되지 않으면 성립될 수 없는 대화이다. 따라서 이러한 소통 능력은 '자아에 대한 상위 인지'로서의 발달 지표를 보여 주는 것이다. 서사 경험이 고양된 수준에서 일어나는 자기교육의 경지라 할 수 있다.

문학독서에서 독자는 같은 텍스트를 경험한 또 다른 독자와의 대화를 가진다. 이는 현상이면서 당위이다. 서사 경험이 사회·문화적 소통 능력으로서의 발달 과업과 연계되기 위해서는 이러한 대화 활동이 매우 중요하다. 이 또한 자기교육의 경지를 여는 대목이라 할 수 있다. 동시에 이 대목에서 미디어와 서사 경험의 연관성을 중시하게 된다. 그것이 개인의 사회·문화적 발달에 미치는 매우 큰 영향력을 가지고 있기 때문이다.

소통의 사회적 측면에서 보면, 서사(문학)는 매체와 더불어서 은연중에 문화 교육의 기능을 하고 있다. 문화란 것이 삶 일반에 대응되는 것이라면, 오늘날의 서사적 경험은 서사가 매체 및 문화와 상호교섭을 하는 과정에서 그 소통을 드러내기 때문이다. 이것이 주는 시사는 매우 크다. 학교(교과) 외적 교육에 대해서 학교는 어떤 교육적 영향을 주기보다는 날로 무기력한 정황에 빠져들어 가고 있다. 이런 문제에 대해서는 문학독서 교육이 하나의 활로가 될 수 있을 것이다. 그래서 소통론적 내용 준거를 학교에서의 문학독서 교육이 중요하게 다루어야 한다.

문화 교육으로서 '서사를 통한 교육'을 주창하는 데에는 소통적 삶을 강조하는 교육이 바로 문화 교육이라는 관점이 내포되어 있다. 궁극적으로 교육은 개체로 하여금 어떤 특정의 문화에 기술적으로 이념적으로 참여하게 하는 것을 돕는 과정이고 그 점을 주목하자는 것이다. 현대 사회의 다양한 서사 경험을 통해서 수행되기를 바라는 개인의 사회·문화적 발달 과업이라는 것도 결국은 사회·문화적 소통에 특정의 서사적 이슈를 가짐으로써 보다 풍성하고 유의미하게 참여할 수 있는 능력으로 귀결된다. 우리가 교육에서 길러주고자 하는 기능(skill)이라는 것도 그 자체가 중요하기보다는, 넓게 보면 일종의 문화적 컨텍스트 안에서 유용하고 합당한 역할과 자리를 찾아가게 한다는 데에 그 중요성이 있는 것이다.

서사적 소통을 통하여 사회·문화적 인간 발달을 기하려는 교육적 기획은 '서사 읽기'와 더불어 '서사 만들기'를 이전과는 다르게 주목할 것을 요구한다. 수용과 창작이 서사 문학의 경우 분리될 수 없는 소이가 여기에 있다. 서사를 만드는 힘은 사회성 발달(비판성 발달)의 최대치 지점이기 때문이다. 구비 서사의 집적성이 좋은 보기가 된다. 구비 서사는 그 집적성(集積性)으로 사회적 발달과 문화적 발달의 자질을 농축하여 반영한다는 점이다.

일반 학생 모두를 작가로 만들기 위해서 창작 교육을 하려 하느냐 하는 문제 제기는, 문학독서의 소통성과 그 발달론적 효과를 교육의 자리에서 진지하게 검토해 보면, 그 인식적 시선이 전혀 다른 데 놓여 있음을 알 수 있다. 창작을 작가적 능력의 전유물로 보려는 인식 또는 교육적 활동을 실용적 효율성의 차원에서만 보려는 인식이 앞선다. '서사 만들기'의 내재적 가치는 창작의 기술을 가르치는 것이 아니라, 수용의 적극성을 고양하는 데에 놓이는 것이어야 한다.

V. 문학독서 교육내용의 하위 체계(sequence)

이상 거시적인 차원에서 문학독서 교육의 내용에 대한 범위(scope)와 그 합리적 준거(rational)를 검토해 보았다. 그리고 문학독서 교육의 내용 준거들을 또한 거시적인 레벨에서 구분해 보고, 그 구분 유형별로 발생론적 근거와 함의들을 살펴보았다.

이를 바탕으로 여기에서는 문학독서 교육의 교육내용 하위 범주를 보다 상세화된 유목 체계로 보이려고 한다. 이는 교육의 기획과 운용에는 교육의 현상과 지향에 대한 일정한 표준화 수준(일종의 대상 범위)이라는 것이 반드시 있어야 하고, 또 있게 마련이라는 인식에서 생각해 보았다.

다음은 각 범주의 각 유목들은 문학(서사) 독서교육의 내용 체계를 추상화하여 표상적 체계로 진술해 놓은 것이다. 이 유목 자체를 문학독서 교육내용의 구체적 실체로 단순 대입하는 것은 적절치 않다. 즉 각 범주 각 유목(類目)마다 발달 단계에 맞는 적정한 텍스트가 있고, 각 발달 단계에 맞는 적정한 정신 활동 및 내용 가치적 수준이 있다는 것을 상정하고 이들 하위 범주(sequence)를 이해하도록 한다.

A. 기능 활동적 범주

  1.0 장르적 장치 알기

  2.0 서사 텍스트 구조 이해하기

  3.0 서사의 반영적 작용 이해하기-번역과 해석의 정신 활동

  4.0 소통 현상으로서의 서사 경험하기

    4.1 텍스트 내적 소통(대화)

4.2 메타 텍스트적 소통(대화)- 생산/수용 레벨의 소통

4.3 텍스트 외연적(外延的) 소통(대화)- 문화생성적 소통

5.0 서사적 화용 / 서사적 표상 / 서사적 전이

B. 내용 가치적 범주

1.0 서사적 사실 / 소재론적, 생산론적 경험

2.0 서사적 진실 / 주제론적 경험

3.0 서사와 세계(현실)의 가역반응 경험하기

3.1 심미적 이성 경험하기

3.2 현상과 인식의 상호성 경험하기

4.0 가치 현상으로서의 서사 경험하기

4.1 서사 내에서의 가치와 탈가치 경험하기

4.2 서사를 통한 상호 가치성 경험하기

4.3 서사에 대한[about] 가치성 인식하기

5.0 미학적 정체성 형성하기 / 인식론적 정체성 형성하기

〔설명: 기능 활동적 범주와 내용 가치적 범주〕

문학독서 교육의 내용을 '기능 활동적' 범주와 '내용 가치적' 범주로 이원목적화 하였다. 모든 문학읽기 능력 내부에 읽기 기능적 요소와 이념 가치적 요소가 상보적 관련을 가지면서 교육내용의 체계를 이루도록 되어 있다는 점을 고려한 것이다. '기능 활동' 측면의 교육내용이, 소통론적 내용 준거들을 주로 반영하면서 문학독서에서의 '앎의 형식'을 체득해 가는 것이라면, '내용 가치' 측면의 교육내용은 도야론적 준거들을 주로 반영하면서 인식의 내면화를 돕는 교육적 경험으로 조직되었다고

할 수 있다. 독서 교육의 구체적 설계에서 이들 두 측면은 철저히 상호 보완적이다.

〔설명: 1.0 유목에 대하여〕

　서사 양식 각 장르의 장르적 장치를 아는 인지적 기능은 문학독서의 출발점 기능이다. 이를 갖추기 위한 내용이 문학독서 교육의 기능적 범주의 기본 내용으로 조직되는 것은 당연하다. 사실을 정보의 차원에서 아는 것과 그것을 서사적 사실로서 이해하는 것을 차별화 하여 경험하는 것은 서사에 대한 내용 경험으로 매우 중요한 자리에 놓여야 한다. 서사가 '사실'의 방식으로 드러내 보이는 상징이나 환타지나, 또는 핍진성의 반영은 설명문이나 논설문에서 요구되는 '사실적 이해'와는 질적 차이를 가진다. 서사적 사실로 경험한다는 전제가 있을 때, 비로소 문학독서로서 의미를 지닐 수 있다. 이는 서사의 고유 자질을 경험한다는 면에서 서사 독서 교육내용의 중요한 항목이 된다.

〔설명: 2.0 유목에 대하여〕

　서사 양식의 장르적 장치를 배우게 된 것을 토대로, 서사 텍스트 구조 이해하기가 교육내용으로 자리 잡는다. 이는 물론 문학(서사)독서 교육 내용에서 학생들의 원리 개념 이해하기 기능의 범주에 드는 것이다. 서사 텍스트의 구조를 배운다는 점에서 서사독서 교육의 내용이지만 순수한 인지 기능의 측면에서만 보면 지식력과 이해력 사이에 걸쳐 있는 일반적 인지 능력에 해당한다고 할 수 있다. 반면 내용 가치적 범주의 '서사적 진실 경험하기'는 서사적 사실을 심화된 경험으로 구성하는 단계이다. 즉 서사의 서사다움을 텍스트 차원에서 인식하고, 그것을 주제론적 경험으로 번역해 내는 경험을 제공한다.

〔설명: 3.0 유목에 대하여〕

서사가 미메시스의 본질을 지닌 언어 행위라는 점을 이해하되 기능론적 관점 내지는 소통론적 관점에서 접근하도록 하는 내용이다. 서사의 반영적 작용을 이해하는 경험을 제공하되, 학생들에게는 서사의 현실 반영적 작용을 번역하고 해석하는 활동에 초점을 가지도록 하는 교육내용을 강조한다. 반면 내용 가치적 범주에서는 서사와 세계(현실)가 서사적 상상력에 의해서 자유롭고도 유연하게 가역반응(可逆反應) 하는 경험을 제공해 주도록 한다. 기능적 범주의 내용과 가치적 범주의 교육내용이 상당히 유사하게 제공된 것처럼 보이지만, 전자는 번역하기 해석하기의 기능적 활동에 초점을 두고, 후자는 서사와 현실의 관련상에 대한 내면화 사고를 중시하는 교육내용을 제공한다. '왜 서사인가' 하는 명제를 지속적으로 붙잡도록 한다. 그렇게 때문에 〈3.1 심미적 이성 경험하기〉〈3.2 현상과 인식의 상호성 경험하기〉 등의 내용 목표들이 강조된다.

〔설명: 4.0 유목에 대하여〕

서사 현상을 경험하도록 교육내용이 주어지지만 기능적 범주의 교육내용은 서사 현상을 철저히 소통 현상의 측면에서 경험하게 하는 것이고, 가치적 범주의 교육내용은 서사 현상을 철저히 가치 현상의 측면에서 경험하게 한다.

소통 현상으로 서사 경험하기는 소통 주체로서 독자를 중시하고 그 독자의 '지금 여기'가 요청하는 대화적 활동으로 교육내용을 조직해 가는 것이다. 극단적인 경우 〈4.3 텍스트 외연적 소통〉에서 서사가 대중미디어적 인덱스(index)나 심볼(symbol)[8]로 작용하는 구체적 현상이 있다고 할 때, 독자의 '지금 여기'가 요구하는 바에 따라 그 현상에 참여할 수 있도록 하는 것이다. 요컨대 서사가 소통되는 모든 국면을 독자 또한 소통 관여자로서 의미 있게 서사의 수용과 소통을 경험하도록 하는 데에 교육적 중요성을 두도록 한다.

가치 현상으로서의 서사 경험하기는 서사의 가치에 대한 것을 여러 위상에서 경험하도록 하는 교육내용이다. 이는 물론 '서사 내에서의 가치와 탈가치 경험하기'를 통해 이른바 '서사 가치 깨닫기'의 내공이 형성되는 것이다. 이를 '지적 도야'라는 개념으로 불러도 좋을 것이다. 또한 가치와 가치가 어떻게 충돌하고 어떻게 교섭하는 것이지를 서사를 통해서 경험하도록 한다. 〈4.3 서사에 대한[about] 가치성 인식하기〉는 서사와 문화를 통일된 프레임에서 볼 수 있는 안목을 기를 것을 요구하는 교육내용 유목이라 해도 좋을 것이다.

〔설명: 5.0 유목에 대하여〕

기능 활동적 범주에서 문학독서 교육내용으로 상정한 '서사적 화용', '서사적 표상', '서사적 전이' 등은 자신이 수용·경험한 서사를 소통의 상황에서 어떻게 활용할 것인지를 교육하려는 의도가 강하게 반영된 항목이다. 서사 독서의 소통론적 전략을 정교하게 마련할 줄 아는 사람으

---

8) 퍼스 기호학은 기호가 상징 차원에서 대상체와 관계 맺는 경우를, 도상(아이콘), 지표(인덱스) 등과 함께 한 유형으로 중시한다. 오늘날의 대중성 서사는 미디어를 통하여 금방 인덱스화 되고 상징화 한다. 이런 디지털 서사의 현상이 대중문화의 소통 공간으로 대두한다. 현실적으로 서사 독서 교육이 이를 고려해야 한다.

로 기르기 위한 기능 활동들을 제공해 주어야 한다는 것이다. '서사적 표상'은 문학독서 능력이라는 것이, 필요할 경우, 표상적 능력까지도 함께 건드릴 수 있음을 보여 준다. 그러나 이는 어디까지나 적극적 읽기의 외연을 염두에 둔 것이다.

내용 가치적 범주에서는 문학독서를 함으로써 문학독서가 가지는 미적 감동과 세계(또는 인간) 인식의 가치를 심도 있게 내면화 하는 교육내용을 강조한 것이다. 문학독서의 구경적 경지라 할 수 있고, 문학독서 교육이 오랜 기간에 걸쳐 집적시키는 총합성의 바탕 위에서 구현할 수 있는 교육내용이다. 그런 면에서 교육내용이면서 동시에 일종의 이념태(理念態)이기도 하다.

VI. 문학독서 교육내용 선정의 기술적 전략

1. 거대 서사와 미시 서사의 경험적 호응

주지하다시피 그랜드 서사의 몰락을 우리는 생산과 소통 양면에서 겪고 있다. 인문학 위기의 핵심 요인(요인인지 결과인지 불분명하지만)을 거대 서사의 소멸에서 찾기도 한다. 총체성에 대한 전망이 어려울 정도로 사회와 문화의 중층성이 강해지고, 그런 만큼 해체와 자기 분열을 겪는 시대를 우리가 살고 있기 때문이다. 거대 서사의 자리에 미시 서사가 매우 다양한 양태로 자리 잡는다. 그들 미시 서사는 양태도 양태이지만 발생과 소통의 방식도 워낙 다기하여 현상에 대한 충분한 해석이 이루어지기도 전에 이미 변형과 전이를 거듭한다. 이런 시대를 우리가 살고 있는 것이다. 이런 문화적, 교육적 생태에서는 지적 도야의 위상을 어디쯤에 설정해야 할지 석연치 않다.

전통적으로 문학독서 교육은 거대 서사의 가치와 그것의 문학교육과 정론적 전통성을 중시해 왔다. 교육내용 선정에 있어서도 거대 서사가 지니는 서사 본질의 가치를 내용 준거로 인정하는 데 우선적 가치를 두었다. 그러나 이러한 방식이 실제로 얻을 수 있는 교육적 효과에 대해서는 재고가 필요하다고 본다.

미시 서사의 대두는 현대 사회와 삶의 양태를 발생적 차원에서 반영하는 면이 있다. 거대 서사와 미시 서사의 경험적 호응을 문학교육내용의 한 준거로 고려함직하다. 경험적 호응이란 단순한 배합을 의미하는 것은 아니다. 거대 서사의 경험을 가지고 미시 서사에 대한 탐구와 통찰에 접근하는 방식을 모색하는 것이며, 동시에 미시 서사에 대한 경험을 가지고 거대 서사를 찾아가는 징검다리로 삼는 방식을 모색하자는 것이다. 이는 궁극적으로는 서사에 대한 감수성을 서사적 상상력의 잠재 에너지로 유지할 수 있는 문학독서를 염두에 둔 것이다. 이는 소통론적 준거와 도야론적 준거를 반성적으로 절충하자는 것이기도 하다. '반성적 절충'의 준거는 현재 우리가 '지금 여기서' 겪고 있는 우리들 삶의 생태학적 조건들에서 생겨나야 한다.

2. 서사 읽기의 외연 확충

현대 첨단 정보화 사회는 읽기가 더 이상 문자 텍스트를 위한 술어로만 존재하지 않는다. 그림 읽기, 영화 읽기, 문화 읽기, 뉴스 읽기 등의 읽기 행위가 자연스러운 읽기 행위로 수용되는 현상의 인지적, 문화적 징후들은 무엇인가. 읽기가 지니고 있는 문화적 본성이라 할 수 있는 폭넓은 '해석의 영역'으로 '읽기'가 확정되고 있다는 점이다. 문자 텍스트가 모든 현상을 독점하여 담아내던 시대에는 읽기가 '해독'의 메커니즘이래서만 그 개념을 구축하였다. 그렇게 보았을 때 그것은 '근대'라 지칭할 수도 있겠다. 구술 언어가 지배하던 시대(읽기가 빈약하고 듣기가 왕성하던 시대)도 해독보다는 해석이 지배하는 시대이었다.

다시 문자 텍스트가 감당하지 못하는 멀티 텍스트의 시대가 되면서 읽기의 외연은 급격히 확장되고, 다시 해석적 읽기가 읽기의 본령을 차지한다. 그림 읽기, 영화 읽기, 문화 읽기, 세상 읽기 등의 읽기도 그 자체가 직접 문자 텍스트로 존재하는 것은 아니지만, 그것이 작용하는 과정에서는 직·간접으로 문자텍스트와 내적인 상관을 맺는다. 현대 사회에서 문학독서가 가지고 있는 생태적 환경이 그러하다.

따라서 그림 읽기, 영화 읽기, 문화 읽기, 세상 읽기 등과 문학서사의 독서가 호응될 수 있는 교육내용의 조직이 필요하다. 문학서사 경험을 텍스트 안에 가두어 두지 않고, 더욱 역동적으로 경험하게 하는 교육내용을 요청하게 한다.

오늘날 여러 종류의 미시 서사들이 탈문자화의 성향을 보인다. 이러한 탈문자화된 미시 서사들은 전통적 서사 읽기의 외연에 놓이는 성향을 보인다. 거대 서사 경험의 취약점을 다양한 미시 서사를 모자이크 식으로 종합하는 경험으로 보완할 수 있는 여지는 없는지 고민해 볼 일이다. 예컨대 문학 서사의 프레임으로 시사와 예술과 스포츠와 정치와 문화를 읽어내는 독법으로 갈 수는 없을 것인가. 그런 현장 역동성을 서사 영역 독서에 구사할 경우, 그것의 문학교육적 의미는 어떤 위상을 가질 것인가.

3. 전기 텍스트에 대한 새로운 조명

거대 서사 상실에 대한 문학독서 교육의 대안적 접근으로 전기 텍스트에 대한 새로운 조명을 생각해 본다. 허구적 상상력의 측면에서 '전기'의 문학성은 다소 느슨한 것으로 평가해 왔지만, 문학독서 교육의 경우 새로운 재개념화가 필요하다고 본다. 일찍이 르네 웰렉은 전기의 문학성을 문학의 2차적 자질 면에서는 높이 평가하였다. 전기 텍스트, 특히 문화적 인물에 대한 전기 텍스트는 그 나름의 총체적 세계를 보여 주는 데에 일정한 이점을 가진다. 이런 면에서 우리 문학독서 교육은 전기 텍스트에 대해서는 인색하였다.

전기 텍스트는 현재와 같은 상황에서는 어떤 면에서 정통 소설 텍스트 못지 않은 소통성을 발휘할 수 있다. 바람직한 전기 텍스트는 일종의 하이퍼 텍스트 체제를 지향한다. 방송 프로그램으로 치면 일종의 종합 구성적 구도를 포괄하는 텍스트로 기능할 수 있다. 그 자체가 서사이면서, 그 안에 여러 다른 종의 서사를 포괄할 수 있다.9)

그뿐 아니라 이상적인 전기 텍스트는 문(文)·사(史)·철(哲) 등의 내용이 그 자체의 내적 질서에 의해서 자연스럽게 조직되며, 종합적으로 구성된다.10) 때로는 자연과학적 요소까지 가미된다. 요컨대 전기 텍스트는 수많은 문학 텍스트와의 친연성 코드를 도처에 잠복시켜 두고 있다는 점에서 유익하고 유용하다.

---

9) 필자의 경험에 의하면 청소년 시절에 읽었던 도스토에프스키 전기(《세계의 인간상》, 신구문화사)와 루소의 〈고백록〉은 다른 어떤 문학 텍스트보다 강한 문학적, 역사적, 정신분석적 상상력을 불러 일으켰다.

10) 가장 대표적인 예로 고은이 쓴 〈만해 한용운 평전(고려원)〉들 수 있다.

■ 참고문헌

곽병선,『교육과정』, 배영사, 1986.

구인환 외,『문학 교수·학습 방법론』, 삼지원, 1998.

구인환 외,『문학교육론(제4판)』, 삼지원, 2002.

기호학연대,『기호학으로 세상읽기』, 소명출판, 2002.

김경용,『기호학의 즐거움』, 민음사, 2001.

박인기,『문학교육과정의 구조와 이론』, 서울대학교 출판부, 2001.

우한용 외,『소설교육론』, 평민사, 1993.

우한용 외,『서사교육론』, 동아시아, 2002.

조현일,「소설의 영화화에 대한 미학적 고찰」,『현대소설연구』제21호, 2004.

허창운,『현대문예학개론』, 서울대학교 출판부, 1986.

夏目漱石,『雜篇評論』, 황지현 역,『문학예술론』, 소명출판, 2004.

Ingarden, R. 이동승 역,『文學藝術作品』, 민음사, 1985.

Pzondhi, Peter, *Einführung in die Literarische Hermeneutik*, 이문희 역,『문학해석학이란 무엇인가』, 아카넷, 2004.

Zima, Peter V., *Textsozioligie : Eine Kritische Einführung*, 허창운 역,『텍스트 사회학』, 민 음사, 1991.

시 읽기의 전제와 방법

김 상 욱

(춘천교대 국어교육과 교수)

Ⅰ. 국어교육 속의 문학

국어교육 속의 문학은 7차 교육과정에서부터 일원적인 형태로 통합되어 존재한다. 국민공통기본교육과정과 선택중심교육과정으로 재편되고부터 문학은 이 체제에 맞게 국어교육 속에 완전히 통합되었다. 이전의 교육과정에서 문학교과와 국어교과 속의 문학 영역이 엄격하게 나뉘었던 것과는 대조적이다. 더욱이 통합은 형식적인 통합에 그치지 않고, 교육과정의 내용 또한 계기적으로 연결됨으로써 내용과 형식의 통합 모두를 꾀하고 있는 것이 특징적이다.

그러나 문제는 이들 통합의 결과 문학은 이른바 국어교과의 하위 영역으로 안착된 느낌을 지울 수 없다. 문학교육의 중심적인 대상을 이루는 문학텍스트는 국어사용능력이란 포괄적인 목표 아래 통합되는 측면과 함께 국어사용능력을 넘어서는 측면 또한 무시할 수 없다. 문학텍스트는 기표와 기의의 연결과 소통을 중시하는 언어적 탐구의 대상일뿐만 지시대상, 곧 언어 외부의 세계로부터 끊임없이 조회될 것을 요구하는 삶 그 자체에 관한 탐구의 대상이기도 하다. 문학독서가 읽기 혹은 여타 영역의 독서와 다른 점이 여기에 있다. 그러나 정작 새롭게 논의되고 있는 교육과정의 개정이 이 측면을 풍부하게 살리고 있는지는 의문이다.

기왕의 교육과정을 일정한 기간이 지나 바꾸는 것을 굳이 문제 삼을 수는 없을 것이다. 더러 교육과정이 개별 교과의 특성을 살피지 않고, 전체 교육의 논리 속에서 지나치게 자주 바뀐다는 비판도 있어 왔다. 그러나 교육과정의 체계가 안정적이지 못하며, 사회적인 변화 또한 자못 그 폭과 깊이가 넓고 깊다는 점에서 교육과정의 변화는 불가피하다. 그런데도 8차 교육과정은 전면적인 개정이 아닌, 부분적인 수정에 그칠 것이라는 주장이 대세를 이루고 있는 듯 하다. 그러나 이 또한 개별 교과의 특성을 살피지 못한 것이라는 점에서 다르지 않다. 국어과의 경우 과연 현행의 교육과정을 부분적으로 수정하는 것만으로 충분한가 하는 의문이 생겨나기 때문이다. 여기에는 무엇보다 체계 전체의 적절성을 인정하고, 가시적으로 드러나는 문제들은 보완하는 수준으로 체계의 개선이 가능하다는 판단을 전제로 하고 있다. 그러나 문제 사태는 훨씬 더 심각하다.

무엇보다 현행의 교육과정은 내용 영역의 체계 자체가 그릇되어 있다. 듣기·말하기·읽기·쓰기·국어지식·문학으로 구분된 현행의 내용 영역은 국어과의 영역을 적절하게 나눈 것일 수 없기 때문이다. 무릇 단일한 교과의 영역을 구분한다는 것은 명확한 분류의 기준을 통해 이루어져야 한다. 그러나 현행의 영역 구분은 지식의 내용에 따른 구분도, 언어 활동의 양상에 따른 구분도 아니다. 그저 이미 시행되고 있는 내용 영역을 승인한 자리에서 적당하게 서로 엉덩이 비껴 앉아 자리를 용인해 주고 있는 것뿐이다. 이들 각 영역은 국어사용을 중심에 둔다는 점에서 국어과의 영역 속에 들어오기는 하나, 그렇게 영역을 설정할 타당한 근거는 어디에도 없다. 지금은 다만 국어국문학이란 학과의 명칭에서 파생된 것으로, 국어학의 영역은 국어지식으로, 국문학의 영역은 문학으로, 여기에 덧붙여 국어교육에 관련된 새로운 탐구의 영역은 국어사용 영역으로 설정한 것일 따름이다. 그러나 국어학과 국문학은 엄연히 국어교육과 다르며, 국어교육의 내부에 존재하는 국어지식과 문학은 결코 국어학, 국문학의 내용과 동일한 것이 아니다. 그것은 국어교육이 국어와 교육의 기계적인 결합이 아니라, 이론적으로나 실천적으로 새로운 대상과 영역의 형성과 창출로 보아야 한다는 당연한 전제 때문이다.

그렇다면 국어사용과 문학, 그리고 국어지식은 어떻게 서로 관련을 맺어야 할 것인가?

언어사용의 실제를 들여다볼 때, 국어지식과 문학은 독자적인 내용 영역이 아니라, 언어 능력의 다채로운 양상이란 점에서 살펴보아야 한다. 특히 국어지식은 정확한 언어사용과 관련되며, 문학은 창조적인 언어사용과 깊이 결부되어 있다. 따라서 국어과의 내용 영역은 기존의 6분법이 아닌, 활동에 따라 듣기·말하기·읽기·쓰기로 구분해야 하며, 국어지식과 문학은 국어사용과 나란히 국어능력의 양상으로 재규정되어야 하는 것이다. 이를 표로 나타내면 다음과 같다.

〈표1〉 국어활동과 국어능력의 관계

내용 영역 국어능력의 양상	듣기	말하기	읽기	쓰기
정확성(국어지식)	정확한 듣기	…	…	…
적절성(국어사용)	적절한 듣기			
창조성(문학)	창조적 듣기			

　이 표에 따르면 국어지식과 문학은 내용영역으로 설정되기보다 능력의 구체적인 양상으로 존재해야 마땅한 것이다. 예컨대 창조적인 국어사용 능력을 신장시키기 위해, 그 대표적인 양상인 문학작품을 통해 듣기 활동을 가르쳐야 한다는 식이다. 또 상황에 적절한 국어사용 능력을 신장시키기 위해 주장하는 글을 쓰는 방법을 가르쳐야 하는 것이다.

　사실 이와 같은 구도는 특별한 관점이 아니다. 영국과 미국의 교육과정이 '듣기/말하기·읽기·쓰기·보기'로 내용 영역을 설정한 것은 그 대표적인 예일 것이다. 국어지식과 문학은 이들 각 내용 영역의 양상으로 구체화되어 있을 뿐, 독립된 내용 영역으로 설정되어 있지도 않은 것이다. 적어도 국어교육의 체계화를 지향한다면 당연히 8차 교육과정은 이 체계를 수용해야 하며, 그러할 경우 국어교육은 기존의 틀을 온존시킨 채 수정하는 방향이 아닌 대폭적인 혁신으로 진척되어야 하는 것이 불가피하다. 이 당연한 요구조차 무시된다면, 이는 자못 언어사용 영역을 중심에 두고 문학과 국어지식을 주변으로 밀어내고자 하는, 무례한 영역 이기주의가 작동하는 것으로밖에 볼 수가 없다. 그리고 기존의 영역 구분을 당연시하는 관점 또한 이에 암묵적으로 편승하는 것임은 물론이다.

비롯 영국과 미국을 비롯한 자국어 교육과정이 모두 온당하며, 문제점이 없다는 것은 아니다. 그러나 교육과정의 내용 영역만큼은 온당한 규준에 따라 설정하고 있음은 명확하다. 더욱이 이들 국가의 자국어교육은 여기에서 한 걸음 더 나아가, 언어사용의 고유한 양상인 적절성의 범주조차 문학작품을 통해 가장 잘 학습될 수 있다고 주장하는 '문학에 기반한 교육(Literature Based Instruction)'으로 확대되고 있는 현상에도 충분히 주의를 기울여야 할 것이다.

여기서는 문학에 기반한 언어사용 교육을 시 장르를 통해 시론적으로 구성해 보고자 한다. 시를 통해 의사소통중심의 국어능력을 더 한층 효율적으로 수행할 수 있다는 것이 이 글이 바탕으로 삼고 있는 전제이며, 이 전제가 어떻게 실천 가능한 것인지를 작품 읽기를 통해 살펴보고자 한다.

Ⅱ. 문학 중심 국어교육의 형성 배경

국어교육을 하나의 의미소, 곧 다른 모든 세부를 틀어쥘 수 있는 하나의 핵심적인 개념으로 규정해 본다면 단연 기능주의를 꼽을 수 있다. 아무리 기능주의가 아니라고 강변할지라도, 고차원적인 사고 기능을 중시한다고 할지라도 본질에 있어 기능주의인 것만은 확실하다. 고차원적인 사고과정으로 언어활동을 인식할지라도, 그 사고과정을 교육적으로 작동시키는 방식은 기능의 분절화를 통한 반복 훈련에 바탕을 두고 있기 때문이다.

고차원적인 사고 과정을 대표하는 비판적 읽기를 살펴보면 이는 명확하다. 비판적 읽기 활동이 전면적으로 등장하는 것은 기존의 교육과정에서 6학년부터 비롯된다. '주장에 대한 근거의 적절성을 판단', '문제 해결 방안의 적절성을 판단', '표현의 적절성을 판단'[1] 하는 것은 비판적 읽기의 핵심적인 활동이며, 이후 이어지는 '글의 통일성', '글의 일관성'[2] 등과 연결되어 있는 활동이다. 그러나 이들 활동들 역시 각각 고립된 형태로 분절되어 있다. '글의 통일성'을 익힌 다음 1년이 지나서야 '글의 일관성'을 배운다는 것은 한 편의 글에 대한 총괄적인 평가로 완성될 수 없는 것이다. 결국 이처럼 세목화된 활동은 글 전체에 대한 평가로 이어지지 못한 채, 분절된 활동들을 반복 훈련하는 것에 집중하기에 이른다. 그리고 글의 '통일성'과 '일관성'은 조각난 부분을 통해 검토됨으로써 형식 요건으로 다루어질 개연성이 높으며, 실제의 텍스트를 통해 학습되지도 않는다. 그리고 활동의 실제 또한 '근거와 주장'을 거듭 반복하여 학습하거나, '표현이 적절하다', '적절하지 못하다'는 단정적인 평가로 일관하고 있다. 결과적으로 기능주의적 국어교육은 텍스트 전체를 대면할 때, 적극적인 평가와 전유가 아니라 텍스트의 형식적 장치들과 윤리적인 내용을 승인하는 형태로 귀착되는 것이다. 그것은 결코 제대로 된 비판적 읽기일 수 없다.

내용 영역의 자의적인 분할, 기능적인 교육과정의 내용과 활동은 현실 속에서 역동적으로 현실에 관여하는 언어적 텍스트를 교육의 대상으로 구성하기보다, 기능의 습득에 적합한 모범적이고 비실제적인 텍스트를 언어자료로 상정하게 된다. 교육을 위해 특별히 고안된 자료들이 교실 속에 들어오는 것이다. 그러나 이 제한된 자료들은 역동적이고 실천적인 텍스트의 현실성을 획득할 수 없다. 줄거리만 요약된 권

---

1) 교육부, 『국어과 교육과정』, 1997, 72~73면.
2) 같은 책, 81~89면.

정생의 〈강아지똥〉은 생동하는 현실의 텍스트가 아닌, 가상의 유사텍스트일 따름이다. 결국 교과서로 구체화되는 교재는 교실이란 특정한 공간 속에서만 존재하는 독특한 비현실적 담화 장르로 존재하는 것이다. 그러나 가상의 언어사용을 넘어 제대로 된 진정한 현실의 언어 사용을 배우고 가르치는 것은 언어 학습과 교육의 가장 기초적인 전제가 아닐 수 없다. 교실과 현실의 장벽을 가능한 한 무너뜨리는 것, 이론과 실제의 간극을 좁혀나가는 것이 국어교육의 주요한 방법이자 시각이 되어야 하는 것이다. 살아있는 언어, 살아있는 텍스트가 문해력 습득에 가장 효율적인 자료이자 방법이라는 관점은 국어교육을 원래의 자리로 되돌리려는 노력이며, 그것이 곧 문학 중심 국어교육의 출발점이다.

그렇다고 문학 중심의 국어교육, 문학에 기반한 교육(*Literature Based Instruction*)이 고착된 기능주의적인 국어교육을 넘어서고자 하는 유일한 노력은 아니다. 기능주의에 맞서는 시도는 다양한 방향에서 체계 전체를 재구성하기에 이를 만큼 풍부하고 정교하게 진척되어 왔다. 그 가운데 대표적인 시도들은 학습을 보는 비고츠키(Vygotsky)의 관점, 구성주의적인 지식론, 문해력을 사회적 정치적 실천으로 바라보는 에델스키(Edelsky)의 논의3), 총체적 언어교육론에 바탕을 둔 읽기/쓰기의 통합 프로그램의 개발4), 로젠블랫(Rosenblatt)의 반응중심 문학교육 실천5) 등이 문학 중심 국어교육의 폭 넓은 이론적 바탕을 제공해 주고 있다. 이들 다양한 접근 방식들 가운데 총체적 언어교육을 기능주의적인 교육과 대비하여

---

3) Harman, Susan & Edelsky, Carole, "The Risks of Whole Language Literacy: Alienation and Connection", *Language Arts*, Vol.66, No.4, April 1989.

4) Langer, J. *Effective Literacy Instruction : Building Successful Reading and Writing Programs*, NCTE, 2002.

5) Rosenblatt, Louise M. *Literature as a Exploration*, The Modern Language Association of America, 1938/1995.

제시하면 다음과 같다.

〔표2〕 총체적 언어교육과 기능적 언어교육의 비교6)

총체적 언어교육	기능적 언어교육
1. 실제적인 문해력 지향의 교실 : 모든 종류의 책들, 잡지들 그리고 신문들. 학습자가 쓴 글이 중시되고 활용.	1. 유사 문해력 지향의 교실 : 기초적인 독해의 자료, 참고서, 어휘표, 쓰기 활동지, 교과서.
2. 협동 학습 : 학습자들은 책상을 함께 쓰며, 학습을 공유한다. 말하고 토론하는 자유. 모둠 학습이 주도.	2. 고립된 학습 : 책상은 줄을 맞춰 배열. 함께 나누는 것은 '속이는 짓'이며, 교사가 허용하지 않으면 말을 나누는 것이 금지됨. 개별적인 학습이 주도.
3. 비경쟁적인 환경 : 학습 자체를 위한 학습이 강조. 우열 혹은 능력에 따른 소집단이 존재하지 않음. 과제에는 등급이 순위가 정해지지 않으며, 학습자들 사이의 비교가 허용되지 않으며, 신뢰를 갖는 분위기가 주도.	3. 경쟁적 환경 : 교사의 요구를 만족시키는 학습이 강조. 우열 또는 능력에 따른 소집단의 구성. 과제에는 등급과 순위가 정해짐. 등급과 순위는 공표됨. 학생들의 학습은 신뢰를 받지 못하고, 불신감이 생성.
4. 교사는 학습자와 함께 배운다 : "지식의 재구성" 모형이 학습의 모형으로 작동. 질문은 학습자와 교사가 함께 제기. '단 하나의 정답'은 존재하지 않음.	4. 교사는 가르친다 : "지식의 전승" 모형이 학습의 모형으로 작동. 절차적인 것을 제외하고 학생들은 거의 질문하지 않음. "정답의 압제"가 항상 존재함.
5. 아이들은 원하기 때문에 읽고, 쓰고, 말한다 : 자기주도적이며, 자기 통제적이며, 다양한 학습이 강조. 학습의 동기는 내적으로 찾으며, 학습의 통제는 공유됨.	5. 아이들은 교사들이 요구할 때에 읽고, 쓰고, 말한다 : 교사 지향적이며, 교사에 의존하며, 수렴해 가는 학습이 강조. 학습의 동기는 외적으로 주어지며, 교사는 학습을 통제함.
6. 가능한 한 통합적인 교육과정 : 주제별 학습이 주도적. 쟁점 학습이 적합하며, 내용 선정도 '협의'를 통해 진행. 학습을 위해 커다란 단위의 시간이 설정.	6. 분리된 교육과정(Don Graves의 "차차차 교육과정") : 시간표가 영역에 따라 분리. 학습을 위한 시간의 길이가 짧으며, 내용 선정은 동떨어진 "권위 있는" 누군가에 의해 결정.

---

6) Doake, David B., "The Myths and Realities of Whole Language", *Under the Whole Language Umbrella*, Flurkey, Alan D. & Meyer, Richard J. Eds. NCTE, 1994, pp.138〜9.

총체적 언어교육	기능적 언어교육
7. 의미있고, 전체적이며, 합목적적인 학습이 초점이다 : 학습자의 적합성, 기능, 흥미와 요구 능력이 교육과정의 성격에 주요한 역할을 수행. 발표는 학습자의 학습을 돕는 주요한 역할을 수행. 교사들은 읽고 쓰기를 사랑한다는 것을 학습자들에게 입증.	7. 추상적이고, 기능중심적이며, 의미없는 학습이 초점이다 : 교육과정은 이미 명확하게 정해져 있으며, 학습자의 능력이나 요구와 조응하지 않을 수 있음. 학습은 '엄격한 일'로 간주되며, 교사들은 독자이자 필자이기도 한 점을 거의 보여주지 않음.
8. 실패를 인정한다 : 실험과 자신의 것으로 만드는 것이 진작된다. 확신감과 능력이 증대. 환경은 본질적으로 잘 정리되어 있지 않음. 학습은 즐거운 경험이며, 학습의 과정에 능동적으로 학습자가 참여. 자율성을 발전. 상상력의 활용이 강조.	8. 실패를 받아들이기 어렵다 : 처음부터 잘 해야 하는 환경. 두려움이나 불안정한 느낌이 점증. 정확함을 추구하는 분위기가 압도. 학습은 '엄격한 일'로 간주되며, 학습자들은 수동적이고 의존적임. 학습자의 상상력은 위축되기 시작.
9. 교사는 학생과 공동으로 고유한 교육과정을 구성한다 : 협의된 교육과정이 필요하다면 요구되는 표준 속에서 작용.	9. 교사는 주어지고 미리 규정된 교육과정에 의존한다 : 학생들은 교육과정의 구성에 어떠한 역할도 하지 않음.
10. 평가는 지속적이며, 비공식적이며, 과정 지향적이다 : 교사들은 개별 학습자의 진척과 잠재력에 관한 경험적인 지식을 가지고 있음. 자기 평가가 목적이다.	10. 평가는 일시적이며, 형식적이고, 결과 중심적이다 : 교사들은 평가 점수에 관한 지식을 가지고 있으며, 비교에 바탕을 둔 평가는 각각의 평가가 활용하고자 하는 규준에 따라 행해짐. 자기 평가는 고려되지 않음.
11. 교사들은 다른 교사들과 경험을 공유한다 : 다른 교사들과 정기적으로 만난다. 읽기, 개인적인 쓰기, 그리고 자신의 교육에 관해 토론함. 전문적인 책들을 항상 쌓아가며, 적합한 저널에 발표한다. 자신의 교수법이 효과적이라고 만족하지 않는다. 반성하며 가르침.	11. 교사는 고립되어 연구하는 경향이다 : 필수적인 교사 회합이나 공적인 모임에서 다른 교사들을 만난다. 전문적인 자료를 거의 읽지 않으며, 자신의 교수법에 관해 글을 쓰거나 토론하지 않는다. 제한된 개인적인 장서를 가지고 있으며, 교육적 저널에 발표하지 않는다. 일반적으로 자신의 교수법이 효과적이라고 믿으며, 반성 없이 가르침.
12. 보호자와 교사는 학습자가 잘 배울 수 있도록 제대로 협동한다 : 학부모는 교사의 철학과 실천을 이해하고 수용한다. 학부모는 이루어지는 변화를 기꺼이 받아들이며, 변화되는 것에 대한 정보를 안다. 학부모들은 가능할 때마다 교실에서 돕는다.	12. 보호자와 교사는 거의 협력하지 않으며, "교사들이 가장 잘 안다"는 원리를 따른다. : 학부모들은 교사들이 가르치는 대로 배워야 한다고 믿는다. 변화를 미심쩍어 하며, 직접 교실을 돕는다기보다 학교를 돕는다.

　이 표는 총체적 언어교육과 기능적 언어교육의 차이를 국어교육을 둘러싼 거의 모든 쟁점에 걸쳐 대비적으로 밝혀 보이고 있다. 문제는 지나치게 일반화된 이 설명이 단순함에도 불구하고, 현재 이루어지는 우리의 국어교육을 여실히 표현하고 있다는 점이다. 현재의 국어교육은 전반적으로 기능적인 언어교육과 면밀하게 일치한다. 그런데 더 큰 문제는 이들 기능적인 언어교육이 국어교육 전반을 전일적으로 지배한다는 점이다. 다른 나라의 경우, 교육과정은 포괄적인 표준을 제시하는 선에서 그 역할이 멈추며, 그 빈 자리를 구체적인 교실에서의 자율성으로 채우는 것이 일반적인 현상이다. 따라서 실제의 교육과정 변화보다 변화의 속도와 정도가 훨씬 가속화되고 있다. 그러나 교사가 교육과정을 재구성할 여지가 전무한 한국의 교육 현실은 교육과정이 변화하지 않는 한 바람직한 대안적 관점이 존재할지라도 그것을 교실 실천에서 수용하기는 불가능하다. 결국 교육과정을 전면적으로 혁신하거나, 교육과정의 구속력을 현저히 낮추는 것만이 국어교육의 미래를 여는 돌파구가 될 수 있을 뿐이다.

　당장 교육과정을 혁신하고 교육과정의 구속력을 줄여 나가는 것과 함께 도모할 수 있는 또 다른 방안은 문학작품을 교육내용의 중핵으로 설정하는 것이다. 문학작품은 그 자체가 생동하는 현실성을 지닌, 실제 사용된 텍스트이다. 문학작품은 구체적 현실 속에 개입하고 관여한 작가의 실천이며, 문학작품의 내적 상황은 그 자체가 독립된 발화의 상황이다. 따라서 이중의 상황이 중층적으로 결합한 읽기의 텍스트로, 가장 중요한 언어자료가 아닐 수 없다. 물론 변형과 축약이 없는 문학작품이 그러하다.

Ⅲ. 시교육의 반성과 반응 전략의 모형

그렇다면 지금 우리는 시를 어떻게 가르치고 있는가? 고등학교 국어 교과서를 살펴보면, 예상 외로 교과서에 실려 있는 시의 편수가 많지 않다. 모두 다섯 편에 덧붙여 박완서의 소설 속 액자로 포함된 김용택의 시까지 여섯 편이 있을 따름이다. 물론 이들 여섯 편은 고전과 현대를 아우르는 작품들로, 결코 손색이 없는 작품들이다. 그러나 시가 이렇게 소루하게 다루어지는 것은 넓게 보아 국어교육의 단절된 영역 구분에 기인하는 바도 적지 않을 것이다. 이 여섯 편의 학습이 끝나면, 국어교육 속의 시작품은 자취를 감추며, 다만 선택 중심 교육과정의 『문학』으로 더 한층 명확한 영역 구분 속에 고립되고 만다.

논의는 차치하고, 한 편의 시를 통해 문학교육의 실제를 살펴보자.

유리에 차고 슬픈 것이 어른거린다.
열없이 붙어서서 입김을 흐리우니
길들은 양 언 날개를 파다거린다.
지우고 보고 지우고 보아도
새까만 밤이 밀려 나가고 밀려와 부딪히고,
물 먹은 별이, 반짝, 보석처럼 백힌다.
밤에 홀로 유리를 닦는 것은
외로운 황홀한 심사이어니,
고흔 폐혈관이 찢어진 채로
아아, 늬는 산ㅅ새처럼 날러갔구나!

— 정지용, 〈유리창〉

이 시를 가르치는 실상을 살펴보기 위해서는 '역할 모형'[7]이 시사하는 바가 적지 않다. 예전 시교육의 역할 모형은 대체로 '연구자 모형'에 집중되어 있었다. 시의 갈래, 작가, 표현방법 등을 분류하는 데에 급급하였던 것이 사실이다. 이 시는 자유시, 서정시이며, 정지용은 도오지샤 대학을 졸업하였고, 대표작으로는 「백록담」 등이 있다는 것이다. 시 작품 속에서는 개념으로 포착되는 표현의 특징들이 주로 논의되었다. '외로운 황홀한 심사'가 '역설'이며, '산새'는 비유로 원관념은 '죽은 아이'라는 식의 개념적 명명이 주된 활동이었다. 그러나 '연구자 모형'은 대학수학능력시험으로 평가 체제가 변화함으로써, 새롭게 탈바꿈하였다. '연구자 모형' 대신 '언어사용자 모형'이 전면에 배치된 것이다. 이제 역설이란 분석의 개념을 들이대는 대신, 역설적 표현이 나타나 있는 다른 시의 다른 구절들을 통해 '의도와 표현' 사이의 관계를 비교하는 것이 주요한 평가의 도구로 자리잡고 있다. 덧붙여 화자의 심정이 유사한 구절을 연결하거나, 시어의 텍스트 내적 의미 기능의 차이를 확인하는 것이 주요한 물음이 되고 있다. 이는 명확히 시를 독특한 담화장르로 보기보다 보편적인 언어자료로 전제하고 있으며, 그 결과 문학작품은 언어자료의 읽기 활동으로 환원되고 만다.

그러나 언어사용자 모형이 문학교육의 이상적인 역할 모형일 수는 없다. 문학교육의 이상적인 목표는 치밀한 연구자나 능력있는 언어사용자가 아니라, 사려깊은 독자 모형과 명징한 비평가 모형이기 때문이다. 특히 이 시가 실려 있는 고등학교 수준에서의 문학교육은 비평가 모형을 중핵으로 이루어져야 한다. 언어사용자 모형은 비평가의 활동 속에 의당 포함되는 것이며, 심지어 독자 모형조차 비평가의 모형 속에 전제되

---

7) 김상욱, 『문학교육의 길찾기』, 나라말, 2003.

어 있어야 하는 것이다.

비평가 모형이 언어사용자 모형과 다른 가장 두드러진 점은 무엇보다 문학작품을 **요소가 아닌 전체로 인식**한다는 점이다. 개별적인 언어적 표현에 주목하기보다 작품의 전체 속에 특정한 표현이 의미 형성에 어떻게 개입하고 관여하는가를 따져 묻는다는 것이다. 이와 함께 문학작품을 둘러싼 **주체들을 전면적으로 구성**한다는 점이다. 시를 쓴 사람은 물론이거니와 시에서 말하는 사람, 시에서 설정된 내포 독자와 현실의 실제 독자 등 다양한 층위의 주체들이 비평적 활동을 통해 독자 속에 구성되는 것이다. 물론 그 중심에 놓이는 것은 텍스트를 중심에 두고 작가와 독자가 비평적인 소통을 이루어내는 것이다. 이 과정에서 작가는 언어사용의 개별적인 존재가 아닌 독자적인 사회적 주체로 구성[8]되며, 비평적 텍스트를 통해 주체를 구성하는 과정에서 독자 또한 새로운 주체로 구성되는 것이다. 독자는 더 이상 텍스트의 수동적인 수용자나 이미 결정된 의미를 찾아가는 탐색자이기를 멈춘다. 독자는 독립적인 주체로서 텍스트의 의미를 적극적으로 해석, 평가하고 스스로의 자아와 세계를 확립해가는 능동적인 주체로 거듭나게 된다. 나아가 비평가 모형은 **읽기를 고립된 활동이 아닌, 쓰기와 연결된 활동으로 결합**함으로써 총체적인 언어활동을 수행한다는 점이다. 읽기는 쓰기를 통해 완결되며,

---

8) 언어 활동이 개인의 심리적 과정이 아닌 사회적 주체의 구성 과정임은 일찍부터 인식되어 왔으며, 그 대표적인 인식을 위던(Weedon)에게서 찾을 수 있다. "언어는 우리들 자신의 지각과 주체가 구성되는 장소이다. 주체가 구성된다는 전제는 주체가 내재적이거나 발생적으로 규정되는 것이 아니라 사회적으로 생산되는 것임을 의미한다. 주체는 전반적인 담론 실천 - 경제적, 사회적, 정치적 - 속에서 생산되며, 권력에 대한 투쟁의 항상적인 지점에서 생산된다. 언어는 독특한 개별성의 표현이 아니다. 언어는 사회적으로 특정한 방식 속에서 개인의 주체를 구성한다." Weedon, C., *Feminist Practice and Poststructuralist Theory*, Blackwell, 1987, 21면.

쓰기는 읽기를 전제로 한다는 가장 기초적인 인식9)이 충실하게 표현, 반영될 수 있는 것이다.

비평가 모형을 바탕으로 했을 때, 텍스트를 마주치는 독자의 역할은 로젠블랫(Rosenblatt)의 설명에 따르면 악보와 연주자의 관계10)와 같다. 악보 자체가 음악이 아니듯, 문학텍스트는 독자와의 마주침이 없는 한, 문학작품이 될 수 없다. 그것은 다만 읽기 활동을 기다리는 텍스트일 따름이다. 더욱이 모든 악보의 연주가 연주자와 관계없이 객관적으로 실현되지 않는다. 연주자는 자신의 악기와 해석에 따라 독자적인 음악을 거듭 창조하는 것이다. 독자 역시 텍스트의 의미를 거듭 발견하고, 해석하며, 평가하는 것이다. 이 과정에서 연주자나 독자가 대상으로서의 텍스트에 내재된 제약을 전적으로 무시하는 것도 불가능하다. 중요한 것은 한 곡의 음악, 한 편의 시는 악보와 연주자, 텍스트와 독자의 끊임없는 상호작용이며, 거래의 결과라는 점이다.

텍스트와 독자의 상호작용 속에서 이루어지는 독자의 활동은 '반응 전략'11)을 통해 범주화할 수 있다.

관계 맺기 Engaging
살펴보기 Describing
구체화하기 Conceiving
설명하기 Explaining

---

9) Scholes, R., *Textual Power: literary theory and the teading of English*, 김상욱 역, 『문학이론과 문학교육』, 하우, 1995, 14면.

10) Rosenblatt, L., "The Transactional Theory of the Literary Work", *Researching Response to Literature and the Teaching of Literature*, Ed. Cooper, C. Norwood, 1985, p.39.

11) Beach, R. & Marshall, J., *Teaching Literature in the Secondary School*, Harcourt Brace & Company, 1991, pp.28~34.

연결하기 Connecting
해석하기 Interpreting
평가하기 Judging

이 가운데 관계 맺기는 1차적인 반응의 형성으로 시를 마주친 정서적인 반응을 끌어내는 단계이다. 살펴보기는 내용을 재확인하는 것은 시를 환언한다거나 정보를 재생하는 활동을 의미한다. 구체화하기는 인물, 배경, 정서 등 의미에 대한 진술을 하기 위해 정보를 조직화하는 과정을 의미하며, 설명하기는 의미를 더욱 폭 넓은 세계 지식 속에서 파악하는 것으로 부분적인 해석에 해당한다. 그리고 연결하기는 독자 자신의 경험과 관련짓는 것이며, 해석하기는 작품 전체와 관련하여 의미를 통일적으로 재구성하는 것이며, 평가하기는 작품의 미적, 정치적 의미를 평가하는 것이다.

상세하게 단계화된 이들 반응전략은 기실 '이해, 분석, 해석, 평가'라는 기존의 범주들을 세분화하고 있을 뿐 그리 크게 다를 바는 없다. 오히려 반응 활동이 서로 부분과 전체로 나뉘어짐으로써, 애초 작품의 전체적 의미분석을 또 다시 분절화할 염려가 있다. 이에 비할 때, 오히려 문학작품에 반응하는 과정을 전체적으로 텍스트의 상상적 재구성을 통한 이해를 뜻하는 '구상화 *Envisionment*'의 과정으로 제시하고 포괄적인 모형12)을 설정한 Langer의 모형이 더욱 유효한 것으로 평가된다. 반응 전략들이 분절화되고 요소로 환원되지 않기 위해서는 언제나 전체를 통해 활동이 이루어져야 한다. 그렇다면 기존의 '이해-분석-해석-평가'13)의 과정을 그대로 원용하는 것이 반응 전략을 체계화하는 데에도

---

12) 김상욱, 「문학적 사고력과 토론의 중요성」, 한국초등국어교육학회 전국학술대회 발표자료집, 2004, 81면.

여전히 유효한 모형이 될 것이다. 다만 각각의 반응 전략을 이들 활동과 연결하는 작업이 필요하다. 예컨대 '관계 맺기와 살펴보기'는 '이해' 활동으로, '구체화하기와 설명하기'는 '분석', '연결하기와 해석하기'는 '해석', '평가하기'는 '평가' 등으로 연결시킬 수 있을 것이다.

그러나 '문학 중심 국어교육'이 여타의 읽기와 다른 점은 활동의 위계 자체를 어떻게 설정하는가가 아니라, 이 활동들이 한 작품 속에서 통일적으로 이루어진다는 점이다. 이는 유치원에서부터 고등학교에 걸쳐 모두 동시적으로 진행되어야 한다. 하나의 작품을 특정한 기능에 따라 발췌하고, 그 기능을 반복 훈련하는 대신 언제나 작품 전체를 이해, 분석, 해석, 평가하는 과정들이 거듭되어야 하는 것이다. 다만 학교급별과 발달과정에 따라 탐구하는 화제가 달라지며 심도가 조금씩 달라지면 되는 것이다. 비평가 모형은 어린 학습자라고 해서 유보되거나 단순화될 필요가 없는 것이다.14)

또 다른 특성은 활동이 학습자 자신을 중심으로 이루어진다는 것이다. 교사의 역할은 반응을 끌어내기 위한 환경을 조성하고, 반응을 촉발하는 기초적인 질문들을 제기하는 것에 그칠 뿐, 본격적인 질문과 토론은 전적으로 학습자들에게 의존한다는 점이다. 학습자들은 스스로 문제를 발견하고 해결하며, 비평적 텍스트 혹은 반응일지, 토론 등을 통해 스스로 의미 있는 주체로 거듭 형성된다. 학습의 유형도 고립된 개인적인 활동이 아니라, 또래들과의 적극적인 교섭 속에서 이루어진다.

여기에 더해 학습의 대상이 되는 텍스트를 학습자가 선정할 수 있다

---

13) 김상욱, 『문학교육의 길찾기』, 나라말, 2003. 참조.
14) Sloan, G. D., *The Child as Critic : Teaching Literature in the Elementary School*, Teachers Colleg Press, 1975.

는 점도 주목받아야 한다. 교재의 형태로 혹은 교사가 제시하는 대로가 아니라 학습자가 스스로 텍스트를 선정함으로써 교실과 삶을 분리시키지 않고 하나의 통일적인 원환 속에 둘 수 있다는 점이다.

IV. 시를 통한 활동 전략의 구체화

연구자 모형이나 언어사용자 모형이 아닌, 독자 모형 나아가 비평가 모형으로 〈유리창〉을 학습하기 위한 활동은 다음과 같이 차례로 제시할 수 있다.

먼저 '이해' 활동은 텍스트 그 자체의 의미를 파악하는 단계로 다양한 읽기를 통해 이루어진다. 특히 시낭송은 유효한 방법으로 시가 지닌 율격을 이해하는 한편, 시의 초점이 어디에 있는지, 나아가 시의 정서가 어떠한지를 알 수 있게 해 준다. 학습의 구성원 전체가 함께 읽을 수도, 짝을 이뤄 한 행씩 읽을 수도 있으며, 그밖에도 다양한 방법들이 있다. 더 나아가 학습자들은 가장 중요한 부분을 강조하면서 읽거나, 각각의 행마다 강조할 부분을 정해두어 그 억양을 살려 읽을 수도 있다. 그리고 읽기가 끝나면 왜 그렇게 읽었는지를 말하거나 반응일지에 기록해 둘 수 있다.

〈유리창〉의 경우, 마지막 행이 시 전체로 보아서는 가장 고조된 부분이며, 시 전체를 읽는 어조는 초반부에는 다소 객관적으로, 후반부는 감정을 실어 주관적으로 읽는 것이 적절한 방식일 수 있다.

시를 다른 형식으로 다시 기술하는 것도 또 다른 방법일 수 있다. 환언해 봄으로써 시의 외연적 의미가 명확하게 파악될 수 있음은 물론이다. 이와 함께 '생각 말하기'도 이해를 위한 적절한 방식이 될 수 있다. 개별적인 행을 읽어가면서 떠오르는 생각을 말하거나 써 둔다. 특히 말로 해 보는 과정은 쓰는 것보다 훨씬 더 직접적이고 완벽하게 반응을 관찰할 수 있다. 또 학습자들은 이들 반응을 서로 짝을 이뤄 교환하거나 모둠별로 차례로 반응을 드러낼 수 있다. 이 과정을 통해 비고츠키(Vygotsky)의 '근접 발달 영역(ZPD)'을 활성화할 수도 있을 것이다. 특히 이 활동은 시의 의미 해석을 위한 질문과도 면밀하게 연결된다는 점에서 분석과 해석을 위한 전단계의 활동으로 가장 적합한 활동으로 그 의의가 자못 크다.

이해에 이어지는 활동은 '분석'하는 활동이다. 이는 텍스트를 재구성하는 것으로 서사의 경우, 인물과 배경, 사건 등을 구상화하는 과정으로 이어질 수 있다. 이에 가장 적합한 시적 활동은 시를 이미지로 표현해보는 것이다. 다음은 그 하나의 예시일 수 있다.

> 처음에는 전체적인 색조를 거칠게 덧칠해 낸다. <유리창1>은 어두운 색조가 주조를 이룬다. 밤이다. 그것도 칠흑같이 어두운 겨울밤. 화폭의 가운데가 아니라 짐짓 왼쪽으로 기운 2/5 되는 지점에 유리창이 하나 있다. 그 유리창 앞, 한 발자욱 남짓 떨어진 자리에, 이마를 다소 위로 치켜든 20대 후반의 한 사내가 서 있다. 오른편 손은 무엇인가를 잡으려는 듯이 엉거주춤 앞으로 내밀고, 왼편 손은 자연스럽게 바닥을 안으로 향한 채 몸의 가운데께에 들려 있다. 두 손 모두 망연히 펼쳐져 있다. 눈은 창문 저 너머 빈 하늘을 향해 골똘히 열려 있다. 꿈꾸듯, 갈망하며. 눈썹을 조금 안으로 모은 채. 그는 다소 희미한 재빛 공간에 덩그랗게 놓여 있다. 유리창 밖으로는 먹머루빛 까아만 밤이 펼쳐져 있다. 화면의 오른쪽 상단에 아스라히 먼 몇몇 별들이 보일듯이 보일듯이 점점이 떠 있다. 그 가운데 유난히 작은 별 하나가 두드러지게 반짝인다. 그

> 아래 조금 더 오른쪽으로 기운 지점에 잎을 모두 떨군 채, 온 몸
> 을 추위에 내맡긴 나무가지들이, 그로테스크하게 뒤얽혀, 빈 들판
> 에서 우우 우우 음산한 소리들을 내지르고 있다.15)

이처럼 시를 이미지로 재구성하는 것은 시가 갖는 특징인 시간이 흘러가지 않는다는 것과 함께 시의 각 부분들이 전체 속에 어떻게 배치되고 존재하며, 서로 연결되는지를 잘 알 수 있게 해 주는 점이 있다. 그림으로 표현하는 활동을 통해 '외로운 황홀한 심사'와 '유리에 차고 슬픈 것'과 '물 먹은 별', '산새' 등이 하나의 풍경 속에서 유기적으로 관련을 맺게 되는 것이다.

다음 '해석'의 과정은 의미를 탐구하는 과정이며, 전체 속에서 부분의 기능을 파악하는 과정이다. 이 과정에서 가장 기초를 이루는 활동은 독자의 경험과 작품의 경험을 서로 연결하는 활동이다. 경험이 서로 연결되고 공통의 접점을 찾을 수 없다면 시는 또 다른 객관적 대상으로 존재할 뿐, 소통과 상호작용의 매개가 되기 어렵다. 그러나 경험의 연결은 문학 작품 속에서 직접적으로 이루어지지 않는다. 경험 자체가 상징적인 경험일 수 있기 때문이다. 이에 경험을 한껏 일반화하는 것이 필요하다. 예컨대 〈유리창〉에서 담고 있는 경험이 '어린 자식의 죽음'이라고 한다면, '죽음' 일반으로 추상화할 필요가 있다. 그럴 경우에야만 독자의 경험과 마주칠 수 있을 것이다. 죽음을 마주했을 때의 경험과 감정을 나누어보고, 그 감정들이 어떻게 작품 속에서는 구체화되고 새롭게 인식되고 있는지 모색해 보아야 한다.

해석의 과정에서 또 다른 주요한 활동은 의미를 탐구하는 활동이다. 이는 '왜'라는 질문을 통해 잘 포착된다. 이 질문과 대답의 과정 속에서

---

15) 김상욱, 『시의 숲에서 세상을 읽다』, 푸른나무, 1996. 14면.

시의 의미는 한결 명료하게 전체의 의미 속에서 걸러진다. 그리고 이 과정은 단순한 질문과 대답의 과정이라기보다 문제를 제기하고 응답을 모색해 가는 토론의 과정으로 학습될 수 있다. 학습자들은 시를 읽고 먼저 떠오르는 질문들, 혹은 논의해 볼만한 질문들을 제기한다. 개인적으로, 모둠별로 혹은 학습자 전체가 함께 문제를 제기할 수 있다. 한층 손쉽게 문제가 제기될 수 있도록 교사는 충분한 토론의 분위기를 마련해 주어야 할 것이다. 혹은 직접 예시가 되는 가벼운 문제를 제기함으로써 질문을 제기하는 예를 보여줄 수도 있을 것이다. 예컨대 '제목을 왜 〈유리창〉이라고 했을까?, 왜 이 시는 정지용이 썼을까?' 등의 일견 당연한 듯이 비치는 사실들조차 문제 속에 밀어 넣음으로써 다시금 해석할 수 있는 가능성을 열어주어야 한다. 학습자들은 모둠별로 가장 적합한 문제들을 몇몇 제기하고, 그 문제를 공동으로 풀어나갈 수도 있을 것이다.

이 시에서 끌어낼 수 있는 토론의 논제들은 다음과 같다.

> 왜 시의 제목은 〈유리창〉인가?
> 왜 이 시를 정지용이 썼을까?
> 〈유리창〉이란 제목이 시의 본문 첫 행에서는 왜 유리로 바뀌었을까?
> '차고 슬픈 것'이란 무엇인가?
> '물 먹은 별'은 무엇을 표현하고 있는가?
> '외로운 황홀한' 까닭은 무엇인가?
> 왜 감탄사를 썼을까?
> 왜 '산새'에 비유했을까?

이들 질문들은 때로는 명확한 의미 해석이 가능한 것도 있고, 시 전체와 관련되어 심도 깊게 논의하지 않으면 안 되는 것들이 있을 것이다. 교사가 이들 질문들을 해석의 깊이와 관련하여 순차적으로 배열하는 것도 바람직하며, 학습자들이 스스로 질문의 중요도를 평가하는 것도 유효하다. 문제는 이들 각각의 탐구가 단일한 정답을 찾아가는 과정이 아니라, 열려 있는 모색의 과정이어야 한다는 점이다.

끝으로 '평가'의 과정은 작품의 성취를 가늠하는 것이다. 그러나 지금과 같은 형태의 교과서에 실린 시들은 평가 자체가 쉽지 않을 것이다. 이미 완결된 작품이며, 평가 또한 일정하게 완료된 작품들이기 때문이다. 학습자들이 선택한 텍스트가 더욱 유효한 것은 이 비평적 활동을 더욱 풍부하게 제시할 수 있다는 점에 있다.

시를 평가할 때 다음과 같은 평가의 항목16)들은 유효한 척도가 될 수 있다.

1) 묘사하는 어휘들은 구체적인가?(크다, 멋지다, 작다, 좋다 등등의 단어는 너무 모호하다)
2) 비유나 상징이 나타나 있는가?
3) 도식적인 표현은 없는가?
4) 종결은 충분히 효과적인가?
5) 묘사는 상상력과 창조성이란 점에서 충분히 여실한가?
6) 시는 대상에 대한 명확한 이미지를 창조하고 있는가?
7) 제목은 사려깊게 선택되었는가?
8) 시는 어떤 놀라움을 안겨주었는가, 그것은 적절하게 예측가능한 것이었는가?
9) 어떻게 하면 시를 더 잘 고칠 수 있겠는가?
10) 가장 효과적으로 쓰여진 것은 어떤 부분인가?

---

16) Beach, R. & Marshall, J., *Teaching Literature in the Secondary School*, Harcourt Brace & Company, 1991, p.393.

이들 다채로운 평가와 함께 개별적인 작품의 제한을 넘어 시적 발화 전체가 어떤 깨달음을 주었으며, 그 깨달음이 지금 여기에서의 삶에 어떠한 문제를 제기하고 있는지 총괄적으로 평가하는 것도 놓칠 수 없을 것이다.

끝으로 읽기의 활동은 항상적으로 비평적 글쓰기와 연결되어야 한다. 특정한 요소에 착목하거나 전체적인 평가를 하거나, 학습자는 반드시 읽기 활동이 진행되는 과정 또는 읽기 활동이 종료된 시점에 전반적인 비평적 글쓰기[17]로 학습의 과정과 결과를 정리하는 것이 필수적이다. 따라서 문학작품을 통한 읽기와 쓰기의 통합적 연결이 어떻게 다양한 방식으로 가능한지를 거듭 모색하는 것은 반드시 요청되는 작업이다.

V. 내용 영역의 재구조화를 위하여

더러 언어사용을 국어교육의 중심에 두고자 하는 논자들은 문학작품을 두고 이루어지는 활동들이 여타의 읽기 제재들을 통해서도 충분히 가능하다고 주장한다. 필자 또한 여기에 전적으로 동의하는 편이다. 문학만이 유일한 삶의 언어적 표현은 아니기 때문이다. 문학은 여타의 담화 장르들과 마찬가지로 삶을 언어적으로 표현하는 하나의 장르일 따름이다. 그러나 문학과 여타의 장르들을 동일한 비중으로 설정하는 것은 명확하게 그릇된 인식이다. 문학이 여타의 장르와 다를 바가 없다는 것은 하나의 유형이란 점에서 그러할 뿐, 그 속의 밀도와 정도는 결코 동

---

17) 문학교육에서 비평적인 글쓰기의 중요성은 김동환(2004), 김상욱(1996), 김성진 (2004) 등에 의해 거듭 제기된 바 있다.

일하지 않기 때문이다. 문학은 여타의 언어적 표현보다 한층 밀도가 있으며 다양한 언어적 활동을 가능케 하는 제재임은 물론이다.

특히 문학작품에서 두드러지게 전경화 되는 활동들은 '이해'와 '분석' 등 텍스트 자체를 재구성하는 차원을 넘어 '해석'과 '평가' 등으로 주체를 재구성하는 단계의 활동들이다. 여타의 언어자료들은 단순히 내용을 파악하거나, 평가를 하더라도 독서 주체의 구성에까지 미치지 못한 채, 읽기 자료의 통일성과 완결성, 주장의 정확성과 타당성 등을 통해 세계를 인식하는 데에 멈추기가 쉽다. 그러나 문학작품은 아무리 단순화된 형태를 하고 있을지라도 이미 그 속에 세계를 재현할 뿐만 아니라 세계를 평가한다는 점에서 이와는 명확하게 구분된다. 독자 또한 작품을 경험함으로써 새로운 주체로 거듭 구성되는 것이다.

새로운 시대, 교육은 근본적인 변화에 직면해 있다. '시간의 돌진', '공간의 압축' 등으로 표현되는 오늘날의 시대는 예전과 확연한 질적 차이를 지니고 있다. 따라서 다음 세대가 지녀야 할 지식과 경험들 역시 달리 구성되어야 함은 한 치 그릇됨이 없는 정언이다. 그런데도 안타깝게도 우리의 국어교육은 여전히 답보를 거듭하고 있으며, 심지어는 그 답보 상태를 더 한층 정교화하고자 한다. 그러나 국어교육은 달라져야 한다. '문학 중심 국어교육'이란 새로운 방법은 단순한 제안이 아니다. 그것은 달라진 현실에 대한 적극적인 모색이자 대안으로 현실화되어야 한다.

다시 한 번 '문학 중심 국어교육'이 지닌 특성을 '문학에 기반한 *Literature Based*'이란 철자를 통해 설명하고 있는 다음의 표[18]를 제시해 둠으로써 소략한 논의를 마치고자 한다.

---

18) Sloan, Glenna., "Questions of Definition", *Teaching with Children's Books*, Sorensen, B.M, & Lehman, B.A., Eds., 1994, p.8.

L Literature, the best of written expression, creates interest in words.

가장 잘 쓰여진 표현인 문학은 언어에 대한 흥미를 창조한다.

I Interest begins in delight with genuine, unique literary works

흥미는 실질적이고 독특한 문학작품에 담긴 즐거움으로 시작된다.

T Trade books are authentic, real-world reading material.

출판된 책들은 진정한 현실 세계의 읽기 자료이다.

E Emphasis is on reading, not on reading-related exercises.

강조점을 읽기와 관련된 연습이 아닌, 읽기에 둔다.

R Readers have a wide choice of reading materials.

독자들이 읽기 자료를 폭 넓게 선택할 권리를 가진다.

A Activities in wiriting and other arts flow from actual reading.

글쓰기와 다른 예술적 활동들은 실제의 읽기로부터 비롯된다.

T Teachers and students create their own study plans.

교사와 학습자들은 자신의 연구 계획을 창조적으로 수립한다.

U Units of study are built around real books, not textbooks.

학습의 단위들은 교재가 아니라 실제의 책들로 수립된다.

R Responsibility for learning is required.

학습의 책임성이 요구된다.

E Evaluation of progress is developmental.

진전 정도의 평가는 발달적이다.

B Books are the basics.

책들이 기초를 이룬다.

A Application of ideas found in books is varied and personal.

책 속에서 찾을 수 있는 아이디어들의 적용은 다양하며 개인적이다.

S Searching books for pleasure and information is what literacy is about.

즐거움과 정보를 위한 책들을 찾는 것은 문해력의 본질과 관련된다.

E Emphasis is on purposeful reading, not word-perfect reading.

강조는 낱말을 완성하는 읽기가 아닌 뚜렷한 목적을 갖춘 읽기에 둔다.

D Deep study of a book, an author, a genre, is possible.

한 권의 책, 한 사람의 작가, 하나의 장르에 관한 깊이 있는 연구가 가능하다.

■ 참고문헌

교육부, 『제 7차 국어과 교육과정』, 1997.

김동환, 『문학연구와 문학교육』, 한성대 출판부, 2004.

김상욱, 「문학적 사고력과 토론의 중요성」, 한국초등국어교육학회 전국학술
　　　대회 발표자료집, 2004.

김상욱, 『문학교육의 길찾기』, 나라말, 2003.

―――, 『시의 숲에서 세상을 읽다』, 푸른나무, 1996.

―――, 『소설교육의 방법 연구』, 서울대 출판부, 1996.

김성진, 『문학교육론의 쟁점과 전망』, 삼지원, 2004.

Beach, R. & Marshall, J., *Teaching Literature in the Secondary School*, Harcourt Brace &
　　　Company, 1991.

Doake, David B., "The Myths and Realities of Whole Language", *Under the Whole
　　　Language Umbrella*, Flurkey, Alan D. & Meyer, Richard J. Eds. NCTE, 1994.

Harman, Susan & Edelsky, Carole, "The Risks of Whole Language Literacy: Alienation
　　　and Connection", *Language Arts*, Vol.66, No.4, April 1989.

Langer, J., *Effective Literacy Instruction : Building Successful Reading and Writing Programs*,
　　　NCTE, 2002.

Rosenblatt, L., "The Transactional Theory of the Literary Work", *Researching Response
　　　to Literature and the Teaching of Literature*, Ed. Cooper, C. Norwood, 1985.

Rosenblatt, L., *Literature as a Exploration*, The Modern Language Association of
　　　America, 1938/1995.

Scholes, R., *Textual Power: literary Theory and the Teading of English*, 김상욱 역, 『문학
　　　이론과 문학교육』, 하우, 1995.

Sloan, G.D., *The Child as Critic : Teaching Literature in the Elementary School*, Teachers

Colleg Press, 1975.

Sloan, Glenna, "Questions of Definition", *Teaching with Children's Books*, Sorensen, B.M, & Lehman, B.A., Eds., 1994.

Weedon, C., *Feminist Practice and Poststructuralist Theory*, Blackwell, 1987.

교술문학독서의 교육내용

류 홍 렬

(한성대 강사)

Ⅰ. 논의의 필요성

중·고등학생들의 독서 경향을 조사한 보고서에 의하면 학생들은 문학도서 중 대중장르소설을 포함한 소설을 많이 읽고 그 다음으로 수필 —명상류와 수기—전기류를 많이 읽는 것으로 나타난다.[1] 수필—명상류와 수기—전기류를 함께 묶는다면 교술 장르라 할 수 있다. 그러나 실제 이루어지고 있는 독서교육에서 이 교술 장르에 대한 배려는 찾아보기 힘들다. 오히려 독서교육에 따른 실제적인 어려움 즉 수업시간의 배분 문제, 학생들의 흥미 유발, 책 선정의 어려움, 도서관 운영의 문제 등에 대한 논의가 주를 이룬다.[2]

이런 논의에는 독서 교육의 내용은 그리 크게 문제가 되지 않거나, 독

---

[1] 문화관광부, 「독서 진흥에 관한 연차보고서2003」, 문화관광부, 2003, 52~54면.

[2] 전국국어교사모임, 「독서교육을 말하다」, 『함께 여는 국어교육』 2002년 가을호, 2002, 99~117면 참조.

서 교육의 내용을 일의적으로 규정할 수 없거나, 혹은 많은 부분 합의가 되어 있다는 전제가 있는 것 같다. 그러나 실제로 학생들이 책을 읽은 뒤에 책의 내용을 요약만 할 뿐 자신이 이해한 것은 이야기하지 못한다고 교사들은 평가하고 있다.[3] 이런 평가는, 지금 이루어지고 있는 독서교육이 정작 그 내용을 충분히 담지하고 있지 못하고 있는 실정임을 보여준다.

이런 점에서 교술 장르 독서를 교육할 때 무엇을 그 교육내용으로 할 것인가 하는 점은 논의의 필요성이 있다. 그러나 교술 장르의 독서교육을 논의하는 데에는 몇 가지 어려움이 있다. 우선 교술 장르의 이질성을 들 수 있다. 실상 문학의 장르적 체계에서 가장 이질적인 것으로 교술 장르를 든다. 이는 주로 교술 장르의 내적인 특성을 단일하게 규정하기 힘들다는 점에 기인한다. 결국 교술 장르의 독서교육내용은 단일하게 구성되기 힘들며, 이런 점에서 교술 장르에 관한 독서교육의 논의가 빈약해지게 되었다.

두 번째로 지금까지의 독서교육이 주로 절차적 모형에 의존하고 있다는 점이다. 5차 교육과정기부터 도입되기 시작한 인지적 구성주의의 영향을 받은 읽기 교육은 읽기 과정을 상향식 모형, 하향식 모형, 상호작용 모형 등의 절차로 보고 있다. 이는 독서교육의 구체적 실현태를 계획할 수 있다는 점에서는 의미가 있으나, 교육의 장에서는 구체적인 텍스트에 대한 배려의 부족으로 결국 무력한 모습을 보이게 된다.

이러한 문제점으로 결국 앞서 논의한 교술 장르의 이질성은 강화된다. 읽기는 추상적인 절차만이 남을 뿐이며 다원적인 교술 장르의 독서를 아우르는 교육내용을 생성하지는 못하게 된다. 따라서 교술 장르의

---

3) 위의 책, 130면.

독서교육내용을 생성하기 위해서는 우선 교술 장르의 양식적 특성에 따른 독서지도법이 필요하게 된다. 이를 위해서는 교술 장르를 특징지울 수 있는 공통적 자질에 대한 고찰이 필요하다. 이 기반 위에서 교술 문학의 독서 교육내용이 생성될 수 있기 때문이다.

Ⅱ. 교술 장르의 특성

교술 장르를 무엇으로 규정할 것인가 하는 점은 끊임없는 논란 속에 있어왔다. 모든 구분의 논리가 그렇듯이 교술 장르 역시 전통적인 장르 구분에서 배제되는 것들을 함께 묶은 인상을 주기까지 한다. 또한 교술 장르의 하위 구분 역시 어떤 내적인 통일성을 찾아보기 힘들다. 이런 점에서 우선은 교술 장르의 범주를 규정하는 것이 문제가 된다. 이 글에서 교술 장르를 수필과 자서전으로 한정하여 논의를 진행하고자 한다. 위에서도 보았듯이 학생들은 주로 이 두 종류의 글을 읽고 있으며, 또한 이 두 양식은 현대 교술 장르의 대표적인 문종이기도 하기 때문이다.

수필과 자서전은 필자가 겪은 경험을 바탕으로 한 글이라는 점에서 공통점이 있다.4) 이 점은 다른 허구 양식과는 상당히 다른 것이다. 그러나 텍스트에서 서술되고 있는 경험의 허구와 사실이라는 구분은 텍스트 내적인 표지로서는 확인할 수 없다. 즉 텍스트만으로는 어떤 글에서 제시되는 경험이 사실인지 허구인지를 판단할 수는 없다. 경험의 사실과

---

4) 구인환 외, 『수필문학론』, 개문사, 1975, 41~46면.
   Lejeune, Philippe, *Le Pacte Autobiographique*, 윤진 역, 『자서전의 규약』, 문학과지성사, 1998, 17면.

허구를 판단하기 위해서는 우선 화자와 주인공, 작가와의 관계를 살펴볼 필요가 있다.

대표적인 허구 양식인 소설의 경우 작가, 화자 - 주인공의 관계를 단절된 관계로 본다. 즉 작가의 세계관, 인생관의 직접적인 표현으로서 서사를 바라보지는 않는다. 이에 반해 교술 장르는 화자 - 주인공 - 작가의 관계를 동일시한다. 그러나 이러한 점이 앞에서도 말했듯이 텍스트 내적인 표지로 확인되지는 않는다. 따라서 다음의 글이 교술 장르에 속하는가 아니면 소설에 속하는가 하는 점은 텍스트 자체만으로는 판단하기 힘들다.

① 2시까지 오라는 현이의 말대로 부랴부랴 시민 회관으로 갔다. 현이가 예술제에서 연극에 출연하기로 되었기 때문이다. 현이가 출연하는 연극 「숲속의 대장간」은 제 2부의 첫 순서에 있었다. 풀잎 역을 하게 되었다는 현이가 그 동안 매일 학교에서 늦게 오고, 휴일에도 학교에 나가 연습을 하곤 할 때에는 별로 관심이 없었는데, 막상 공연하는 날이 되니까 이상하게도 가슴이 두근거렸다. 마치 현이 혼자의 발표회나 되는 것처럼 흥분되어, 2부 순서를 기다리는 동안 무척 초조했다.[5]

② 여태껏 우리 집에서 일어난 크고 작은 불상사는 하나같이 내가 집을 비운 사이에 일어났다고 나는 믿고 있다. 내 경험에 의하면 집을 비우되 몸과 마음이 함께 떠났을 때, 그러니까 집 걱정은 조금도 안하고 바깥 재미에 흠뻑 빠졌다가 돌아왔을 때 영락없이 집에선 어떤 사고가 기다리고 있었다. 첫애 젖을 떼고 났을 무렵이었다. 애 기르는 일의 가장 어렵고

---

5) 이경희, 「현이의 연극」, 고려대학교·한국교원대학교1종도서편찬위원회, 『중학교 국어』 1-1, 문교부, 2001, 92면.

손 많이 가는 고비에서 놓여났다는 해방감에서였는지 동창계
모임에서 느긋하게 화투판에 끼어들게 되었다. 층층시하 핑계,
젖먹이 핑계로 어깨 너머로 잠깐잠깐씩 구경이나 하다가 남 먼
저 자리를 뜨던 화투판에 처음으로 끼어들고 보니, 선무당이 사
람 잡는다고 재미도 재미려니와 손속까지 나는 바람에 그만 날
저무는 것도 몰랐다.[6]

③ 교실에 찾아서 들어가 보니, 작달만한 녀석 하나가 책상 앞에
앉아서 옆에 커다란 참고서를 펼쳐놓고 부지런히 무언가를 쓰
고 있고, 두 녀석은 나란히 앉아서 조용히 책을 읽고 있었다.
그들 셋은 숙제를 서로 비교해 보고 있었다. 나는 열심히 무언
가를 쓰고 있는 아이(그는 성이 '슈크리'라고 말했다)에게 지금
뭘 하고 있느냐고 조심스럽게 물어보았다. 그랬더니 그는 "벌을
미리 비축해 두는 거야" 하고 퉁명스럽게 대답했다.[7]

위의 글 중 ①은 수필 중 서사적 수필에 속하며, ②는 소설 ③은 자서
전에 속한다고 흔히들 받아들인다. 물론 표현상의 차이가 없는 것은 아
니지만 이 텍스트만으로 어느 글이 소설에 속한다고, 혹은 수필, 자서전
에 속한다고 판단할만한 근거가 있는 것처럼 보이지는 않는다. 세 글 모
두 화자는 '나'이며 내가 보고 느끼고 하는 것들을 서술하고 있는 형식
을 취하고 있기 때문이다. 이런 점에서 이 두 글은 모두 화자-주인공이
'나'인 1인칭에 속한다. 특히 ②의 경우 작가 자전적인 요소가 드러나고
있다는 점에서 더욱 그 구분을 어렵게 한다. 이럼에도 불구하고 ①은 수
필로 ③은 자서전으로 판단할만한 근거는 무엇인가 하는 점을 밝힐 필

---

6) 박완서, 「엄마의 말뚝2」, 『이상문학상수상작가대표문학선6』, 문학사상사, 1987,
   257면.
7) Said, Edward W., *Out of Place*, 김석회 역, 『에드워드 사이드 자서전』, 살림, 2001,
   300면.

요가 있다. 여기에서 문제가 되는 것은 독자들이 화자 - 주인공인 '나'를 작가와 동일인물로 간주하는가 아닌가 하는 점이다. 이는 텍스트 외적인 기준이며 따라서 독자와 작가 사이에 암묵적으로 전제되는 일종의 규약이다.[8] 즉 앞의 수필의 경우 화자 - 주인공과 작가를 동일한 인물이라고 판단하는 것은 독자와 작가 사이의 암묵적으로 이루어지는 규약에 의한 것이다. 자서전인 ③의 경우에도 마찬가지이다. 따라서 독자들은 암암리에 교술 장르의 경우 화자-주인공과 작가 사이의 동일성을 상정하고 독서에 임하게 된다. 이 점은 결국 ①과 ③에서 서술하고 있는 사건이 실제로 일어난 사건이며, ②에서 서술하고 있는 사건은 허구적인 사건이라고 독자가 전제하는 차이를 만들어내게 된다.

따라서 교술 장르는 독자와 필자간의 합의에 의한 일정한 규약에 의존하고 있는 장르라 할 수 있다. 이 규약은 독자로 하여금 작가-화자-주인공을 동일인물로 보게 하며, 나아가서 교술 장르에서 서술되고 있는 사건이 실제로 필자가 경험한 사건이라고 상정하게끔 한다. 교술 장르에 대한 독서 교육 역시 이 규약에서 자유로울 수는 없다. 다음 장에서는 이에 따른 교술 장르에 대한 독서교육의 내용을 살펴보도록 하겠다.

Ⅲ. 교술 장르의 독서 내용

교술 장르의 특성은 교술 장르의 독서 내용을 규정한다. 매우 이질적인 교술 장르를 유지시키는 것은 필자-화자-주인공의 동일성과 이를 통해 담보되는, 서술되는 경험의 사실성이다. 이에 따라 교술 장르의 독서

---

8) Lejeune, Philippe, 앞의 책, 20~25면.

교육 역시 교술 장르에서 서술되는 경험의 성격을 우선 파악하는 데서 시작할 필요가 있다.

1. 경험의 재구성 방식 – 경험에 대한 의미부여

교술 장르가 필자의 경험을 재구성하는 것이라면 그 재구성 방식을 이해할 필요가 있다. 그 재구성 방식으로 대표적인 것은 서사이다. 그러나 교술 장르의 서사 구성 방식은 다른 서사 장르와는 다른 양상을 보인다.

> 서울 와서 우리가 자리잡은 곳은 변두리의 빈촌이었는데 수돗물도 안 나오는 고지대였다. 그나마도 셋방살이였다. 물이 흔한 고장에서 청결이 몸에 밴 어머니는 그걸 몹시 괴로워했다. 그러나 어머니가 더 견디기 어려웠던 건, 사는 법도의 차이가 아니었나 싶다. 하수도도 따로 없어서 좁고 비탈진 골목길이 시궁창이나 다름없고, 대여섯 칸짜리 오막살이들이 방방이 세를 주어 인구밀도가 높아 식구끼리 이웃끼리 싸움질이 그칠 날이 없는 더럽고도 시끌시끌한 동네였다. 이웃끼리 싸움도 잘했지만 뭘 꾸러 오기도 잘했다. 어머니는 누가 돈 꿔달랄까봐 전전긍긍했다. 처음부터 그랬던 건 아니다. 처음엔 급하게 쓸 돈이라고 숨찬 소리를 하면 자식들 월사금 주려고 꾸려놓은 돈이라도 선뜻 꿔준 것 같다. 물론 언제 월사금 내야 할 돈이라는 걸 밝혔고 그때까지 갚는다는 철석같은 약속을 받아내고 꿔줬을 것이다. 바느질품을 팔아 우리를 공부시키는 어머니에게 쌀과 월사금은 거의 신앙 같은 거였다. 월사금 낼 돈이라고 했음에도 불구하고 사전에 한마디 양해도 없이 안 갚는 사람을 어머니는 견딜 수 없어했다.[9]

---

9) 박완서, 「개성 사람 이야기」, 『두부』, 창작과비평사, 2002, 161면.

위의 글은 개성인들의 특성을 이야기하면서 자신의 경험을 이야기하는 부분이다. 이 부분에서 문제가 되는 것은 자신의 경험을 압축적으로 이야기하고 있는 부분이다. 개성에서 서울로 처음 왔을 때의 경험이 그 부분인데 박완서에게 있어서 이는 빈번히 나타날 정도로 중요한 경험이다. 위의 글 역시 박완서의 이런 경향이 드러나는 수필 중 한 부분이다. 그러나 소설로 드러날 때와 수필로 드러날 때 박완서의 경험은 상당히 다른 모습을 띠게 된다. 필자 자신이 '소설로 그린 자화상·유년의 기억'이라고 부제를 붙인 소설에서는 이런 경험이 다음과 같은 형식을 띠고 나타난다.

> 엄마는 기가 셌다. 시어머니한테 같은 잔소리를 듣고도 숙모들은 부뚜막에서 눈물을 짰지만 엄마는 웃기는 소리로 단박 분위기를 바꿔 버렸다. 딸을 감옥소 마당에서 놀릴 수밖에 없는 처지를 엄마가 그렇게까지 수치스럽고 비참하게 여긴다는 것은 나에게도 충격이었다. 그 아이하고 다시는 동무하지 않겠다는 약속도 고분고분하게 했다. 할아버지가 시골서 동네 사람들을 상것들이라고 업신여긴 것보다 엄마는 한술 더 떠서 바닥 상것들이라는 표현을 썼다.
>
> 쌈박질이 그치지 않는 동네였다. 내외간에도 이년, 저놈 하고 싸우다가 나중엔 길거리로 싸움판을 옮겨 "아이고, 나 죽소. 이놈이 사람잡네. 이 동네엔 사람도 안 사나?" 하면서 동네 사람까지 참여를 시키려 들었다. 그럴 때 엄마는 인두판 위에서 기생 저고리의 간드러진 선을 자신 있게 인두질하면서 "저런 바닥 상것들 봤나, 언제나 이 숭한 동네를 면할꼬." 나직하게 탄식하곤 했다. 엄마는 그럴 때, 우리야말로 겨우 기생들 덕에 먹고 산다는 걸 잠시 깜박한 것일까.[10]

---

10) 박완서, 『그 많던 싱아는 누가 다 먹었을까』, 웅진닷컴, 1992, 66~67면.

위의 글 역시 필자가 서울로 와서 처음 자리잡은 동네에 대해 '엄마'가 바라보는 관점을 표현하고 있는 부분이다. 결국 이 글과 앞에서 본 「개성 사람 이야기」에서의 인용 부분은 동일한 경험을 표현하고 있는 부분이다. 그러나 이 글의 경우 「개성 사람 이야기」와는 사뭇 다른 양상을 보인다. 이 글은 필자의 경험이 전적으로 서사라는 양식으로만 표현되고 있다. 따라서 필자가 겪은 경험이 지니고 있는 의미는 드러나고 있지 않다. 단지 그때그때마다의 인상, 정서 등이 드러나고 있을 뿐이다. 그러나 「개성 사람 이야기」에서는 경험은 단지 부분적으로만 드러날 뿐이다. 그 경험은 다음과 같은 필자의 의미부여에 종속될 뿐이다.

> 타지사람들이 개성사람을 앉은 자리에 풀도 안 날 지독한 사람으로 여기는 게, 자신을 위해 아끼고, 베풀 만한 사람에게는 베풀되 나중에 그걸 가지고 절대로 떠벌리지 않는 결곡한 정신 때문이라면 흉될 것도 없다고 생각한다.[11]

동일한 경험이긴 하지만 「개성 사람 이야기」에서는 개성인들의 특성과 그것이 현재 가지고 있는 의의라는 의미와 연결되고 있는 반면, 「그 많던 싱아는 누가 다 먹었을까」의 경우에는 어머니의 모순적인 성격을 드러내는 에피소드로 드러날 뿐이다.

이런 점에서 경험을 이야기하고 있는 소설과 수필의 서사 방식에는 차이가 나타난다. 서사가 경험의 재구성 방식[12]이라는 점에서는 소설과 수필은 동일하나, 소설의 경우에는 서사로서만 드러난다면 수필에서는 서사와 그 서사가 지니는 의미가 결부되어 나타난다.[13] 이런 점은 자서

---

11) 박완서, 「개성 사람 이야기」, 앞의 책, 169면.
12) 우한용 외, 『서사교육론』, 동아시아, 2001, 30~33면.

전에서도 동일하게 나타난다.

① 어느 날 저녁 내가 게지라 스포츠클럽 바깥에 펼쳐져 있는 넓은 빈터를 질러 집으로 돌아가고 있을 때, 자전거를 타고 가던 한 영국인이 나를 불러 세웠다. 갈색 양복에 토피를 썼고, 자전거 핸들에는 검정색 작은 서류가방이 매달려 있었다. 필리 씨였다. 나는 그가 클럽의 '명예간사'이고, 또한 게지라 초등학교의 동급생인 랠프의 아버지라고 알고 있었지만 얼굴을 맞댄 것은 그때가 처음이었다. "여기서 뭐하고 있는 거냐?" 그는 차갑고 날카로운 목소리로 따지듯이 물었다. "집에 가는 길이에요." 나는 자전거에서 내려 내 쪽으로 걸어오는 그를 바라보면서 애써 침착하게 대답했다. "여기 오면 안된다는 것도 몰라?" 그가 꾸짖듯이 물었다. 나는 이곳 회원이라고 설명하기 시작했지만, 그는 사정없이 잘라버렸다. "어디다 말대꾸야. 여기서 나가. 빨리. 아랍인은 아무도 들어올 수 없어. 너는 아랍인이잖아!" 그때까지 나는 나 자신을 아랍인으로 생각한 적이 없었지만, 그 호칭에는 듣는 사람을 정말로 맥빠지게 만드는 위력이 담겨 있다는 것을 당장 알아차렸다. 나는 필리 씨가 한 말을 아버지에게 전했지만, 아버지는 별로 걱정하지 않았다. "필리 씨는 우리가 회원이라는 걸 믿으려 하지 않았었요." 내가 호소하듯 말하자, 아버지는 "그 문제는 내가 필리한테 얘기하마." 하고 어정쩡하게 대답했다. 그 문제는 두 번 다시 거론되지 않았다. 필리씨는 아무런 처벌도 받지 않았다.

② 반 세기가 지난 지금에도 나를 괴롭히는 것은, 그 사건이 그토록 오랫동안 내 마음속에 남아 있었고 그때나 지금이나 내 마음을 아프게 하는 데도 당시에 아버지와 나 사이에는 우리가 열등하니까 어쩔 수 없다는 체념이 암묵적으로 존재했다는 점이다. 우리의 열등한 지위에 대해 아버지는 이미 알고 있었고, 필리 씨와 얼굴을 맞댔을 때 나도 그것을 처음으로 알았다. 하

---

13) 구인환 외, 앞의 책, 61~62면.

지만 당시에는 그것을 투쟁할 가치가 있는 대상으로 생각지 않
았고, 그 깨달음이 지금도 나를 부끄럽게 한다.[14]

길게 인용된 이 글에서 ①은 필자의 경험 부분을 ②는 필자가 그 경
험에 부여하고 있는 의미를 드러내고 있다. 즉 아랍인으로 차별을 겪은
경험담이 ① 부분이라면 그 차별이 자신에게 어떤 영향을 미치고 현재
는 그것에 대해 어떻게 생각하는가 하는 것을 드러내고 있는 부분이 ②
부분이다. 이와 같이 자서전 역시 서사로서의 경험과 그 서사의 의미가
함께 결합되어 나타난다.

그렇다면 이 의미는 어떻게 생성되는가 하는 점이 문제가 된다. 이를
위해서는 경험공간과 기대지평[15]이라는 범주를 도입할 필요가 있다. 경
험공간은 일종의 은유이다. 이 은유를 가능하게 하는 것은 경험의 구조
화와 관련된다.[16] 과거의 경험은 단선적이고 연대기적인 순서로 나열되
어서는 어떠한 의미도 가질 수 없다. 단지 연대기적인 순서만이 존재할
뿐이다. 과거의 경험이 그 의미를 가지기 위해서는 '자신의 삶의 기억과
다른 삶에 대한 지식에서 호출할 수 있는 것으로' 구조화되어야 한다.[17]
따라서 경험공간은 과거의 경험이 현재에 유의미하게 재구성되어야 한
다는 점을 의미한다.

기대지평 역시 은유이다. 그러나 이 은유를 가능하게 하는 것은 기대
의 폭을 지칭한다. 기대란 미래에 경험하게 될 사건에 대한 예측이다.

---

14) Said, Edward, W., 앞의 책, 82~83면.

15) Koselleck, Reinhardt, *Vergangene Zukunft*, 한철 역, 『지나간 미래』, 문학동네, 1998,
394~399면 참고.

16) Ricoeur, Paul, *Temps et recife Ⅲ*, 김한식 역, 『시간과 이야기Ⅲ』, 문학과지성사,
2004, 400면.

17) Koselleck, Reinhardt, 앞의 책, 396면.

이 기대의 폭은 자신의 과거의 경험에서 그리고 경험에 대한 정서적 반응들에서 도출된다. 그러나 경험과 기대는 상호대칭적이지 않다. 기대는 실현가능성의 문제와 결부되며 이런 점에서 기대는 지평으로서 드러날 뿐이다. 이런 점에서 기대지평이라는 은유가 쓰이게 되는 것이다.

리쾨르는 이 두 범주가 한 개인의 세계 형성에 있어서 중요한 역할을 하는 것으로 본다.[18] 즉 한 개인은 자신이 현재 경험하고 있는 것을 과거의 경험과 미래에 대한 기대 사이에서 그 의미를 해석한다는 것이다. 이런 의미에서 모든 경험의 해석은 과정적 성격을 지닌다.

앞에서 보았던 사이드의 자서전에서의 그 경험은 그 당시에는 의미를 지니지 못하고 있었다. 단지 충격적인 기억으로만 남아 있을 뿐이다. 이런 경험이 사이드의 삶에서 지니게 된 경험공간과 기대지평에 의해 새롭게 재해석되고 그 나름대로의 의미를 지니게 된 것이다. 이런 점은 사이드의 자서전 전체에서도 드러난다. 사이드의 자서전은 자신의 삶을, 아버지의 부재와 모국의 부재라는 이중의 부성 부재, 즉 일종의 오이디푸스 콤플렉스라는 관점에서 재구성하고 있다. 실제로 오이디푸스 콤플렉스가 스스로 진단할 수 있는 종류의 콤플렉스가 아니라는 점에서 사이드의 이런 태도는 한 개인의 경험이 어떻게 경험과 기대의 구조 사이에서 그 의미를 획득하는가 하는 점을 명료하게 보여주고 있다.

교술 장르는 이와 같이 경험의 해석 과정을 전면에 내세우고 있다. 허구장르의 경우 사건으로서의 경험만이 제시되고 있으며 그 사건에 대한 해석은 전적으로 독자의 몫으로 남겨둔다. 그러나 교술 장르는 앞에서도 보았듯이 경험과, 그 경험의 해석결과물인 의미의 결합으로 제시되고 있다. 따라서 교술 장르는 경험의 해석 과정을 형식적 자질로 수용하

---

18) Ricoeur, P., 앞의 책, 399면.

고 있다.[19]

2. 대답추구의 형식

교술 장르가 필자의 경험 해석과정을 형식적 자질로 수용하고 있다면 그 해석과정이 텍스트 상에서 어떻게 드러나는가 하는 점이 문제가 된다. 그런 점에서 다음의 인용문을 살펴볼 필요가 있다.

> 현대의 문명을 주제로 삼고 쓴 논문이나 에세이들을 읽어보면, 그 대부분이 비관적인 어조로 가득 차 있음을 발견하게 된다. 오늘날의 조악한 기계 문명은 인간들을 고립된 원자로 만들어 소외시키고 있다. 모든 가치가 상품화되어버린 결과 영혼의 타락과 황폐화가 초래되고 있다. 과거에 인간과 더불어 있던 신들은 이제 우리의 곁을 떠났고 그 빈자리에 어둠이 밀려들고 있다…… 이런 식의 넋두리들이 그들 비관론자들의 고정된 레퍼토리를 형성한다. 부르크하르트, 오르테가에서 하이데거를 거쳐 1980년대의 우리 작가 이문열에 이르기까지 이네들이 펼쳐놓은 논지는 신기할 정도로 공통된 색깔을 띤다. 우리는 이러한 사태 앞에서 어떤 태도를 취해야 옳을 것인가?[20]

위의 글은 현대문명에 대한 비관론에 대해 소개하고 그에 대한 대처를 요구하고 있는 글이다. 이 글에서 흥미로운 것은 서두가 일종의 문제를 제기하는 방식으로 이루어져 있다는 점이다. 자서전 역시 비슷한 모습을 보인다. 오히려 자서전은 자신의 삶을 정리한다는 측면에서 자신

---

19) 김혜영, 「내적 형식에 의한 수필 읽기의 가능성」, 한국독서학회, 『독서연구』제6호, 박이정, 2001, 240~242면.
20) 이동하, 「문명 비판과 복고 취향」, 최시한, 『고치고 더한 수필로 배우는 글읽기』, 문학과지성사, 2004, 172면.

의 삶이 지니고 있는 의미란 무엇인가 하는 문제가 자서전 쓰기의 근원에 놓여 있다. 이런 점은 다음의 고백에서 명확하게 드러난다.

> 사실 나는 서구 문명의 전성기라 일컬어도 괜찮을 시기를 살아왔다. 또 전기나 자서전이 내가 살아온 시대를 조명하는 유용한 기록이 된다는 것도 옳은 말이다. 그러나 그런 권유를 받을 때마다 나는 아직 연구해서 정리하고 싶은 흥미로운 주제들이 많이 있다며, 자서전은 좀더 중요한 일들을 다 마친 뒤에나 써볼 생각이라고 둘러대곤 했다. 그리고 마침내 내 나이 여든이 되어서야, 살아온 이야기를 쓰게 되었다. ……(중략)……
>
> 일반적으로 자서전은 살아오면서 얻은 경험과 지식을 자신을 중심으로 그려내는 보고서 같은 것이다. 그러나 자기 이야기에만 국한된다면 그것은 진정한 의미에서 자서전이라 할 수 없을 것이다. 모은 인간은 개인적 차원과 사회적 차원에서 그리고 전체의 일부로서 느끼고, 사고하고, 행동한다. 나는 이 세 가지 차원 속에서 살고 있기 때문에 내가 쓸 이야기는 이 셋을 동시에 포괄해야 한다. 이런 의미에서 나의 자서전은 한 개인의 기록이라기보다는 그 개인이 살아온 시대의 기록이 되어야 한다.[21]

이와 같이 문제를 제기하는 방식은 교술 장르에서 그리 낯선 것은 아니다. 이때 제기되는 문제들은 대체로 필자 자신의 경험에서 비롯된 문제들이며, 자신의 경험으로 구조화되지 못한 사건들을 문제로 제기하고 있다. 그러나 교술 장르에서 제기되는 문제가 곧바로 인식의 부족을 뜻하는 것은 아니다. 오히려 문제제기는 대답의 일부분을 구성한다.[22] 이런 점은 다음의 구절에서 확인된다.

---

21) 스콧 니어링, 김라합 역, 『스콧 니어링 자서전』, 실천문학사, 2000, 39~40면.
22) Deleuze, Gilles, *Difference et Repetition*, 김상환 역, 『차이와 반복』, 민음사, 2004, 159면.

> 나는 늘 힘겹게 살아가는 사람들과 운명을 같이해 왔다. 나는
> 인생을 즐기거나 다른 사람의 노동에 의지해 살아가기 위해 태어
> 난 게 아니다. 내가 이 땅에 온 것은 일을 하기 위해, 그것도 있는
> 힘을 다해 힘닿는 데까지 열심히 일하기 위해서이다. 나는 이상을
> 발견하고, 그것을 개인생활과 집단생활 속에서 구체화하려는 뜨거
> 운 노력이 몸과 마음을 발달시킨다고 생각한다.[23]

이 인용문은 니어링의 자서전 중 「서문」에서 드러난 부분이다. 결국 앞에서도 인용했던 문제 부분과 함께 그 문제에 대한 대답 역시 「서문」에서 함께 드러나고 있는 것이다. 이런 점에서 교술 장르에서 제기되는 문제는 이미 그 대답을 가지고 있는 문제이다. 그러나 그 대답은 아직은 추상적이며 이 추상성을 극복하는 과정, 즉 구체화하는 과정이 교술 장르의 내용이다. 이를 위해 자서전은 필자 자신의 삶의 의미를 추구하며, 수필은 필자에게 의미있게 다가오는 경험의 의미를 추구한다. 교술 장르의 글들은 이렇게 제기된 문제들의 대답을 구체화하는 형식이며, 그것은 결국 구조화되지 못한 경험을 구조화시키는 과정이다. 이런 점에서 교술 장르에서 추구하는 대답의 논리에는 경험의 의미망이 내재되어 있다.

그러나 여기에서 문제가 되는 것은 행위 주체로서의 경험한 나와 서술주체로서의 대답을 하는 나 사이의 괴리이다. 이 괴리는 시간적 괴리이다. 즉 경험주체의 경험과 서술주체의 의미 부여 사이에는 일정한 시간적 간격이 있다. 또한 그 경험주체의 경험이 그 완전한 의미가 파악되지도 않는다. 자서전의 경우 경험주체의 경험이 완결된다면 자서전이라

---

23) Nearing, Scott, *The Making of a Radical*, 김라합 역, 『스콧 니어링 자서전』, 실천문학사, 2000, 42면.

는 양식의 글은 성립되지 않을 것이다. 또한 수필 역시 과정적 성격의 글이라는 점에서 경험주체의 경험이 지니고 있는 의미를 모두 드러낼 수는 없다. 단지 수필, 혹은 자서전을 서술할 당시의 의미 부여일 뿐이다. 이런 점에서 교술 장르에서 제시되는 대답은 일종의 추측을 벗어나지 못한다.[24]

따라서 교술 장르의 글들은 역사적 인식의 산물이라 할 수 있다. 즉 필자의 경험과 기대의 구조는 항상 변화할 수 있으며, 이들이 변함에 따라 한 사건의 경험이 지니고 있는 의미망 역시 끊임없이 변할 수밖에 없다. 따라서 교술 장르에서 드러나고 있는 사건과 의미의 결합은 한 개인의 역사적인 맥락 하에 놓여지는 것이다.

Ⅳ. 교술 장르의 독서 과정

지금까지 논의해 왔듯이 교술 장르가 역사적인 맥락 하에서 필자의 경험이 지니고 있는 의미망을 드러내는 장르라면 이는 리쾨르가 이야기한 미메시스의 3단계로 설명될 수 있다. 리쾨르는 미메시스를 미메시스$_1$, 미메시스$_2$, 미메시스$_3$으로 구분하고 있다. 이중 미메시스$_1$은 인간행위에 대한 선이해, 즉 인간 행위가 갖게 되는 시간성, 상징, 의미들을 파악하는 것으로 본다. 미메시스$_2$는 형상화 과정이며, 미메시스$_3$은 독자의 재형상화 과정으로 본다.[25] 리쾨르가 이야기한 미메시스의 세 단계는 서

---

24) Haas, Gerhard, *Diemoderne Essaytheorie*, 오현일 역, 『현대 에세이론』, 삼중당, 1978, 92~93면.

25) Ricoeur, Paul, "Mimesis and Representation", ed. Mario J. Valdés, *A Ricoeur Reader*,

사에 속하는 논리로 볼 수 있다. 그러나 이 때의 서사는 인간의 경험을 질서 지운다는 폭넓은 의미를 지니고 있다.[26] 앞에서도 보았듯이 교술 장르에서 중요한 것은 필자 자신의 경험의 이해라는 점에서 이 논리는 교술 장르에서도 유용한 것으로 보인다. 지금까지 논의해 온 교술 장르의 특성은 미메시스$_2$까지의 과정에 속한다고 할 수 있다. 즉 필자가 미리 가지고 있는 경험공간과 기대지평하에서(미메시스$_1$) 경험의 의미를 찾고 이를 형상화하는(미메시스$_2$) 것이다.

독자의 독서과정과 연관되는 것은 미메시스$_3$인 재형상화 과정이다. 여기에서 문제가 되는 것은 독자의 독서경험이 지니는 낯설음을 어떻게 극복할 것인가 하는 문제, 해석의 문제이다. 특히 교술 장르의 독서경험은 경험의 의미화 과정에 의해 낯설게 된다. 이 낯설음을 극복하는 과정은 세 가지 계기를 지니는데 이해, 설명, 적용이 그것이다.[27]

이해의 계기는 독자가 교술 장르에서 드러나는 사건과 그 의미를 파악하는 과정이다. 필자에게 있어서 의미를 가지게 된 경험이 무엇이며, 그 경험이 지니고 있는 의미를 찾아가는 과정을 파악하는 계기이다. 이 점에서 이 과정은 인지적 앎의 단계라 할 수 있다.

적용의 계기는 이해의 단계를 통해 파악한 사건과 그 의미의 연관관계를 독자 자신의 경험과 기대의 구조 속에서 재의미화하는 과정이다. 필자의 경험이 지니게 되는 의미는 필자 자신의 독특한 의미일 뿐이다. 이 의미가 독자의 경험과 기대의 구조 속에서 독자 자신의 의미로 파악되는 과정이다. 즉 독자 자신의 경험과 기대의 구조와 연관시키고 그를

University of Toronto Press, 1991, pp.140~152.

26) Ricoeur, Paul, *Temps et recife* I, 김한식 · 이경래 역, 『시간과 이야기 I』, 문학과지성사, 1999, 125~128면.

27) Ricoeur, P., 김한식 역, 앞의 책, 340면.

통해 자신의 의미를 생성해내는 것이 적용의 계기이다.[28]

이해와 적용의 계기를 연결하는 것이 설명의 계기이다. 설명의 계기는 이해를 통해 파악한 사건과 의미의 구조를 텍스트에서 드러나는 논리인 질문-대답의 논리와 통합하여 파악하는 단계이다. 이를 통해 필자가 가지고 있는 경험과 기대의 구조를 파악할 수 있으며, 더 나아가서 자신의 경험과 기대의 구조와 비교할 수 있는 계기를 마련할 수 있다.

이들 세 계기 중 지금까지는 주로 적용의 계기만을 해석의 과정으로 생각해 왔다. 그러나 필자의 경험과 기대의 구조와 독자의 경험과 기대의 구조가 상호작용[29]하는 과정은 독서의 최종적인 목적일 뿐이다. 이를 위해서는 우선 이해의 계기에 의한 텍스트의 파악이 전제되어야 한다. 이런 점에서 해석의 진정성을 검증할 수 있는 단계는 이해의 계기이다.

실제 독서 교육은 이해의 계기에 매몰되어 있거나 아니면 이해에도 도달하지 못하고 있는 모습을 보인다. 이는 결국 이해의 대상이 무엇인가에 대한 논의가 충분히 이루어지지 않은 채 단순히 줄거리의 이해에만 매몰되고 있기 때문이다.

또한 이들 과정은 전적으로 주관적인 과정은 아니다. 오히려 문화적인 과정이라고 할 수 있다. 경험과 기대의 구조가 근대에 들어와서 더 이상 돌이킬 수 없을 정도로 분리되어 버린 것이 근대라는 논의에서도 알 수 있듯이[30] 경험과 기대의 구조는 그 당시의 문화적인 조건에도 영향을 받는다. 이런 점에서 독서는 한 개인의 인지적, 정서적 과정일 뿐

---

28) Ricoeur, P., 'Appropriation', ed. Mario J. Valdés, op. cit., 97~98면.
29) 김우창, 「주체의 형식으로서의 문학 – 작품해석의 전제에 대한 한 성찰」, 『심미적 이성의 탐구』, 솔출판사, 1992, 151면.
30) Kosellek, R., 앞의 책, 409면.

만 아니라 사회·문화적인 조건으로 규정되는 과정이기도 하다.[31]

V. 소통과정으로서의 교술 장르 독서

지금까지 교술 장르의 독서 교육내용에 대해 살펴보았다. 교술 장르의 이질성은 문학과 비문학의 경계선에 놓여 있는 교술 장르의 내적 특성에 기인한 바가 크다. 문학이라고 하기도 어렵고 비문학이라고 하기도 어렵기 때문에 교술 장르의 독서 교육은 어려움을 지닌다.

그러나 동시에 여타 문학 장르의 독서교육에 접근할 수 있는 계기를 마련해 줄 수 있다는 점에서의 이점도 지니고 있다. 앞에서 이야기한 경험의 의미화 과정 자체를 교술 장르는 형식적 자질로 수용하고 있다는 점에서 그렇다. 즉 여타의 문학 장르에서는 은폐되어 버린 경험의 의미화 과정을 교술 장르에서는 드러내기에 문학의 해석과정을 명료하게 보여줄 수 있다는 점에서는 나름대로의 이점을 지니고 있다. 이런 점에서 교술 장르의 독서 교육은 의의를 지닌다.

실상 교술 장르에서 중요한 것은 필자의 경험과 그 의미를 파악하는 것은 아니다. 그것은 앞에서도 이야기했듯이 단순히 이해의 계기에 멈추는 것이다. 오히려 이해, 설명, 적용의 세 계기를 통합적으로 활용할 수 있게끔 해야 한다. 이를 위해서 교술 장르의 텍스트에서 드러나는 필자의 경험과 기대의 구조, 사건, 의미의 연관관계를 파악할 필요가 있다. 물론 이런 과정의 최종적인 목적은 독자의 경험과 기대구조와의 소통이

---

31) 우한용, 「지식정보화시대의 독서」, 한국독서학회, 『독서연구』제5호, 박이정, 2000, 19~23면.

다. 즉 독자의 경험과 기대구조에 의거해서 필자의 경험과 기대구조는 재구성되며, 필자의 경험과 기대구조는 독자의 경험과 기대구조에 대한 성찰을 요구한다.[32] 교술 장르에서는 이 과정이 일련의 질문 - 대답의 형식으로 드러난다. 질문 - 대답의 형식이 필자 편에서 필자의 경험을 재구성하기 위한 형식적 자질이라면, 독자 쪽에서는 필자의 경험과 기대구조와 소통하기 위한 절차로 작동하는 것이다. 이런 점에서 독서가 일종의 소통과정이라는 말은 강조될 필요가 있다.[33]

---

32) Ricoeur, Paul, *Du Texfe à láction*, 박병수 · 남기영 편역,『텍스트에서 행동으로』, 아카넷, 2002, 27∼28면.
33) 정병욱,「수필의 교수 · 학습방법, 그 당위와 현실」, 구인환 외,『문학 교수 · 학습 방법』, 삼지원, 1998, 273면.

■ 참고문헌

구인환 외, 『수필문학론』, 개문사, 1975.
김우창, 「주체의 형식으로서의 문학 — 작품해석의 전제에 대한 한 성찰」,
　　　『심미적 이성의 탐구』, 솔출판사, 1992.
김혜영, 「내적 형식에 의한 수필 읽기의 가능성」, 한국독서학회, 『독서연구』
　　　제6호, 박이정, 2001.
문화관광부, 「독서 진흥에 관한 연차보고서2003」, 문화관광부, 2003.
박완서, 『그 많던 싱아는 누가 다 먹었을까』, 웅진닷컴, 1992.
―――, 「개성 사람 이야기」, 『두부』, 창작과비평사, 2002.
―――, 「엄마의 말뚝2」, 『이상문학상수상작가대표문학선6』, 문학사상사,
　　　1987.
우한용, 「지식정보화시대의 독서」, 한국독서학회, 『독서연구』 제5호, 박이정,
　　　2000.
우한용 외, 『서사교육론』, 동아시아, 2001.
전국국어교사모임, 『함께 여는 국어교육』 2002년 가을호, 2002.
정병욱, 「수필의 교수·학습방법, 그 당위와 현실」, 구인환 외, 『문학 교수·
　　　학습 방법』, 삼지원, 1998.
최시한, 『고치고 더한 수필로 배우는 글읽기』, 문학과지성사, 2004.

Deleuze, Gilles, *Difference et Repetition*, 김상환 역, 『차이와 반복』, 민음사, 2004.

Haas, Gerhard, *Diemoderne Essaytheorie*, 오현일 역, 『현대 에세이론』, 삼중당, 1978.

Koselleck, Reinhardt, *Vergangene Zukunft*, 한철 역, 『지나간 미래』, 문학동네, 1998.

Lejeune, Philippe, *Le Pacte Autobiographique*, 윤진 역, 『자서전의 규약』, 문학과지성
　　　사, 1998.

Nearing, Scott, *The Making of a Radical*, 김라합 역, 『스콧 니어링 자서전』, 실천

문학사, 2000.

Ricoeur, Paul, "Mimesis and Representation", ed. Mario J. Valdés, *A Ricoeur Reader*, University of Toronto Press, 1991.

Ricoeur, Paul, *Temps et recife* Ⅰ, 김한식 · 이경래 역, 『시간과 이야기Ⅰ』, 문학과지성사, 1999.

Ricoeur, Paul, *Temps et recife* Ⅲ, 김한식 역, 『시간과 이야기Ⅲ』, 문학과지성사, 2004.

Ricoeur, Paul, *Du Texfe à láction*, 박병수 · 남기영 편역, 『텍스트에서 행동으로』, 아카넷, 2002.

Said, Edward W., *Out of Place*, 김석회 역, 『에드워드 사이드 자서전』, 살림, 2001.

문학독서 교육의 전개와 방향

한 철 우

(한국교원대 국어교육과 교수)

I. 서론 : 문학독서의 범위

문학은 인류가 유지해온 여러 정신 활동 중에서 가장 오랜 연원과 역사를 지닌다. 인간의 정신을 다루는 인문 분야에는 문학과 더불어 철학, 역사, 심리학 등이 있지만, 문학만큼이나 구체적이고도 광범위하게 개인과 사회에 작용하는 예는 없다. 따라서 문학은 인간의 정신적 삶을 가꾸고 길러나가는 분야의 기본 토대 역할을 해왔다.

그런 점에서 작가가 생산한 문학은 진주이다. 문학연구가들이 그 진주의 찬란한 아름다움과 특성과 구조를 설명함으로써 그 아름다운 진주의 값어치를 더욱 높인다. 그러나 그 진주도 보석함 속에만 들어있다면 아름다움을 드러낼 수 없다. 그 진주를 가진 주인이 잘 꿰어서 사용할 때라야 보배로서 제 값을 한다. 그런데 만일 진주의 주인이 그 꿰의 원리와 방법을 모른다면, 보배로운 구슬을 만들어 내지 못하고, 아예 버려

두기 때문에 그 보배로서의 가치를 잃어버린다. 문학이 그 진주의 값어치로서 빛나려면, 그 소비자인 독자가 그 진주를 진주로 쓸 때 비로소 그 아름다운 빛을 발하게 될 것이다. 문학이 도서관이나 개인의 책꽂이에 다만 책으로 꽂혀 있다면 그 진주의 아름다움은 흙 속에 묻혀버리고 마는 결과에 이른다.

지금까지 문학 연구는 작가가 생산한 결과물(작품)의 특성과 구조를 분석하고 가치를 부여하는 일에 몰두해 왔다. 작가가 작품을 생산하는 중간 과정은 창작의 비밀에 속하는 것이었고, 이 비밀을 캐내려는 일을 하지 않았으며, 그것은 문학 외의 영역으로 다루어졌다. 문학은 또한 그 생산한 결과물이 어떻게 소비되고 사용되어야 하는지에 대한 당위성만을 강조하였지, 소비자가 그것을 어떻게 소비하는지, 어떻게 하면 효율적으로 사용할 수 있는지에 대한 방법은 외면하였다. 그렇지만 문학이 근원적으로 언어의 본질에서 비롯된다는 점, 문학이 실체로 존재하게 되는 것은 실체화되는 과정을 통해서라는 관점에[1] 서서 문학을 생각해야 한다. 이론 측면은 그렇더라도 결국은 언어교육에서 독서와 작문의 과정을 통하여 문학을 향유하게 하는 구체적인 장치가 없다면, 혹은 문학의 교육에서 언어교육의 원리와 방법을 원용하지 않는다면, 문학이 바라는 독자의 감동도, 도덕성의 함양도, 삶의 인식과 세계관의 확충도 성취할 수 없다.

여기서는 사회구성주의와 상호텍스트성 이론, 독서동기론과 독서발달론 등을 바탕으로 문학독서의 원리와 방법을 찾고자 한다. 학교독서지도에서는 문학독서가 청소년기에 집중적으로 이루어져야 한다는 측면에서 청소년 인성지도와 문학독서 행사 등을 제안한다.

---

1) 김대행, 「문학교육론의 시각」, 『문학교육학』 제2호, 한국문학교육연구회, 1998.

독서의 체계적인 계획과 지도는 문학교육의 전부라 해도 과언이 아니다[2]. 읽혀지지 않는 작품은 아무런 값어치도 없다는 상식적인 일반론보다 더 나아가, 작품의 참다운 이해는 독자의 참다운 독서 행위에서만이 가능하다는 본질적 의미를 말함이다. 그러나 당위의 문제가 아니라 도야적 교양도, 가치 있는 깨달음도, 가슴의 '울림'도 실제로 읽게 하도록 그 구체적인 방법이 제시되지 않는다면 아무것도 달성될 수가 없기 때문에 여기서는 구체적인 문학독서의 방법을 찾는 한편, 그 구체적인 방법이 흔히 바탕이론이 취약한 '현장성, 실천성' 중심만의 문학독서가 아닌, 언어학습과 독서심리학이 뒷받침되는 문학독서 활동의 방안을 정리하여 제시하고자 한다.

Ⅱ. 독서론의 맥락과 문학독서

1. 사회구성주의 이론과 문학독서

1980년대는 언어사용의 사회적 측면이 부각되면서 사회적 구성주의 이론이 등장하였다. 이는 다원화된 사회에서 개인의 인지적 과정은 단일하지 않다는 가정에서, 언어사용에서 구성원들 각자의 다양성을 더욱 강조한 것이다. 근접 발달 영역은 언어적 중재를 통한 지식의 사회적 구성을 설명해 주는 개념이다. 근접 발달 영역이란 학생이 독립적으로 문제를 해결할 수 있는 실제 발달 수준과 보다 유능한 타자와의 협동을 통해 문제를 해결할 수 있는 잠재적 발달 수준 사이의 거리를 말한다. 보

---

2) 최순열, 「문학교육론연구」, 동국대학교 박사학위 논문, 1987.

다 유능한 타자가 근접 발달 영역에서 학습을 중재함으로써 잠재적 발달 수준에 도달할 수 있게 된다. 언어적 비계(scaffolding)는 미리 정해진 정형화된 질문이나 스크립트적인 진술이 아니다. 그리고 강의와 같은 일방적 진술도 아니다. 언어적 비계는 바로 대화를 통해서 상호작용을 하는 것이다. 교사나 동료 학생들과의 대화와 토의를 통하여 의견과 지식을 공유하고 활발한 언어적 상호작용을 기대할 수 있다.

대화(talk)의 교육적 위상이 달라진 것은 학습 과정에서 대화의 중심성이 인식되면서부터이다. 사회구성주의의 영향으로 대화에 대한 이해와 관심이 더욱 높아지고 있다. 사회구성주의가 지식의 습득 결과보다는 지식의 구성 과정을 중시하고, 대화를 지식의 구성에 긴요한 수단으로 인식하기 때문이다. 바흐친은 언어는 본질적으로 대화적이며 특정 장르로 관습화되는 것으로 본다.3) 사회의 여러 다른 관습과 달리, 장르는 개별 화자 이전에 존재하면서도 다른 사람과의 구체적인 말로 발현되는 것이므로 언어의 사용은 항상 다성성을 지니고 본질적으로 대화적이라는 설명이다.

근접 발달 영역에 대한 비고츠키의 개념을 반영하면서 로젠블렛은 텍스트에 대한 독자의 처음 반응이 교수·학습의 근본적인 시작이라고 하였다. 학생은 종종 자신의 경험이나 정의적 입장에서 반응을 한다. 학생들이 반응을 발전시키고 더 깊이 생각하기 위해서 텍스트로 돌아가는 동안 다른 사람의 의견도 생각해 보도록 하기 위해서 교사들은 학생의 초기 반응을 가지고 지도를 시작할 필요가 있다. 로젠블렛은 개인의 반

---

3) Measures, E., Quell, C., & Wells, G. "*A sociocultural perspective on classroom discourse*". In B. Davies, & D. Corson(eds). *Oral discourse and education, Encyclopedia of language and education.* vol. 3. MA: Kluwer Academic publishers, 1997.

응이 사회적 의사 교환을 통하여 정교화되어야 한다고 주장하였다.

독자와 텍스트 사이의 관계에 관심을 두었던 또 다른 학자는 이저[4]인데, 이저는 로젠블렛의 생각을 지지하였다. 텍스트와 독자의 상호 작용에 관한 그의 이론은 텍스트에 있는 변인들과 독자에게 있는 변인들 사이의 구분에 바탕을 두고 있다. 그에게 있어, 각각의 문학 작품은 두 가지면, 즉 예술적인 변과 심미적인 면을 지닌다. 예술적인 면이 작가에 의해 창출되는 반면에, 심미적인 면은 독자에 의해 완성된다. 이 두 측면이 텍스트와 독자 경험의 결합에서 비롯되는 문학 작품을 함께 만드는 것이다.

텍스트의 역할은 읽기가 능동적이고 창조적이 되도록 독자의 상상을 끌어들이는 것이다. 독자의 역할은 의미를 구성하기 위해서 추론을 하거나, 비유를 만들어서 어떠한 문학 작품에서도 있기 마련인 '틈'을 채워 가는 것이다. 이러한 의미 구성의 양상은, 하나의 완전한 이해에 도달할 수 있다고 할지라도, 독자마다 다를 것이다. 어떤 텍스트에도 '정확한' 해석이란 없다. 대신 작가가 명시적으로 진술하는 정보를 독자가 구성한 의미로 통합함으로써 완성되는 해석들이 있을 뿐이다.

학생들은 대화를 통하여 의미를 생성하고, 뒷받침하고, 이의를 제기하면서 학습할 수 있어야 하며, 교사는 학생들이 대화를 통하여 새로운 의미를 구성하도록 교수해야 할 것이다. 그런데, 전통적 교실의 목표 구조에서는 학급의 모든 학생이 학습 대화에 참여하기 어렵다. 거의 대부분의 학생들이 말하는 데보다 듣는 데 훨씬 많은 시간을 보낸다. 대화에 익숙하지 않은 학생들은 독서의 과정에서 대화의 방법을 모르며, 대화를 통하여 독서가 즐겁고 깊어지고 넓어짐을 인식하지 못한다.

---

4) Iser, W. *The Act of Reading*, The Johns Hopkins University Press, 1978.

잘 구조화된 소집단 토의활동에서 대화는 협동적이며, 탐구적이다[5]. 소집단 토의활동에서 탐구적 말은 사고를 분류하고 정리해 주며, 의미를 명료화해 주며, 의미를 탐구하게 하며, 질문을 생성하게 하며, 대안을 생각하게 하며, 여러 사람의 생각을 중재하며, 외부 세계를 이어주며, 원인과 결과를 찾게 하며, 세상 경험을 해석하고 반영하며, 상상력을 갖게 하며, 세상과 타인에 대하여 자신의 정체성을 형성하게 한다.

1) 독서 클럽과 독서 토론

독서 클럽이란 학생들이 소집단을 구성하고 그 소집단에서 직접 책을 선정하고, 자율적인 방법으로 책을 읽은 뒤, 정기적으로 토의 모임을 갖는 활동이다. 이러한 형태의 독서 클럽은 학교 교실의 장을 중심으로 독서활동이 구조화되어 이루어진다는 점에서 기존의 독서 클럽이나 사회운동의 차원으로 이루어지는 일반적인 독서 클럽과는 다소 구별된다. 일반적으로 이루어지는 독서 클럽은 사회 교육이나 교양 교육의 차원으로 진행되지만, 학교에서 학생을 중심으로 이루어지는 독서 클럽은 독서 지도의 차원에서 이해해야 한다.

최근에 독서교육에서 관심을 끌고 있는 것 중의 하나가 독자중심, 독자의 의미 구성, 독서 토론이다. 독서 토론은 독자가 읽은 것에 관해 서로 의견을 나누는 상호작용 활동이다. 우리의 교실에서는 교사가 학생의 반응을 통제하거나 교사와 학생, 학생과 학생의 상호작용을 제한시킨다. 독서 토론은 학생이 책을 읽는 방법을 구체적으로 안내하는 지침이다. 또 책을 혼자 읽는 것이 아니라 읽은 후 함께 토론하게 함으로써 공동으로 읽게 하는 독서 활동이다. 독자들이 토론을 통해 상호 보완함

---

5) 김명순, 「인성발달을 돕는 독서지도 방안」, 『독서연구』 제7호, 2002.

으로써 혼자 읽는 것보다 깊고 넓게 읽도록 한다. 독서 토론은 독해 기능을 가르치는 미시적 독서 지도가 아니라 독서 경험 그 자체를 중요시하는 독서 지도 전략이다.

독서 토론의 대상은 주로 문학텍스트이다. 문학에서 하나의 작품은 하나의 주제를 향해 통일되기 때문에 토론의 주제를 정하거나 토론의 줄기를 잡기가 용이하다. 그러나 사회, 과학 등의 책들은 한 권의 책 속에 수많은 내용이 흩어져 있기 때문에 토론의 주제를 하나로 잡기가 어렵다.

독서 토론의 전략에는 '양서탐구토론', '대화식 독서 토론', '토의망식 토론' 등이 있다.

양서탐구토론(great books' shared inquiry)은 미국 양서협회가 아동, 청소년, 성인 등의 독서를 촉진시키기 위해 제안한 방법이다. 이 독서 토론은 작품의 의미에 대하여 구체적으로 하는 '질문'이 탐구토론의 핵심이며, 좋은 문학 작품을 읽는 것은 작가와 독자의 마음이 만나는 것으로 보고 출발한다. 작가는 스스로는 완전한 작품을 완성하지만 독자에게 모든 것을 말해 주지는 않으며, 독자가 책을 읽고 해석하여 작가가 말하는 것이 무엇인지를 이해하려고 애써야 하는 것이다. 이러한 해석적 과정이 양서탐구토론의 중심활동이다[6]. 독서모임의 리더는 작품을 읽고 그 작품에서 논의될 수 있는 핵심 주제나 문제가 무엇인지를 찾아내야 한다. 그리고 독서모임의 구성원들에게 그들이 읽은 작품의 핵심 문제를 탐구해 갈 수 있는 질문을 만들어 제공한다.

탐구 토론의 과정은 크게 세 단계로 나누어진다. 첫 단계에서는 모임

---

6) Tierney, R.J., Readence, J. E., & Dishner, E. K.. *Reading Strategies and Practices*. Needham Heights, MA: Allyn & Bacon. 1995.

의 리더가 작품을 선정하고, 작품에서 토론이 될 수 있는 핵심 문제를 찾아낸다. 핵심 문제에는 주인공의 목표와 동기, 주요 사건 및 특별히 관심을 끄는 어구 등이 포함된다. 리더는 사전토의를 통하여 질문을 명료하게 하며, 질문의 종류나 순서를 분류할 수도 있다. 두 번째 단계는 토론의 규칙을 정하고, 그에 따라 토론을 진행한다. 세 번째 단계는 핵심 주제나 문제의 해결을 찾아내는 단계이다.

대화식 독서 토론(conversational discussion group)은 야외 카페의 안락한 분위기에서 영화에 대해 자유로운 대화를 하듯이 읽은 책에 대하여 대화를 나누는 독서 토의이다[7]. 대화식 독서 토론은 교사의 개입과 통제가 빈번하기 쉬운 교실 상황에서 모든 학생들의 참여를 우선 강조한다. 토론의 구체적인 과정은 다소 비형식적이며, 사회구성원들의 상호협력 학습을 강조하는 비고츠키의 학습 이론에 바탕을 둔다. 비고츠키의 구성주의는 학습자가 의미를 구성하는 것이며, 학습자 혼자보다는 구성원들끼리의 상호작용적 학습을 강조한다. 대화식 토론은 규칙 소개하기, 질문에 대해 토론하기, 반성하기의 세 단계로 진행된다. 이 토론 방식은 구성원들이 작품의 문제에 몰입하기, 독자 자신의 생각을 반성적으로 검토하기, 모든 독자들이 참여하기, 개인과 모임 구성원들이 작품 이해의 과정이나 토의 과정에 대해 반성적으로 생각하기 등을 특징으로 삼고 있다.

토의망식 토론은 작품을 읽고 난 후 흔히 나타날 수 있는 견해의 불일치나 상반되는 의견을 보다 명료하게 하려는 데 목적이 있으며, 이 목적을 달성하기 위해 그래픽 보조자료로서 토의망을 이용할 것을 필자들

---

7) Tierney, R.J., Readence, J. E., & Dishner, E. K.. *Reading strategies and practices*. Needham Heights, MA: Allyn & Bacon. 1995.

은 권장하고 있다. 토론은 작품에 대한 다양한 견해가 있을 때, 작품의 해석에 도움을 준다. 학생들은 다른 사람이 같은 작품을 어떻게 해석하고 이해했는지를 자신의 것과 비교해 봄으로써 그들의 해석을 보다 깊고 넓게 해석할 수 있는 것이다. '짝과 함께 토의하기'에서 학생 개개인이 자신의 생각을 짝과 비교해 보도록 함으로써, 전체 토론에 참여할 때 할 말을 미리 준비하는 기회를 갖게 한다. 다음에는 다른 사람과 다시 짝을 이루어 서로 다른 점을 비교해 보고, 차이가 나는 견해의 이유나 근거를 찾아 의견의 차이를 좁힐 수 있다. 마지막으로 네 명이 한 조가 되는 그룹에서는 전체 토의에 참가할 때 발표할 의견을 조율하는 토의를 하고 대표가 그룹의 의견을 발표한다. 토론의 과정은 책의 선정 등 독서를 위해 준비하기, 토의망 설명하기, 소집단 토의하기, 전체 토의하기, 종합토론 등의 단계로 이루어진다.

2) 독서 워크숍

독서 워크숍은 글쓰기 워크숍의 원리에 바탕을 두고 개발된 독서 지도 방법이다. 독서 워크숍은 쓰기의 과정과 유사하게 독서의 과정에 기초를 두고 있다. 독서 워크숍에서 가장 중요한 것은 '시간'이다. 여기서는 독자에게 매일 혼자 책을 읽을 시간이 주어진다. 둘째 중요한 요소는 '선택'이다. 학생들은 자신이 읽을 책을 선택하도록 한다. 독서워크숍의 세 번째 중요한 요소는 '반응'이다. 학생들은 책을 읽고 교사 또는 다른 학생과 대화를 한다.

독서 워크숍은 작문 워크숍의 구조와 유사하다. 학습은 문학 또는 문식성에 대하여 5분에서 7분 동안의 시범 학습으로 시작한다. 시범학습에 이어 학생들은 혼자서 책을 읽는다. 학생들은 자신이 읽은 책에 대해 무엇을 어떻게 생각했는지 반응을 쓴다. 그들은 교사 혹은 다른 학생에게 편지 형식의 반응 글을 쓸 수도 있다.[8]

독서 토의(reading conference)는 독서 워크숍의 세 번째 단계에서 이루어지는데, 작품을 읽는 목적, 작가의 기법에 대해 이야기하기, 작품에 대한 자신의 반응 등을 말한다. 독서 토의는 작품 감상에서 독자의 능동적 역할을 중요시한다. 독서 토의에서 교사와 학생은 자유로운 대화와 토의, 질의 응답, 토의의 핵심주제, 주제의 발견 등에 함께 참여한다. 독서 토의에서 학습의 책임은 학생에게 이양된다.

독서 워크숍에서 학생들은 자신의 글 읽는 목적을 가지고 독서하며, 그들이 읽은 것에 반응한다. 문학 작품과 상호작용을 하면서 문학에 대해 학습한다. 독자로서 자신의 경험이나 좋은 문학에 대한 기준을 임의로 설정하고 좋은 문학인지를 판단하는 학습을 한다. 독서 워크숍은 문학 학습의 개별화된 지도방법이기 때문에 다양한 교수 학습상황에서 적용될 수 있으며, 특히 독서 수준이 다양한 교실에서 사용될 수 있다. 독서 워크숍은 기능 학습, 문제풀이 연습(drill) 중심의 독서 학습에 비하여, 많은 시간을 실제의 독서에 투입함으로써 책읽기 중심의 독서가 얼마나 중요한지를 시사하고 있다.

2. 상호텍스트성과 문학독서

문학교육의 궁극적 목표는 문학 능력을 향상시키는 것이다. 문학 능력은 문학적 담화를 처리하는 능력을 말하며 이것은 문학 텍스트의 생

---

8) Purves, A.C. etc (Eds.), *Encylopedia of English Studies and Language Arts vol. Ⅱ*. New York, NY: NCTE. 1994.

산과 수용에 내재하는 광범위한 관습과 규칙을 습득함으로써 얻어진
다[9]. 독서 과정 혹은 문학의 교수-학습 과정은 기존에 습득한 문학적 문
법을 바탕으로 해서 텍스트와 대화하는 행위가 된다. 학습자는 문학 텍
스트에 내재된 기존의 규칙과 새롭게 형성된 규칙 사이의 관련을 중심
으로 문학 텍스트를 이해하고, 해석하며, 평가하게 된다. 이처럼 텍스트
를 적극적으로 해석해 내려는 독자들은 자신의 선체험을 동원하게 된다
대상 텍스트가 이전에 읽은 텍스트와 어떠한 관련을 가지는가를 물음으
로써 우리는 텍스트의 의미를 더 풍부하게 할 수 있을 것이다. 그러한
독서 방식은 텍스트의 한 부분의 의미가 그것 자체뿐만이 아니라 다른
부분들과의 상호 관련에 의해서 결정된다는 전제를 바탕에 두고 있다.

상호텍스트성이란 텍스트가 내적으로 서로 관련되어 이루어진 것이
라 하며 '텍스트들 사이의 관련성'이라고 말할 수 있다. 상호텍스트적인
측면에서 본다면, 구성된 텍스트는 어떠한 방식으로든 다른 텍스트와
관계를 맺게 되는데, 이는 텍스트를 이루는 언어와 내용, 형식들이 본질
적으로 공유된 것이기 때문이다. 따라서 텍스트에 대한 필자의 구성과
독자의 이해 방식도 이와 같이 접근할 수 있다. 텍스트는 문자로 정착된
것이든, 문자로 정착되기 전이든 본질적으로 텍스트의 구성 요건이라고
할 수 있는 상호텍스트성을 기반으로 한다.

문학의 가장 기본적인 기능은 문학을 통하여 다양한 인간의 삶을 이
해하고, 자신의 삶과 비교하면서 스스로를 반성하거나 발전의 계기로
삼는 것이라고 할 수 있다. 그러나 이러한 능력은 한두 가지의 문학 작
품을 접하고 받아들이는 것만으로 쉽게 이루어지는 것은 아니다. 작품
속에서 다양한 사상과 감정을 표현·이해하는 문학 활동의 관계망을 통

---

9) 이대규, 『문학 교육과 수용론』, 이회, 1998, 233~236면.

해 삶의 다양한 방식과 체험, 지향이 각기 고유하게 인정되면서 그로 인
해 나 자신의 삶의 방식과 체험, 그리고 삶의 지향이 긍정적으로 달라질
수 있을 때, 문학은 더 나은 삶으로 발전할 수 있는 밑거름이 될 수 있
다. 학생들에게 필요한 것은 사실적인 정보가 아니라 자신에 대한 정확
한 인식이며, 이를 위해서는 자기 생각만이 옳다고 믿는 자기 중심성을
줄여 가는 것이 중요하다[10]. 이 이론에 따르면 문학 작품을 이해하고,
가치를 내면화하기 위해서는 상호텍스트성을 지닌 다른 작품들을 읽는
것이 필요하다는 것이다.[11] 이는 시수업에서 전제가 되어야 할 점으로
시의 텍스트 상호성을 증대시켜 줄 수 있는 독서자료 보강을 위한 교사
의 준비가 있어야 한다고 하였다. 동일 시인의 다른 작품들을 제공한다
든지, 동일한 소재나 기법이 나타난 시작품을 제공하여 시적인 안목을
넓힐 수 있도록 해야 한다는 것이다. 또한 동일한 시대의 작품들을 제공
하여 문학사적인 맥락 속에서 작품을 읽을 수 있도록 하는 일도 중요하
다고 하였다.

　박인기[12]는 문학독서 방법의 상위적 접근 방법으로 텍스트 상호성을
적극적으로 개입 작용시키는 것을 제시하였다. 지금 읽고 있는 특정의
문학 텍스트와 주제, 소재, 배경, 인물, 행위, 갈등, 작자, 기법 등의 측면
에서 연관을 가지는 다른 문학 텍스트와의 상호성을 최대한 살려 가면
서 독서하게 해야한다는 것이다. 텍스트간의 상호성은 객관적으로도 정
립할 수 있지만 독자가 지니고 있는 독특한 세계관이나 감수성에 의해
서 형성될 수도 있다. 결국 진전된 문학독서의 능력이란 독자 스스로 독

---

10) 신헌재·이재승,『학습자 중심의 국어 교육』, 서광학술자료사, 1994, 94면.
11) 구인환 외,『문학교육론』, 삼지원, 1992, 245면.
12) 박인기,『문학 교육 과정의 구조와 이론』, 서울대 출판부, 1996. 254~256면.

서하는 가운데 얼마나 역동적인 '텍스트 상호성'을 구축할 수 있느냐의 문제로 귀결될 수 있다. 텍스트 상호성의 문제는 해당 작품과 관련 비평 텍스트간의 상호성도 물론 중요한 의미를 지닌다. 상호성이 높은 독서 체험의 경우, 텍스트의 의미를 귀납적으로 강화하고, 그것을 개인의 인식 지평 하에 의미화해 푼다는 점에서 상호성의 힘이 가장 크게 나타난다.

여러 가지 견해들을 종합해 볼 때 텍스트 상호성 개념을 바탕으로 하는 주관적 독서는 작품의 가치를 내면화하고, 독서에 대한 홍미와 동기를 유발시키는 데 커다란 도움이 되리라 생각한다. 상호텍스트성을 바탕으로 한 문학독서 방법으로 주제 중심 문학독서, 장르 중심 문학독서, 작가 중심 문학독서 등이 있다.

1) 주제 중심 문학독서

독서가 읽기 기능 훈련의 차원을 넘어서 학습자에게 독서에 대한 홍미와 올바른 가치관을 심어주기 위해서는 적절한 독서 지도의 방안이 제시되어야 할 필요성이 있다. 주제 중심 독서는, 작품의 주제 또는 요소에 따라 단원을 설정하여 책읽기를 하는 것이다[13]. 단원의 주제는 등장 인물의 유형이나 독자의 취미, 우정과 사랑, 정직, 공동체 의식 등 다양하게 정할 수 있다. 주제 중심으로 독서를 하면, 설정된 주제를 여러 각도에서 생각해 보고 그 결과를 내면화로 연결시키기에 좋다.

추디와 미첼[14]은 주제 중심 독서 지도 방법이 다음과 같은 장점이 있

---

13) 한철우 외, 「독서 클럽 활동을 통한 효율적인 인성 지도 방안 연구」, 연구보고 RR 99-Ⅰ, 1999, 25면
14) Tchudi & Mitchell, *Exploring and Teaching the English Language Arts* (4th ed), NY: Addison-Wesley Educational Publisher Inc, 1999, pp.94~96.

다고 하였다. 첫째, 폭넓은 문학 및 어학 자료를 수용할 수 있다는 점이다. 주제 중심 독서에서는 어떤 나라의 작품이든 어떤 민족의 작품이든 제한 없이 이용될 수 있으며, 고전으로부터 현대 작품에 이르는 모든 작품들이 이용될 수도 있다. 또한 접근하기 쉬운 읽기 자료로부터 다양한 장르의 작품, 즉 시, 수필, 희곡, 소설 등이 이용될 수도 있다.

둘째, 주제 중심 독서 지도는 간학문적 성격이 자연스럽게 드러난다는 점이다. 주제를 중심으로 독서 프로그램을 계획하면 문학만이 아니라 심리학, 역사학, 경제학 등등의 학문과 관련된 독서가 요청되기도 하고 토의나 토론을 하는 과정에서 그러한 학문의 지식이 동원되기도 한다.

셋째, 주제 중심 독서 지도는 읽기 · 쓰기 · 듣기 · 말하기의 자연스런 통합이 가능하다는 점이다. 주제 중심 독서 지도에서는 듣고 말하고 읽고 쓰는 활동이 통합적으로 진행된다. 먼저 작품을 읽고, 작품과 관련하여 자신의 느낌을 쓰며, 자신의 감상을 바탕으로 토의 및 토론에서 듣고 말하게 된다. 토의나 토론의 과정에서 필요에 따라 더 깊은 논의를 하기 위해서 다시 작품을 꼼꼼히 읽기도 하고, 자신의 감상을 확장하여 쓰기도 할 수 있다.

결국 주제 중심 독서 지도는 주제 중심으로 범주화된 제재를 활용하며, 학습자 위주의 통합적 언어활동과 주제 중심의 상호연관적인 독서 활동을 통하여 학습자의 독서 이해 능력을 향상시키는 것은 물론, 바람직하고 지속적인 독서 태도를 형성하도록 함으로써 학생들을 능동적인 평생 독서자로 변화시키는 데 기여할 것이다.

그러나 주제 중심의 독서가 잘 계획되지 못하거나 활동이 무분별할 때에는, 그 활동의 깊이가 얕고 중심 화제를 다루는 정도에 그치게 되며,

주제나 언어 기능의 통합에 이르지 못하고 막연한 상관에 그치게 되는 문제점도 있을 수 있음을 주지해야 한다. 신헌재 등15)도 동의하고 있는데, 문학을 주제 중심으로 가르칠 경우에 작품을 어느 하나의 범위로 한정하려는 작위성과 선정된 문학 작품들 사이에 지나친 연관성을 강요하면 안 된다는 점을 지적하였다.

2) 장르 중심 문학독서

문학에 대한 또 하나의 접근 방법은 장르 구분에 따른 학습이다. 이 방법은 시, 소설, 희곡 등의 문학 장르가 각기 고유한 특징을 가지고 있음을 전제로 한다. 예컨대 모든 희곡은 전달 방식이나 형식에 있어서 시나 소설과는 확연히 구별될 수 있는 특징을 가지며, 그러한 장르상의 특징에 익숙한 독자는 그 특징에 비추어 하나의 희곡을 평가하고 이해할 수 있다는 것이다16). 장르별 구분에 따른 문학의 이해 방법은 독자가 한 텍스트를 읽을 때 작가가 그 작품을 위해서 사용하는, 특정 장르에 속하는 형식, 용어, 특징 등에 대해서 예견할 수 있으며 그만큼 그 자신과 작가 사이에 공통된 영역을 확보할 수 있다는 장점이 있다.

장르적 구분은 또한 각각의 장르 안에서 좁은 범위의 보다 구체적인 특징을 갖는 세부 장르로 구분되므로 작품의 이해가 더욱 용이해진다. 즉 희곡은 전통적으로 희극과 비극으로 구분될 수 있고 나아가서 낭만적 코미디, 블랙 코미디, 희비극, 멜로드라마, 복수극, 영웅극, 부조리극 등으로 구분되어 독자로 하여금 보다 구체적인 예견을 가능하게 한다.

---

15) 신헌재·권혁준·우동식·이상구, 『독서교육의 이론과 방법』, 박이정, 2000, 157면.
16) 김은정, 「상호텍스트를 활용한 독서능력 신장 방안」, 한국교원대학교 석사학위 논문.

마찬가지로 소설 장르도 괴기소설, 성장소설, 성장입문소설, 공포소설, 장편소설, 단편소설, 중편소설, 로맨스 등 여러 하부 장르를 가지며, 시 장르도 또한 서사시, 서정시, 전원시, 풍자시, 고백시 등으로 세분된다. 이러한 장르적 구분에 익숙한 독자는 한 작품에서 진행되는 내용과 형식을 쉽게 소화할 수 있다.

둘째는 내용에 따라 분류할 수가 있다. 주제와 성격에 따라 구분하는 것이다. 전쟁을 소재로 한 것이면 전쟁 소설, 사랑을 소재로 한 것이면 연애소설이라고 편의상 분류한다. 이런 유형을 나열해 보면 탐정(추리)소설, 해양소설, 종교소설 등이 있다. 황순원의 「나무들 비탈에 서다」, 톨스토이의 「전쟁과 평화」, 신상성의 「아버지의 뜰」 등이 전쟁소설이고, 박계주의 「순애보」, 도스토예프스키의 「가난한 애인들」 등이 연애소설, 김성종의 「제5열」, 루팡 전집 등은 탐정소설, 천 성의 「가고 또 가고」, 멜빌의 「흰고래」 등은 해양소설, 생 텍쥐페리의 「야간비행」 「인간의 대지」 등은 항공소설이 되겠다. 이문열의 「사람의 아들」, 이청준의 「낮은 데로 임하소서」 등은 종교소설이 되겠다.

3) 작가 중심 문학독서(소설)

작가 중심 소설지도 방안은 비평의 역사·전기적 연구방법과 통한다고 볼 수 있다. 요즈음 문학의 감상의 경향은 작품 그 자체의 의미를 중시하지만, 상당수의 문학작품들은 여전히 그 작가의 체험과 경험에서 우러나온 것과 관련하여 작품을 해석함으로써 그 이면의 의미를 전달하고 있다. 이런 관점에서 작가 중심 소설지도는 그 작가의 작품 전반을 이해하는 훌륭한 방법이 될 수 있다. 작가 중심 소설지도에서는 그 작가의 전기적인 연구를 중시한다.[17]

역사주의 비평의 여러 국면 중에서도 작가의 전기(傳記, biography)연구는 가장 중심 영역이 된다. 작가의 생애에 대한 면밀한 검토가 요구되는 것은 작품이 작가의 거울이라고 보기 때문인데, 어떤 작가의 작품도 그 작품을 쓴 작가에 대한 지식이 없거나 한 인물이 등장하게 된 배경으로서의 작가의 삶과 그의 환경에 대한 지식 없이는 이해될 수 없다고 보는 것이다.

작가의 생애에 대한 지식은 한 작가의 정신적 습관을 파악하는 데 도움을 준다. 작가의 언어 사용과 주제의 선택, 그리고 그의 작품에서 반복적으로 나타나는 사상, 형식, 상징, 연상들은 모두 거기에서 발생하는 것이다. 작가 김동리의 경우 무속(巫俗)이나 죽음의 문제 등에 깊이 관심을 두게 된 동기를 밝힌 글을 많이 남기고 있어서, 이에 대한 면밀한 검토는 「무녀도」 이후 그의 문학적 주제나 배경의 설정은 물론 상징적 언어에 대한 이해를 쌓는 데 결정적인 단서를 제공해 줄 수 있다.

전기를 지나치게 주시하다 보면 작품해석에 과오를 초래할 염려가 있다. 특히 학교의 현장에서는 이 점을 중시해야 한다. 흔히 해방 전에 나온 작품들을 항일정신과 결부시켜 해석하려는 경향이 있는데, 이처럼 작품을 지나치게 작가나 그 시대와의 관계에서 이해하려 할 때 오히려 올바른 해석을 이루어 낼 수 없게 된다.

우리는 하나의 작품에 대한 해석이 여러 가지로 나타나는 경우를 보게 된다. 이는 한 작품이 담고 있는 의미를 저마다 잘못 듣기 때문에 생기는 현상이 아니라, 한 작품의 의미는 단일한 것으로 고정되어 있는 것이 아니라 예측할 수 없이 변하는 까닭이라고 설명할 수밖에 없다. 이

---

17) 우한용, 「문학교육과 작가론」, 『문학교육과 문화론』, 서울대 출판부, 1997, 201~226면.

점에 대해서 역사주의자는 작품 자체보다도 저자 자신이 의도하는 의미를 중시하는 태도를 취한다. 왜냐하면 원인으로서의 작가가 결과로서의 작품에 작용하는 힘을 이 비평은 의도(intention)라고 보기 때문이다. 따라서 작가의 의도를 정확히 알 때, 주관적인 또는 비정상적인 작품 해석을 막아주는 수단이 된다. 여기에 역사주의 연구방법의 많은 한계에도 불구하고, 작품과 관련이 있는 모든 사실에 비추어서 그 작품을 보아야 한다는 견해가 오늘날 설득력을 확보하고 있다.

Ⅲ. 독서 동기 이론과 문학독서

1. 독서 동기 및 태도와 문학독서

독서 지도의 궁극적 목적은 평생 독서자가 되게 하는 것이다. 구슬이 서말이라도 꿰어야 보배이듯이 글을 읽을 수 능력을 가지고 있는 것이 중요한 게 아니라 오히려 글을 실제로 읽는 행위가 중요한 것이다. 높은 수준의 독서 능력을 가지고 있은들 실제로 책을 읽지 않는다면 무슨 소용이 있겠는가? 실제로 책을 읽는 태도와 습관은 책을 읽는 능력과 비례하는 것은 아니다.

독서 지도에서 가장 우선시해야 할 지도는 책에 대한 나쁜 습관과 태도를 고쳐 주는 것이라고까지 하였다. 그리고 읽을 수 있는 능력을 가진 학생을 증대시키는 것과 똑같이 책 읽는 즐거움(만족감)을 가지고 책을 많이 읽는 사람을 증대시키는 것이 독서 교육의 목표가 되어야 한다[18].

---

18) Anderson, M. A., Tollefson, N.A., & Gilbert, E.C. "Giftedness and reading: A

우리가 어릴 때부터 귀에 못이 박히도록 듣는 소리 중의 하나가 바로 책을 읽으라는 것이다. 그리하여 그것은 이제 부모의 목소리가, 교사의 목소리가 아니라 우리 스스로의 내면에서 강박적으로 들려오는 소리가 되어 버렸다. 책읽기는 이와 같이 당위적인 차원에만 머물러 있는 것이 아니다. 우리는 학생들에게 책을 읽으라고 한다. 또 성인들에게도 책을 읽으라고 한다. 그런데 학생과 성인 모두 좀처럼 책을 읽으려고 하지 않는다. 우리나라 성인의 연평균 독서량은 9.6권으로 이는 성인 1인당 한 달에 한 권의 책도 안 읽는 셈이 된다[19]. 이에 비해 일본 성인의 연평균 독서량은 19.2권이며, 월평균 1.6권으로 우리의 두 배 정도의 독서량이 된다. 한편 우리나라 학생의 월평균 독서량도 일본의 학생에 비해 훨씬 뒤떨어진다(한국: 초 4.2권, 중학생 0.9권, 고등학생 0.7권; 일본: 초등학생 5.4권, 중학생 1.8권, 고등학생 1.2권). 우리나라 사람이 일본 사람에 비해 책을 덜 읽는 것도 문제이지만 나이가 들수록 학년이 올라갈수록 책을 덜 읽게 된다는 것이 더 큰 문제일지도 모른다.

왜 이런 현상이 나타나는가? 책을 읽으라고 매일 강조하고, 현실적으로 책 읽는 것이 중요한 시대가 되었는데도 왜 책을 가까이 하지 않는 것일까? 책을 읽는 습관과 태도가 어떻게 해서 생기는가는 독서 태도 형성 모형이 설명해 준다. 독자의 독서 태도 모형에는 매튜슨과 매켄나의 모형이 대표적이다[20]. 이 모형들에 의하면, 독서 태도는 타인의 기대에 대한 신념, 독서 결과, 개인의 독서 경험 등에 대한 인식(믿음, beliefs)으

---

crosssectional view of differences in reading attitudes and behaviors." *Gifted Child Quarterly*, 1985, p.15.

19) 김경희 외, 「국민독서실태 조사」, 한국출판연구소, 1995, 15면
20) 옥정인, 「읽기 태도 형성에 영향을 미치는 요인 연구」, 한국교원대학교 석사학위논문, 1999, 28~30면

로부터 형성된다.

먼저 '타인의 기대에 대한 신념'이 독서 태도 형성에 어떻게 영향을 주는지에 대해 살펴보자. 여기서 타인이란 독자에게 영향력을 줄 수 있는 의미 있는 개인이나 집단을 말한다. 부모나 형제, 친척, 친구, 교사, 유명 연예인 등이 의미 있는 타인이 될 수도 있고, 독자가 가입하여 활동하고 있는 동아리나 지역 사회, 더 나아가 국민 전체가 의미 있는 타인일 수도 있다. 이들이 독서에 대해 가지고 있는 생각은 독자에게 그들과 같게 되고자 하는 마음을 불러 일으켜 독자의 독서 태도에 영향을 주게 된다. 독자가 직접적으로 이러한 타인의 기대를 인식하지 못하더라도 무의식중에 잠재하여 독자의 독서에 대한 호의적이거나 비호의적인 태도를 형성시킨다.

가정의 환경은 독서 태도 형성에 무엇보다 중요하다. 학습의 모든 것은 부모가 아이들에게 책을 읽어 주는 것으로부터 시작한다[21]. 독서 능력의 습득은 유치원 또는 초등학교에 입학하기 전부터 가정에서부터 시작됨을 의미한다. 가정에서는 부모, 기타 다른 구성원로부터 독서를 배운다. 독서 능력의 습득에 필요한 어휘, 세상에 관한 지식, 부모의 독서 습관 및 태도, 글을 읽고 사고하는 방식 등을 배운다. 가정의 문식성 환경은 학생의 독서 습관과 태도, 독서 능력의 습득에 커다란 영향을 준다.

다음으로 독서 태도에 영향을 미치는 중요한 요인은 독서 결과 및 독서 경험에 대한 독자의 인식이다. 이 요인들은 개인이 독서 행동으로부터 유래되는데, 어떤 것은 환경적이나 다른 어떤 것은 개인의 독서 경험에서 비롯된다. 그러나 여기에서 중요한 것은 개인의 독서 경험이다.

독서를 잘 할 수 있고, 독서 결과가 좋을 것이라는 믿음은 독서에 대

---

21) Morrow, L. M. Ed. *Family Literacy*, New Brunswick, NJ:Rutgers Univiversity, 1995.

한 자신감을 갖게 하고, 독서에 대한 부정적인 인식을 감소시켜 긍정적인 태도를 강화하게 된다. 반면에 독서를 잘 해낼 수 없고, 독서의 결과가 좋지 않을 것이라는 믿음은 독서를 거부하는 인식을 강화하여 결국은 독서에 대한 부정적인 태도를 강화하게 될 것이다.

과거의 독서 경험 즉 '독서 행동'이 독서 태도에 중요하게 작용한다. 이것은 매우 직접적이고도 중요한 요인으로 꼽히는데, 일반 심리학에서 행동은 태도와 가장 직접적으로 연결되어 있다고 한다. 독자가 독서 행동에서 새로운 것을 알아 가는 인지적 만족을 느꼈거나 즐거움이나 감동과 같은 감정적 만족을 맛보게 되면 독서에 대한 그의 태도는 긍정적으로 변화된다는 것이다. 독서에 대한 좋은 경험 뿐 아니라 나쁜 경험도 그대로 태도에 영향을 주어 독서에 대한 부정적인 태도가 강화된다.

불만족스런 독서 경험은 독서 태도를 악화시키며, 만족스런 독서 경험은 반대로 긍정적인 독서 태도를 강화시킨다. 독서 행위를 잘 해내거나 읽고 난 후의 결과가 좋을 것이라는 믿음은 독서에 대해 자신감을 갖게 하고, 독서에 대한 거부감을 감소시켜 긍정적인 태도가 강화된다. 반면에 자신이 독서를 잘 해내지 못할 것이라는 독자의 생각은 독서 상황을 회피하고 싶어하는 감정을 유발시켜 독서를 거부하게 되어 독서에 대한 태도가 점점 부정적이 되어 가는 것이다. 나이가 들어가면서 다른 여가 활용 방법과 독서가 갈등을 일으키며, 독서보다는 다른 놀이를 선택할지도 모른다. 그래서 독서에 대해서도 비우호적으로 바뀌게 된다.

효과적인 독서 지도 방법은 독서 태도를 긍정적으로 변화시킬 수 있다. 아이들에게 책을 읽어주기, 뛰어난 문학 작품을 이용한 문학 감상 지도, 상위인지 전략을 통한 독서 지도, 문학과 실생활과의 연결 지도, 배경 지식을 활성화시키는 독서 지도 등은 독서 태도를 긍정적인 것으로 바뀌게 한다.

1) 가정에서의 독서 지도

가정에서 부모들은 독서의 중요성을 인식하면서도 실제로 아이들에게 책을 읽을 수 있도록 환경을 만들어 준다든지 서점 등에 데리고 가서 책을 빌리거나 사 주지 않는다. 그리고 아이들이 보는 앞에서 책을 읽지도 않는다. 부모 스스로 모범을 보이지 않고 아이들이 책을 읽는 습관을 갖게 하기는 힘들다. 부모들은 자신의 아이들이 좋은 대학에 들어가느냐에만 관심이 많으며, 독서는 이 목표에 장애가 되는 것으로 인식하고 있다. 학교 공부하는 데만도 시간이 없는데 독서할 시간이 어디 있느냐는 것이다.

가정에서 어떤 환경을 만들어 주고 부모가 어떤 역할을 하느냐가 어린이 혹은 청소년이 책을 읽게 하는 데 많은 영향을 준다. 그만큼 독서 능력, 독서 습관, 독서에 대한 흥미와 가정환경은 밀접한 관련이 있다.

가정은 어린이들에게 독서를 조장하는 즐거운 환경, 격려하는 분위기를 만들어 주여야 한다. 따뜻하고 화기애애한 가족의 분위기에서 부모가, 또 다른 가족 구성원이 보여 주는 본보기는 어린이가 책읽기를 즐겨하는 것과 싫어하는 것, 책의 선택 등에 강한 영향을 끼친다. 가정에서 읽을거리가 항상 준비되어 있고, 쉽게 접할 수 있을 때, 그런 것들이 아이들에게 항상 노출되어 있을 때 그들이 의식적으로 이를 피할 수 없는 것이다. 아이들의 선천적인 호기심은 이런 독서 자료를 만져보고 들쳐보고, 그림을 즐겨 보게 되며 결국은 어린이나 청소년을 독서로 유도하게 되는 것이다.

가정에서 준비되는 독서 자료는 신문, 잡지, 책 등 다양하다. 이런 독

서 자료 속에 들어있는 많은 '이야기(story)'들이 중요한 문학독서 자료가
된다. 이러한 독서 자료들은 물론 아이들이 쉽게 접근할 수 있도록 배려
해야 하며, 그들을 읽도록 권장되어야 한다. 아이들로 하여금 책을 유도
하는 방식에는 여러 가지가 있다.

○ 아이들에게 소리내어 읽어 주거나, 같이 읽는다.
○ 읽은 이야기에 대해서 아이들과 의견을 교환하거나 질문한다.
○ 읽은 이야기를 직접 경험과 연결되도록 노력한다. 토끼, 호랑이, 여
  우 등에 관한 이야기를 읽었을 때 토끼 인형을 사 주거나 사진, 그
  림을 보여준다. 동물원에 가서 실제로 동물을 보여 주고 이야기를
  나눌 수 있다.

부모들이 독서를 하도록 자극하는 방식에는 또 다음과 같은 것이 있
다.

○ 함께 공공도서관에 가서 책을 찾고 같이 읽는다. 이때 도서관을 이
  용하는 방법을 배우도록 한다.
○ 생일 선물, 특별히 축하할 만한 날에 책을 선물한다.
○ 아이들의 이름으로 잡지를 주문하여 우편물이 아이들 이름으로 우
  송되도록 한다.
○ 일정한 시간을 정해놓고 매일 한번씩 독서한 것에 대해서, 가정 문
  제 혹은 경험에 대해서 의견을 나누는 시간을 가진다.

2) 학교에서의 독서 지도

학교에서 독서에 대한 긍정적인 태도 등 독서 습관 형성에 대한 지도는 거의 없는 형편이다. 학생들의 도서 선택 기준에서 교사의 추천이 6% 정도[22] 밖에 안 되는 것을 보면 학교 교육에서 독서 지도에 얼마나 소홀한가 하는 것을 알 수 있다.

지금까지 학교 교육에서는 책을 읽는 인지적 독서 능력에 중점을 두었지 책을 가까이하고 책을 즐겨 읽는 좋은 독서 습관과 태도 교육은 소홀히 하여 왔다. 그러나 독서 지도에서 정의적 영역의 지도는 인지적 영역의 지도만큼이나 중요하다는 것을 지적하지 않을 수 없다. 책을 읽는 독서 능력은 책을 읽음으로써 신장된다는 언어 학습의 원리에 비추어 본다면 더욱 그러하다. 언어는 실제로 언어활동을 함으로써 발달하는 것이다.

학교에서의 독서 교육으로 가장 시급한 것은 독서 교육 프로그램이다. 현재 학교에서는 학교 나름대로의 어떤 특별한 독서 교육 프로그램을 갖고 있지 못한 형편이다. 일년에 한 번 정도 갖는 독서 주간 행사가 있을 뿐이다. 독서 교육 계획이 없다는 것은 현실적 여건의 어려움을 고려한다하더라도 독서 교육에 대한 무관심이 어느 정도인가를 말해 주고 있는 것이다. 학교에서 독서 교육 프로그램을 갖는다 하더라도 그것은 현실적으로 실천하기 어려운 무리한 계획이 되어서는 안 된다. 학교의 독서 교육 계획은 학생들에게 반강제적으로 어떤 책을 읽게 하기보다는 학생들에게 독서가 왜 우리 생활에 유익하며, 어떤 도움을 주는지를 구체적으로 인식시키고, 많은 독서 자료를 정기적으로 제공하는 등 학생

---

22) 김한식, 「독서 태도 및 습관 형성 방안 연구」, 한국교원대학교 석사학위논문, 1993, 61면

들이 자발적으로 독서를 할 수 있게 되도록 유도하는 것이어야 한다.

학교 도서관에 학생들이 읽을 만한 책을 구비해 놓아야 한다. 도서 구입비를 늘려야 하며, 도서의 구입은 학생들의 의사를 반영하여 구입할 필요가 있다. 도서 구입비가 적다면, 미국의 경우처럼 학교끼리 혹은 구·군 교육청 단위로 도서를 정기적으로 순환시키는 방법도 생각해 볼만하다. 현재 학교 도서관에서 책을 빌리려면 휴식시간을 이용할 수밖에 없는데, 일주일에 한번 정도 수업 시작 전 혹은 수업이 끝난 후에 학급별로 도서관 이용 시간을 갖도록 할 필요가 있다. 도서 구입 예산의 부족, 과다한 학생 수 등의 현실에 비추어 학교 도서관만으로는 효율적인 독서 지도가 어렵다면 학급문고 제도를 보다 활성화시켜야 한다. 학급문고의 도서는 학부모로부터 기증 받아 일년 동안 사용하고 일년 후에는 되돌려 주는 것도 좋은 방안일 것이다.

학교 게시판 혹은 학급 교실 게시판에 각종 신간 도서를 소개하거나 독서에 관한 글을 게시하여 학생들로 하여금 독서하려는 마음을 가질 수 있도록 분위기를 조성하여야 한다. 교사나 학생, 혹은 저명 인사의 독서 감상문을 싣는 것도 학생들의 독서 욕구를 자극시킬 수 있을 것이다. 학생들이 읽을 만한 책의 목록을 게시하거나 각 학생들이 읽은 책의 수를 그래프로 그려 게시하는 것도 학생들이 책을 읽고 싶은 마음을 불러일으킬 것이다.

어떤 학교에서는 일주일에 한 시간 혹은 2주일에 한 시간씩 전교생이 독서 시간을 갖는 경우도 있는데, 이렇게 정기적으로 학생들로 하여금 책을 읽게 하는 것은 독서 습관의 형성에 지대한 영향을 줄 것이다. 처음에는 마지못해 피동적으로 참여하겠지만 차츰 책을 읽는 재미를 갖게 되고 독서의 유익함과 즐거움을 느끼게 되면 나중에는 스스로 책을 찾아 읽는 습관을 갖게 되는 것이다.

학교에서 독서 지도를 철저히 계획적으로 한다고 해서 지나치게 학생들에게 독서에 대한 부담을 주는 것은 자칫 학생들의 독서 욕구를 저하시킬 우려가 있다. 무리하게 읽은 책마다 독후감을 쓰게 하거나, 학생들의 능력을 고려하지 않고 무조건 며칠에 한 권씩 읽으라고 강요하는 것도 좋지 않다. 독서의 양은 각기 학생의 능력을 고려해야 하며, 또한 학생들의 학습 부담을 고려하여 결정해야 한다. 일주일 혹은 한 달에 몇 권 읽으라고 하는 것도 강제 사항으로서가 아니라 권장 사항에 그쳐야 할 것이다. 이렇게 느슨해 보이는 독서 지도 계획으로는 학생들이 독서를 하지 않을 것이라고 말할지 모르지만, 독서 교육은 강제적인 것보다는 학생들에게 풍부한 독서 자료와 정보를 제공하고 자주 독서에 대한 자극을 줌으로써 자발적인 독서가 이루어질 수 있도록 하는 방법이 좋다. 지나치게 강제적인 독서 교육은 오히려 독서에 대한 반감이나 저항감을 불러일으킬지도 모르기 때문이다.

2. 독서 능력의 발달과 문학독서

독서 발달에 대한 연구는 그 역사가 오래 되지 않는다. 독서 발달 연구는 작문 발달 연구와 같이 언어 발달의 한 영역이다. 그 동안 언어 발달은 주로 음운, 어휘 등의 발달 연구에 머물렀다. 음운, 어휘 등의 발달 연구가 순수하게 미시적 언어 발달 연구에 집중하고 있지만, 독서 발달 연구는 가정 환경, 학교 환경 등 보다 거시적인 측면까지 포함하고 있다. 그런 거시성 때문에 독서 발달에 대한 연구는 최근에 이르러서야 관심을 끌고 있다.

독서 발달 연구는 아동의 발달 시기에 따라 독서 교육을 달리할 수 있도록 기초적인 정보를 제공한다는 점에서 중요하다. 발달 정도를 아는 것은 곧 그 발달 정도에 이르지 못한 아동의 정보를 알 수 있다는 뜻도 되기 때문에 무엇을 가르쳐야 하며, 어떤 자료를 가지고, 어떤 내용을, 어떤 방법으로 가르쳐야 하는지에 대한 정보를 제공한다. 6세 전후의 아동들은 5,6천 단어를 이해하고 있다면, 이 정보를 기초로 우리는 어휘지도의 내용과 방법 특히 문자 지도가 중심이 되는 초기 독서 지도의 내용과 방법, 학습 자료를 적절하게 결정할 수 있게 되는 것이다.

우드[23]는 유아독서기, 초기독서기, 전이독서기, 자립독서기, 고급독서기 등의 다섯 단계로 나누고 있다. 유아독서기는 출생부터 유치원까지, 초기독서기는 1~2학년, 전이독서기는 2~3학년, 자립독서기는 4-6학년, 고급독서기는 7학년 이상 등으로 나누고 있다.

1) 유아기의 독서 단계

문식성의 발달은 아주 어린 시기부터 시작된다. 그러나 읽기 능력 발달에서의 유아기(emergent reading stage)란 음성 언어 능력이 충분히 발달하여 문자에 관심을 가지기 시작하는 시기를 말한다. 이 시기의 아동들은 모국어의 기본적인 문법 구조를 습득하고 있으며, 상당한 정도의 어휘를 이해하고 사용할 수 있는 능력을 가지고 있다. 아동들은 문자 언어를 접하게 되고 문자의 본질에 대한 관심이 커진다. 그들은 그림과 텍스트의 차이를 알게 되며, 창의적인 방식으로 읽고 쓰는 것을 모방한다.

---

23) Wood, O'Donnel, *Becoming a reader*. needham Heights, MA: Allyn and Bacon, Wood, 1992.

이 시기에는 아동을 둘러싸고 있는 가정과 사회 환경이 아동의 언어 발달에 영향을 미친다. 그러나 무엇보다도 그들의 문식성 경험이 더 큰 영향을 끼친다. 어떤 아동들은 부모가 정기적으로 책을 읽어 주거나, 집에 있는 많은 책을 읽어서 책과 이야기에 친숙하게 되며, 이런 어린이들은 거의 매일 읽거나 쓰는 것을 보고 자라게 된다. 이런 환경은 문식성이 풍부한 환경이다. 이런 환경의 아동들은 그들 부모의 행동을 모방하게 된다.

이야기를 많이 들은 아이들은 그렇지 않은 아이들보다 읽기 학습에서 성공할 확률이 높다. 왜냐하면 아이들이 이야기(동화)를 많이 들을 경우, 이야기의 구조나 언어를 많이 이해하게 되기 때문이다. 다시 말하면, 이야기 유형이나 언어에 친숙하게 되는 것이다. 이것은 새로운 이야기의 언어나 이야기의 줄거리를 예언할 수 있게 하며, 이야기를 이해하고 기억하는 데 도움을 준다. 잘 구조화된 이야기는 대체적으로 공통적인 특징을 가진다. 이야기 문법은 이야기의 요소와 그들의 관계를 설명해 준다. 문장문법이 문장의 요소와 요소들의 관계를 설명하듯이 가장 간단한 이야기 문법은 인물과 배경의 제시, 사건의 발단, 인물의 행동 목표 설정, 목표 달성을 위한 행동시도, 결과, 반응 등으로 구성된다[24].

동화나 소설 등 이야기를 읽을 때, 독자는 의식적인 것은 아니지만 이야기 문법을 이용한다. 독자는 이야기의 이어질 내용을 예측하며, 이야기의 부분 부분과 전개 순서에 대한 지식은 독자가 이야기를 이해하고 기억하는 데 도움을 준다. 이야기를 많이 들은 유치원 아이들은 이야기 유형에 대하여 어렴풋이 알게 되며, 이야기의 요소와 유형에 대한 지식

---

24) Golden, J. M. "Children's Concept of Story in Reading and Writing. *The Reading Teacher*, 1984, pp.578~584.

은 그들이 이야기에 반응하고 즐기도록 도와준다. 그러므로 아동에게 이야기를 가르쳐야 할 교사들은 이야기 문법에 대하여 보다 명시적으로 이해할 필요가 있다. 아이들에게 적절한 이야기를 선택하고 이야기를 이해하거나 회상하는 능력을 평가할 수 있어야 하기 때문이다.

아이들에게 독서란 즐거운 것이란 인식을 심어주려면, 이야기 구조가 잘 짜여진 것, 재미있는 인물이 등장하는 작품을 선택해야 한다. 그러한 작품은 전형적인 이야기 구조를 가진다. 아이들에게 좋은 동화 작품을 읽어주면, 아이들은 이야기 언어와 이야기 구조를 학습하게 된다. 동화 속의 언어는 일상적 대화의 언어와는 사뭇 다르다. 동화속의 문자 언어는 특이한 표현의 어구가 많으며, 어휘 또한 일상 대화 언어보다 풍부하다.

이야기를 회상하는 능력은 듣기와 읽기의 이해력 발달에 중요한 요소이므로, 독서 발달 단계에서 매우 중요하게 다루어져야 한다25). 이야기 다시 말하기는 이야기 언어를 흉내내게 하고, 이야기 구조와 위계의 인식 능력을 발달시킨다. 이야기 다시 말하기 연습을 함으로써, 인물과 배경으로 이야기가 시작되며, 주제 혹은 중심 문제를 구체적으로 이해하며, 문제가 무엇이고 그것이 어떻게 해결되는지 등을 설명할 수 있는 능력을 발달시킨다.

교사 지도 아래 이야기에 대한 토의를 하는 것은 아이들의 이야기 다시 말하기 능력을 발달시킨다26). 교사는 이야기는 무엇에 대한 이야기 인가, 이야기는 어떻게 시작하는가, 이 이야기에서 해결되어야 할 문제

---

25) Gambrell, L., Pfeiffer, W. & Wilson, R. "The Effect of Retelling upon comprehension and Recall of Text Information", *Journal of Educational Reasearch*, 1985, pp.216~220.
26) Morrow, L. M. Ed. *Family Literacy*, New Brunswick, NJ:Rutgers Univiversity, 1995.

는 무엇인가, 어떤 일들이 일어났는가, 이 이야기의 문제가 어떻게 해결될 수 있겠는가, 이 이야기는 어떻게 끝날 것 같은가 등을 물을 수 있다.

책은 아이들에게 가장 흥미를 끌게 하는 곳에 두어야 한다. 그리하여 아이들이 관심을 갖고 책의 세계로 들어갈 수 있도록 한다. 학급문고는 문자언어 환경을 풍부하게 제공하는 가장 중요한 요소이다. 교실에 다양한 동화나 소설 독서 자료를 갖추고 책을 쉽게 빌리게 할 수 있도록 하는 것은 그렇지 않은 학급의 아이들보다 더 많이 책을 읽게 한다고 한다27). 더욱이 같은 학급 문고라도 어디에 자리를 마련하는가 즉 아이들의 눈에 잘 뜨이고 자유로이 책을 빌리게 할 수 있을 때, 아이들로 하여금 더 많이 책을 읽게 하며, 그렇지 않을 경우에는 큰 효과가 없다28).

아이들에게 책을 읽어주는 것은 유아기 독서 지도의 가장 효과적인 방식이다. 하루에 두세 번씩은 어린이에게 이런 읽기 활동을 할 수 있어야 한다. 유치원에서는 오전 중에는 교사가 아이들을 자신의 주위에 모아 놓고 재미있는 이야기를 읽어 주고 듣게 하는 것도 좋은 독서 지도 활동이다.

아이들에게 책을 읽어 줄 때는, 아이들이 단순히 듣고만 있는 것이 아니라 읽기 활동에 아이들이 직접 참여하도록 권장되어야 한다. 책을 읽어주는 중간중간에 아이들의 느낌이나 생각을 물어볼 수도 있다. 또 등장인물이나 사건을 자신들의 상황과 관련시킬 수 있도록 질문할 수 있다. 아이들에게 이야기를 몇 번 되풀이하여 읽어 준 후, 유치원 어린이들이 들은 이야기를 다시 이야기하게 한다. 어린이들은 잘 아는 이야기

---

27) Huck, C. S., Hepler, S., & Hickman, J. *Children's literature in the elementary school*(4th ed.). NY; Holt, Rindehart & Winston, 1987.

28) Morrow, L. M., "Relationships between literature programs, library corner designs, and children's use of literature", *Journal of Educational Research* 75, 1982, pp.339~334.

를 간단한 연극으로 꾸미거나 그림(삽화)으로 그리기를 좋아한다. 스토리 보드에 그려진 삽화들은 아이들의 이야기 회상을 도와준다. 아이들은 이런 읽기 활동을 통하여 문자언어와 음성언어의 관계를 학습하게된다. 소리내어 말해진 것이 문자(기호)로 그려진다는 것을 알게 되는 것이다. 더욱 강조하기 위하여 교사는 특정한 단어를 지적하여 줄 수도 있다.

2) 초기 독서 단계

초기 독서 단계(initional reading stage)는 초등학교 1～2학년(6～7세) 시기에 해당한다. 그러나 초기 독서 단계의 발달은 어린이의 연령 분포가 넓다. 즉 나이나 학년이 거기에 도달했다 하더라도 독서 발달 단계로 보면 넓게 흩어져 있다. 집에서나 학교에서 읽어주는 독서 경험을 많이 했거나 인물에 대한 반응, 느낌과 생각 표현하기, 줄거리 회상하기 등의 독서 활동을 했다면, 이런 좋은 독서 경험이 있는 아동들은 그렇지 않은 아동들과는 발달 정도가 현저히 다르다. 유아기 독서 단계에서 초기 독서 단계로 옮겨가는 이행 과정은 단절적이 아니라 연속적이다. 유아 독서 단계의 독자는 책의 문자와 문장은 의미 있는 기호이며, 낱말은 글자가 모여 이루어지며, 왼쪽에서 오른쪽으로 그리고 위에서 아래로 읽어가며, 글자는 소리값을 가지고 있다는 것을 알게 될 뿐이다.

초기 독서 단계에서 독서란 단순히 글자를 소리내어 정확히 읽는 행위가 아니라, 문자와 낱말, 문장 등이 무엇인가 의미를 가지고 있으며, 독서는 그런 의미를 구성해 내는 행위라는 인식을 해야 한다. 아동에게 폭넓게 책을 읽어주고, 어른들이 책을 읽거나 쓰는 문식성 활동을 많이 볼 수 있을 때, 그리고 의미 있는 맥락 속에서 문자가 읽혀질 때 아동들은 독서가 의미를 구성하는 과정이며, 즐거움과 정보를 준다는 것을 알게 된다. 그러나 폭넓은 독서 경험이 없거나 의미 구성 과정으로서의 독서 지도가 이루어지지 않을 때, 아동들은 단어들을 전체 문맥 속에서 읽기보다는 고립된 문자로서 읽게 된다.

책 읽어 주기와 독서 경험 공유하기. 집에서 부모가 어린이들에게 책을 읽어 주는 것은 초기 독서 단계에서 흔히 있는 일이다. 이 때, 책을 읽어 주는 것은 부모가 읽는 것이기 때문에 아이들은 책을 읽지 않는 것으로 생각할 수 있으나 부모는 사실상 아이들과 함께 책을 읽는 것이다. 아이들이 아직 혼자 힘으로 글을 읽을 수 없으나 문자를 봄으로써 문자를 익히게 된다.

'책 읽어 주기'가 학교 초기 독서 지도에서 중요하게 다루어진 것은 뉴질랜드의 홀더웨이(Don Holdaway)의 10년간에 걸친 연구 프로젝트에서였다. 막연히 아이들에게 책을 읽어 주는 것이 중요하다고는 생각하고 있었지만, 전통적으로는 교실에서 책을 읽어 주는 것은 아이들이 글자를 볼 수도 없고 또 아이들이 글자를 읽는 것이 아니기 때문에 극히 제한적으로만 생각되었다. 또 책 읽어 주기는 초기 독서 지도의 효과적인 방식으로 인식되기보다는 이야기를 읽어 주는 재미있는 활동으로 더 인식되어 왔다. 홀더웨이의 '책 읽어 주기'는 전통적인 방식의 책 읽어 주기와는 다르다. 전통적인 책 읽어 주기에서는 아이들은 듣기만 하였으나 새로운 방식의 책 읽어 주기에서는 아이들도 글자 크기가 확대된 글을 같이 읽는 기회가 주어진다는 것이다.

책 읽어 주기에서는 아이들이 많이 들었거나 부모가 많이 읽어 주어서 익숙한 이야기가 선택되어야 한다. 흥부 놀부 이야기, 토끼와 거북이 등 아이들이 잘 아는 전래 동화, 이솝이야기 등을 읽어 주어야 한다. 첫 단계에서는 아이들에게 전에 읽어본 경험이 있는 이야기를 소개한다. 그리고 이야기의 내용 예측하기 활동을 한다. 두 번째 단계에서는 글자 읽기를 중심으로 한다. 이 읽기 활동은 30~40분 동안에 같은 이야기를 2-3번 읽는다. 학습의 과정은 시범 읽기, 짚어가며 읽기, 쉬어가며 읽기, 가리고 읽기 등의 단계로 이루어진다.

3) 전이독서기 단계

전이독서기 단계(transitional reading stage)(초등학교 2~3학년)의 독자들은 상당한 정도의 시각어휘를 가지고 있으며, 모르는 단어를 문맥을 통하여 알아낼 수 있다. 그래서 이 시기의 독자들은 쉬운 글이긴 하지만 아직 읽어보지 않은 텍스트를 잘 읽을 수 있다. 그러나 비록 문맥 속에서 모르는 단어들을 파악할 수 있지만, 아직도 글자를 읽는 것이 힘겹고 어려운 일이다. 그들은 낯선 단어를 소리내어 읽는 데 힘들어 하며, 손가락을 짚어가면서 읽는 버릇이 있다. 글을 읽는 능력이 빠른 속도로 발전하고 있으나, 아직도 유창성을 획득하는 데 필요한 많은 읽기 훈련과 경험이 부족하여 글을 빠르게 읽지는 못한다.

전이단계의 독서기에는 유창성 습득이 가능하도록 독서를 많이 하는 것을 강조해야 한다. 이러한 목표를 달성하기 위하여 학생 중심 독서 지도와 교사 중심 독서 지도를 할 수 있다.

학생 중심 독서 지도에서는 학생 스스로 읽을거리를 선택하고 혼자 읽으며, 교사는 이를 관찰한다. 독서교육의 중요한 목표 중의 하나는 유능한 독자를 기르는 것만이 아니라 정보를 얻기 위하여 혹은 즐기기 위하여 독서하는 사람이 되게 하는 것이다. 폭넓은 독서는 독해의 기초가

되는 배경 지식을 쌓도록 한다. 자발적인 독서와 독서의 성취도는 상관
관계가 높다[29]. 학교 독서 지도에서 자발적인 독서를 위해 독서 시간을
주는 것만으로는 불완전하다. 책을 읽도록 동기화되어야 하며, 독서에서
성공의 기쁨을 가지는 기회를 많이 갖도록 해야 하며, 그들이 읽은 책의
내용을 가지고 토의 등을 통하여 반응하는 기회를 갖도록 해야 한다. 학
생들은 자신에게 적합한 책이나 글 자료를 스스로 선택하고, 다양한 읽
기 자료를 읽어야 한다. 학교 도서관이나 학급 교실에 학생들이 쉽게 빌
릴 수 있도록 다양한 읽기 자료가 비치되어야 한다. 효과적인 독서 지도
가 되기 위해서는 책을 빌리거나 책을 읽는 시간 그리고 토의하는 시간
이 충분히 확보되어야 한다. 또 책을 읽은 기록 즉 책을 읽은 권수, 간략
한 독서 후의 기록 등이 있을 필요가 있다.

4) 자립독서기 단계

자립독서기 단계(indepedent reading stage)(초등학교 4~6학년)에 이르
면, 아동들은 이미 많은 독서 경험을 가졌으며, 긴 글, 그리고 다양한 글
을 많이 읽을 수 있는 능력을 가지게 된다. 그러나 그들이 읽은 많은 글
은 대부분 그들의 개인적 경험과 관련된 한정된 내용들이었다. 이 단계
에 들어서게 되면, 아동들은 자신들이 경험하지 못했거나 내용에 대해
서 잘 알지 못하는 즉 그들의 배경지식 한계 내에 있지 않은 다양한 텍
스트를 만나게 된다. 전 단계에서 있었던 많은 독서가 유창성의 훈련과
발달에 초점이 맞추어졌으며, 그래서 아동들은 수많은 시각어휘를 학습
하였으며, 음독의 속도보다 묵독의 속도가 더 빠르게까지 되었다. 정보
를 얻거나 감상을 하기 위한 독서에서 음독보다 묵독이 더 큰 비중을 차

29) Irving, A. *Promoting voluntary reading for children and young people*. Paris: UNESCO, 1980.

지하게 되었다.

유창성을 획득함으로써 많은 아동들이 즐겁게 읽을 수 있게 되었으며, 글자 읽는 것이 아니라 글 내용의 의미 이해에 더 집중할 수 있게 되었다. 그러나 유창성이 자동적으로 독서의 즐거움을 보장해 주는 것은 아니며, 무엇보다 학급의 환경이 중요하다.

이 시기에 아동들이 읽게 되는 이야기 글은 구조가 보다 복잡해지며, 이야기 구조의 명료한 인식은 글 이해를 증진시킨다[30]. 전 단계에서 아동들은 이야기 유형이나 구조에 대해서 어렴풋하게 이해하여도 문제가 없었다. 이야기가 비교적 단순하고 그들 생활 경험과 관련 이야기가 많았기 때문이다. 그러나 보다 복잡한 이야기 구조를 읽고 이해하려면 이야기 구조를 명확하게 파악하는 것이 필요하다. 또한 이 시기에 아동들이 학습해야 하는 것은 글을 많이 읽고 그 읽기 연습(practice)의 양을 늘림으로써 독서 능력을 향상시키는 것이다.

이야기 글의 이해는 이야기 문법을 활용하면 효과적이다[31]. 성인 독자이든 학생 독자이든 누구나 이야기를 이해하고 내용을 기억하는 데에 이야기 구조를 이용한다. 이야기 구조에 대한 지식이 많으면 더 좋은 독자가 된다. 다시 말하면, 이야기 구조를 더 잘 알고 이용하면 이야기를 더 잘 이해하게 된다. 이야기 구조 학습에 바탕을 둔 질문 전략은 학생들이 이야기를 이해하는 데 많은 도움을 줄 수 있다. 이야기의 중요 요소에 주의를 집중하여 이야기를 학습하는 이 전략은 이야기를 총체적으로 이해하도록 돕는다.

---

30) Wood, O'Donnel, *Becoming a reader*, needham Heights, MA: Allyn and Bacon, 1992.
31) Schmitt, M. C., & O'brien, D.G. Story grammar: Some cautions about the research of theory into practice. *Reading Research and Instruction*, 26, 1986, pp.1∼7.

5) 고급독서기 단계

고급독서기 단계(refinement reading stage)(7학년 이상)에 이른 학생들은 기능적 문식성을 획득하게 된다[32]. 그들은 매일매일이라도 다양한 자료 즉 신문, 잡지, 소설, 기타 참고 자료들을 능숙하게 읽어낼 수 있다. 이 때, 문식성 능력은 생활하는 데 있어 문제를 해결하는 도구가 된다. 이러한 읽기와 쓰기의 문식성 능력은 생애 동안 지속되는 것이다. 즉 이 때까지 획득된 능력은 좀처럼 잃어버리거나 떨어지지 않고 상당 기간 동안 지속되기 때문에 중요하다. 학교에서 공식적인 학습 방법 교육이 지속되지 않더라도 이 능력은 좀처럼 잊혀지지 않는다.

이 단계의 특징은 독자가 읽는 관심 영역의 확대이다. 전 단계에서 독자는 특정한 저자나 장르에 한정하여 읽는 경향이 있지만, 이 단계에 이르게 되면 독자들은 다른 독자와의 토론 등 상호작용 과정을 통하여 매우 다양한 장르에 접하게 되고, 광범위한 저자와 장르에 관심을 가지게 된다. 그러나 그들이 한 특정한 저자에 흥미를 갖게 되면, 그 저자나 작가의 작품에만 몰두하는 경향이 있다. 즉 자기가 좋아하는 작가의 작품을 집중해서 읽는 것이다. 그래서 그 작가의 문체나 작품의 내용상 형식상 특징을 다른 사람에게 설명할 수 있기도 한다. 즉 그 작가에 대한 연구를 하기까지 한다.

이 단계의 독자들은 또한 독서를 전략적으로 한다[33]. 이야기 텍스트를 읽을 때와 정보적 텍스트를 읽을 때 차이점이 무엇인지, 중점적으로 읽어내야 할 사항이 무엇인지를 알고 있으며, 여가 독서나 감상적 독서

---

32) Wood, O'Donnel. *Becoming a reader. needham* Heights, MA: Allyn and Bacon, 1992
33) O'Donnell, M. P. *Teaching the stages of reading progress*. Dubuque, IA: Kendall-Hunt, 1979.

와 학습하기 위한 독서에서 읽어내야 할 내용과 읽는 방법이 어떻게 다른지를 알고 있다. 그러므로 그들은 독서의 목적이나 상황에 따라 구별하여 독서를 한다.

이 단계의 독서 학습의 목표는 전 단계에서 획득한 독서 능력을 확장하는 것이다. 이 시기의 학생들은 이야기 텍스트이든 설명적 텍스트이든 모두를 다 잘 읽을 수 있는 능숙한 독자이긴 하지만, 보다 사려 깊고 전략적으로 능숙한 독자가 되도록 노력해야 된다. 그들은 보다 수준 높은 추상적인 글을 읽어낼 수 있는 힘을 갖추도록 개발되어야 한다.

이 단계에서 자기 선택 독서(self-selected reading)가 중요한 방법이 된다. 학생들이 스스로 책을 선택하고 자발적으로 다양한 읽을거리를 읽는 것은 유창성의 발달과 독서에 대한 바람직한 태도 형성, 경험적 지식의 확대 등을 위해 중요하다. 그들이 상당한 정도의 독서 능력을 가지고 있지만, 교과 내용의 어려운 글 자료를 읽게 되는 경우에는 교사의 직접적인 지도가 필요하다.

자기 선택 독서 프로그램에서는 선택, 독서 시간, 독서내용의 공유 등 세 가지 요소가 중요하다. 중등학교 학생들에게 교사는 그들의 흥미, 수준에 적합한 자료를 제공해야 한다. 소설 등의 이야기 텍스트인 경우, 성숙한 독자에게 또는 이들보다 뒤떨어지는 미숙한 독자들을 위해서 각각 적합한 책들을 학교도서관 혹은 학급문고에 갖추어 놓아야 한다. 잘 갖추어진 학급문고는 학생들의 독서에 대한 흥미를 불러일으키고 독서 태도를 변화시키며, 독서량을 증가시킨다[34].

학교에서는 최소한의 독서 시간을 확보해야 한다. 이 시기의 학생들

---

34) Fader, D., with Duggins, Finn, & McNeil, *The New Hooked on Books*, New York: Berkley Medallion Books, 1976.

은 학교 공부와 숙제, TV 시청, 스포츠 등에 시간을 빼앗기기 때문에 학교에서 일정 시간의 독서 시간을 확보해 주어야 한다. 학생들은 소설, 전기, 역사와 사회 및 자연 과학 서적들을 읽으며, 그들의 다양한 독서 경험을 독서 토론 등의 활동을 함으로써 서로 나눌 필요가 있다.

학년이 높아갈수록 문학 작품 읽기에 대한 교사의 직접 지도가 강조된다. 학생들이 혼자 읽는 독서는 대부분 감상을 위한 독서이며, 이 독서는 개인적 독서이다. 그러나 교사가 직접 지도를 하는 독서에서는 높은 수준의 문학 작품을 읽게 된다. 이러한 독서 경험은 독자로 하여금 독서의 폭과 깊이를 확장시킨다. 신화와 전설, 신념, 가치, 철학 등의 문화적 전통을 경험하게 한다. 대부분의 문학 작품은 인간과 자연, 인간과 인간, 인간과 자기 자신 등의 관계를 언어로 표출하는 예술이다. 교사의 직접 지도는 최소한의 수준 높은 독서 경험을 모든 학생들이 경험하도록 한다. 작품은 교사의 주도하에 혹은 교과서에 의해 선정된 작품이며, 학생들은 이를 감상한다. 여기서 학생과 교사는 같은 작품을 읽고 토의함으로써 독서 경험을 공유하는 효과가 있다.

효과적인 문학독서 모형의 하나는 전·중·후 활동에서 다양한 독서 활동을 하는 문학독서 방법이 있다. 문학독서 방법에서 읽기 전 활동에는 예측안내표, 앙케이트/질문표, 대조표 등이 있고, 읽기 중 활동에는 인물망, 인물맵, 문학맵 등이 있으며, 읽기 후 활동에는 책개요표, 독서일지, 문학세계망 등의 학습활동이 있다.

Ⅳ. 학교 독서 지도와 문학독서

학습이나 읽기에 있어서 학생들이 지각하고 있는 심리적 환경은 매우 중요한 역할을 한다. 학습이 이루어지고 있는 곳은 가정과 학교, 그리고 사회인데 그 중에서 아직 미성숙자인 학생들에게는 가정과 학교의 환경이 학습에 매우 중요하다. 가정은 개인이 최초로 접하게 되는 사회 환경으로 그 속에서 언어를 습득하고, 지식을 받아들이는 인지틀이 형성되며, 심리적 판단들이 이루어진다. 학교 환경은 학교문화, 풍토 등을 말하는데 특히 교사의 기대나 태도, 학급 구성원의 응집력, 학교나 학급의 분위기 등이 매우 중요한 심리적 환경 요소로 작용한다.

이런 환경요인은 읽기에도 매우 중요하게 작용한다. 독서에서 중요하게 작용하고 독서를 조장하는 환경을 문식성 환경(literacy enviroument)이라고 하는데, 특히 학생들에게는 가정과 학교가 주요한 문식성 환경 구성체가 된다고 할 수 있다. 문식성 환경은 학생이 읽으려는 결정을 하게 하는 것만이 아니라 읽는 과정과 그 결과에도 영향을 준다. 독서 태도 및 동기를 향상시키는 교실환경은 교실의 풍부한 문식성 환경, 책에 관한 사회적 상호작용과 교사의 성향에 의해서 조성된다.

1. 인성 지도와 문학독서

독서가 인성 형성에 미치는 영향은, 자기 실현을 도와주고 자율성을 조장하며, 자기 이해를 지원하는 데 있다[35]. 독서는 독자로 하여금 기대

---

35) 이경식, 『증보 새로운 독서 지도-독서에 의한 어린이의 인격 형성』, 집문당, 1979, 112～3면.

하는 목표를 끊임없이 지향하게 할 뿐만 아니라 그 목표를 명확하게 하는 일도 한다. 인간과 관련된 본질적인 질문과 관련하여, 어떤 사람의 생애를 묘사한 전기라든지 사람의 있는 그대로의 모습을 다룬 문학 작품 그리고 미담 등의 이야기를 통해서 독자로 하여금 인생관이나 세계관 또는 자기 생활의 진로를 발견하게 해 준다.

독서가 인간의 내적 심성을 창조적으로 계발하는 능동적이고 전략적인 과정이라고 할 때 독서가 인성에 미치는 영향은 매우 큰 것으로 파악된다. 이와 관련하여 아버튼(Arbuthon)은 인간의 기본 욕구의 충족이라는 관점에서 독서가 인성의 계발과 밀접한 관련이 있음을 지적하였다[36]. 첫째, 사람은 물질적 안전에 대한 욕구를 가지고 있는데, 이는 독서를 통해 충족될 수 있다. 안전을 갈망하는 주제의 책, 영웅의 전기, 옛이야기 등은 이러한 물질적 안전의 욕구를 충족시켜 주는 것으로 파악된다. 먹을 것과 입을 것이 풍부하지 못하던 환경 속의 사람들이 따뜻하게 보호받는 옛날이야기는, 음식이 풍족한 축하연, 화려한 옷, 빛나는 보석, 찬란한 궁전으로 가득 차 있어서 물질적인 편안함과 생리적 안전을 느끼게 한다.

둘째, 사람은 사랑을 주고받고자 하는 욕구를 지니고 있는데, 이는 독서를 통해 충족될 수 있다. 동서고금의 많은 책이 가족간의 사랑을 다루거나 남녀간의 사랑을 다룬 것이다. 역경을 헤치면서 궁극적인 사랑을 성취하는 이야기, 어려움을 서로간의 헌신적인 사랑을 통해 극복하는 이야기들은 사랑을 주고받고 싶어하는 욕구를 충족시켜 준다. 이러한 욕구가 독서를 통해 내면화될 때, 자기의 개인적인 사랑에서 그치는 것

---

36) 김효정, 「독서를 통한 어린이의 심성 계발」, 『어린이와 독서』 8집, 서울: 서울특별시어린이도서관, 1987, 38~46면.

이 아니라 인간관계의 전반으로 확대되거나 인간 이외의 물질에 대해서도 따뜻한 사랑의 감정을 느끼게 된다.

셋째, 사람은 소속에 대한 욕구를 지니고 있는데, 이는 독서를 통해 충족될 수 있다. 독자는 책 속에 그려진 민족이나 사회, 혹은 집단을 통해서 소속에 대한 욕구를 충족시킬 수 있다. 책 속에 그려진 긍정적인 사회를 보고 따뜻하고 동정적인 시선을 가지게 되며, 경우에 따라서는 더 확대된 사람에게도 동일시의 감정을 느끼게 되어 강한 소속감을 불러일으키게 한다. 또한 내용과 무관하게, 양서를 읽으면서 그러한 책을 읽는다는 행위 자체에서 강한 자부심을 느끼게 되고, 그러한 책을 읽는 소수의 집단에 자기가 속해 있다는 강한 소속감을 느끼기도 한다.

넷째, 인간은 성취에 대한 욕구를 지니고 있는데, 이는 독서를 통해서 충족될 수 있다. 책 속에는 어떤 인물의 모험이나 경험담이 있기도 하고, 어려움을 이기고 목적을 성취하는 내용이 있기도 하다. 이러한 책은 대상을 동일시하여 동기를 유발하고 성취감을 느끼게 한다.

다섯째, 인간은 미와 질서에 대한 요구를 지니고 있는데, 이는 독서를 통해서 충족될 수 있다. 책이 함축하고 있는 미적 체계와 구성의 체계는 인간의 미적 요구를 충족시키기에 충분하다. 구성이 잘 갖추어지고 인물의 성격이 잘 그려진 소설, 언어의 아름다움을 잘 보여주는 시, 인생의 철학과 묘미를 알게 해 주는 수필, 책 자체가 지닌 아름다움 등은 인간에게 미와 질서의 충족감을 전해 준다.

독서가 인성 형성에 큰 영향을 끼친다는 것은 누구도 부정하지 않는다. 사람은 독서를 통해서 자기를 구축하며 진실한 자기를 찾고 완성한다. 인간의 요체는 육체에 있지 않고 정신에 있기 때문이다. 독서는 정신 도야를 통한 인성의 완성에 중요하게 기능을 한다. 독서는 자기 교육의 중요한 수단이고 자기 변혁의 수단이다. 인성이란 유전적 생득적인 것이 아니라 사회적인 조건 속에서 형성되는 사회적 태도인데, 인간의 사회적 태도는 바로 독서를 통해서 길러진다.

독서와 독서 지도는 저자의 사상이나 경험을 인쇄 매체를 통해서 전달해 주는 것이다. 이것은 곧 다른 사람의 경험을 내면화하는 것이기 때문에 자율성이 또한 절대적으로 요청된다. 이 자율성이 발달되지 않으면 독서와 그 지도는 목적을 충분히 달성할 수 없다. 독서의 일정한 단계에 이르게 되면, 독자는 자기 경험의 명확한 의식적인 자기 통제가 가능해진다. 따라서 자기 이해를 깊게 할 수 있으며 있는 그대로의 자기 모습을 인정할 수 있게 된다. 이른바 자기 수용의 태도가 형성되는 것이다. 독서와 독서 지도는 독자의 이러한 자기 이해와 자기 수용 태도를 기르는 데 중요한 역할을 담당한다. 왜냐하면 자기 이해는 다른 사람을 이해하는 과정에서 달성할 수 있는데, 그것은 다른 사람의 이야기를 읽는 '독서'를 통해서 가능하기 때문이다. 독서를 통하여 자기를 이해하는 것은, 독자의 정신적 건강을 유지하게 할뿐만 아니라 지성적인 인간으로 성장 및 활동할 수 있는 기초를 제공해 준다.

이것은 문학 읽기에 대한 독서 클럽 활동의 입장과 긴밀히 관계된다.[37] 로젠블렛은 독서 목적과 상황에 따라 어떤 독서 자세를 취하는가가 달려 있다고 하면서 이를 원심적 읽기와 심미적 읽기로 나누어 설명하고 있다. 원심적 읽기는 텍스트에서 정보를 얻는 자세를 말하며, 텍스트의 감상에 초점을 두는 자세를 심미적 읽기라고 한다. 독자는 두 가지 자세를 모두 갖추고 독서 목적과 상황에 따라 탄력적으로 임할 필요가

---

37) Rosenblatt, L.M. *Literature as Exploration*. New York: Appleton-Century-Croftes, 1992, 1938.

있다.

또, 교사가 문학을 지도하는 방법에 따라 학생들이 작품에 반응하는 자세가 달라지기도 한다. 가령, 작품을 읽은 후 질문을 하면, 학생들은 원심적인 자세를 취하게 된다. 이 때 학생들은 나중에 질문에 나올만한 정보를 기억하는 데 중점을 두면서 읽게 된다. 이와 달리 교사가 독서의 즐거움을 느끼게 하고 작품에 반응하도록 격려하면서, 그리기, 춤추기, 말하기, 쓰기, 역할놀이 등 다양한 활동을 통해 살아있는 수업을 한다면, 학생들은 심미적인 자세를 취하게 된다. 로젠블렛(Rosenblatt, 1991)과 다른 학자들(Ruddle, 1992; Zarrillo, 1991)의 연구에 의하면, 학생들이 주어진 시간에 가장 알맞은 자세를 취할 수 있도록 지도하는 것이 바람직하다고 한다.

그러나, 우리는 지금까지 주로 원심적 자세만을 가르쳐 왔다. 독서 지도에서 정작 중요한 독서의 즐거움을 가르치지 못했다. 이 점에 비추어, 독서 클럽을 통한 문학의 향유나 독서의 즐거움을 경험하게 하는 것은 바람직한 독서 태도의 형성은 물론이고, 평생 독자, 자발적 독자를 교육하는 데 매우 큰 의미를 지닌다.

2. 독서 치료와 문학독서

아동과 청소년의 문화는 나날이 향락적이고 폐쇄적이며 과격화되고 있다. 그리고 학교와 사회의 이질성이 이를 더욱 부채질하고 있다. 학교는 단정한 복장과 두발, 순화된 언어 사용과 모범적인 행동을 가르치고 요구하고 있다. 하지만 사회는 개성적인 복장과 혁신적인 두발, 비어, 속어 등과 같은 정서법과 거리가 먼 언어 사용과 도발적인 행동을 부추기거나 적어도 묵인하고 있다.

이러한 사회적인 환경 속에서 아동과 청소년은 과격성과 잔인성을 보이고 있다. 과격성과 잔인성은 인간에 내재되어 있는 공격성과 일정한 관계가 있다. 인간에 내재되어 있는 공격성이 순화 단계를 거치지 못하고 외부로 표출되었을 때 인간은 조화와 화해를 모르고 과격해지고 잔인성을 띠게 된다.

정서와 마음의 평안을 찾지 못하고 살아남기 위한 공격성만 극대화되고 있는 현상은 아동과 청소년에게서 가장 극명하게 나타난다. 왜냐하면 성장기간에는 공격 행위가 거의 본능적으로 빈번하게 일어나게 된다. 그러나 사회화 과정을 통해서 인간의 본능인 공격성이 점차 순화되기 마련이다. 한 연구 결과에 의하면 성장기간의 인격 형성은 평생 동안 지니게 되는 것이며, 이 같은 인격 형성 과정에서 공격성을 순화시켜 주지 않으면 성인이 된 후에도 관습화된다는 것이다. 따라서 성장 기간의 인격 형성을 부정적으로 만드는 공격성은 당연히 교육적으로 치료되어야 한다는 것이다.

글읽기를 통한 치료 요법은 우리나라에서는 아직 관심이 적고 이론의 정립도 미미한 상태이나, 동·서양에서 오래 전부터 관심의 대상이 되어 왔다. 이를테면, 어떤 목적을 향해서 노력하지 못하고 학습 욕망이 없는 정신지체자들에게 성공의 기회를 제공하고 성취 욕구를 자극하는 일환으로 독서 프로그램을 투입하기도 한다. 또 범죄를 예방하려는 노력으로 독서 요법을 이용하기도 했는데, 정서적 불안과 함께 독서 불능을 보이는 비행 청소년을 대상으로 상담 요법과 치료적 독서 방법을 통합한 집단 요법을 실시한 결과 독서 요법이 매우 효과적임을 확인하기도 했다. 또 알코올 중독 치료에 독서를 이용하기도 하는데, 대부분의 알코올 중독 프로그램들이 지나치게 수동적인 데 반해서 독서 프로그램

은 환자들로 하여금 스스로 참여하지 않을 수 없게 해서 요법으로서 인
정을 받고 있다. 환자들에게 독서를 통해서 개방된 생각의 세계를 열어
줌으로써 음주에서 파생되는 두려움, 우울, 부정적인 마음을 없애주는
것이다. 그리고 독서 토론에서 대안을 발견하고 적극적인 태도를 강화
시키고 적극적인 태도를 강화시키는 의사 소통 수단을 개발해 준다38).

　독서가 요법의 강력한 수단이 될 수 있는 이유로서 문학이 가지고 있
는 특징을 들 수 있다39). 문학은 그 표현 방법으로 은유를 많이 사용하
는데, 은유는 어떤 사물에 다른 어떤 것과 관련된 이름을 붙이는 언어적
장치이며, 우리가 자신과 다른 사람들을 생각하게 되는 방식을 조건짓
는 강력한 힘이다. 이것들은 미묘하지만 강력한 방식으로 우리들의 생
각에 영향을 준다. 바로 우리의 개념 체계가 주로 은유적이라고 할 수
있는데, 은유는 완전히 이해할 수 없는 것을 부분적으로 이해하기 위한
가장 중요한 수단40)이기 때문이다. 그리하여 독자는 책을 통해서 외부
세계, 다른 생활 방식을 탐색하거나, 사람들이 창조하거나 생각해 낸 다
양한 사회적, 성격적 모습에 접근할 수 있게 된다. 독자는 책을 통해서
자기 자신의 본성을 탐색할 수 있고 자기 내부의 생각과 감정의 잠재 가
능성을 알게 되고 더욱 분명한 관점을 얻으며 목적과 방향 감각을 가지
게 된다는 말이다.

　문학의 은유적 특성과 관련하여 독서 요법은 동일화의 원리, 카타르
시스의 원리, 통찰의 원리를 기본 원리로 한다41). 동일화란 글 속의 인

---

38) Moody, M. T. & Limper, H. K., *Bibliotherapy*, Chicago: American Library Association,
　　1971.
39) 정옥년, 「독서와 청소년 지도」, 『독서연구』 제3호, 1998, 202면.
40) Lakoff, G & Johnson, M. *Metaphors We live By*. Chicago: University of Chicagi Press,
　　1980.
41) 阪本一郎, 『現代の讀書心理學』, 東京:金る書房, 1968, 237면

물과 나를 일치시키는 과정 또는 일치되는 것을 의미한다. 동일화는 나와 일정한 관련이 있을 때 일어나는 것이 일반적이다. 그러므로 동일화는 '나'의 경험과 유사한 내용의 글을 읽었을 때 더욱 빠르고 쉽게 일어나며 효과가 크다. 글을 읽으면서 동일화가 이루어졌을 때 '나'는 등장인물의 성격, 감정과 정서, 행동, 태도, 세계관을 이상적이 아닌 현실적인 것으로 받아들이고 등장인물과 같이 어려운 상황을 극복하고 사건을 해결하는 능력을 갖게 되는 것이다. 비록 그러한 능력이 현실 세계에서 그대로 적용되지 못하더라도 내재된 힘이 된다.

카타르시스는 내면의 욕구 불만이나 심리적 갈등을 언어나 행동으로 표출하여 발산시키는 기능을 한다. 내재된 슬픔을 눈물로 표출함으로써 슬픔을 정화하거나 억제된 행동을 글 속의 인물이 하는 것을 읽음으로써 대리 만족을 얻는 것 등이 여기에 해당한다. 독서 요법에서는 등장인물의 감정, 성격, 사고, 태도 등에 대한 감상을 말이나 글로 표현하게 함으로써 '나'의 충동적인 감정이나 억제된 행동을 발산하게 한다. 등장인물의 문제 행동이나 심리에 대한 감정의 발산 과정에서 학생 스스로의 문제 행동이나 심리의 표현이 이루어지고, 나아가 자신의 문제 행동이나 심리를 자연스럽게 교정하는 데 이르게 된다.

동일화에서 발현하여 카타르시스로 이어진 다음에는 자신에 대한 통찰에 이른다. 통찰이란 자기 자신이나 자신이 안고 있는 모든 문제를 객관적으로 인식하는 것이다. 그러기에 통찰은 동일화와 카타르시스를 거치지 않고는 이루어질 수 없다. 그러므로 읽기를 통한 심리 요법을 성공적으로 달성하기 위해서는 등장 인물의 감정까지도 충실하게 그려낸 글을 선정하는 것이 효과적이다. 등장 인물이 신화 속의 인물처럼 뛰어난 배경이나 능력을 가지고 고난을 극복하는 내용의 글보다는 인간적인 감정을 가지고 어려움 속에서 좌절하고 슬퍼하고 성공을 기뻐하고 환호하는 감정적인 요소를 충분히 살린 글이어야 한다.

최근 독서 요법이 효과적인 요법으로 각광을 받고 있다. 이는 약물에 의한 치료가 부작용 등 심각한 후유증을 가져오는 데다가 완치의 자신감이 없고 시일이 많이 소요되는데 비해, 글읽기를 통한 요법은 다른 사람이나 약물에 의존하지 않고 글을 읽음으로써 스스로의 자기 인지에 의해 바람직한 마음 자세나 태도 변화를 이룰 수 있다는 점 때문이다.

V. 결론 : 문학독서의 자장과 실천

문학은 그 문학이 운용되는 사회의 삶과 문화가 반영되어 있으므로 곧 그 사회 구성원들의 삶의 양식과 태도를 이해하는 통로 역할을 한다. 문학은 인간 문제의 근원에 대해 '무엇'인가를 말한다는 점에서 중요하다. 독자는 문학 작품을 읽고 인물들의 행동, 사고, 정서, 관습 등을 발견할 수 있다. 문학은 외국의 학습자들에게도 아주 중요한 학습 자료이다. 언어 학습 자료로서가 아니라 역사, 지리, 사회, 문화 등 다양한 학습 자료가 된다. 문학 작품은 시대와 장소, 문화를 초월한다. 인간의 보편적 속성을 탐구해온 결과물이기 때문에 단순한 자료가 아니다.

문학은 또한 풍부한 언어 자료이다. 문학은 언어의 보고이다. 문학이 언어학습에서 중요한 까닭은 먼저, 문학은 풍부하고 다양하게 쓰여진 가치 있는 참(authentic) 자료를 제공한다는 데 있다. 문학에서의 언어 사용은 일상적, 상투적이기보다는 새롭고 낯선 것이어서 비현실적일 수도 있다. 그러나 그것은 신선하고 창의적이며 다양한 언어의 용례를 생산한다. 문학을 읽음으로써 언어사용의 폭과 깊이를 더할 수 있다. 문학을 읽고 연설, 대화, 토론 등 다양한 언어활동을 함으로써 언어 학습활동의 기회를 넓힐 수도 있다[42].

문학은 제 혼자 몸이 아니다. 여기저기서 필요로 하는 몸이다. 그런데 지금까지 문학은 제 혼자 보배로움을 뽐내면서 의식적이든 무의식적이든 스스로를 가두어 두려고 하였다. 문학은 인간과 삶의 문제를 탐구하기에 인간의 삶의 문제와 관련되는 곳은 어디든지 요청하면 달려나가야 한다. 스스로를 유리 상자 속에 가두어 놓고 구경만 하라는 것은 교만하기까지 한 일이다. 작가의 쓰는 행위 자체가 독자를 향한 외침이며 계약이다. 작가의 이러한 소망은 독자의 독서 태도 여하에 달려 있다. 독자의 반응을 통해서만 문학적 소통이 가능하기 때문이다. 작품은 독자의 구체화를 통해서 생명을 얻지만 텍스트의 구체화란 독자의 견해, 입장, 성향 등에서 벗어나지 못하기 때문에 텍스트와 독자, 작가와 독자가 합치하는 곳이 문학 작품의 참된 현장이다[43].

문학은 다른 곳에서 쓰임을 당하려고 기다리는 것이 아니라 스스로 대중 속으로 달려나가 살려고 발버둥을 한다. 때늦은 감이 있으나 반가운 일이다. 그러나 아직도 마음을 열지 않고 다소 교만한 채로 다가간다. 이는 또 문학과 함께 재미있게 놀려고 하는 사람들에게 실망을 안겨 주게 된다. 문학은 때로는 스스로 그 고귀함을 감추고 대중 속으로 파고들

---

42) Collie, J. & Slater, S., *Literature in the Language Classroom*, Cambridge: University Press, 2003.
43) 차봉희, 『현대사상 12장』, 문학사상사, 1981.

어야 한다. 그 문학의 보배로움은 대중들이 발견할 때야 비로소 빛을 발하는 것이다. 아무리 스스로를 귀한 보배라 하더라도 대중이 그를 알아주지 않으면 보배로서 가치를 잃는다.

그런데 그 문학의 보배로움을 발견하게 하는 방법을 무시해 왔다. 마치 양반들이 상놈들이 하는 스포츠를 구경하면 되었지 스스로 몸을 곤하게 할 일이 있는가 하고 생각하는 것과 같다. 그 어떻게 하면 보배로움을 발견하도록 하여 인간에게 보배롭게 쓰일지 그 구체적이고 효과적인 방법을 찾는 노력을 해야 한다.

문학독서는 도야적 교양으로서의 독서의 성격을 지니며, 이러한 문학독서는 자율성의 원리가 바탕을 이룬다. 또한 문학독서는 독서행위에 대한 독자 스스로의 가치 부여가 있어야 한다. 이와 같은 원리는 독서 동기가 뒷받침되어야 하고, '울림'의 독서가 되어야 한다. 이러한 독서는 미시적 독서보다는 거시적 독서 활동이어야 한다[44].

필자는 문학독서의 문제를 문학이론 쪽에서보다는 언어학습 이론과 독서심리학에서 출발하여 해결하고자 하였다. 문학은 언어의 예술이기에 언어를 떠나서는 존재할 수가 없고, 언어로서 기능하기에 언어의 생산(표현)과 소비(이해)의 원리에서 자유로울 수가 없다. 문학은 결국 독자가 읽어야 하기에 독서심리의 원리에서 도움을 받아야 한다. 앞으로도 언어학습 이론과 독서심리학에서 새로운 학습의 원리가 제시될 것이며, 문학독서는 이를 적극 받아들여 다양한 문학독서의 방법을 구안해야 할 것이다.

---

44) 박인기, 「문학독서 방법의 상위적 이해」, 서울대 국어교육연구소 학술대회, 1994.

■ 참고문헌

가경신, 「읽기에 영향을 미치는 독자의 심리적 요인」, 『청람어문학』 제20집,
　　　　청람어문학회, 1997.

구인환 외, 『문학교육론』, 삼지원, 1992.

김경희 외, 「국민독서실태 조사」, 한국출판연구소, 1994.

김도남, 『상호텍스트성과 텍스트 이해 교육』, 박이정, 2003.

김대행, 「문학교육론의 시각」, 『문학교육학』 제2호 한국문학교육학회, 1998.

김명순, 「읽기 교육의 최근 동향과 방향 설정」, 제19회 청람어문학회 연구발
　　　　표회, 청람어문학회, 1999.

―――, 「인성 발달을 돕는 독서지도 방안」, 『독서연구』 제7호, 한국독서학회,
　　　　2002.

김태욱, 이현호 역, 『담화·텍스트 언어학 입문』, 양영각, 1991.

김한식, 「독서 태도 및 습관 형성 방안 연구」, 한국교원대학교 석사학위논문,
　　　　1993.

김효정, 「독서를 통한 어린이의 심성 계발」, 『어린이와 독서』 8집, 서울특별
　　　　시 어린이도서관, 1987.

나병철, 『소설의 이해』, 문예출판사, 1998.

박인기, 「문학독서 방법의 상위적 이해」, 서울대 국어교육연구소 학술대회자
　　　　료집, 1994.

―――, 『문학 교육 과정의 구조와 이론』, 서울대 출판부, 1996.

서울대학교 국어교육연구소, 『국어교육학 사전』, 대교출판, 1999.

손정표, 『신독서지도방법론』, 태일사, 1999.

신헌재·권혁준·우동식·이상구, 『독서교육의 이론과 방법』, 박이정, 2000.

신헌재·이재승, 『학습자 중심의 국어 교육』, 서광학술자료사, 1994.

안영화, 「주제중심 시 읽기 지도방법 연구」, 한국교원대학교 석사학위 논문,

2003.

염수희, 「독서토의를 통한 국어과 교수 학습 방법 연구」, 한국교원대학교 석사학위논문, 2001.

옥정인, 「읽기 태도 형성에 영향을 미치는 요인 연구」, 한국교원대학교 석사학위논문, 1999.

우한용, 『문학교육과 문화론』, 서울대 출판부, 1997.

유재천, 『청소년 독서 환경 실태 및 독서교육에 관한 연구』, 한국출판연구소, 1987.

이경식, 『증보 새로운 독서 지도-독서에 의한 어린이의 인격 형성』, 집문당, 1979.

이대규, 『문학 교육과 수용론』, 이회, 1998.

장성모·류한구·이환기, 『인성 교육의 동양적 전통과 초등 도덕 교육』, 한국교원대학교 부설 교과교육공동연구소, 1998.

정옥년, 「독서와 청소년 지도」, 『독서연구』 제3호, 한국독서학회, 1998.

차봉희, 『현대사상 12장』, 문학사상사, 1981.

천경록, 「기능, 전략, 능력의 개념」, 『청람어문학』 제13집, 청람어문학회, 1995.

최순열, 「문학교육론연구」, 동국대학교 박사학위 논문, 1987.

한철우, 천경록 공역, 『독서지도방법』, 교학사, 1996.

―――, 「사람들은 왜 책을 안 읽나?」, 『독서연구』 제3호, 한국독서학회, 1998.

―――, 「독서와 문학의 통합적 접근」, 『문학과 교육』 제6호, 문학과교육연구회, 1998.

한철우 외, 「독서 클럽 활동을 통한 효율적인 인성 지도 방안 연구」, 연구보고 RR 99-Ⅰ, 1999.

한철우·김명순·박영민, 『제7차 국어과 교육과정을 위한 문학 중심 독서 지도』, 대한교과서, 2001.

한철우·박진용·김명순·박영민 편저, 『과정중심 독서지도』, 교학사, 2001.

한철우·이삼형, 『독서교육학 교재개발연구』, 한국교원대부설 교과교육공동연구소, 2000.

阪本一郎, 『現代の讀書心理學』. 東京:金る書房, 1968.

Almasi, J. F. "A View of Discussion", In Gambrell, L. B. & Almasi J. F.(Eds). *Lively Discussion: Fostering Engaged Reading*. DE: IRA, 1993.

Anderson, M. A., Tollefson, N.A., & Gilbert, E.C. "Giftedness and Reading: A crosssectional view of differences in reading attitudes and behaviors." *Gifted Child Quarterly*, 1985.

Bakhtin, M. M. *Speech Genres and Other Late Essays*. Austin: University of Texas Press. 1986.

Chall, J.S. *Stages of Reading Development*. New York: Harcourt Brace College Publisher, 1996.

Collie, J. & Slater, S., *Literature in the Language Classroom*, Cambridge: University Press, 2003.

Cramer, E. H. & Castle, M.(Eds.), *Fostering the Love of Reading*, DE:International Reading Association, 1994.

Fader, D., with Duggins, Finn, & McNeil, *The New Hooked on Books*, New York: Berkley Medallion Books, 1976.

Flanders, N. A. "Analyzing teaching behavior", *Reading*, MA: Addison-Wesley, 1970.

Gambrell, L. B. "Creating classroom cultures that foster reading motivation", *The Reading Teacher*, 1996.

Gambrell, L., Pfeiffer, W. & Wilson, R., "The Effect of Retelling upon comprehension and Recall of Text Information", *Journal of Educational Reasearch*, 1985.

Golden, J. M. "Children's Concept of Story in Reading and Writing. *The Reading Teacher*, 1984.

Grebstein, S. N., *Perspective in Contemporary Criticism*, Binghamton:State University of New York, 1968.

Huck, C. S., Hepler, S., & Hickman, J. *Children's Literature in the Elementary School*(4th ed.). NY; Holt, Rindehart & Winston, 1987.

Irving, A. *Promoting voluntary reading for children and young people*. Paris: UNESCO, 1980.

Lakoff, G & Johnson, M, *Metaphors We Live By,* Chicago: University of Chicagi Press, 1980.

Mathewson, G. C., "Toward Comprehensive Model of Affect in the Reading Process, In H. Singer and R. B. Ruddell (Eds), *Theoretical Models and Processes of Reading*(3rd ed), Newark, DE: International Reading Association, 1985.

Mathewson, G. C., "Model of Attitude Influence upon Reading and learning to Read", In R. B. Ruddell, M. R. Ruddell, & H. Singer (Eds.) *Theoretical Models and Processes of Reading.* (4th ed), Newark, DE: International Reading Association, 1994.

McKenna, M. C., Toward a Model of Reading Attitude Acquisition. In E. H. Cramer & M. Castle (Eds), *Fostering the Love of Reading,* DE: International Reading Association, 1994.

McKenna, M. C., & Kear, D. J. "Measuring Attitude Toward Reading: A new tool for teachers". *The Reading Teacher,* 1990.

McKenna, M. C., Kear, D. J., & Ellsworth, R. A., *Chidren's Attitudes toward Reading: A National Survey.* Reading Research Quarterly 30, 1995.

McMahon, S. I., "Book Coub Disscussion: a Case Study of Five Students Constructing Themes from Literary Text". ED 353 572, 1992.

McMahon, S. I., & Raphael, T. E., "The Book Club Program: Theoretical and Research Foundations", In S. L. McMahon, & T. E. Raphael(Eds), *The Book Club Connection,* NY: Teachers College Columbia University, 1997.

Measures, E., Quell, C., & Wells, G., "A Sociocultural Perspective on Classroom Discourse". In B. Davies, & D. Corson(Eds). *Oral Discourse and Education, Encyclopedia of language and Education.* vol. 3. MA: Kluwer Academic publishers, 1997.

Mongomery, P. K., *Approaches to Literature Through Subject,* AZ: Oryx Press, 1993.

Moody, M. T. & Limper, H. K., *Bibliotherapy,* Chicago: American Library Association, 1971.

Morrow, L., "Home and School Corelates of Early Interest in Literature", *Journal of*

Educational Research 76, 1983.

Morrow, L. M., "Relationships between Literature Programs, Library Corner Designs, and Children's Use of Literature", *Journal of Educational Research* 75, 1982.

Morrow, L. M. Ed. *Family Literacy,* New Brunswick, NJ:Rutgers Univiversity, 1995.

Morrow, L.M., *Literacy Development in the Early Years*. Englewood Cliffs, NJ: Prentice -Hall, 1989.

O'Donnell, M. P., *Teaching the Stages of Reading Progress*. Dubuque, IA: Kendall-Hunt, 1979.

Purves, A.C. etc. (Eds.) *Encylopedia of English Studies and Language Arts vol. II*. New York, NY: NCTE, 1994.

Rosenblatt, L.M. *Literature as Exploration*. New York: Appleton-Century-Croftes, 1938.

Schmitt, M. C., & O'brien, D.G. Story grammar: Some cautions about the research of theory into practice. *Reading Research and Instruction*, 26, 1986

Stahl, R. J. ed. *Cooperative Learning in Language Arts: A Handbook for Teachers*. Addison-Wesley publishing company, 1995.

Tchudi & Mitchell, *Exploring and Teaching the English Language Arts* (4th ed), NY: Addison-Wesley Educational Publisher Inc, 1999.

Tierney, R.J., Readence, J. E., & Dishner, E. K., *Reading Strategies and Practices,* Needham Heights, MA: Allyn & Bacon, 1995.

Voss, J.F., "Social studies", In G.G. Duffy(Ed.), *Reading in the Middle School,* Newark, Del.: IRA, 1986.

Wood, O'Donnel, *Becoming a reader,* needham Heights, MA: Allyn and Bacon, 1992.

Yopp, H.K & Yopp, R.H., *Literature-based Reading Activities,* Needham Heights, MA:Allyn & Bacon, 1996.

문학독서 교육, 어떻게 할 것인가

2005년 2월 25일 1판 1쇄 인쇄
2005년 2월 28일 1판 1쇄 발행

편 저 ● 문학과문학교육연구소
펴낸이 ● 한 봉 숙
펴낸곳 ● 푸른사상사

인 지

등록 제2-2876호
서울시 중구 을지로3가 296-10 장양B/D 202호
대표전화 02) 2268-8706(7) 팩시밀리 02) 2268-8708
메일 prun21c@yahoo.co.kr / prun21c@hanmail.net
홈페이지 //www.prun21c.com
ⓒ 2005, 문학과문학교육연구소

값 20,000원
ISBN 895640-302-3-03810

☞ 푸른사상에서는 항상 양서보급을 위해 노력하겠습니다.